冰心女士 1993 年 4 月 23 日为竹林题词：

创作未有穷期，竹林前途无量

江苏大学高级人才基金资助项目（1281210006）

竹林

文学创作论

史挥戈 著

江苏大学出版社

镇江

作者和竹林女士（左）合影

目　录

第三章　"新科技探秘小说"研究 137

第四章　儿童文学研究 163

第五章　"人间大爱系列"研究 211

竹林研究的目的、意义和现状（代序）

一、研究的目的

改革开放 30 多年来，中国当代文学取得了众所瞩目的成就，涌现出了一批优秀的作家和优秀的作品，如陈忠实的《白鹿原》、路遥的《平凡的世界》等。然而，纵观当今的文学界，我们会看到许多浮躁与骚动。那些脱离生活、缺乏思想内涵和艺术水准、随意胡编乱造的作品常常掩人耳目，甚至那些津津乐道于腐朽、低俗的寄生生活的作品也沉渣泛起。毋庸讳言的是，在巨大的商业炒作浪潮里，我们的文坛也被"四个混乱"充斥着：（1）创作混乱。许多作家不能真正地深入现实生活，正视现实生活，在创作中逃避思想人格，迎合人性弱点，急功近利，因而大量浮躁的、猎奇的、戏说的作品充斥市场。文章合为"时"而著，歌诗合为"情"而发。现在是中国历史上的伟大时代，应该产生伟大的作品，但由于商品大潮的冲击，文学创作明显滞后于时代，不能满足人民群众日益增长的精神文化需求。（2）市场混乱。书市以畅销书排行榜为风向标，满足于虚假的繁荣，大小书摊上庸俗化、速成化、肉体化、神奇化、莺歌化的所谓文学作品满目皆是，污染着社会风气，扭曲着青少年读者的心灵。（3）评价混乱。当前一些文学批评缺乏学术意识，日渐演变为变相的吹捧和宣传，商业批评、"红包"批评盛行，个人利益比学术清誉重要；现有的一些当代文学史叙述肤浅浮躁，对当今文坛缺乏深入的、全面的调研和了解，跟风追星，以至于其中"吹喇叭"、"抬轿子"、贴金、党同伐异的现象并不罕见；一些创作了不少具有很高的思想性和艺术性作品的作家被有意无意地忽略或冷落，甚至一些在国际上很有影响的作家，在国内却很少被提及，而一些质量不高的作品却赫然列入文学史中。（4）评奖混乱。事实表明,文学评奖也受到商品化的影响,一些高级别的奖项正逐步失去其公信度和权威性,以至于中国送去参加国际评奖的作品被偏激的国外评委称为"垃圾"。

综上所述,面对当代文学界的种种现象,作为当代文学传授者和研究者中的一员,笔者深感有责任、有义务与广大同仁一起探讨和判断文学作品是非价值的标准,引导学生和读者把宝贵的时间用于读精品、读有益于心灵成长的好书。通过解剖女作家竹林的创作思想与作品,对当代中国作家的创作历程和精神指向进行一番深入探究,提醒作家勿忘社会责任,沉下心来面对生活,开拓创新,努力创作出无愧于中华民族与伟大时代的精品力作,在潜移默化中引导人们向善、向美、向上。这就是笔者选择女作家竹林作为研究对象的目的。

二、研究的意义

当今时代,文化越来越成为民族凝聚力和创造力的重要源泉,越来越成为综合国力竞争的重要因素,丰富精神文化生活越来越成为人民的热切愿望。人们深刻认识到中华民族伟大复兴必然伴随着中华文化的繁荣兴盛。而文学艺术精品代表着一个时代的精神高度,体现着一个民族的思想深度,标志着一个社会的文明程度,它是民族文化传承的主要载体,是民族精神大厦的重要支柱,承载并延续着民族和国家的文化血脉与精神基因。

显然,伟大的时代给文学创作赋予了崇高的历史使命,如果不能解决好作家价值取向的问题,不能及时扭转文化市场混乱的现状,就无法创造出无愧于伟大时代的精神文化产品,就无法满足人民群众日益增长的精神生活需求,提高国家文化软实力的目标就很可能会落空。因此,通过解剖个案,实事求是地切近文学创作现实,直面当前的文学思潮以及文学创作面临的问题和困境;以思想者的敏锐和善意,认真探询创作者的优势与欠缺,以建设性的言论启发、影响作家今后的实践;结合社会文化思潮和作品内涵的挖掘,引导广大读者正确鉴赏文艺作品,提高人们的审美水平,已经成为学界一项重要而紧迫的课题。

笔者之所以选择上海女作家竹林作为研究对象,主要是基于如下考虑:

首先,竹林是当代文坛上的一位特殊作家。她以写作知青小说走上文坛,1979 年由人民文学出版社出版的《生活的路》,轰动海内外,受到冰心、茅盾、韦君宜等文学前辈的赞誉,因此她被称为中国"知青文学第一人"。之后竹林创作不辍,佳作迭出,在文学的多个领域都取得了不菲的成就。如她的第二部知青小说《呜咽的澜沧江》,不仅受到海峡两岸老一辈作家胡秋原、萧乾,著名学者严家炎、张炯等人的高度评价,还在台湾出版了精装本和研究专集。长篇小说《女巫》的出版,标志着其文学成就又达到了一个新的高峰,立即在海内外引起很大反响,至今已经出版了四个版本。随后,《挚爱在人间》又获得了"八五"期间全国优秀长篇小说奖。儿童文学《夜明珠》《晨露》以其优美、生动的儿童生活描绘入选了中国百年百部儿童文学经典书系。之后,她又转向"校园文学"和"青春文学"创作,接连推出《灵魂有影子》和《今日出门昨夜归》两部作品,融现代科技与青春文学于一炉,用生动、鲜活而又优雅的语言反映了当代青少年的理想追求与青春律动,是当今大批青春文学作品中不可多得的优秀之作。其中《今日出门昨夜归》获得了中宣部第十届精神文明建设"五个一工程"奖,并引起文学界和教育界对"青春文学"走向的热烈讨论。2013 年 12 月,人民文学出版社推出了她的长篇力作《魂之歌》,为她的"知青三部曲"完美收官。她在商品大潮中不为所动,始终坚持作家作为人类灵魂工程师的天职,坚守现实主义创作道路和作家的社会责任,坚持贴近生活、贴近群众,以国家、民族利益为上,以大爱精神为魂,努力铸造真正的文学作品。她的作品在艺术上刻意创新、精益求精,每一部都精雕细刻,每一部都经得起时间和历史的考验。竹林的社会关注和文学追求非常值得研究。

她不追风,不逐浪,在商品大潮中,她时隐时现,因此被媒体称为"上海作家中的隐士"和"传奇作家"。但她多年来持之以恒,刻苦执着,独辟蹊径营造震撼人心的艺术天地,依然赢得了文学前辈和同行的尊重与赞扬。著名翻译家、作家萧乾先生赞扬她的作品"无论在思想上和艺术上都颇为成功","它的内在力量和影响,正在大大超出我们的估价而走向世界!"

其次,新时期作家多多,作品多多,但静眼观之,堪与我们这个变革的时代相匹配的精品并不多。而竹林的作品因其纯正的文学性和艺术性,没有引起某些戴着"商业眼镜"、有着浮躁之心的出版者和媒体的重视,从而也很难博得广大读者的关注和了解。对这样一位执着地进行创作且又取得了如此突出成就的作家,目前中国大陆对她的研究却甚少,这与其成就和声誉形成了严重的失调。与此同时,竹林的名字在海峡对岸和海外反而十分响亮,形成了"墙里开花墙外香"的奇特局面。对一位有如此实力和厚重思想的女作家没能进行深入研究,不能不说是中国当代文学研究中的一个遗憾和缺失。

三、国内外研究现状

竹林较成熟的文学创作开始于20世纪70年代末,对竹林作品的研究也相应展开,针对她不同时期的创作,学术界主要有以下观点:

1. 关于知青文学创作

竹林的目光始终关注青年,她写了长篇小说《生活的路》《呜咽的澜沧江》《魂之歌》,构成了中国"知青三部曲",深刻地反映了中国一代"文革"青年的命运以及他们对生活理想的探索和追求。

《生活的路》的问世为文艺界的思想解放吹来了一缕春风。由于《生活的路》的社会意义绝不仅仅局限于文学方面,因而它被载入中国当代文学史,成为当之无愧的"知青文学第一声"。当时由于"十年浩劫"刚结束,极"左"思潮还有不小的惯性,有人说竹林的《生活的路》是攻击"上山下乡"的"大毒草",这场争论发生在人民文学出版社,引起了高层领导的关注,并以此作为全国文艺界思想解放的契机,而召开了粉碎"四人帮"后的全国第一次中长篇小说作者座谈会。茅盾和人民文学出版社总编辑韦君宜、孟伟哉等都对《生活的路》给予了充分的肯定和赞扬；北京、上海的数十家报纸和杂志对此作了报道，评论界一致认为这部长篇小说率先以文学的样式提出了对"上山下乡运动"的反思，为全国数以千万计的"上山下乡"知青发出了第一声呐喊，从而开启了知青文学的先河。

在《呜咽的澜沧江》中，作家用历史的、哲学的目光剖析和揭示了"上山下乡运动"的本质，她站在历史的高度，全方位、立体地展现了一代知识青年在人生价值的探寻中，从盲从、狂热到失落和迷惘，从彷徨、痛苦到反思和追求的整个过程，反映了从"文化大革命"到"上山下乡"、直至改革开放这段观念形态激烈变化时期的深刻的历史内涵和真实的社会生活图景。评论家称赞它是一部当代中国青年追寻人生价值的壮丽诗篇，是思想上的一座丰碑，是一部难得的精品力作。

这部作品在海峡两岸文学界都引起了强烈的共鸣，在上海《小说界》发表后，台湾现代文学研究中心和世界著名汉学家葛浩文（美国）、马汉茂（德国）、许世旭（韩国）联合发起编辑的"两岸文学互论"中对其进行了专题研究和讨论；台湾和大陆的许多著名评论家对该书的思想深度和艺术手法给予了很高的评价，台湾还出版了专门评述该书的专著《竹林小说论》（曾庆瑞著）。

《魂之歌》是一部65万多字的长篇巨著，讲述了一个发生在云南边境的故事，对几乎牵扯到每一个中国家庭的知青"上山下乡运动"进行了别开生面的探索。其大背景由"文革"一直延续至20世纪80年代末，展示出竹林对人性、人的灵魂及社会现实的深层次思考。这部作品先由《中国作家》分两期头条刊登，再由人民文学出版社推出，引起了评论者的关注。上海著名作家、评论家沈善增先生读后写信给竹林说："你创造了一个流派！"中国艺术研究院电影电视艺术研究所所长、博士生导师丁亚平也发表了长篇论文《人性与灵魂的歌泣——评竹林长篇新作〈魂之歌〉》，认为该作"创造了一种新的文学形式，取得了突破性成功，为作者的创作树起了一座里程碑,无论对于她本人还是当代文学而言,都具有重要的标志意义"。

2. 关于农村题材创作

竹林的目光始终关注农村,迄今为止 600 多万字的作品绝大多数是农村题材。农村是中国人民生活的根,关注三农——农业、农民、农村,就是关注中国的命运。尤其是她的长篇小说《女巫》出版后,立即在海内外引起很大反响,引发人们对 20 世纪中国农村和农民命运的深度思考。已故中央文史馆馆长萧乾先生称其"是一部中国农村社会的历史长卷,是有史诗意味的作品";多数评论者认为,作品从民俗文化角度切入,努力反映中国农村社会生活的厚重历史,气势恢宏,思想深刻,故事神秘曲折,艺术感染力和震撼力极强;评论界把《女巫》与陈忠实的《白鹿原》誉为当代长篇小说中的史诗性作品,认为它填补了反映江南农村生活的长篇小说的空白,但也有评论者认为《女巫》宣传封建迷信和淫秽思想等等。

1993 年 4 月 22 日,人民文学出版社在北京专门召开了由海内外专家、著名作家、评论家和出版家参加的《女巫》研讨会,会后,台湾强华出版事业有限公司出版了《女巫评论集》。

3. 关于"新科技探秘小说系列"

2005 年初春,竹林推出《今日出门昨夜归》和《灵魂有影子》两部小说,将当代科学与当今校园生活结合起来,让科学与小说"联姻",开创了青春文学的新的艺术形式,在文学界引起巨大反响,《人民日报》《文艺报》《中华读书报》《文学报》等许多媒体都发表了报道和评论;在北京和上海的专题研讨会上,学者们普遍认为:(1)作品对当代青少年生活的脉搏把握得比较准确,富有时代气息,作品既抓住了他们的主流诉求,也有很高的艺术品位,语言流畅生动,又注意严谨规范,是思想性、艺术性、可读性俱佳的成功之作;(2)竹林将以理性思维为主的科学理念和以形象思维为主的文学相结合,为读者提供了一个巨大的认知空间;(3)写作者的想象力是有限的,对科学等其他领域的认识有助于作家抵达另一个世界,而我们的科学幻想小说创作一直很弱,这和我们的哲学思维和幻想能力有关,习惯用实证的眼光去看世界常常是有局限性的。竹林的创作在这方面作了有力的探索;(4)作品突破了以往青春小说的套路,展示了一种内在的冲击力,引导读者感悟生命形态、宇宙变迁和人世间的万事万物,识别新世纪、新时代的真善美和假丑恶。竹林在小说里呼求一种新的道德和新的理念。在梦幻瑰丽的外衣下面,包含着强烈的人文精神。评论家一致认为这两部作品具有深刻、厚重的思想内涵,突破了当前青春文学的轻薄姿态,给校园文学注入了一股清新气息,起到了开拓性的作用。

4. 关于儿童文学创作

竹林的目光始终关注青少年,陆续推出《流血的太阳》《竹林村的孩子们》等一大批儿童文学作品,《晨露》《夜明珠》被选入中国百年百部儿童文学经典,散文《架起爱的桥梁》被收入"人教社"版九年制义务教育五年级《语文》课本。评论者称赞竹林向孩子们幼小的心灵注入科学、幻想和大爱精神,为孩子们的健康成长提供精神食粮;用一些厚重的思想情感去影响少年儿童,培养他们的奋斗精神,引导他们追求知识和真、善、美。

5. 关于"人间大爱系列"

竹林始终讴歌大爱、宣传大爱、身体力行大爱,与和谐社会的宗旨合拍,近年来又推出"人间大爱系列三部曲"——《净土在人间》《挚爱在人间》《天堂在人间》,倡导人与人之间的爱、尊重与平等,对荡涤人们的心灵污垢、净化社会风气起着不容忽视的潜移默化作用。

台湾慈济慈善机构创始人证严法师评价:"竹林女士心中无一物,如纯净的白纸,不带任何色彩,所以甫接触慈济人事,在白纸上写下的文字就是很美的篇章。"

6. 关于竹林作品的语言艺术

竹林作品的文字之美是为每一位读者和研究者所赞赏的,许多评论文章评价竹林小说的语言生动优美、清新流畅,有浓厚的地方特色和民族特色,讲究音节和声韵的美,把来自江南的吴侬软语和来自书本的语言很好地结合起来，是真正的文学语言。在一个物欲、情欲描写和语言暴力充斥文坛的时期，竹林纯净的语言艺术显得尤为可贵。也有研究者指出，竹林的叙述性语言似乎更优于人物对话。

总体来看，国内外关于竹林及其创作已经进行过一些研究，其中也不乏真知灼见；毋庸讳言，也有一些因未能参透竹林创作密码而产生的误读误评。但现有研究成果多着眼于某一部作品或某一类题材作品的研究和评述，系统论述竹林生平、作品与创作思想的论著目前尚未出现。因此，笔者感到有必要充分利用现有的国内外研究成果，结合当代文坛现状、中国作家创作历程和精神指向，对竹林的创作进行系统化研究，探讨她创作的特色和价值，以尽早填补竹林研究的这一空白，也为后来者的深入探究提供一块铺路的砖石。

随着新时期文学评价和研究的深入，竹林以其意气风发的创作势头正逐步引起媒体、读者和文学界的关注，尤其是她获得中宣部"五个一工程奖"的作品和她对于青春文学的成功尝试已经吸引了众多研究者的目光。长篇近作《魂之歌》的出版，更让人们看到了女作家竹林开疆拓土的魄力和异样的风采。人们越来越意识到竹林这一当代文坛不容忽视的存在，这一点是令人欣喜的。

是为序。

史挥戈
2014 年"五一"节期间
于江苏大学沉香斋

引言：

作家竹林与现实主义

　　自正式踏上创作之路，写作并出版第一部长篇小说《生活的路》到近期《魂之歌》的出版，竹林已经走过了 30 多年的文学创作道路，这也正是我国新时期文学自诞生至成长繁荣的 30 年。从竹林创作的整体情况来看，她始终遵循着现实主义的创作原则。她认为，文学创作本应反映时代的真实面貌，而非一味地"歌德"或写阴暗面。好的文学作品应反映时代内涵和发展方向，应通过文学作品进行时代总结和前瞻。现实主义的根本任务和重要目标是描绘社会现实，反映时代变迁，展现人的历史命运、心灵历程和精神世界。敢不敢反映生活的真实面貌，反映到什么程度，在当前体制下至关重要。竹林的"知青文学第一声"——《生活的路》就是在体制尚不允许的情况下，敢于写真实、说真话的一部具有开拓性意义的作品。此后，她始终以"夜间奋飞的小鸟"的勇气，排除种种纷扰，坚定不移地行走在现实主义的道路上。

一、关于现实主义

　　19 世纪英国作家狄更斯在《双城记》的开篇这样写道："这是一个最好的时代，这是一个最坏的时代。"当时的西方正处于资本主义上升时期，面对着发生翻天覆地变化的社会现实，作家和艺术家们不约而同地选择了现实主义以对抗充斥着"鲜血和肮脏"的社会。

　　追根溯源，在文学领域最先使用"现实主义"这一名词的是 18世纪德国"狂飙突进"运动的代表人物——美学家席勒。他在《论素朴的与感伤的诗》一文中,系统地总结了从古代到近代西方文艺发展中的两种基本倾向,即:偏重于直接反映现实的"素朴的诗"和偏重于表现由现实提升上去的理想的"感伤的诗"。他认为两者的区别在于:前者再现现实,而后者表现理想;前者重客观,而后者重主观。他肯定这两种创作倾向可以趋于统一。现实主义从此作为一个概念被确定,也作为文艺及社会思潮系统中的一个元素得到了清晰的表达。

从此,现实主义开始了在世界各国的文艺创作实践,但是,其作为一种系统而成熟的创作方法则始于19世纪初期的法国。被誉为最早的和最重要的现实主义实践者之一的司汤达,在他的《拉辛与莎士比亚》中确立了现实主义的创作原则,如:伟大的作家应该表现他们的时代,文学需要反映时代的变革,等等。接着,现实主义思潮在法国、英国等资本主义国家迅速崛起,并发展成为19世纪最重要的、最波澜壮阔的一个文学潮流。

现实主义侧重如实地反映现实生活。它提倡客观地、冷静地观察现实生活,按照生活的本来样式精确、细腻地加以描写,力求真实地再现典型环境中的典型人物。现实主义秉持纯文学的写作手法,其特征是:去除干净作品中的政治谎言、道德谎言、商业谎言、维护阶级权贵谎言、愚民谎言等,客观地呈现现实生活、人性特征等。

批判现实主义则特指19世纪在欧洲形成的一种文艺思潮和创作方法,它是在继承以往文学中现实主义传统的基础上形成的。最早作出"现实主义是批判的"论断的是《艺术的社会使命》一书的作者——法国的蒲鲁东,但由于此人是无政府主义的创始人,后来成为第二帝国的代言人,马克思曾在《哲学的贫困》一书中批判过他,因此他对批判现实主义的提法未能引起人们的注意。

正式提出批判现实主义并给其下定义的是高尔基。高尔基在《和青年作家谈话》中指出:"资产阶级的'浪子'的现实主义,是批判现实主义;批判的现实主义揭发了社会的恶习,描写了个人在家庭传统、宗教教条和法规压制下的'生活和冒险',却不能够给人指出一条出路。批判一切现存的事物倒是容易，但除了肯定社会生活以及一般'存在'显然毫无意义以外，却没有什么可以肯定的。"既肯定了批判现实主义的社会批判精神，也明确地指出了其悲观主义的弊端。

从文学实践的角度考察，批判现实主义对社会生活各方面的展示是广阔和真实的，对现实矛盾的揭示也具有相当的深度，远远超过以往任何一个时代的文学。马克思、恩格斯曾经赞扬杰出的批判现实主义作家对现实关系的深刻理解，并高度评价巴尔扎克、狄更斯等人反映社会生活的丰富性和深刻性，认为他们在作品中提供的历史材料比历史学家、经济学家、统计学家等合起来所提供的还要多。列宁更是把托尔斯泰的作品称为"俄国革命的镜子"。这些经典论述十分生动地指明了批判现实主义文学的积极意义和历史价值。

从世界文学史的角度来看，批判现实主义都是对现实的批判，巴尔扎克等作家都对当时的制度提出了质疑。瑞典作协主席马兹·索德隆德在接受中国记者采访时，也提出应保护作家批判社会和政府的权利。的确，面对权力和主流说出自己的疑问，体现作家的勇气和胆识，而容忍善意的批评和不同的声音，则凸显出一个政体的自信与宽容。

可见，以"现实主义"来命名一种文艺思潮，说明这种文艺思潮的宏观技术手段是基于现实而隐喻其他。毋庸置疑的是，文艺只要关乎现实就必然产生道德判断，这一判断必须以"善"居其首要，至少不可逾越道德律的底线，否则，违背道德律的现实主义就会被沉沦的社会所消解。现实主义作家从现实生活取材，将自己的主观情感巧妙地投射到作品中，以实现对生活评价的参与和对价值观的引领。他们即便在作品中展示罪恶和丑陋，其目的也是为了净化社会环境，引导人们臻于真、善、美的境界。

二、现实主义在中国

20 世纪的中国文坛，各种创作潮流激荡更替、各领风骚，但现实主义始终占据主流地位却是一个不争的事实。然而，现实主义的发展形态几经变迁,理论界关于现实主义的论争也不绝于耳。可以说,现实主义在中国经历了一个曲折、复杂的演变过程。

在中国,现实主义最早萌芽于 20 世纪初期,由早期接触西方思想的中国知识分子介绍到中国。1902 年,在梁启超的《论小说与群治之关系》一文中,就出现了"理想派小说"与"写实派小说"的提法,这大约是关于浪漫主义和现实主义最早的中文表述。此后,以新文化运动为标志的中国现代文学应运而生。五四运动前后,陈独秀、李大钊、鲁迅、茅盾和文学研究会成员都大力倡导写实主义。当时,现实主义又被译作写实主义,也称自然主义。1915年 12 月,陈独秀在《青年杂志》第 1 卷第 4 号答张永言的信中宣称:"吾国文艺,犹在古典主义、理想主义时代,今后当趋向写实主义。"从此,现实主义创作贯穿了中国现代文学的整个发展脉络,并且涌现出一批关注现实的问题小说和乡土小说,以及以茅盾为代表的社会分析小说。

20 世纪 30 年代,马克思主义经典现实主义思想和社会主义现实主义理论也先后被介绍到中国。1933 年 4 月,瞿秋白在《现代》第 2 卷第 6 期上发表《马克思、恩格斯和文学上的现实主义》一文,向中国介绍了"莎士比亚化"和"席勒式"的论述。同年 11月,周扬在《关于社会主义现实主义与革命浪漫主义》中第一次将苏联的社会主义现实主义理论引入中国。之后,社会主义现实主义逐渐成为左翼文学遵循的创作理论,在 40 年代解放区的延安文艺整风运动中,特别是在毛泽东发表《在延安文艺座谈会上的讲话》后得以确定。1958 年之后,毛泽东又提出了"革命现实主义和革命浪漫主义相结合"的创作方法。①

新中国成立以后,现实主义文艺成为中国社会主义意识形态的重要组成部分,尽管有过新中国成立后 17 年关于现实主义的论争和试图突破禁区的创作实践,但最终没有取得预期效果。这一

---

① 张宏:《论现实主义创作在中国的历史嬗变与当下意义》,《文学评论》,2010年第 2 期。

时期的文艺创作普遍存在着"政治标准第一，艺术标准第二"和公式化、概念化、简单化的通病。在长达10年的"文化大革命"中，随着"三突出"等原则的提出，社会主义现实主义创作不可避免地走向了反现实主义的歧途。

改革开放30多年来，现实主义文艺思潮仍然是中国当代文艺依循的基本创作精神。新时期文学伊始，"伤痕文学""反思文学""改革文学"等文学思潮仍然沿袭了现实主义的创作方法。伤痕文学通过描述广大干部群众和知识分子在"文化大革命"中的悲惨遭遇，控诉了这场浩劫所造成的无法弥补的历史创伤。如刘心武的《班主任》、卢新华的《伤痕》、宗璞的《我是谁》、郑义的《枫》、遇罗锦的《一个冬天的童话》等，或描写被极"左"路线蒙蔽的青年对政治的盲从，或描写知识分子因坚持真理被迫害的悲剧，或描写普通百姓的生活苦难，在社会上引起了极大轰动，展现出现实主义文学的力量。这一时期的文学，也因其和五四精神和欧洲启蒙思想的重新接轨，而被一些学者称为"新启蒙文学"。

与伤痕文学比较，反思文学更具思想解放的特点，对产生社会悲剧的原因进行了更为深入的反思，进而反省自我对这段历史应负的责任，反思也随之从政治层面进入哲学和文化层面。代表作有鲁彦周的《天云山传奇》、茹志娟的《剪辑错了的故事》、高晓声的《李顺大造屋》、周克芹的《许茂和他的女儿们》、古华的《芙蓉镇》等。竹林的反映知青血泪的《生活的路》也无可争议地汇入伤痕反思文学的大潮中。

痛定思痛之后的1979年，蒋子龙以短篇小说《乔厂长上任记》拉开了改革文学的序幕。这些反映改革开放的现实生活的作品贴近现实，呼唤、表现城乡改革，掀起了又一轮现实主义"冲击波"。代表作有张洁描写工业改革的《沉重的翅膀》、李国文描写权力更替的《花园街五号》等。

1985年前后，西方各种文艺思潮与流派，如意识流、表现主义、象征主义、荒诞派、后现代主义等相继被介绍到中国，极大地拓宽了中国作家的视野。作家高行健发表《现代小说创作技巧》一文,接着,一批中青年作家大胆借鉴新形式、新方法,为具有民族特色的现实主义小说注入了新鲜的活力。王蒙以《夜的眼》《海的梦》《春之声》《布礼》《蝴蝶》等一组作品进行了意识流小说的艺术探索,他打破时空界限,按照心理时间来展开矛盾冲突,使作品呈现出放射状结构,给许多当代作家以启迪。随之涌现出宗璞《我是谁》、张承志《黑骏马》、张抗抗《北极光》、谌容《人到中年》等一大批采用意识流手法创作的小说,然而,这些作品因为没有脱离现实主义轨道,而一度被称作"伪现代派"。稍后,文学开始"向内转",强调个人至上的"纯文学"逐渐成为影响当时中国文坛的主要理念;有人则津津乐道于文字和符号的游戏,淡漠了对社会现实的关注度和文学的批判功能。

80年代末到90年代初期,在媒体的策划下,一批被称为"新写实主义"的作品集体亮相,其特征是忠实记录社会生活中的矛盾与问题,特别关注日常生活中的凡人琐事,力图精确地描写他们的原生态生活,感情零度投入,使小说呈现出一种驳杂的原色。代表作有池莉的《烦恼人生》、方方的《风景》、刘震云的《一地鸡毛》、刘恒的《伏羲伏羲》等。新写实小说以不动声色、不置可否的态度,来表达对现实的无能为力和全盘认同,呈现出向粗鄙化、庸俗化靠拢的倾向。几乎同时出现的"新历史小说",则热衷于对历史的戏说和消解。还有迎合消费欲望的隐私写作、身体写作和叫喊写作。无论是用语言游戏和文字狂欢来掩饰对于现实表述的无力和逃避,还是用越来越露骨的感官刺激来迎合和谄媚大众文化消费心理,都透露了创作者们在商业大潮中因无力抗拒而随波逐流甚至推波助澜的尴尬处境。

90年代的文坛,又涌现出一批反映中国现代化进程中的艰辛和困境以及所面临的重大社会问题的"新现实主义"小说,如《大厂》《大雪无痕》《年前年后》等中篇小说,《苍天在上》《人间正道》等长篇小说,引起人们的思想震撼,产生了强烈的社会反响。而此刻,纯文学因其坚守精神净土的决绝姿态而陷入孤立无援的境地。那些书写身体欲望与感官刺激的商业化文学开始大行其道,同中国文学的现实主义传统渐行渐远。

　　进入21世纪，随着国际文化交流渠道的通畅，那些通过模仿、复制、拼贴和翻拍生产出来的伪现实主义作品，在中国文坛和影视界赫然占据了半壁江山，这些舶来的艺术品，被我们的艺术家注入中国元素，贴上了各种本土符号，伪装成原创的中国现实文化产品，其表现出的则是对现实的遮蔽、虚构和意义真空，从而成为不及物的"空洞能指"，真正的现实主义就在这种后现代的文化游戏中被悄悄地谋杀掉了。

　　20世纪末期以来，中国的改革事业进入深化和攻坚的关键阶段，许多作家以各种冠冕堂皇的理由，纷纷抛弃了现实主义创作，投入现代主义、后现代主义等西方"奶娘"的怀抱。他们抛弃了现实思考的文艺，也理所当然地为现实所抛弃，被时代边缘化。因为急速变革的时代需要现实主义的诉说、思考和阐释，需要具有社会责任感与历史使命感的作家和艺术家参与其中。正如作家梁晓声曾经宣言的那样：

　　新时期文学曾试图肩负起的一个重要的使命，便是向往着完成现实主义的复归。但是令人遗憾的是——在这个曲折复归的过程中，它不但时时招致僵化的文艺观念的顽强阻止，也经常受到来自"中国式"的某些"现代主义"文学团伙的轻蔑和贬斥。这使中国的现实主义文学一直不得不于当代侧身而立，并且在伤痕累累中仰倒。

　　我确信，现实主义，至少在今后10年里，仍将继续它的复归实践，而不是在伤痕累累中彻底倒下。我所言现实主义，不唯是一种"创作方法"，更是一种文学宗旨——对现实社会予以极大关注，而非故作仪态地逃避的宗旨。在中国，文学必将补上"现实主义"这一课，一切脱离"现实主义"内容的形式上的"现代主义"，实在是撑不起中国当代文学的巨大骨架。[①]

---

　　①　梁晓声：《关于〈浮城〉的补白》，《光明日报》，1994年3月2日。

30 年的时光倏忽而过,近年来,文艺理论界对现实主义、革命现实主义、社会主义现实主义、革命现实主义与革命浪漫主义相结合等创作方法进行了重新梳理,有关现实主义的讨论再次成为 21世纪的重要话题。人们对当下现实主义精神的委顿痛心疾首,声声呼唤着真正具有时代先锋精神的文学出现:

很明显,无论古今中外,作为高尚的且具有强大感召力的文学,应该始终站在社会发展的最前沿,而不断推陈出新、开拓创新。同时文学又作为人类最智慧的老人和清醒的哲学家,时刻叩问着现实和人生,而毫不留情地鞭策和挞伐着社会的丑陋、肮脏、污秽和难看的东西等等。然而,现在的中国还依然有这样的文学吗?

如果文学脱离了豪迈的正义情怀和呐喊的先锋作用,文学就自己把自己束之高阁了,或故意装出一副不食人间烟火的清高味,于是文学便走向了末路和毁灭的边缘。①

三、竹林与现实主义

众所周知,一个作家选择什么样的创作方法,走什么样的创作道路,是受他的世界观、生活经验、艺术修养和心理特征等因素制约的,是作家自觉或不自觉地遵循的美学原则,反映着作家对现实的态度,决定着艺术形象的构造样式和对现实的艺术概括手段。它是在漫长的岁月里形成的。

那么,竹林为什么会走上一条现实主义创作道路,且 30 年来无怨无悔呢?竹林的现实主义又有什么特点?下面略作分析。

（一）竹林选择现实主义写作方法的原因

现实主义写作最核心、最本质的部分就是真实地反映社会现实,从这个意义来说,与其说竹林选择了现实主义,不如说现实主义选择了竹林。

影响一位作家写作题材选择和风格形成的因素有很多,从文

---

① 芙瑞迈尔:《中国为何没有批判现实主义的文学》,中国作家网,2004 年 2 月 26日,http://www.chinawriter.com.cn。

艺心理学的角度看，童年所经历的事情会引导作家的写作风格，特别是一些痛苦的记忆，会促使作家产生在作品中宣泄这种情绪的强烈冲动。而作家成人后的社会际遇更对他的写作有着极其深远的影响。

我们不妨对竹林的童年经历和成人后的社会际遇略加剖析，从中探究竹林与现实主义写作结缘的端倪。

1. 缺失爱的童年

在心理学领域，各派心理学家都十分重视童年的爱与创伤体验对个人成长的意义。马斯洛在他的需要层次论中，把爱的需要作为最基本的精神需要，认为一个人如果得不到爱，就会"强烈地感到孤独，感到在遭受抛弃、遭受拒绝、举目无亲、浪迹人间的痛苦"。①

不幸的是，竹林自降生到这个世界开始，就失去了母爱，从此孤独便如影随形，影响着她那颗特别敏感的童心，在她最需要爱和抚慰时，却遭受了不少人世间的冷落和歧视，幼小的竹林过早地体味到孤独和寂寞，体会到人生的悲苦，从而唤醒了她顽强的意志。母爱缺失的体验，成为竹林此后不竭的创作源泉。如她在描写童年生活的散文和小说中，多次写到这样的情景：一个柔弱善感的孤女，兴冲冲地跟在婶婶和弟弟后面去吃早餐，殷勤地找桌子、端碗，眼睁睁地看着弟弟吃着大饼油条，自己在一旁忍着眼泪，面容逐渐变得僵硬起来。

诚如研究者所分析的那样："童年爱与创伤体验不仅成就作家的生命基础和创作之源，而且深刻影响着作家创作的题材选择、人物形象塑造、情节结构安排、创作风格和主题意蕴表现。作家童年爱与创伤体验共同构建了作家创作的根基，并与其丰富的人生阅历与创作才华等因素相结合，铸就了伟大的作品，也成就了作家。"②

---

① ［美］亚伯拉罕·马斯洛：《动机与人格》，许金声等译，中国人民大学出版社，2007 年。

② 李晓燕，王志章：《作家童年爱与创伤体验对其创作活动的影响研究》，《作家》，2010 年第 24 期。

2. 被放逐的青春

告别了苦涩的童年和少年时代,在该放飞青春的年龄,竹林又与成千上万的知识青年一起,被命运抛到了贫瘠的皖东乡村,在物质和精神的双重贫困中忍受着煎熬,走着一条孤苦无援的"生活的路",承受着"命运的挥鞭"。在多次被推荐上大学但都因为不清不楚的原因而搁浅时,她走向了山洪暴发后的一片汪洋,如果不是一位撑着红色油纸伞的老农相救,竹林年轻的生命或许就此消逝在那滔天的激流中。"上山下乡"的六年间,她拼命干农活,实实在在地扛了六年锄头,一心想炼红一颗心,晒黑她那张永远也晒不黑的脸,直到晒晕过去;她担任赤脚医生,救活过喝农药自杀的农妇,20 多年后当她旧地重游时,当地的农民还认得出她;她也感受到农民的善良、无助、穷困和苦难,目睹了农村基层"权力禽兽"的荒唐与凶残;瞠目于江浙一带农村"叫魂"和"附体"等带有迷信色彩的现象,并探究其深层动因。仿佛命运的安排,就在竹林下放的安徽凤阳,出现了 18 个农民不顾生命安危按下红手印,要冒死挣脱人民公社的"枷锁"的政治事件。竹林就生活在这片土地上,对农民的苦难、理想和追求可谓感同身受、凉热自知。

这沉甸甸的一切,使竹林对中国农民的生存状态和他们的诉求有了切身的感受,对农村社会中封建主义的陈陈相因和流弊也有了更为直观的体察,这对她理解中国历史和现实的复杂性以及改革的艰巨性,有着重要的启迪和深远的影响。

3. 蛰居城郊一隅

返城后的竹林成了上海少年儿童出版社的一名编辑,为了写作为知青说一点真话的《生活的路》,遭到以单位领导为代表的极"左"势力的百般阻挠与压迫,受尽冷眼和打击,走投无路之下几欲自杀。偌大的上海,竟无竹林的立锥之地,无奈之下她只得自我流放,从此告别了繁华都市,在郊区农村栖身,这一去就是 30 多年。在这里,竹林看到了农村的落后与不公,以及农民淳朴、贫穷、被剥夺尊严的生活现状,也看到了农村少年活泼的天性和可贵的童心,对江南农村的风土人情、社会结构等有了更为透彻的了解。

这促使她从农村生活的视角，通过农民的命运浮沉看取历史、观照现实、感知未来。

竹林说："惟有堕落在最深的谷底，才能洞察生活的底蕴。"①

黑格尔指出，艺术家"必须发出过很多的行动，得到过很多的经历，有丰富的生活，然后才有能力用具体的形象把生活中真正深刻的东西表现出来"。② 在这里，黑格尔强调的就是作家具备丰富人生阅历的重要性。

竹林的生长与生活环境，无疑为她的作品涂抹上了独特的色彩，长期在苦难、孤独中生活的独特体验，也为她的思考、写作甚至表达方式烙铸下深深的印记。这份生命体验渗透到她的血液里，镌刻在她的灵魂中，乃至形成了她看待世界的独特目光。这一切，都为竹林奠定了现实主义的思想基础，当她拿起笔来要对这个世界诉说时，便自然而然地走上了现实主义的创作道路。

（二）竹林的现实主义写作特点

在论及这个问题之前，有必要再强调一下现实主义文学的四个基本特征：① 反映生活的真实性；② 深刻的暴露性和批判性；③ 人道主义思想；④ 描写典型环境中的典型人物。

能否说真话是衡量一个写作者及其作品成败的最重要的标准。1984 年诺贝尔文学奖得主——捷克诗人塞弗尔特说："每当我写作时，我都努力做到不说假话——这就够了。如果我们不能把真理说出，那就沉默好了，但不要说谎。"

巴尔扎克说："同实在的现实毫无联系的作品以及这类作品全属虚构的情节，多半成了世界上的死物。至于根据事实，根据观察，根据亲眼看到的生活中的图画，根据从生活中得出来的结论写的书，都享有永恒的光荣。"③显然，文学大师也在呼吁写真实。

真实性是竹林始终恪守的创作信条。因为唯其真实，文学才

---

① 竹林本人提供资料。
② ［德］黑格尔：《美学》第 1 卷，商务印书馆，1979 年，第 359 页。
③ 中国社会科学院文学研究所编：《古典文艺理论译丛》第 10 册，知识产权出版社，2010 年，第 122 页。

有价值和生命力。只有来自自己的生命体验,才彰显出实在意义。竹林运用现实主义手法创作"知青三部曲"——《生活的路》《呜咽的澜沧江》《魂之歌》,是因为她本人是知青,亲身经历了知青生活中被愚弄、被践踏的痛苦历程,那份灵魂烧灼的痛楚,无处诉说的煎熬,深深地烙印在她的心底,让她不得不写出那段生活,写出被埋葬了青春的一代人的思考,"显示的是真实的生活和生活的真实,里面有血、有泪、有灵魂的呼喊"。我们完全有理由相信,"任何缺乏生活体验而用虚构的'事实'来'充实'作品的人都成不了大家;同样任何一位大家都必须以自己的真实生活体验来构思作品,这样创作才有生命力"。[1]

伤痕文学的代表作家刘心武在谈到竹林的《生活的路》时曾说:"我只能说出这样的直感,像《生活的路》这样的小说的出现,标志着我们恢复了说真话的权利。"[2]

竹林所塑造的那些善、恶、美、丑的各色人物,她强烈的社会批判精神,对人类之爱和人道的寻求与表达,人道与兽道的激烈搏杀,无不镌刻着一个时代的鲜明印记。

如,她以校园生活为背景创作的环保主题长篇花季小说《脆弱的蓝色》,细腻委婉地讲述了一个发生在江南古城的故事,通过少男振新和少女文静的故事,展现了人间美与丑、善与恶的较量,让人相信无论何时头顶上都会有一片湛蓝的天空。小说一问世便引发了关于书中沉重的主题是否逆当下少儿作品崇尚文学之轻的潮流、少男少女是否看好正统文学的广泛讨论。竹林认为,作家应该有担当,不能逃避现实,要有使命感,只写轻,不写生活之沉重是不对的(竹林《文学作品中的轻与重》)。作家如果缺失了独立之精神,自由之思想,只知盲从,一味地躲避崇高,吟风弄月远离社会,必将被读者抛弃,被社会遗忘。[3]

---

① 丘峰:《自己的天空:挚爱在人间——致竹林》,《当代作家评论》,1993 年第 5 期。

② 曾庆瑞:《竹林小说论》,台湾智燕出版社,1990 年,第 360 页。

③ 竹林:《我写〈脆弱的蓝色〉》,《出版广角》,2001 年第 6 期。

在长期的创作实践中，竹林意识到，仅仅沿袭传统现实主义已不能满足当代读者多样化、多层次的精神需求，必须与时俱进，形成自己的风格，让读者愿意去读，愿意接受。现实主义不是简单的、僵化的，必须有较高的哲学起点，有宽广的对时代、科学发展的认识，对天文学、宇宙学发展的认识胸怀。她认为，一个作家应不断拓展自己的知识疆域，尽可能多地了解古今中外的历史和现实，广泛阅读宗教、天文、地理、民俗等知识，甚至自然科学知识也要了解，否则写出的作品会是短视的、夜郎自大的，文学价值也不会高。知识无止境，文学的现实主义也是无止境的。基于这种认识，竹林不仅长期深入农村社会，感受大地与乡村的脉动，如饥似渴地阅读各类书籍，还多次赴国内外实地考察调研，对变幻无常的世界做出自己的判断，并将这些新鲜的知识和感受融入自己的创作中。

纵观竹林的全部创作可以发现，她所遵循的已经不是一般的现实主义，而是在现实主义基础上多方吸收其他创作方法的艺术特色，同时又融合社会科学和自然科学的丰富内涵而形成的现实主义。这种写作方法被评论家王淑秧命名为"开放的现实主义"，笔者十分同意这一提法。[1]

竹林在《答加拿大爱特蒙顿大学东方语言文学系教授梁丽芳女士问》中曾有如下自述，表明了竹林自觉的艺术追求，显示出她对现实主义的深刻认知与大胆实践。

我决心遵循现实主义的创作道路。但是，时代在前进，读者的阅读欣赏能力和习惯也在变化。因此，我也想使自己创作的作品与读者的需要相适应。同时将反映的现实生活同一个特定地方的民间文化、传统、习惯、风俗结合起来，甚至借鉴民间文学的一些手法增强故事的可读性。

竹林的开放的现实主义具有如下特点：

---

① 王淑秧：《〈女巫〉，开放的现实主义》，《小说评论》，1993 年第 5 期。

1. 塑造各色人物群像，讽刺揭露社会罪恶

竹林在她几百万字的作品中，塑造了女知青系列、恶人系列、救世者或殉道者系列、农家姑娘系列等人物群像。通过对各色人物群像的精心描绘，讽刺、揭露了社会现实中的罪恶，增强了反映现实的深度和广度。

比如，竹林塑造了比苦楝树还要命苦的农家姑娘群像，像《女巫》里的须二嫂、小尼姑、荷花、叶瑛;《生活的路》里的小李子、素芳、树霞;《网》里的秀;《蛇枕头花》里的阿米箩;《苦楝树》里的金铃、金铃娘、俞嫂;《水潺潺》里的秀兰;《没有热量的萤光》里的阿珍;《黄绿色的站牌》里的"我";《蜕》里的阿薇;《渔舟唱晚》里的阿兔、阿菊、阿芬;等等。这些美丽、善良、勤劳的女性，似乎无论生活在什么样的时代，都是掌握了权势的男人觊觎、追逐、欺侮甚至蹂躏的对象，而她们就像洁白的羔羊一样无力反抗，任人宰割，人权和尊严在光天化日之下都被剥夺殆尽。如《网》中那个因为偷了几斤喂猪的饲料给饥饿的女儿吃而被迫敲锣游街的秀，最后要和女儿一起服毒自尽的故事令人心碎和愤怒。更为可悲的是，她们大多数人在自觉或不自觉地重复着上一代女性的悲剧而不自知，或根本不思反抗，如《生活的路》里大队书记崔海赢的那位逆来顺受的老婆树霞，比起那些因反抗失败而招致更残忍奴役的女性，这种被鲁迅形容过的在"铁屋子"里窒息而死的悲剧令人更觉凄惨。再如《苦楝树》里的俞嫂，自己当年被老支书以"拥军"的名义强行安排嫁给了不爱的人，酿成了一生的不幸，可她不仅不觉悟，反而在大队书记的儿子强娶金铃姑娘时充当了帮凶，让年轻姑娘再蹈她的覆辙。对这种"奴才"哲学，竹林充满了强烈的批判精神。而对那些具有反抗精神，敢于争取恋爱自由、婚姻自主的女性，竹林则倾注了自己的同情与敬佩之情，描写了她们的抗争、柔弱、动摇、坚持，还不吝给她们安排了幸福的结局。哪怕明知这种以卵击石的斗争因为力量悬殊根本没有胜利的希望，竹林也会让她们如须二嫂那样采用民间巫术等非常手段来诅咒、惩罚强大的对手，以获得心理平衡。也许有人会说竹林在宣扬封建迷信，但恰

恰相反,竹林是在以犀利的目光穿透封建宗法观念的坚硬屏障,赞赏着、鼓励着她们的战斗,告诉苦命的姐妹们,封建主义的余毒渗透在每个人的潜意识中,一时难以消除,但只要展开思想的羽翼,敢于斗争,哪怕付出惨重代价,总有推倒这堵墙的希望。

在竹林的小说中还有一个恶人系列:《女巫》里的书记阿柳,《生活的路》里逼死女知青谭娟娟的大队书记崔海赢,《棠梨花映白杨路》里的公社书记和县委书记的小少爷,《网》里的赖队长,《蛇枕头花》里的全村最高权力拥有者,《眼睛》和《地狱与天堂》里的组织部长褚明,《蜕》里的支书,《渔舟唱晚》里的乡长和武装部长,《呜咽的澜沧江》里的郭副团长、军区首长的儿子小李、团部武装部长"太君"等等,他们是那些美好而善良的人们的悲剧的制造者,是生杀予夺的权力野兽,对这些披着共产党员外衣却践踏着党的形象的两脚禽兽,竹林丝毫也不掩饰她的鄙视与愤怒,甚至是以赤裸裸的描写,剥下了他们堂皇的伪装,如郭副团长和小李奸污知青露露的场面,露露发疯似地煮了自己的婴儿给大家吃的情景,还有对色情狂阿柳书记的描写。对这些假公济私、恃强凌弱者的恶行劣迹,竹林不留情面地进行了道德的、政治的和文化的审判。

对于救世者或称殉道者的形象系列,竹林是怀着复杂的心情去塑造的。他们无疑是小说中敢于探索、大公无私、敢于斗争、勇于牺牲的一批人,但由于先天的思想缺陷,加之专制主义势力的强大或环境的恶劣,总之,种种掣肘和制约使他们未能完成救世的伟业,甚至连自身都难以保全,更拯救不了自己深爱的女子,只能眼睁睁地看着她们走向深渊,在清澈的滔滔江河水里洗涤时代的污秽,以期得到永生。如《呜咽的澜沧江》中男主人公龚献所探讨的共产主义,《魂之歌》中刀二羊和刘强所追求的事业,尽管是天真的、渺茫的,但依然可贵和真诚,任何人都没有权利去嘲笑与否定这一代人的幼稚与牺牲,而应承认他们的贡献。所以说这是悲壮的、也是殉道的一群。

竹林通过剖析恶人的肆无忌惮和畅通无阻告诫人们,除了历

史的、政治的、文化的原因以外，救世者们思想的先天不足，被侮辱
与被损害者群体的软弱和不觉悟，也是造成善良者悲剧命运不可
忽视的原因。

2. 借鉴多样化的艺术手段，使作品更具可读性

现实主义也不是一成不变的，它也要与时俱进，也要多方吸取
其他文学思潮和写作手法，给读者以新鲜的阅读享受。

比如，儿童文学应坚持纯真、童心。自《生活的路》之后，竹林
承受了巨大的政治压力，感到了人性的复杂，于是来到城郊一所农
村中学，在纯洁无瑕的孩子们身上寻找人性美与心灵美，写作风格
一变而为明快、纯真。她写抗战题材，但传统的写法已经不能再吸
引小读者了，于是她创作了以儿童的眼光和视角看大人之间斗争
的《流血的太阳》，写战争中的童心和人性。这种写法打破了传统
抗战题材创作的窠臼，为传统题材注入了新鲜血液，产生了奇特的
艺术魅力。

在写作《呜咽的澜沧江》时，竹林感觉到现实主义需要深化；
她喜欢杜拉斯的《情人》，因此就想借用一下意识流的手法；但竹
林并未一味地模仿，她认为自己的创作主流还应该是现实主义的，
不能脱离现实主义的内核这一深刻的东西。她要让自己的作品能
够被一般读者所理解，被大多数人读懂。所以在这部小说的开头，
她采用了块状的写法，这是中国人能理解的意识流方式。从总的
结构看，《呜咽的澜沧江》还是现实主义的，但表达思想更深刻。
应该说部分意识流手法的运用丰富了她的现实主义。

再比如，竹林在她的多部作品中也运用了魔幻现实主义的部
分手法。

魔幻现实主义文学是20世纪50年代前后在拉丁美洲兴盛
起来的一种文学流派。在写作技巧上，通过荒诞、怪异的描述手
法，将现实加以夸张、变形，从而更深刻地描绘出某种现实状况。

竹林的《女巫》出版后，在海内外产生了极大影响，台湾地区
还出版了专门的评论集。对于这部从宗教文化角度来表现中国
农村历史变迁的作品，评论界众说纷纭，有人说它是开放的现实

主义,有人说它是魔幻现实主义,当然,也有人说它宣扬封建迷信。二十一世纪出版社社长、总编辑张秋林在《文学的灵魂与影子》中与竹林进行了关于青春文学的对话,他感慨道:"我印象最深的则是你构筑了一座迷宫,一座恢宏、雄壮、复杂而又神秘的迷宫。你在这座迷宫里呼啸、呐喊,面对着走不出的怪圈,挣不脱的桎梏,逻辑被文化淹没,生命被扭曲结成了怪胎……但在澎湃的激情深处,内核是科学的理性的思考。情节中的灵魂附体也好,超自然的现象也好……你都收放自如,会给出一个合乎科学的解释。"

在近期由人民文学出版社出版的《魂之歌》中,竹林更是将魔幻进行到底。离奇怪诞的情节,谜团重重的人物,错综复杂的人物关系,浓烈的神秘色彩和异域风情,竹林像一位擅长女红的高手,精心编织故事,设置情节,吸引着读者勇往直前去探秘,也考验着读者的智力与逻辑思维能力。

其实,现实主义并不排斥虚构等艺术手法,因为现实主义手法最基本的特征就是要去尽谎言,客观地呈现现实生活和人性等,而要把谎言去除干净,要表达得客观,势必要借用虚构等艺术手法,虚构并不损害现实主义。对于竹林的魔幻现实主义,我更倾向于把它看作是一种写作策略和手段,其目的是借助魔幻表现非常态的现实,这样,非但不会影响对现实的反映,反而让读者更清晰、明白地透视现实的真相和本质。比如,《女巫》结尾悬挂在村头老柳树上的"怪胎"就饱含着深刻的寓意。

此外,散文手法的运用,如诗如画的景物描写,都增加了作品的诗意与美感,这样的例子开卷即是,不胜枚举。

3. 文学既要批判,也要给人希望,展示未来

竹林的小说中经常出现一把茫茫雨雾中的红色油纸伞,《女巫》的结尾写被逼成"女巫"的农妇须二嫂看到"万顷碧波上映着一条橘红色的路。她毫不犹豫地向这条路上走去"。《呜咽的澜沧江》的结尾"魂兮归来",让陈莲莲随着何士隐带领的社会形态考察团,来到澜沧江下游的丢落江边寻找人生的价值、人生的

意义、人生的希望，都给人展示了光明与希望。竹林深知，"文以载道"，文学应该激励人们去追求自由、美好和尊严，应该唤醒人们对个性发展和人文精神的渴望。而这正是现实主义写作的真谛。

纵观竹林的全部创作，每一部都给人以勇气和力量，无不让人看到那黑暗中闪闪的烛光和东方的一抹晨曦。

第一章

知青文学研究

知青文学第一声

——《生活的路》的艰难出版过程

1993 年 4 月 22 日,在人民文学出版社召开的竹林长篇小说
《女巫》研讨会上,该社老社长李曙光在主持会议时说了这样一番
话:竹林是打倒"四人帮"以后,对人民文学出版社新时期文学出
版起了开拓作用的作者。1979 年,刚打倒"四人帮",人民文学出
版社就召开了一次全国中长篇小说座谈会。这次会议和当时中国
最有名的一个会议——"理论务虚会议"同时召开。当时同时召
开的还有另外两个会议。对这三个会以及人民文学出版社的座谈
会,后来胡耀邦曾作了一个重要报告(指胡耀邦在为全国第四次文
代会部分与会代表举行的茶话会上的讲话),这个报告是胡耀邦在
意识形态领域的重要讲话之一。人民文学出版社的中长篇小说座
谈会,讨论的长篇小说,主要的就是竹林的《生活的路》。①

人们不禁要问:一位普通青年作者的小说凭什么成为一家国
内重要出版社的主要讨论对象?又何以引起当时党内最高领导人
的重视?这牵扯到《生活的路》写作与出版的时代背景,了解这一
切,对于读者理解中国拨乱反正的新时期之初文学的生态环境是
极为重要的。这绝非可有可无的题外话。

一、写作初衷

1966 年,竹林在上海的一所中学里经历了"文化大革命"掀起
的风暴,随后踏上了"上山下乡"的道路。从此,远离了繁华的大

---

① 竹林:《生活的路》,人民文学出版社,1979 年。

城市,来到安徽凤阳一个偏远的小山村。这里是明代开国皇帝朱元璋的家乡,"贫瘠的土地里长着瘦弱的庄稼"。在离山村几十里地以外,有一个快车不停、慢车也只停几分钟的小车站。在这里,竹林开始了她磨难重重的生活道路。对自己成长的这个时代,竹林有着深刻的认识:

> 20世纪60年代末70年代初,是中华民族历史上极其不平常的时代。在这个宏伟的历史画页中,有血与火的斗争,有人民群众的奋起,有魑魅魍魉的横行,有心酸悲愤的眼泪……我有幸在这样一个时期进入了青年时代。
>
> ……
>
> 在社会生活的茫茫大海里,有白浪滔天的风暴,也有碧蓝平静的海湾;有顺流也有逆流;有岛屿也有冰层和暗礁。我和我的年轻的同志和朋友们,就是在这样的大海里搏斗和前进。我们开始真切地体会到了我们社会制度中的优越的和好的东西,感受到了人与人之间真的和美的成分,享受着人生的温暖和希望的阳光;但与此同时,由于"四害"的肆虐和作祟,我们也经历了只有在这段历史时期中才有的思想上的混乱,精神上的痛苦和事业上的贻误;在我们的面前,出现了丑恶的灵魂,卑鄙的伎俩和饕餮的鬼蜮。
>
> ……
>
> 也是在这样的生活道路上,我们开始学会了爱与恨。我们爱伟大的祖国,爱伟大的人民,爱山乡劳动农民的淳厚与朴实;我们恨吸人血汗的恶鬼,恨他们剥夺了我们青年时代自由和幸福的权利,恨他们给社会和人们的心灵造成的巨大的破坏与创伤。在偏僻的小山沟里,我们认识到了改造我国广大贫穷落后的农村面貌,使勤劳、善良的劳动农民能过上美好的生活的艰巨性和迫切性;认识到了人生道路上的坎坷与曲折。
>
> ——竹林《生活的路》后记节选

正是这长达六年的苦难岁月,使竹林萌生了记录和抒发这一切感受的想法。于是,她开始在艰苦的劳动之余,在担土和推小车的间歇里,在滴水成冰的寒冬静夜中,在知青集体宿舍铺着高粱秸的床铺上,写她和知青战友们在生活的大海里的"航海日志"。然而,在那阴霾满天的日子里,动辄上纲上线,人人自危,写作和保存这样一些真实的生活记录是十分危险的。她常常拿着写好的稿纸,在屋里东瞅西瞧,实在找不到一个可以安全隐藏的地方,于是只好在睡觉的时候将其掖在枕头下面,在外出的时候揣在衣袋里。而最后,在白色恐怖和文字狱发展到登峰造极的时刻,她只好在烧火做饭的时候把它们统统塞进了炉膛。

虽然浸润着自己的心血的记录被烧掉了,但是一颗要倾诉的心并未随灰烬而去。在云收雨霁以后,稿子中那些熟悉的人物形象,他们的音容笑貌,他们的喜怒哀乐,他们对理想的追求和对未来的向往,仍栩栩如生地浮现在竹林面前,激励着她在生活的道路上进行探索;甚至那一张张狰狞的脸谱,也在激发她的义愤,激起她战斗的勇气。因此,不把它们再现出来,竹林的心情一时一刻也不能平复。于是,她又拿起笔,匆匆地把烧毁了的那些东西重新写了出来。

其实,竹林早在知青时代,就陆续发表过一些短篇小说和报告文学。但那些作品中的主人公,无一例外的都是"高大全"式的英雄人物。竹林明知这样的英雄在生活中并不存在,可这是写作组定下的创作模式,交给的写作任务,在那个要求统一与规范的时代,不这么写就不能发表,她只有遵命而行。当她 1974 年按政策回城,成了上海少年儿童出版社的一名文艺编辑之后,就决心不再写那些"假大空"的东西,而是想写一部反映自己上山下乡中所感受到的真实生活的小说。竹林当时的想法,仅仅是希望为个人对那段历史留个见证,而并没有想要发表或者出版,更不会想到自己的一部"稚拙浅陋"的作品竟会在社会上引起一场轩然大波。

这是 1975 年的严冬,中华大地尚未解冻的最严寒的日子。

二、写作过程

老天仿佛要为竹林的写作铺垫一个迷离的背景似的,1975 年的冬天，上海出现了一场罕见的漫天大雪，那些清晨和黄昏，竹林总是望着窗外白茫茫的天空发呆。渐渐地，一些人物、故事在她的头脑里盘旋起来，如同狂风搅动着雪花一般。有时她悄悄写下一些片段，但是对于究竟要写成一部怎样的小说，她还心中无底。

回想自己20多年的生活，尤其是"文化大革命"爆发以来的经历，竹林真是百感交集。由于性格内向，再加上诸如出身之类的客观原因，竹林一向都不是很激进的人，在整个"文化大革命"中没有资格戴红袖章，也无缘批斗哪位老师。然而在下乡的初期她却是真的抱了一腔热忱，真的想要战天斗地改变一下农村一穷二白的面貌。为了炼红一颗心，晒黑那总也晒不黑的皮肤，她三伏天不戴草帽在地里劳动，导致脸上晒蜕了皮，人被晒晕过去。直到现在她也从不怀疑自己和千千万万的同龄人在踏上征途时那种真诚和热血沸腾的心。然而生活使他们终于明白，整个"上山下乡"运动是对一代青年的贻误，甚至可以说是摧残。竹林决定要把这种感觉写出来，于是整部小说的基调定下来了。但是从1975年深冬到1976年金秋之前，国内政治的压抑与动荡，使这一切都只能秘密地进行。

经过了一番整理素材和拟订提纲等准备，到竹林动手写作的时候，已经是1976年的暮春时节了。少儿出版社内的广玉兰绿莹莹的枝叶间缀满了凝脂般晶莹的白色花朵。每天下班以后，竹林就悄悄地折一朵插在办公桌的案头，然后摊开稿子。她当时住在单位办公室楼上的一个亭子间里，因为她下乡插队以前和奶奶合住的那间小阁楼，在奶奶去世以后已经属于别人了，所以那时的竹林可以说是无家可归。

竹林这样描述她写作时的情景：

夜深人静，窗外飘着零星的雨，案上亮着孤独的灯，广玉兰紧裹的花蕾在我沙沙的笔声中悄然绽开，好像是一颗纯洁无私的心在陪伴着我。它那一阵阵清幽的香气，使我宁静、使我振奋，使我的心灵发出一阵阵颤动……天亮时分，花儿吐尽芬芳，花瓣上出现了点点锈痕，一片片落下。我搁下笔，从抽屉里取出一面小圆镜，照一照发黑的眼圈和额上过早出现的细纹,然后放下镜子,用凉水洗一把脸。

然而,这温馨的五月是短暂的,接着是炎热的夏天。我用冷水浸着脚,用湿毛巾敷着脑袋写。而后又到了严寒的冬天。每天等到办公室里的人走完以后,我就一个人悄悄地套上棉裤与棉鞋(这种臃肿的装束在上班时不好意思穿),再抱上一只灌满了热水的玻璃瓶。写着写着,水冷了,手冻僵了握不住笔,就站起来,围着桌子跑几圈。听说酒能御寒,我偷偷买了一瓶,但又实在忍受不了那种辣味,只好又加进许多糖和水。每逢节假日,单位的食堂里不开伙,我就事先买好几个冷馒头,等到感觉头晕得厉害不能再写下去时,才知道是饿了,于是啃个冷馒头充饥……①

功夫不负有心人。时间飞快地来到了 1977 年的初夏,竹林的案头也堆起了写好的沉甸甸的一大沓稿子。1976 年 10 月,"四人帮"被粉碎了,在举国上下的一片欢腾中,竹林直觉地感到,这部原不打算拿出去的书稿,也许会有问世的一天。然而,按照当时的中央未放弃"两个凡是"的主政思想,即"凡是毛主席作出的决策,我们都必须拥护;凡是毛主席的指示,我们要始终不渝地遵循",这时"上山下乡"运动依然是毛主席的号召,凡是毛主席肯定的依然不能否定。她私下里向一些朋友倾吐这个秘密,并给他们看了她的写作提纲和部分书稿,于是马上受到许多好心人的劝告。

一位资深老编辑问竹林:"你看过《归家》吗?"

刘澍德的《归家》是 60 年代的一部反映农村生活的长篇小说,写农村姑娘李菊英为了实现科学种田这一理想目标,农业专科毕业后重回阔别 5 年多的家乡。小说即以菊英归家后的生活遭遇和与已经成为生产队长的男友朱彦之间的感情纠葛为情节主线,围绕着他们对待工作、生活的态度,展现了公社化后云南农村生活的若干侧面,反映了农村两条道路的斗争。这部小说总体上还是称赞合作社的,相比同时期作品并没有任何突破,但与其他同题材小

---

① 竹林:《三十年回顾——我的创作道路》,竹林提供。

说相比,作者在塑造人物形象时,十分注重对人物内心活动的探寻,文笔细腻而生动,称得上是当时一部相当有特色的作品。就这样,在那个以阶级斗争为纲的年代,仍然招来了是"儿女情长"还是"小资产阶级"爱情等的质疑和批判。与杜鹏程的《保卫延安》、冯德英的《苦菜花》、杨沫的《青春之歌》、周立波的《暴风骤雨》、曲波的《林海雪原》、赵树理的《三里湾》、李准的《李双双小传》等60部深受读者喜爱的小说一同被打成了反党反社会主义的"大毒草"。

见竹林摇头,老编辑立刻紧张兮兮地说:"当年《归家》是作为'大毒草'来批判的,你这个要是拿出去,比《归家》的问题还要大。你可要想清楚!"经历了近30年的"左"风"右"雨的折腾,惊魂甫定的人们依然心有余悸。

不过也有人支持她,比如中国少年儿童出版社的副总编辑王一地,他那时正住在上海少儿出版社修改他的一部长篇小说,看了竹林的提纲之后,他以胶东人特有的豪气给了她亲切的鼓励。另一位支持她的是文艺编辑室的编辑赵元真。他看过竹林的提纲和所写的部分章节之后兴奋地说:"现在'四人帮'已经粉碎了,所有'四人帮'所犯下的罪孽和错误都应该受到批判。文学不能再充当政治的传声筒,而应该对历史的进程起推动作用。文学作品就是要讲真话,要讲出自己的思考,不能人云亦云……"

1977年底,竹林的长篇小说《生活的路》最终杀青。

三、投稿的周折

捧着自己几个寒暑换来的心血结晶,环顾着因为"十年浩劫"而元气大伤一片荒芜的文坛,竹林心中蓦然涌起了拔剑四顾心茫然的感受。那时一个作者是否能发表作品,尚需经过本单位的政审,新生事物的生存空间是极其狭窄的。笔者听说过写《秋菊打官司》的安徽作家陈源斌当初默默无闻时,因为该县文化馆一位管创作的人不给盖章而无法发表作品的经历,因此对竹林当时的忐忑心情特别理解和同情。

　　为了争取领导的支持,一天早餐后竹林专门在食堂里等候,看见社长进来了,她赶紧过去打招呼:"老刘,我写了一部书稿,想请您审查一下,能不能拿出去出版。"他笑了笑说:"年轻人搞创作是好事。我工作很忙,稿子就不看了,你自己拿出去投稿吧。"

　　听社长这么说,竹林松了口气。因为在此之前,她已听到不少风言风语,有人说:"看她那个样子,话也说不连贯,还想写小说!"也有人说她是"癞蛤蟆想吃天鹅肉"。现在好了,不管别人怎么讲,社领导同意她投稿,将来政审这一关可能就没问题了。事实证明,竹林实在是太天真了。

　　竹林高高兴兴地首先把稿子交给了上海文艺出版社,结果很快就被退回了。接着她又分别投寄北京的两家出版社,也先后被退了稿。而所有退稿的理由都不约而同,那就是关于"上山下乡"运动不能否定,所以书稿不能用。

　　几经辗转,稿子到了人民文学出版社现代文学编辑室的负责人孟伟哉手中。孟伟哉以他诗人的激情和敏锐肯定了竹林的这部小说,并把早春的信息透露给了她。他在书稿上面用铅笔写下了这样一段话:"这部小说,我读了一个通宵,掉了几次眼泪。我相信,它出版以后会遭到一些人的反对,但是全国一千多万知识青年会支持你,他们的家长也会支持你,我也支持你。努力吧,你是大有希望的!"

　　然而在当时,国家关于知青问题的昆明会议尚未召开,"左"的思想依然是一种保险系数较大的"好东西",再加上"武大郎开店"的传统观念,竹林所在单位的某些编辑、领导听说她有这么一部小说可能在人民文学出版社出版时,他们立刻行动起来了。很快,一个批判竹林的大会就在社内召开了。这个大会规格可真不低,以编辑室名义召开,社领导亲自出马。他们给竹林罗织起来的罪名大致有这么几条:白专道路、名利思想、个人主义、政治品质问题等。有位姓周的老编辑在会上说:"小王这个人嘛,大家知道,她是我们编辑室里最年轻的。可是有一次劳动搬砖头,她那么有气无力,把砖头递得很近。我们许多老同志都比她传得远得多。她真的没力气吗？不,每天晚上她写自己的稿子,干私活的时候就生龙活虎了。这只能说明,她不愿为国家、集体出力,她把力气留给自己。当然,这只是一件小事。不过,从这件小事中我们可以看出她的思想政治品质……"

竹林欲哭无泪。在那次搬砖头的劳动时,她的口袋里正揣着医生开的病假条——她是因中毒性痢疾而在隔壁的纺三医院的急诊室住了一夜,拔掉输液的针头就来上班,恰好碰上集体劳动。竹林不愿对别人诉说自己的病痛,也实在无家可回去休息,只好咬牙坚持上班,想不到却变成了"思想政治品质"问题。

竹林知道自己没有申辩的机会,她也不想做任何申辩。

散会了,所有批判竹林的人都回家了。她无处可去,一个人坐在空荡荡的办公室里发呆。她想,这样一来,这部作品的政审肯定要被他们卡住了。数度寒暑的辛苦,也就要这样付诸东流了,还有自己为那个时代、为知青朋友们讲一些真话的愿望……

这时,黄昏的天空沐着风、沐着雨,办公室窗外的广玉兰树憔悴的绿叶在深秋的寒风中瑟缩。竹林感觉很饿,但却什么也吃不下。她好像看到回家的人们已经在温暖的灯光下享用晚餐和各自的天伦之乐,这使她感到恍惚。竹林不明白他们为什么要这样对待自己,她在这里虽然工龄最短、工资最低,可每天勤勉地工作,发稿的字数也是整个编辑室里相当高的。

委屈和批判竹林可以忍受,但是无法接受他们对自己这部作品的轻易封杀。一向低调的竹林倔强劲儿上来了,她要绝地反击了。她写了一张为自己申辩的小字报贴到了食堂里。因为除此以外,她想不出还有什么别的办法可以发出自己的声音。

一石激起千层浪,竹林的事情立刻传开了。对于小字报的内容,反对她的人虽然无法否认其真实性,但是他们大权在握,可以从各方面对一个弱女子施压——社内宣布不准她住集体宿舍,而那时竹林除了单位的集体宿舍,偌大的上海没有地方能安放一张可供她栖身的小床。无奈,竹林只好赖在宿舍里不走。于是就有人声明自己是奉领导之命前来赶她,还威胁说要把她的铺盖扔出去,有时她去锅炉房打水也被阻拦……每个清晨,当她睁开眼睛时,总是胆战心惊地想,今晚,我将安身何处?接踵而来的日子,如一片晦暗的风雨,笼罩在竹林的前方。而令竹林欣慰的是,无论在怎样的晦暗中,她总能看见那一顶风雨中的红色油纸伞,它的存在似乎正变成一种永恒。

竹林平时沉默寡言,除了文艺编辑室以外,她跟其他办公室的同事几乎没有交往。但是在那些日子里,一些素昧平生的女同事在看到她的小字报以后奋起为她讲话,尤其是美编室的一些同事,她们甚至主动去找领导说理。这时复刊不久的《中国青年报》的编辑部主任郭梅尼和当时正准备出国深造的温元凯特地来上海约见竹林,给了她很大的鼓励和支持。她的一些知青朋友也常来宿舍看望她。她们阅读竹林的手稿,叹息、流泪、拍手叫好,希望这部书能争取早日出版……

一股奇异的力量从竹林心底升起,就像当年在知青点面对滔滔的洪水那样反倒无所畏惧。她决定去出版局找局长,她要向上级领导申诉。因为平时怵见领导,又不善言谈,竹林生怕自己看见局长以后说不清话,就事先把要想说的内容写了一页稿纸,揣在口袋里。

一天上午,竹林来到位于绍兴路上的上海出版局,鼓足勇气走进了局长办公室,对一位女秘书模样的青年女子说:"我要找马局长。"对方看了她一下,说:"马局长不在,开会去了。"竹林问什么时候回来,她说不知道。尽管竹林已经从她脸上读出了鄙视和不耐烦,但仍不肯放弃,她觉得这是自己唯一的希望,坚持说:"那么我在这里等他。"女秘书立刻说:"这里是办公室,别站在这里影响我们办公,你要等到外面去等。"

竹林只好走出去,站在走廊里的楼梯口等。她想如果马局长回来的话,一定会从楼梯下面走上来,走进他的办公室的。

然而一个小时过去了,两个小时过去了……竹林又冷又饿,可是马局长还没有出现。就在这时,她听见有人在叫她的名字,转脸一看,发现是自己单位行政科的小彭。小彭问她站在这里干什么,竹林就把想找马局长的事告诉了他。小彭一听哈哈大笑,伸手朝办公室里指了指:"喏,那个正坐在那里喝茶、眼睛朝你望着的,就是马局长。"

竹林恍然大悟,庆幸自己早把要说的话写好了,要不面对这样的局长,真不知该说什么好。

马局长接过竹林双手呈上的那页稿纸,看了看后抬起头打量她:"你今年多大了?"

竹林一时不解其意,赶紧将自己的年龄如实报上。马局长听后说:"年纪轻轻就写了一部长篇小说,真不简单呐!"

她还呆立在那里,只见马局长转过脸去对女秘书说:"喂,小李,你也写一部长篇小说给我看看呀!"

竹林听出了马局长话中的嘲讽与轻蔑,放弃了请他主持公道的念头,转身走了。

紧接着,少儿社的影响力也达到了人民文学出版社。该社少儿编辑室的某位头头率先发难,而且一下子上升到了政治高度——《生活的路》是反对"上山下乡"运动的"大毒草"!尽管他实际上并没看过这部书稿,而且他自己的一部书稿正是由上海少儿社出版的。

一部书稿的问题既然上升到了政治的高度,那么它的出版程序就自然被搁了下来,甚至等于被宣判了死刑。竹林还清楚地记得当时孟伟哉告诉她,为了争取出书他已尽了最大的努力:"脾气也发过了,乌纱帽也掼过了,结果怎么样就要看上面了。"

所谓"上面"指的大约是该社的社级领导了。竹林很想写封信给人民文学出版社的韦君宜同志,把自己的处境告诉她。但是据她所知,上海少儿社已经有人给国内许多报纸杂志以及出版社发了信函,说她这个人政治品质有问题,不能发表或出版她的书。这其中有盖着单位公章的,也有受指使以私人的名义出面的。竹林想:他们往那些不相干的部门都发了信,怎么会放弃人民文学出版社呢?况且韦君宜是一个原则性很强的人,对她来说,盖了章的公函肯定要比一个素不相识的小作者的申诉信可信得多。这样一想,竹林的心就冷了半截。写信的念头放下了,日子一天天挨过,在上海阴湿的严冬里,竹林真是万念俱灰。忽一日收到来自北京的信,拆信的时候她的手直发抖:没有去信怎么会回信?莫不是正式通知她退稿?但是,就像风能吹落绿叶也能吹绽花苞一样,貌似退稿签的油印字体向她传达了截然不同的讯息——通知她去参加人民文学出版社召开的中长篇小说座谈会。

四、命运的转机

在北京友谊宾馆温暖如春的会议大厅内,竹林第一次见到了人民文学出版社领导韦君宜。她坐在高高的主席台上,短发齐耳,五官轮廓分明,一身蓝布衣裤朴素大方,一口京腔干脆利落,很有几分飒爽英姿。

竹林还把敬仰的目光投向自童年时代起就崇拜的茅盾先生。茅盾先生端坐在主席台中央,跟神采奕奕的韦君宜不同,他显得温和而慈祥。他那带着浓重浙江口音的普通话让竹林感到格外亲切。突然间竹林听见他提到了自己的小说。他说:"最近,我看了《娟娟啊娟娟……》的详细提纲(当时《生活的路》曾按出版社编辑部的要求改名《娟娟啊娟娟……》),这部小说如果写得好的话,是会很感人的,我祝她早日问世。"

巨大的喜悦冲击着竹林,她有些眩晕了。还没等她回过神来,又听见茅盾先生在呼唤她的名字。他叫竹林上台去,说想要跟她见见面,说几句话。竹林更晕了。她想:在这样一位大文学家面前能说什么话?我的手往哪儿放?我的眼睛往哪儿看?她惊慌失措,低着头一动不敢动。主持会议的严文井社长一再催促,可越催,她把头压得越低。在这样的尴尬中,幸亏冯骥才昂首阔步走上台去,代表与会作者向茅盾先生致意,也为她解了围。

会后竹林和全体代表进餐厅吃饭时,韦君宜突然出现在她身边:"你怎么搞的?叫你上台你为什么不上去?"

这是竹林第一次跟韦君宜讲话——确切地说,是韦君宜第一次跟竹林讲话,因为竹林还没有来得及跟她打招呼,她就走来问竹林了。那责备的口气不言而喻,要说是"兴师问罪"也不为过。竹林顿时张口结舌,不知该怎么回答她:"我……我只是害怕,真、真对不起……"

"这有什么好怕的?"韦君宜摇摇头,一副不以为然的样子。"你就是一时想不起说什么,也该上去向茅盾先生问个好,这是礼貌嘛!"

她字字干脆,全不顾竹林的窘态。竹林懊丧得又抬不起头来了。她这才放缓了口气:"我是替你惋惜。惋惜你失去了这么好的一次机会——也许你此生不会再有这样的机会了。"

果然,一年多以后,茅盾先生便溘然长逝。竹林在悲痛之余,不能不体会到当年貌似严厉的韦君宜对一个普通作者所寄予的深切期望。

从北京开完会回到上海,单位仍未放松对竹林施加压力,他们宣称要"秋后算账"。

就在竹林又被压得喘不过气的时候,她在《光明日报》和《中国青年报》上看到了韦君宜支持她这部小说的长篇评论文章。1979年国庆节,一个阳光灿烂的日子,她收到了寄自北京的散发着油墨清香的《生活的路》样书。

五、出版前后

对于此书究竟怎样冲破重重阻力终于得以出版的,竹林是在1993年她的另一部长篇小说《女巫》的研讨会上听了李曙光同志的一番话才有所了解。他说:"这部小说,人民文学出版社敢不敢出书,在当时是一个考验。韦君宜同志和我都拿不定主意。我们把提纲写好,交给了茅盾先生。茅盾先生认真看了提纲。我和韦君宜还专门到茅盾先生家里向他做了汇报。那时茅盾先生也有70多岁了吧!可他还是精力充沛地对这部长篇小说作了认真的分析。他的态度是鼓励作者把小说写出来(实际上那时稿子已经写好了)。这样我们才下了出版的决心。"

让那些阻挠竹林小说出版的人大跌眼镜的是,在人民文学出版社引起的争论反而促使社领导对这部小说重视了起来。社领导韦君宜和室主任孟伟哉商量写了一万多字的小说内容提要送到了茅盾、周扬等当时文艺界的高层领导那里。1979 年初，人民文学出版社在北京友谊宾馆召开了"全国部分中长篇小说作者座谈会"。会上，茅盾先生肯定了竹林的这部小说。

《生活的路》终于于 1979 年 8 月正式出版了。出版后反响十分强烈，书一印再印，竟至几十万册，竹林收到全国知青的来信数以千计。但直到 15 年后的 1993 年，也即本文开头提及的人民文学出版社的老领导李曙光先生的一番话，才使竹林明白了当年人民文学出版社的全国中长篇小说座谈会几乎与十一届三中全会后的中央理论务虚会同时召开；关于她的《生活的路》的讨论，以及后来胡耀邦同志在全国第四次文代会茶话会上的讲话，实际上是中央关于文艺界思想解放的先声。至此，竹林才知道她的一部略显稚拙的知青文学作品，竟有缘赶上了我国文艺改革的第一个浪潮。

《生活的路》出版之际，正值全国知青大返城。每天竹林都收到许多读者来信，有的向她表示支持，有的还在信中向她诉说自己在"上山下乡"运动中经历的种种苦难和不幸。国内外许多媒体作了报道。国内的率先报道是发表在《解放日报》上的许锦根的《正视生活的人》；国外的率先报道是发表在英文版《亚洲周刊》上的 Richard King 的《上海升起的一颗新星》。当时许锦根是复旦大学新闻系的一名学生，而 King 则是复旦大学的外国进修生。他们都不辞辛劳地穿越市区前去采访竹林，令竹林大为感动。

许锦根在《知青文学第一人——竹林印象记》中回忆道：

记得那是 1979 年的秋天，我还是复旦新闻系的一名学生。一天，在上海文艺出版社的朋友陈先法那里，我看到了一份人民文学出版社召开的全国部分中长篇小说座谈会纪要。这是"文革"后文艺出版界的第一次正式研究文艺创作的会议，而且是当时最高级别(刚刚复出的文艺界领导人周扬、茅盾等出席)且正式形成了文学纪要的文件。纪要里有茅盾先生赞扬和鼓励上海青年女作者竹林写作反映知青生活的长篇小说《生活的路》的讲话,我立刻意识到这是一条重要信息(以后终于明白,这个座谈会是与全国知名的以胡耀邦为首的党中央跨出改革开放第一步的"全国理论工作务虚会"同时召开的,是当时文艺解放的第一个重要信号)。于是我立即与当时《文汇报》的编辑诸钰泉联系,他马上安排我去找作者采访。

我在延安西路上海少年儿童出版社的一个作为集体宿舍的小阁楼里找到了竹林。竹林原名王祖铃,她给我的第一印象是老实、腼腆、不善言辞,甚至回答问题时显得顾虑重重。但当时我们毕竟都是年轻人,对事业、对真理的追求很快使我们融洽沟通起来。我终于了解了这位作者创作这部知青文学的思想诉求和艰难历程——当时极"左"思潮仍然在许多基层领导的头脑中占统治地位,作者为此在单位里遭受了有组织的批判和压制,连参加上面所说的这个会议的通知也被扣压,最后在《中国青年报》、新华社上海分社等媒体以及社内一些群众的声援下,才勉强成行。我当即写了一篇报道,名为《正视生活的人》,发表于1979年9月15日的《文汇报》上。这篇文章不长,但推出后的影响很大,还被评为当年的好新闻。然而,也因为报道中提了一句"作者在单位中受到非议与责难",因此也招来了这个单位领导的强烈不满,他们以组织的名义向《文汇报》及当时上海与全国的一些主要媒体、刊物发函,继续攻击和批判作者的"名利思想和白专道路",并且要求不要发表她的作品。一篇客观的报道反而使作者的处境更难了。为了支持作者(也是为了推进文艺思想的解放),《文汇报》顶住了这种压力,并且继续报道了竹林的创作情况。出版《生活的路》的人民文学出版社的总编辑韦君宜也在《光明日报》和《中国青年报》发表了大块文章为作品叫好,并呼吁支持青年作者的文学创作。《安徽文学》等文学期刊也刊出了署名文章对作者表示支持。与此同时,这第一部颠覆"上山下乡"运动而真实描写知青生活的长篇小说《生活的路》在全国发行而且产生了强烈的反响,出版社迅速重印,读者来信如雪片般飞向作者,由此开始了一股知青文学创作热潮并逐渐扩展为伤痕文学的潮流。但作品的成功并不能改变作者在单位里的处境，为了协助她摆脱遭"秋后算账"的困扰，在一些媒体和文艺界领导的呼吁下，竹林被调到了上海作协，不久便开始了她沉入沪郊生活的专业创作生涯……

竹林记得 King 在第二次采访她之后，交给她一个封好的信封，要她过些时候再看。

竹林不明白，既然是给自己的信，为什么不能马上看？但她仍尊重他的意愿，待他走后才拆开信封。只见里面有一张 10 美元的纸币和一张洁白的信笺。信笺上有一行用纯蓝墨水书写的中文："竹林，知道你的曲折经历和遭遇。实在很不好意思，这一点点钱，请你吃一顿好一点的饭。"

透过眼泪，竹林好像又看见了那顶红色的油纸伞。她把信和钱都收藏起来。

竹林再次见到 King 是一年以后。他从美国飞来上海，告诉竹林他在剑桥大学的博士论文已通过，写的正是研究《生活的路》的论文，而他译的《生活的路》的部分章节也将发表。20 世纪 90 年代初 King 担任加拿大驻华大使馆文化参赞，直到这年春天他从多伦多来到上海，带来刚刚在夏威夷出版的他翻译的竹林的中短篇小说集，King 问得较多的一个问题是："为什么自《生活的路》以后，很少再看到关于你的消息？你好像从文坛上消失了。"

最初听他这么问，竹林感到有点无言以对。当初书已出版，她的所谓"政治品质"问题也不攻自破了。不过在那个年代，可以整人的武器还有很多。竹林求告无门，就给韦君宜写了一封长信。她这么做只是希望得到一份理解。没想到韦君宜在不久后召开的全国文代会上作了一个专题发言，发出了支持和帮助青年作者的热切呼吁。20 世纪 80 年代初竹林去上海郊区嘉定农村生活写作时，韦老又亲自前去看望她，并向在困境中给了她一块栖身之地的嘉定二中的老校长张昌革先生鞠躬致谢。这一切，使竹林觉得自己的生命之杯因这么多的重恩而满溢，至于个人是否从文坛上"消失"，又有什么重要呢？更何况文艺界还有很多前辈，如茅盾、冰心、萧乾、秦兆阳、严文井、江流以及许多相识的和不相识的朋友在她面临艰难的时候都曾毫不犹豫地伸出了援助之手,这些才是竹林终生不会忘记的。

六、小说的内容与评价

《生活的路》是"文革"后第一部反映知青生活的长篇小说。作品描写的是"四人帮"横行时期,知识青年在生活道路上的斗争和探索,着重描写女知青谭娟娟满怀热情和理想来到农村,却遭受迫害、含冤而死的悲惨经历,令人叹息;同时也塑造了立志改变农村落后面貌的青年张梁的形象,不失质朴。小说热情歌颂了老支书崔福昌不计得失、一心为公的真正共产党人的形象,也无情鞭挞了阴险狡诈、冷酷无情的新支书崔海赢的丑恶形象。

对于这部与作家一起历尽磨难才见天日的《生活的路》,竹林有着清醒的认识,她说:"如果单从一部作品的思想艺术水平而言,如果以当前标准去衡量的话,我的这部《生活的路》已经显得十分稚拙浅陋了。因为它只是为当时受尽苦难、遭尽不幸的一代知青发出了第一声呐喊,说出了一些真话、反映了他们的一些真实的思想和生活命运而已。而后许许多多反映知青生活的文艺作品,对那段生活的认识与反思,要深刻和全面得多。就是我自己在十几年后写的另一部反映知青生活的长篇《呜咽的澜沧江》,也已经可以站在历史和时代的高度,回过头去分析和思考当年知青运动的社会历史渊源,理解知青们与命运抗争、对理想和人生价值的觉醒与追求了。"

自《生活的路》出版至今,30多年过去了,而后,竹林一发而不可收地相继出版了一二十部中长篇小说、儿童文学、散文集等,获得过全国优秀长篇小说奖、中宣部精神文明建设"五个一工程"奖、上海市文艺创作精品奖等重要奖项,有的作品还被选入"中国百年百部儿童文学经典",可谓硕果累累。那么,我们今天为什么还要特别重视《生活的路》这部不乏"稚拙浅陋"的作品呢?在华夏出版社出版的《竹林文集》中,竹林说出了决定收入这部早期作

品的理由,可归纳为以下几点:

第一,从个人来讲,这是竹林踏上文学创作道路的第一个里程碑。

第二,就其社会意义来说,在当时,它率先以文学的样式提出了对上山下乡运动的反思,为全国数以千万计的"上山下乡"知青发出了第一声呐喊,从而开了知青文学的先声;又由于人民文学出版社于1978年12月召开了全国中长篇小说座谈会,在这个与三中全会后开始思想解放运动的"全国理论工作务虚会"几乎同时召开的座谈会上,当时文艺界主要领导人茅盾、周扬等出面肯定了这部作品,从而也使这部小说的出版成了文艺界思想解放的一声春雷,在全国产生了很大的反响。

第三,对于一代又一代不断追寻人生价值和理想的青年人来说,了解这段追寻的历史是十分有益的。尽管当年张梁和谭娟娟的理想和追求,在现在的青年人看来,已经显得有点荒唐可笑,然而历史就是在后人看来有点荒唐可笑的经验教训中前进的。同样,小说中所表达的思想观念,用现在的目光看,也可能显得有些幼稚和陈旧,然而在当时的历史环境中,则是令人难以置信的真实。

第四,竹林想向读者展示一个真实的"我"的人生历程和思想历程。

当然,对于研究竹林和中国知青文学的人们来说,这部朴素无华的《生活的路》同样不能舍弃。

竹林说:"重提这些往事的目的,仅仅是为了让新一代的年轻人,能够了解和思考我们民族历史上的这一于今已让人无法理解的非常时期,让那些仍在房龙笔下的无知山谷中的前行者有所震动和觉醒。"

她也曾谦虚地表达:"我的《生活的路》只是在那个特殊时期率先钻出冻土的一株小草。小草未必能长成参天大树,或开出美艳的花,但确确实实,小草沐浴了文艺界思想解放的第一缕春风。"

竹林在《生活的路·后记》中进一步表述:

我只是希望把它当作一支未加修剪的朴实无华的青竹,带着根植于它的泥土的芳香和凝聚着斗争中产生的痛苦与欢乐的露珠,献给和我一起在农村共过命运的年轻的朋友,献给在生活的道路上给了我亲切的教诲和辛勤的培养的长辈,献给在人生的道路上给了我同情和温暖的善良的农民。我愿和我的青年朋友们一起振奋起来,把自己的命运同广大人民特别是农民群众的命运联系起来,使我们的生活和理想充实起来,为我国已经迟开的列车能赶上时代的时刻表而奋斗。

令竹林感到特别欣慰的是,在十一届三中全会解放思想的方针指引下,中国农村经济改革的浪潮正是从安徽凤阳——也即竹林在《生活的路》里所描写的那个地方开始的。

凤阳,在全国 2000 多个县中,是一个颇具传奇色彩的地方。这个县的农民在农村改革中首创"大包干"(即家庭联产承包责任制)"统一"了中国,它是中国农民经历了整整 30 年的坎坷历程并为之付出沉重代价闯出的一条新路,是中国特色社会主义的重要组成部分。

这里笔者要斗胆加上一句:插队凤阳的上海知青竹林以她的《生活的路》开了新时期知青文学的先河,是否也堪称"敢为天下先"的一个壮举呢?你看,当初 18 个勇敢的农民以鲜红的手印预告了农村经济改革新时期的到来,这种敢于冒天下之大不韪的精神,与竹林当初要为知青"说一点真话"的大无畏举动何其相似啊!

政治与爱情，孰轻孰重

——从《生活的路》中张梁的爱情抉择谈起

　　竹林的长篇小说《生活的路》，①描写一个善良无助的女知青谭娟娟为了争取返城上大学，不得不蒙受大队支部书记崔海赢的侮辱，在不堪忍受的情况下投水自杀的故事。这部小说与随之而来的伤痕文学大潮有着共同的主题，即着眼于政治批判，着眼于通过一位女知青的不幸来揭露"十年浩劫"中极"左"路线的危害，揭露权力垄断和专横带来的人性异化和兽化，无论故事、题材还是主题和人物关系都是比较单纯的。小说基本上以白描手法塑造人物形象，渲染社会历史场景，带有明显的时代特征。

　　这部小说的艺术表现手法尽管有些单一，但其内涵却相当尖锐，初步显示了作家的才气和胆识，以及驾驭一部长篇小说的艺术功力。正是从这部作品起步，竹林逐渐走向成熟，走向深沉，对生活的认识和把握也逐渐丰富、复杂和多元了。

　　作为拥有6年知青经历的女性作家，竹林自然而然地关注农村女性的命运，尤其是那些被命运抛掷到社会底层的女知青的命运，忍不住要替这些被掠夺、被侵占、被侮辱，却发不出自己声音的可怜的姐妹，发出愤怒的控诉，用文字对那些衣冠禽兽进行道德审判。同时，她也不动声色地探讨着"革命时代"的女性命运，探讨着女性悲剧的时代的、政治的、人性的动因，引发人们的进一步思考。

　　《生活的路》开头写意气风发的小伙子张梁从农学院毕业后，

---

　　① 竹林：《生活的路》，《竹林文集卷二·长篇小说卷》，华夏出版社，1998年。

怀着"美好的愿望"回到家乡。"他的志向是,把全部的知识和精力,献给贫穷的虎山和虎山人民。这一切,可以说是他回来的主要原因了。"

竹林首先为主人公的出场做了这样一番铺垫:

无边的丘陵,山连着山,山叠着山,所有的山都是坡度低缓的,所有的山都是线条柔和的,好像黄绿色的浪头,起伏着,推涌着,一直连向高远的天际。

一条大路蜿蜒曲折地伸向群山的深处。路旁的洋槐树,坠着一嘟噜一嘟噜的白色花朵。半山腰的野蔷薇,有如绯红的轻云在浮动。时而可听得淙淙的水声,那是山溪在翠绿的丛林间流动。

天气并不十分好,阳光时常受到云块的阻挡,这使灰色厚重的云层镶上了一层金色的边,映得山间的景物,明晦变幻着。空气湿漉漉的,雨仿佛还要下。

一个结实的小伙子在稍带积水的沙石黄土路上走着……当他攀上一个不高的断崖时,突然收住了脚步,微微吃惊地睁大了女孩般俊秀的眼睛:好像所有的山溪突然在此汇合了,前面出现了一条宽阔汹涌的河流。河流涌着吓人的白色浪头,在绿色起伏的丘陵间奔腾。

凭记忆,这儿是一个叫作涧湾的地方。原先这里天晴的时候,湾里有汩汩的细流,清澈见底,脱了鞋袜蹚过去,水只齐脚脖子。两岸的断崖间,有一座石板桥,雨天涨水的时候,可从桥上过去。

但是现在,石板桥不见了,满满当当的一湾水,毫不客气地挡住了小伙子的去路——显然这是连日暴雨,山洪暴发所引起的后果。

小伙子微微笑了。这拦路的洪水并没有使他皱眉。他的心情太好了,只是觉得有趣。他自信是有办法能渡过河去的。

……

放鸭老人悠闲地摇动双桨,毫不在意那翻滚的浪头。

小伙子上船时的紧张情绪,也慢慢消失了。他舒适地靠在船舷上,就像婴儿躺在摇篮里。只见天茫茫,水茫茫,水天一色。一时间,他好像自己的身体溶解在这无边的白浪里,又恍若置身于开天辟地的混沌世界中。忽然他感慨地想,生活的道路变化多大啊!昨天还在农学院白色幽静的校舍里,今天却已经来到了这连绵起伏的群山脚下,新的生活道路又要从头开始了。①

然而,容不得张梁对新生活的浪漫抒情,从他放下背包的那一刻,就陷入了尖锐、复杂的矛盾斗争的漩涡之中。他面对的严峻现实是:

田野里是白茫茫的一片。他所记得的长着花生、芝麻和爬满薯藤的庄稼地不见了,变成了白茫茫的大水;他所记得的金黄的小麦、碧绿的烟草也都不见了,变成了白茫茫的大水。只有高杆的庄稼从大水里顽强地探出脑袋来,好像不甘心它们被覆没的命运。偶尔有一群水鸟飞过,发出欢乐的叫声,似乎这大水倒给它们增添了觅食的场所。②

再看那房顶上没有了缕缕的炊烟,进村的路上没有了孩子们的欢声笑语,他迷茫而吃惊地睁大了眼睛,甚至怀疑自己走错了地方。

他走进村庄,迎面望见的只有土墙上的一条斗大标语:"打倒走资派崔福昌!"在风里瑟瑟抖动。原来,现任大队支部书记崔海嬴正在和老支书崔福昌展开一场关于"方向性、路线性"的斗争。

最令他失望的是,他苦苦思念的女友谭娟娟,对崔海嬴言听计从,她遵命整理老支书的黑材料,还在批判老支书的会议上遵命发言,努力表现,就为了得到一张推荐上大学的表格。而且她对张梁不像别人那样在城里找工作的做法很不理解。当听说张梁是自己要求回乡时,"娟娟的眼神变得惊慌起来,她想说什么,但张了张嘴,却没有说出来,一种微妙的矛盾,一种难言的痛苦从她的目光

---

① 竹林:《生活的路》,《竹林文集卷二·长篇小说卷》,华夏出版社,1998 年,第 319 - 320 页。

② 同①,第 327 页。

里流露出来。"这使张梁感到十分难堪。

张梁面对的就是这样复杂的局面，一条坎坷不平的路在等待着他去迈步。回到家乡的头一个晚上，他就失眠了，"梁子宛若躺在一只小小的船上，小船在一片混沌迷茫的大海上飘荡。天，是白茫茫的；水，是白茫茫的。白浪托着他，向何处去？……啊，这不正是涧湾奔腾的洪流吗？怎么没有航标灯呢？应该有，应该有……瞧，那不是，红色的航标灯，在熠熠放光。快，往那边去，往那边去！忽然，航标灯不见了，变成了小李子家的麦闹花。麦闹花深红、热烈，像一团团燃烧的火焰。麦闹花渐渐地向前移动。啊，是老支书擎着火炬走过来了，老支书！老……"①这一番幻觉给了张梁启示，他明白自己的路该如何走了。

张梁出生在虎山，父亲是一位解放战争时期的老革命，后来在东海之滨的一个大城市里工作并成了家，所以张梁当然也有了城市户口。不过，整个童年时代，他还是在乡下的爷爷奶奶身边度过的。到了8岁时，才回到城里的父母身边读书。8年前，他初中毕业，和一批志同道合的同学来家乡插队落户时，爷爷奶奶已经去世多年，这里就剩下一个老叔公——葫芦爷爷和他沾亲了。后来他被推荐上了农学院，现在刚刚毕业。在毕业分配的"战斗"中，一些人为了挑一个理想的地方、舒适的工作而使尽浑身解数，他却选择回到贫瘠的家乡。他婉言而坚决地拒绝了各种抛头露面和慷慨陈词的机会，他觉得很难向那些人说清楚并使人真正理解他的思想感情。他永远不会忘记，在他7岁那年，洪水泛滥，自己的小朋友小福子为了想吃一根油馃子，出意外惨死在平板车下，爹娘也跟着寻了短见，这给年幼的张梁留下了抹不去的痛苦记忆。这时候，他的邻居谭伯伯，就是谭娟娟的父亲，开始影响了他的人生。谭伯伯年轻的时候，父母饿死在赤地千里的大饥荒年头，他同几个同乡搭乘了一艘外国货船逃到美国，边打工边读书，得到了农学院的学

---

① 竹林：《生活的路》，《竹林文集卷二·长篇小说卷》，华夏出版社，1998年，第357页。

位后,又舍弃了国外的优越条件,回来报效祖国,正是这位老科学家的爱国热忱深刻地影响了张梁对人生道路的抉择,他也立志把毕生精力献给中国的农业科学事业。然而,"文化大革命"开始了,社会一片动荡,红卫兵运动,造反有理,破四旧,斗走资派,国家被搞得乌烟瘴气。他所敬爱的谭伯伯被打成了"反动学术权威"和"特务",张梁看不清眼前正在发生的一切。正当他的思想陷入矛盾和混乱之时,"上山下乡"运动开始了,张梁终于摆脱了烦恼,他默默地打点起行李,坚定而自信地回到虎山,决心用自己踏踏实实的努力,来改变农村贫穷落后的面貌。

回乡时,他还带来了青梅竹马的小伙伴谭娟娟,希望她能和自己一起在农村扎下根来。他这次大学毕业回虎山,原因之一就是为了娟娟。张梁一踏上这熟悉的丘陵,心头便涌起了一阵甜丝丝的骚动,想起了8年前那个冬天的早晨,刚下过大雪,在贫下中农的锣鼓声中,在大队老支书的带领下,他和娟娟来到虎山的情景。

刚走到半山腰,只见太阳正露出鲜红的圆脸,微微跃动着,从白雪皑皑的群峰背后冉冉升起。娟娟一见,情不自禁地抓住了他的手,高声叫道:"啊,多美!"①

作为一个具有双重身份背景的青年,张梁身上既有干部子弟的理论信仰和充足的自信,同时又具备农家子弟的淳朴厚重和对现实生活的深刻感受。他坚信养鸭老人告诉他的行船常识:"风浪来的时候,你越是迎着它上就越安全;如果你想逃避它,往岸边躲,你就一准翻船。因为波浪打到岸上,被反推过来,岸边的浪头就更大。"所以,他准备迎难而上,与崔海赢一决高下。

再看张梁的对手崔海赢。这个道貌岸然的政治动物,不满足于只占有女奴般的妻子树霞,自从美丽温柔的娟娟来到虎山,他就试图接近和赢得娟娟的好感,以达到罪恶的目的。所以他对张梁

---

① 竹林:《生活的路》,《竹林文集卷二·长篇小说卷》,华夏出版社,1998年,第322页。

既有政治斗争的一面和激烈的权利争夺,也夹杂着男人的嫉妒和争斗。他在娟娟和张梁之间挑拨离间,使得娟娟一度对张梁不满、怨怼,使两人产生矛盾,但他最终没能成功。诡计多端的崔海嬴又心生一计,鼓动老支书送张梁去上大学,以便施展他不可告人的阴谋。他附庸风雅,把自己在城里抄家时私藏的名著《红与黑》借给娟娟读,跟她谈书中人物、谈理想、谈抱负,采用了很多手段来赢得娟娟好感,将娟娟牢牢地掌握在自己的手中。不仅如此,他还利用娟娟文笔好、个性单纯,授意她整材料诬陷老支书,终于取而代之登上了大队书记的位置。

在第一个回合的较量中,张梁可谓初战告捷。他很快就查清了大坝倒塌洪水泛滥的原因,是有人用三百号水泥偷换了五百号水泥,是人为的破坏,而不是老支书的什么"方向性路线性错误"。在支委扩大会上,他还迫使崔海嬴同意一方面查清水泥问题,一方面立即组织群众,搞好生产自救,同时重新修复被冲垮的大坝。使得被崔海嬴搞得混乱的形势开始朝着稳定和有序的方向发展。

尽管一时风声鹤唳,狡猾的崔海嬴可不会轻易服输。眼看自己的阴谋就要败露,他指使瓦匠连夜偷走了娟娟刚领回来的救济款,偷走了等米下锅的农民的救命钱,搞得人心惶惶,谣言四起。他又让娟娟给走投无路的农民开讨饭的介绍信,故意把水搅浑,以此分散张梁他们的注意力,阻挠对水泥事件的调查。在这一个回合的斗争中,张梁和老支书识破了崔海嬴的阴谋,张梁取出了自己的全部积蓄,老支书卖掉了自家怀崽的老母猪,用这笔钱帮大家买回了救济粮,又劝回了要背井离乡外出讨饭的人,组织他们熬硝卖钱,渡过难关,同时加紧对救济款失盗案情的调查,使崔海嬴的阴谋又一次破产了。

但集各种恶德于一身的崔海嬴不会坐以待毙,他还要作最后的挣扎,他还要在娟娟身上满足自己淫恶的念头。经过一番精心策划,一天他打发走了树霞、孩子和他的娘,引诱娟娟来到他家,劝她喝下了他事先投下安眠药的红葡萄酒,看娟娟昏昏沉沉睡熟之后,便狞笑一声,像一只饿狼般扑了上去。最令人不齿的是,在娟娟喝下那杯酒后,他貌似真诚地向娟娟坦白了对她的爱慕之情和自我约束的痛苦,还假装心脏病发作引起娟娟同情。然而,一个策划好了的阴谋,一杯准备好了的药酒,彻底撕下了这个披着共产党人外衣的权利野兽的全部伪装,还他以赤裸裸的道德伪君子的真面目。崔海嬴之所以敢于肆无忌惮地奸污娟娟,就因为他头上有虎山大队书记的乌纱帽,手里握着上大学、返城的通行证,牢牢地掌控着娟娟等弱者的命运,在他的身后,还有一个公社武装部长温部长作后台,在崔家酒足饭饱之后,这个凶神恶煞的温部长用救济款失盗一事唬住了娟娟后,邪恶地对崔海嬴说:"这小娘们长得真不赖,你这小子有眼力……"当娟娟因为体检中发现不是处女,不符合当时的推荐条件,上学无望回来找崔海嬴理论时,这个阴险卑鄙的恶棍对娟娟的痛苦不闻不问,不仅毫无愧疚之意,反而灵机一动指使娟娟去诬陷他的政敌张梁奸污了她,借此致张梁于死地。娟娟不堪忍受如此奇耻大辱,将年轻的生命投入涧湾的滚滚洪流中。

在描写这个满口革命道理、道貌岸然的败类时,竹林像剥笋子一样一层一层地剥去他华丽的外衣。先是写他在修建环山水渠一事上,与利欲熏心的瓦匠联手,调换了水泥的型号,导致大坝垮塌,淹没了全村的庄稼。又指使瓦匠偷走了救全村人性命的上级救济款,趁人心浮动,鼓动农民外出讨饭,以破坏老支书和张梁等正义力量稳定人心的努力。最后,终于移花接木地将逼死娟娟的罪名扣到了张梁头上,一时间搞得村里邪气冲天。竹林满腔怒火地揭露和控诉了窃取基层领导权的崔海嬴之流令人发指的恶行,用软弱无助的羔羊谭娟娟的死给人以警示——共产党的领导权一旦落到这样丧失了道德底线的百无禁忌者手中,他们是无论多么卑劣污秽的勾当都能做得出来的!

崔海嬴栽赃陷害张梁是奸污并逼死娟娟的反革命分子的阴谋得逞了,他将张梁五花大绑拉上了斗争大会。但邪不压正,张梁依靠眼睛雪亮的群众,依靠老支书,终于查清了水泥事件、救济款事件、娟娟受辱自杀的真相,揭露了崔海嬴令人发指的兽性,撕去了他伪善的假面具,最终将他押上了道德和历史的审判台。

由此可见,张梁在政治上尽管也难免有挫折和失利的时候,但从整体来看,以老支书为代表的一股正义的力量始终在护佑着、引导着他越过激流险滩,最终顺利地实现了他的政治目标。与此形成强烈反差的是,在娟娟的悲剧中,他却是一个不折不扣的感情失败者,不仅没能尽心尽力保护好娟娟,反而让深爱着他的姑娘在孤立无援的痛苦绝望中走向末路。这令人不由得对他的那一套貌似恢宏的理论产生了疑惑与不解。

起初张梁与娟娟因为思想的分歧而产生了一些误解,两人谈得不欢而散。当老支书劝说他应该把娟娟改造和争取过来时,张梁脑海中闪现的却是这样的理念:"爱情的结合,不同于同志间的亲密关系,也不同于青梅竹马的少年伴侣,只有在共同的生活道路上,有共同的理想,在劳动和斗争中有共同的语言的爱情,才能真正牢固。当然,爱情的嫩苗可以在暖房里栽培,也可以在风雨里成长,所以它们的花朵,有的只能开放在风和日丽的庭院里,害怕霜雪和蛀虫,不一定能结果;有的却开放在贫瘠的土地上,不怕干旱和寒冷,结出鲜艳的果实……"①也就是说,张梁已经意识到与娟娟之间的思想鸿沟,在娟娟最无助、最需要他的时候,他实质上放弃了对娟娟的爱。

这段对两人关系的描写,很容易让人联想到前苏联作家尼古拉·奥斯特洛夫斯基的长篇小说《钢铁是怎样炼成的》。小说通过记叙保尔·柯察金的成长道路告诉人们,一个人只有在革命的艰难困苦中战胜敌人也战胜自己,只有将自己的追求和祖国、人民的利益联系在一起,才会创造出奇迹,才会成长为钢铁战士。这部世界名著最动人之处是通过保尔·柯察金与他的初恋女友冬妮娅之间的情感纠葛,展示了一位视政治如生命的革命者在灵与肉的搏斗中,如何远离肉体和奢华的物欲,向着精神、原则、理念皈依的

---

① 竹林:《生活的路》,《竹林文集卷二·长篇小说卷》,华夏出版社,1998年,第494页。

心灵历程。起初,保尔对冬妮娅的朦胧爱情出自一个懵懂少年的本心,是自然而然产生的对美好和舒适生活的向往,这份情感是纯真的、动人的;而他的倔强和热情,也使冬妮娅不自觉地喜欢他。但由于阶级出身的关系,她没有和当时许多青年一样去参加保卫苏维埃政权的伟大斗争,在保尔眼中,冬妮娅已经沾染了小资产阶级腐朽的气息,她的"卑鄙的个人主义"渐渐使保尔难以容忍。他说:"如果你要求我把你放在党的前头,我就不会是你的好丈夫。我首先是属于党的,其次才是属于你和别的亲人们的。"保尔因此放弃了他们的感情。多年后,经历过战火和各种艰苦环境考验,已经成为坚定的布尔什维克战士的保尔,在严冬的修筑铁路的工地上,和珠光宝气的阔太太冬妮娅相遇,已经分道扬镳的昔日恋人相对的情景是残酷的,这样的悲剧收尾令人唏嘘不已,讨论至今。

政治与爱情究竟是一种什么关系? 这一问题不能不令人深思。中国 20 世纪 30 年代在"左翼"文学中曾经风靡一时、被称作"(蒋)光赤式的陷阱"的"革命+恋爱"模式的文学,所要探讨的也正是这一难题。在这一类小说中,作家们最终的解决方案无一例外地是让革命战胜爱情,道不同不相为谋,相爱者含泪各奔东西。这样的抉择带有浓重的时代政治色彩,在那个"风沙扑面,虎狼成群"(鲁迅语)的时代是可以理解的。但毋庸讳言的是,过多的政治理念冲淡了一个人的基本属性的东西,使得这类英雄人物好像都缺少了一点人情味,也成为初期无产阶级文学为人非议诟病的一个不争的缺憾。

同样,在张梁与谭娟娟的爱情中,究竟政治第一,还是爱情第一,明显是横在两人之间的一条难以逾越的鸿沟。

记得曾写下温馨浪漫的新婚生活实录《绿天》的五四时期女作家苏雪林,在短暂的甜蜜过后,便是漫长的人生道路上的郁郁独行,偏偏她的寿命又特别长。在孤寂地走过了四分之三个世纪后,这位著述丰厚、被誉为"学林人瑞"的著名作家和学者,却发出如此感慨:"我是只蝴蝶,恋爱应该是我全部的生命,偏偏我在这个上仅余一页空白。"情感的失落,爱的空掷,是任何俗世的成功都无法填补的生命黑洞。

我又联想起我所认识并敬重的著名华文女作家、欧洲华文作家协会第一任会长、《我们的歌》和《赛金花》的作者赵淑侠女士，她曾专门著书探讨"文学女人的情关"，其观点引起许多文学女人和文学男人的共鸣。她认为搞文学的女人是另外一种"动物"。文学女人是不会幸福的，因为绝对的幸福是没有的。人生在世，不能不愉快地接受这种实际。对女作家来说，这种不满足与空虚便能产生灵感和创作的原动力。文学女人太美化人生，也太期待爱的不朽，这就是文学女人感情弱点的悲剧……

西方女权主义作家伍尔芙说："成为你自己比什么都重要！"对于一位情感细腻、追求完美爱情的文艺女青年来说，娟娟为了爱情可谓舍得付出，勇于追随。当年是张梁把她从城市带到了他的家乡虎山，成为众多知青中的一员。张梁被推荐去读大学的 5 年时间里，是娟娟独自在面对时刻觊觎、追逐、试图猎取她的野心勃勃的崔海赢。这期间，除了一沓两人来往的信件，我们捕捉不到张梁对娟娟的任何实质性的帮助。当张梁意气风发地学成回乡，准备大干一场时，只看到了娟娟在虎山这个复杂的环境里已然精疲力竭，成了惊弓之鸟，唯一的希望就是得到上大学的指标，尽快离开这个是非之地。所以当她盼星星、盼月亮般地盼回了张梁，听说他去城里见什么人时，误以为他是在找关系在城里安排工作，于是心中充满期待，像等待拯救的溺水者一般寄希望于这根救命稻草。谁知张梁却一头扎进了虎山复杂的政治斗争漩涡，无暇顾及娟娟的生活，更参不透娟娟内心的苦楚，两个人之间的对话在一种不协调和错位中艰难地进行。这也预示着，在小说情节展开之初，这两人已经不在一个音调上了，之后所奏出的必然是阴差阳错的不和谐音符。

"爱情的种子，不管在什么地方，用什么形式孕育，一旦冒出芽来，它就要生长，要发展。培植它是一种无上的幸福，扼杀它则是一种莫大的痛苦。"小说中爱情失落的双方都品尝到了苦涩和痛苦的滋味。在视爱情为生命的娟娟看来，张梁也是一个想吃政治饭的人物,这一点跟崔海赢没有什么不同。张梁阻止自己上大学是政治斗争的需要,他要自己陪在他的身边成为牺牲品,也是踩着别人往上爬,都是自私。娟娟想,在未来的生活中,她需要的是一个体贴的丈夫,而不是一个狠心的政治家。对张梁的失望使她变得冷静,在娟娟被人误解而百口莫辩的艰难时刻,张梁的冷漠使她感到对方的高深莫测,终于下决心离开了张梁,此后就一步步落入崔海赢布下的重重陷阱,走上了悲惨的不归路。

竹林特别擅长人物之间的对比,在娟娟身边,她设置了一个既热情洋溢又疾恶如仇的农村姑娘小李子的形象。小李子是一个寡妇的女儿,因为喜爱并同情娟娟,怕她一个人孤单,便主动搬去与她做伴。当她一旦发现娟娟也参加了对老支书的批判,这个爱憎分明的姑娘不能容忍,气呼呼地把自己的铺盖搬回了家。此后,在张梁与崔海赢的斗争中,她始终坚定地站在张梁身边,成了张梁的得力助手和志同道合的伙伴。在与娟娟渐行渐远的同时,小李子与张梁之间的感情日积月累,发生着微妙的变化,直到被放鸭子的老人"误解"而点破。张梁和小李子到城里去卖猪,取钱后回村的时候,放鸭老人坐在涧湾的土坡上,戏称他们是"大路上飞来一对小鸟儿,要到虎山垒窝去了",还夸张梁有眼力,挑上了这样一个心眼好、模样俊的百里挑一的好姑娘。这时,两个人都是一双火辣辣的大眼睛望着对方,两个人都被撩拨得有些心跳。她为他的诚意所感化,他觉得她的形象变得无比鲜明了——虽然她比不上娟娟的温柔妩媚和文学才华,但她有娟娟所不具备的淳朴坦率,为了一个目的而热情、踏实地行动的勇气与魄力。在小李子这里,听了张梁一番恢宏的议论,青春的热血顿时在她身上沸腾起来,竟觉得认识了张梁是莫大的幸福。接下来,是这样一段文字:"现在,梁子就走在她的身边,他洁白的衬衣袖子不时摩擦到她的胳膊,当他们的手臂无意间相撞的时候,小李子感到,一股暖流注入她的心怀。"随后在"感情的波涛"一节里,就写了张梁与娟娟的决裂。因为张梁感情的天平已经在不知不觉间向小李子这一端倾斜了,也就是向革命的一端倾斜了,革命再一次战胜了爱情,娟娟的悲剧注定无法逃避。

　　在前文《知青文学第一声——〈生活的路〉的艰难出版过程》中,我们了解了围绕这部《生活的路》的写作和出版掀起的轩然大波,因为第一个站出来"吃螃蟹",替知识青年说了一点真话,反映了"上山下乡"运动的部分真相,而使竹林几乎遭受了灭顶之灾,以致影响到了她的命运轨迹。自从那年自我放逐到嘉定这个远离繁华的乡间,竹林已经扎根在这里 30 多年了。平心而论,这部作品无论是小说人物生活道路的抉择、爱情的取舍,还是价值观的诉求,都依然烙有那个时代的印记,带有文学拨乱反正、重新回归现实主义道路的新时期文学初期的特点。它的价值除了喊出了知青文学的第一声以外,还承接了早期革命文学所面临的两难境地,引导读者在极"左"时代的一个节点上继续对青年人生道路进行思考。从这一点上我们就可以判断,《生活的路》不仅为知青一代立此存照提供了一个活生生的样本,也让我们感受到时代政治大潮中的个体生命的情感被忽视、被裹挟的悲剧。这对于我们今天和谐社会的建设,对于尊重人的人本思想的真正形成都有所启示。而这一点,似乎至今尚未引起知青文学研究者和中国当代文学教材编写者的应有重视,这从各种文学史中涉及知青文学的章节中罕见竹林的名字,更遑论她的《生活的路》这一现象中可见一斑。

澜沧江为什么呜咽

——评《呜咽的澜沧江》

不管人们对于我们腐烂的皮肉，

那些迷途的惆怅、失败的苦痛，

是寄予感动的热泪、深切的同情，

还是给以轻蔑的微笑、辛辣的嘲讽。

我坚信人们对于我们的脊骨，

那无数次的探索、迷途、失败和成功，

一定会给予热情、客观、公正的评定。

——食指《相信未来》

20世纪的中国，曾经上演过一出被称作"文化大革命"的大悲剧，轰轰烈烈的知识青年"上山下乡"运动只是其中的一场戏，然而，这一被美国学者托马斯·伯恩斯坦称为"所有国家最大的一项社会实验"的运动，却影响了中国亿万个家庭和整整一代人。如今，距离这场运动已40余年，当年的亲历者都已到了怀旧的年龄，全国各地的知青联盟和相关纪念性场所也纷纷建立起来。有些人对这段生活充满怀念、心怀感恩，高唱"青春无悔"，也有些人认为往事不堪回首，不愿揭开痛苦的记忆。

笔者曾参加过学校所在地的"镇江知青下放白马湖农场50周年"纪念大会，与几百位已是白发苍苍的知青大哥大姐近距离接触，感受他们对那段生活的回忆和认知，为他们给自己的定位——作为共和国"长子"理应为国分忧的表达而深受感动。

市里一位民主党派领导谈到知青的苦难时说：我们农民能吃的苦，知青就不能吃吗？再说知青中涌现出了那么多人才，新一代共和国的领袖中不少都有过知青经历,怎么能否定这场运动呢?他还说:城市学生学习农业知识却连农村都没有去过,"上山下乡"很有必要……。应该说,诸如此类的观点在当下有一定的代表性。

诚然,评价一个历史事件的性质不能因为一桩桩个案而轻易下结论,也不能以在这一时间段涌现出了多少后来的英雄豪杰和人才来论定其意义,它需要人们思考和沉淀,需要揭示纷纭现象背后的历史真相。我们欣喜地看到,女作家竹林以对历史负责的精神,继发出"知青文学第一声"——《生活的路》之后多年,又潜心写作,推出了长篇小说《呜咽的澜沧江》①,拉开了这段历史的沉重帷幕,为我们重新审视和解剖这段历史,总结它的教训和意义,提供了一个真实、生动的标本。

一

《呜咽的澜沧江》描写一群来自北京和上海等城市的知识青年,在"文化大革命"的年月里,在极"左"思潮和政策的驱使下,来到中国西南边陲的西双版纳,在那里他们建立农场、种植橡胶,并以军队编制进行组织管理,接受思想教育。

为使读者对书中人物和主要经历有一个大致了解,这里先扼要叙述一下故事情节。

书中主人公是一位 16 岁的中学生陈莲莲,她的外公是北洋军阀出身,外婆是鱼行老板的女儿。后来外公吸鸦片,卖光了所有家当,准备将妻子儿女也卖掉,外婆带着一子一女(即莲莲的舅舅和母亲)逃走了。莲莲的母亲随外婆逃到上海,到一医院院长家里帮工,后嫁给院长的儿子,这儿子得了博士学位,当了大学教授,即是莲莲的父亲。1952 年"三反""五反"运动时,院长被批斗,他不堪

---

① 竹林:《呜咽的澜沧江》,《竹林文集卷二·长篇小说卷》,华夏出版社,1998 年。

受辱,用一把救治了无数病人的手术刀自杀。父亲为祖父鸣冤,结果被打成右派,下放到煤矿劳动改造,因煤矿塌方被压死。母亲在莲莲8岁时为人帮工,后倒马桶,每天拼命抽烟解闷。莲莲长大后,为了供女儿上学,母亲戒烟卖血。

莲莲因为有一个倒马桶的母亲,在学校受到同学的耻笑和欺侮,不得不用拳打脚踢牙咬来捍卫自己的尊严。一天,县体校的一位教练来到学校,将身体柔韧灵活的莲莲选拔到县少年体校。

一个偶然事件改变了母女相依为命的格局。某夜,莲莲发现一个比母亲小10岁的工人睡在母亲的床上,两人之间交合的情景以及赤裸裸的对话吓住了年幼的莲莲,从此,羞辱感一直压在她的心头。一天,已经当上大学革委会副主任的舅舅要介绍莲莲报名去云南建设兵团,说那位少年体校的黄教练被派去做知青工作,可以托他照顾她。母亲开始不同意,莲莲却一口答应。继而母亲答应她去,因为那时招生、招工都要从下乡的知青中推荐,这是女儿当时唯一的出路。

临别时,母女都没有流泪。莲莲乘车到昆明转到澜沧江右岸大红山一带建设兵团的一个连队,开始了自己的知青生涯。

连队提出的口号是学大寨,一群青年男女一天到晚将土搬来搬去,要将红土山变成梯田种植橡胶树。他们每天吃的是糙米饭,喝的是清汤寡水,名曰"玻璃汤"。除了政治学习课外,每天还要唱"政策和策略是党的生命……"。在这里,除了指导员(即以前少年体校教练)外,莲莲又认识了北京来的几位知青:龚献、李凯元、何士隐、孙耀庭等,龚献是他们的"头儿"。

为了给标兵的材料里再增添上闪光的一笔,按照指导员的安排,莲莲忍饥挨饿,与一位同伴晚上去推土,不幸红山坍方,莲莲昏倒,龚献扑在她身上,一块飞石砸断了他的胳膊,那位北京女知青为追赶弟弟跌下山崖。

一天晚上,她到播音室去看广播员——上海来的女知青,美丽温柔的露露。遇见常坐主席台的郭副团长和高干子弟小李破门而入,当着她的面轮奸了露露。

泼水节这一天,指导员让莲莲到州里买学习资料,见傣族男女泼水狂欢,她因为误拾傣族小伙丢下的荷包,而被误以为接受爱而被一位傣族青年追赶,危机中,又是龚献及时相救。龚献父母原是国民党统治时期共产党地下组织人员,龚献记事时,家中有一上宾王叔叔,正是他在危急时刻通知龚献父母逃生的。一次酒后,王叔叔说到当年他的情报还是得自于他的一位做了国民党特务的少年时代的好友。他感慨道:"人性还是有的,人的善恶,恐怕并不单以阶级来划分。"后来龚献的父母在运动中见情况不妙,就合写了一张大字报,揭发王是国民党特务。致使王被开除党籍、迫害致死。

龚献告诉莲莲,他小学一年级时班上有一个很要好的女孩,两人常一起玩跷跷板。她的母亲是一个舞蹈家,但出身资产阶级家庭,只好到艺术院校当一名教师。龚献的母亲是学校的人事科长,女孩的母亲不得不巴结她,偏偏龚献爸爸迷上了女舞蹈家,龚献母亲就以一个莫须有的罪名将舞蹈教师全家下放到大西北。10年后,"文化大革命"开始了,龚献认为中国要坏在江青这个女人身上,于是他联合一帮小兄弟参加了暗杀女皇的行动。忽然有一天见一群人在北京街头拿皮带抽人,挨打的正是他的父亲,龚献上前阻止,为首的女子狂笑道:"哈哈,龚献,你这走资派的孝子贤孙……你娘老子执行资产阶级反动路线,害得我们家破人亡。如今姑奶奶杀回北京造反啦!"龚献不明白:为什么每一个人都像发了疯一样地造反?究竟是什么力量使得8亿人陷入癫狂?莲莲却说她理解。有一天她与妈妈在上海南京路上看见一辆载人游街的大卡车,妈妈指着说:"看见了吗?站在中间那个戴大高帽子的人当初整你爸爸最凶。这人阴险,做好圈套让你爸爸钻。要不是他,我们一家还不会落到这个地步。出事后,他还逼我跟你爸爸离婚……"莲莲说:"'文革'开始时,我才小学四年级,要是我有钱,要是妈妈不阻挠,我也要用皮带抽人,一切侮辱我们、鄙视我们,把我们推到不幸的泥坑里还要踏上一只脚的'正人君子们'——我通通要抽……"

龚献说,他是在南下云南下火车时才被取下手铐的。他在思考:共产主义究竟是怎么一回事？解放全人类是目的还是手段？一个真正的共产党人应如何理解"解放"二字？何谓"解放"？解放了的人应该有怎样的生活？难道就是像我们如今这样斗争吗？他又说到人性和人类之爱。说着说着两人都睡着了。一夜相安无事。次晨临走时龚献交给她一张叠成五角星形状的纸条。

莲莲回到知青点后，打开那星形纸条，上面用钢笔写着"人类之爱小组宣言"。指导员盘问她泼水节之夜与龚献在一起的事，令她十分恼火。指导员说很多人动她的脑筋，都被他顶回去了，明天让她到材料组来报到。问她龚献给她写了什么没有，她交上了星形纸条。指导员看了放进口袋，说:"太危险了。"

两天后，莲莲听说指导员被隔离审查。郭副团长找她去谈话，软硬兼施，要她承认与指导员发生过不正当关系，她坚决地予以否认。龚献也来鼓励她。她煮了一锅粥，在众人讥讽的眼光中送给指导员。指导员大惊，叫她赶快回去。她说:"龚献的理论比你的强"，"人类之爱比阶级斗争强"。

团武装部长绰号"太君"，为人凶狠残暴，常拿棍子乱打知青。一天，他乘吉普车横冲直撞，李凯元没有给他让道，他下车一拳打伤李凯元的肚子，使他不治身亡。知青们将尸体运回连队，要求团里严惩凶手并举行隆重的葬礼，龚献补充说，我们要生存的权利和自由。孙耀庭说:"他们不干活，天天坐小汽车乱转，喝酒吃肉，我们累死累活，吃盐水泡饭。他们随便玩女孩，我们谈恋爱都不许。"又有人说:"共产主义在天上，封建法西斯在地下。"团部要龚献指认李凯元偷香蕉，不服管教，先动手打人，条件是推荐他上大学。龚献说，如果上了大学而丢掉了灵魂，还不如死在山沟里。一天，莲莲听到山野丛林里传来的哭声，原来是腹部已经隆起的露露，莲莲本以为她已经招工走了的。

在起伏的丘陵上，有绵长的蚂蚁冢。李凯元的葬礼开始了。露露跪在地上，抓着泥土，"我受骗了，受骗了……"龚献将一块新刻好的石碑竖在墓前，碑文是:"此处埋着一个人，一个被野蛮地当作蚂蚁踩死的人——李凯元。他的同类——一群有感情的蚂蚁立。一九七五年八月。"吉普车开动了,"太君"穿着雨衣出来,提高嗓门喊道:"同志们,在当前一片大好形势下……像这个碑,咳咳,完全抹杀了阶级和阶级斗争的观点……"知青们愤怒之极,将他痛打一顿。

这次事件后,知青们拒绝上工,在宿舍里高谈阔论。龚献坚信,终有一天,"世界会把人类之爱写在自己的旗帜上"。何士隐说:当人思想的时候,实际上早被学校、社会、报纸、电台、书籍,将你的意识良知和道德,纳入规定好的框框。人"最要紧的是争取思想的自由""思想是一种力量……宇宙中造物的神。每个人的神都是无与伦比的。要是有一天这些无与伦比的神能够坦诚相见,众神自会组成一个最美好的社会。"

团部决定改编这个连队。于是停发工资,停发粮食,还在桥上安置了木栅栏,实行军事管制,断绝出入。大家开始挨饿,而此时露露要生孩子了。莲莲忽然想到去挖蚂蚁家里的粮食,有人提议去捉几条蛇来做蛇汤,又有人找到一本"赤脚医生手册",几个女孩手忙脚乱地帮助露露生下一个男婴,但露露扭头不看孩子,说是畜生。

龚献、莲莲们想过桥去买奶粉,那位腼腆的小兵被莲莲说得心软,正要接钱代买奶粉,却被一个两眼铜铃大的军官喝止:"无产阶级革命路线高于一切。"一种悲愤从莲莲心中生起。

不久,房子一片火海,这是团部派人来放的。男知青们与纵火者搏斗,女知青们都在哭泣。露露在大树下煮了一锅东西送给大家吃。大家正吃着,露露忽然仰面狂笑,"哈哈哈,你们吃的是我的孩子!"露露又拍手大叫大笑:"吃人啰,吃人啰,是我的肉!"知青们群情激愤,"两只脚的畜生们,你们不把我们当人,我们也不做人啰!"大家脱光上衣,向桥上冲去。守桥的军人也在发抖。终于,团部广播喇叭里传出:"革命小将们,你们辛苦了,党中央和毛主席关心你们,给你们送来粮食和药品……团部决定十三连依旧保留原有的建制。"可是,露露已在疯狂中跳进了澜沧江。

吃小孩的事情发生后,指导员回连队了,他告诉莲莲:天安门广场发生了"反革命事件",一小撮反革命分子借悼念周总理之名,在天安门前聚众闹事,妄图复辟资本主义,颠覆无产阶级专政。当然这是蚍蜉撼树……问题是我们这里也有跳梁小丑和天安门广场的"反革命分子"遥相呼应……莲莲问是谁,指导员说是龚献,并警告她:"不得通风报信!"

莲莲到萨拉蒙见到龚献,叫他快逃,并且说他的"宣言"是她交给指导员的。她送他走,并在一个山洞中奉献了自己。

团部召开"声讨天安门反革命事件及反革命分子龚献大会",指导员要莲莲在声讨会上积极表现,并替她写好了发言稿。她不得不一再举臂高呼:"打倒跳梁小丑龚献!"大家对她冷嘲侮辱,忠于龚献的孙耀庭要用刀子戳她的脸。

这时,团部再次下达要莲莲去当广播员的调令。她决心离开连队,沿澜沧江往下游走到边境,有一条支流叫丢落江,江对面就是另一国度,她听说有一个北京来的知青来到这里,想到别国去,但最终还是回到他的兵团,她认为此人一定就是龚献,于是她也回了头。她在荒野里遇见一个呻吟着的垂死的老人,她想起龚献的"人类应该相爱"的哲学,她尽力照顾他,然而那个逐渐康复起来的信佛的麻风病人却将她强暴了。她绝望、疯狂,无地自容,只好投身于澜沧江中。

醒来时,莲莲发现自己在一条船上,没有人告诉她是谁救了她。船上闹哄哄的,有人在放鞭炮,广播里一再重复:华主席领导党中央一举粉碎以江青为首的"四人帮"!她看见龚献在船上演说:"'四人帮'粉碎了,这是中国人的福音,但……现在公报里要继续批邓,反击'右倾翻案'风,就十分奇怪。"人群中有两个人上前给他戴上了手铐。

四年后莲莲回到家中,干瘪瘦小的母亲躺在木床上,一步也不许她离开,只是问她户口迁回了吗。她去县医院请大夫给母亲看病,舅舅来把母亲留给她的首饰盒抢走了,母亲睁着眼睛死去。敲门声响个不停,开门后,龚献、何士隐、孙耀庭等十几个人出现在眼前,为她带来好消息,说户口为她迁回了,龚献、何士隐要上大学了,本来要一起吃一顿晚餐,但破庙里麻风病人的影子像鬼一样纠缠着她,莲莲终于趁龚献到门外拿柴时将门闩上,任凭龚献质问、哀求,她就是不理。次日醒来,她看到门口有一封龚献留下的信,她下身瘫痪了,再醒来时,她发现自己身在医院,原来是邻居发现她昏倒后送来的。

　　自从确信没有染上麻风病后,莲莲决定活着面对世界,但户口还在龚献带回的牛皮口袋中没有报上,龚献留下的一点钱都付了住院费,病也查不出原因,说是饥饿、劳累、神经紧张所致。为了生活,她扶着凳子走路,到县府求救,遇到的只有冷漠和官腔。她读龚献留给他的信:"无论发生什么事,你都不要自毁,唯此才能自救。马克思说任何一种解放都是把人的世界、人的关系还给人自己。"她坚信龚献不会抛弃她,于是苦苦等待。当她从报纸上看到一个标题——《反革命分子龚献今日伏法!》,而且还列举了一条条罪状:反党,反社会主义,反马克思主义、毛泽东思想,组织反革命集团,企图叛国投敌……莲莲感觉狂风从头顶上经过,觉得毁灭的应该是这个世界。她捡起一块石头向报栏砸去,再捡起石头砸去……

　　昏迷中她被送回家中,醒来时指导员已经在她身边,而且为她办好了户口、医疗费、生活补助等手续。后来指导员又联系好中医院,用电刺激疗法治好了她的偏瘫,并对她进行健美训练,居然使莲莲在 23 岁那年一举夺得健美赛的冠军。莲莲虽然准备与指导员结婚,但却时常想到龚献,陷入了艰难的灵与肉的搏斗中,她感觉:"长久以来,龚献和指导员始终是我的两种选择。他们好像是我生命的两极,灵与肉,爱与恨,梦与现实……"

　　小说最后,莲莲随何士隐带领的社会形态考察团来到澜沧江下游的支流丢落江边的村庄。她听人说起有人从这里出去发财归来,被奉为上宾,如当年的麻风病人;有的留在这里,送命之外还加上叛国罪名,如龚献。一个小伙子说,这是时代的悖论。莲莲问何士隐:龚献的追求有无价值? 何士隐答:每个历史时期都有自己的骄傲和值得歌颂的英雄……在人类历史前进的路上,布满了地雷和陷阱,先驱者在探索中可能踩响地雷或落入陷阱,正因为如此,才使我们后来的人能够绕过危机……说着,他的眼睛湿润起来了。

莲莲相信只有在希望的追寻中,生命才有意义,但又觉得龚献、何士隐和她又成了北京的丢落族,什么也没有找到。

二

关于"上山下乡"运动,百度百科上的定义是:"上山下乡"运动是指 20 世纪 60、70 年代中国在"文化大革命"期间,毛泽东发出"农村是一个广阔的天地,到那里是可以大有作为的""知识青年到农村去,接受贫下中农的再教育,很有必要"的指示,中国政府组织大量城市"知识青年"离开城市,在农村定居和劳动的政治运动。

追根溯源,"上山下乡"并非始自"文化大革命",它从 20 世纪 50 年代开始倡导,至 60 年代全面展开,70 年代末结束。应该说,早期知青身上带有积极的理想主义色彩,他们到农村去是为了消灭"三大差别"(即工农差别、城乡差别、体力与脑力劳动差别),也曾经涌现出像邢燕子、侯隽、董加耕等扎根农村干革命的典型人物。然而,这场运动客观上并没有解决三大差别问题,由于当时在以阶级斗争为纲的政治历史环境下,知青各自家庭政治背景不同,下乡的动机不同,返城后的政治待遇也是不同的,其各自的命运呈现出不同的色彩,不一而论。

大规模的"上山下乡"发生在"文化大革命"开始两年后,当时中国异常混乱,政府机构瘫痪,工厂停工,学校停课,各部门领导成了走资派,人与人之间充满了对立,派别分歧演变为真枪实弹的武斗。在发动"文革"的政治阴谋中充当工具的红卫兵此刻成了被利用的破坏力量。如何安置连续三届两千多万毕业生就业,是当时面临的重大现实问题。把这些学生分散到农村的"广阔天地"之中,也就消除了红卫兵的破坏力,而且就业的成本要低得多,因为大多数知青是不拿工资的。大多数人迫于强大的政治压力,被敲锣打鼓地赶到农村。"上山下乡"虽然暂时缓解了城镇的就业压力，毛泽东借此达到了解散红卫兵组织的目的，但是几千万年轻人的青春被荒废，无数家庭被强行拆散，这场运动也造成了各个层面的社会混乱，使得 80 年代以后出现了知识断代，学术研究后继乏人的现象。可以说，这场运动改写了一代人的命运。所以对"上山下乡"运动的反思不能脱离"文革"的背景，"上山下乡"所造成的后果，也只是"文革"动乱的恶果之一。

关于云南知青的情况，可以链接网络上的资料作一个大致了解。

1968 年，云南农垦系统开始接收知识青年；1970 年 3 月 1 日，云南生产建设兵团成立，下辖 4 个师，32 个团，分布于西双版纳、德宏、临沧和红河地区的荒蛮丛林，先后接收知青 10.4 万人。地处西双版纳的兵团一师，是知青最集中的地方，他们分布在从勐海到勐腊之间广阔的国境线上，总数 6 万余人。他们的任务是砍伐森林，种植橡胶，在目前西双版纳绵延 150 万亩的橡胶林中，当年由知青开垦种植的仍占相当比例。

"上山下乡"运动中的乱象，在西双版纳尤为突出。1973 年 7 月，中央发出的关于惩治吊打知青和强奸女知青的文件，都是针对云南兵团的。其时，云南兵团共发生捆绑吊打知青事件 1034 起，受害知青 1894 人，其中 2 人被打死；调戏奸污女知青的干部 286 人，受害女知青 430 人。后经中央批准，枪毙了数名违法乱纪干部，才得以控制局面。

由于西双版纳的知青比较集中，大多来自外省市，经过思想的碰撞与融合，加上受到一些人偷越边境加入缅共的切·格瓦拉式的革命豪情的激励，逐渐形成了云南知青鲜明的个性特征：思想活跃、敢说敢做。70 年代后期，全国各地知青掀起了要求返城的抗争活动，罢工、卧轨、绝食，其中以西双版纳知青的抗争最为突出。终于，1978 年底，由云南知青发轫的返城浪潮终结了长达 10 年的知青"上山下乡"运动。

竹林本人有着在安徽凤阳 6 年的知青生活经历，也有与云南知青的长期交流和对云南的实地考察，她的《呜咽的澜沧江》正是反映了一群云南知青的命运和遭遇。

苏格拉底说过,未经审视的生活是不值得过的。一个善于反思的民族才有可能达到文化上的自觉、自信、自强。那么,在竹林的这部反映云南知青命运遭遇的小说里,我们可以反思些什么呢?

1. 愚民政治奏了效

西方先知曾经告诫人们:不要把你的大脑变成别人思想的跑马场,提倡用自己的脑袋去思考、去判断。而对于历代统治者来说,牧民就是养群傻,民众越傻越有利于统治和驾驭。长期以来,中国文化充当了集权政治的帮凶,在愚民方面起了决定性作用。孔子说:"民可使由之,不可使知之。"也就是说,小民百姓可以随便使唤,但是不能让他们知道原因。老子也说:"民之难治,以其智多;常德不离,复归于婴儿;绝圣弃智,民利百倍;古之善为道者,非以明民,将以愚之;虚其心,实其腹,弱其声,常使民无智无欲。"用"文革"语言来讲就是:知识越多越反动。因为知识者最大的特征就是独立思考,在思想光芒的烛照下,一切瞒和骗的统治术就会现出原形,这是统治者不愿意看到的。

在小说第48页,龚献和几名知青在谈论劳动的价值,他们认为,根据人类学观点,劳动把猿变成人,而现在他们从事的无效劳动是为了对付人的脑袋,窒息人的思想,是让人们"退到深山与猿猴为伍,重新回到蛮荒的时代",是历史的倒退。龚献后来告诉莲莲,共产主义就是为了要让人回复到人。然而,在"上山下乡"这场以人为对象的最大的国家实验中,人不见了,只有一群群被驱赶、被践踏的蚂蚁。那些有权势的人以招工进大学为诱饵,威胁、强奸甚至轮奸女知青(如郭副团长和高干子弟小李对广播员露露所施的兽性行为),他们也可以因为一言不合,将男知青李凯元活活打死(团部武装部长"太君"的暴行);他们还对妨碍他们作恶的人动辄隔离审查,甚至告密逮捕(如对龚献的非法拘押和后来的跟踪盯梢);对拒不执行无理改编命令的知青进行围困、断粮,甚至烧掉房子,以致演出了"吃孩子"的惨剧……将建设兵团变成了生命权和人的尊严被肆意剥夺,人人自危、彼此防范的人间地狱。

1963 年,德裔美籍哲学家、犹太人汉娜·阿伦特在她的著作《艾希曼在耶路撒冷》里提出了所谓"平凡之恶"的重要观点。即做出恶举的人并不需要是什么大奸大恶之徒,哪怕是平日里连一只蚊子都不忍心驱赶的普通人,只要他身在群体中,成为运转机器的一员,就很容易因为选择"服从",而做出连他自己都难以想象的事。"他们只是在威势面前失去了自己下判断的能力"。愚民政治的直接后果,就是把一部分人变成了野兽,一部分变成了为保全自我而助纣为虐的行尸走肉,这在人人自危的"文革"中并不罕见。

竹林通过人物对比的方式,塑造了龚献与指导员这两个鲜明的人物形象。在陈莲莲的感觉中,灵与肉的离合,在与这两个男子的性爱关系中得以淋漓尽致地表现:

> 长久以来,龚献和指导员,始终是我的两种选择,他们好像是我生命的两极:灵与肉、爱与恨、梦与现实……龚献为我描绘的爱只存在于一片凌霄之上,好比天宫里的一只仙桃,只有圣人才能摘到;指导员的爱的蓝图是画在肮脏贫瘠的大地上,平常的人就可以碰到触摸到。

> 与龚献在一起,幸福是一种失重感,就像梦中翻车时的坠落一样,肉体冒着粉身碎骨的危险,而灵魂却在飘升,像洁白的羽毛向着温柔蔚蓝的天空;与指导员在一起,幸福是在腰子形的鱼盆里沐浴,肉体浸浴爱露,人如百合花怒放,而灵魂只能卡在狭窄的裂口里,永远不能飞上蓝天。[①]

这段极富哲理意味的文字,传神地勾画出了龚献灵魂的高洁和指导员灵魂的卑微。

指导员本是仪表堂堂的男人,忠厚、不乏善良,自从在业余体校见到莲莲起,应该说他自始至终充当着莲莲的监护人的角色,他对莲莲的爱是痴迷的、绵绵不断的。下放时,他被任命为知青点的

---

① 竹林:《呜咽的澜沧江》,《竹林文集卷二·长篇小说卷》,华夏出版社,1998年,第 283 页。

指导员。他教导陈莲莲"活给别人看",使莲莲恍惚感觉自己扮作"一只穿红背心的小小的猴子,在主人的牵引指挥下,向人们鞠躬作揖,谄媚取巧,在场上做种种表演"。他让莲莲当改造思想的标兵,夜里还要拼命用车子推土,好给正在整理的材料"续上一段华彩的乐章"。然而,坍方发生了,北京女知青为了追弟弟跌下山崖,莲莲也差点丢掉性命,幸亏被龚献救下。又是指导员授意莲莲在批斗会上带头揭发批斗龚献,致使莲莲被忠于龚献的一群知青殴打、侮辱,几乎破相。也是因为他的告密,龚献不得不外出逃亡,差点越出国境,从此难以摆脱"叛国"的罪名,与莲莲的爱情也失之交臂。在莲莲返城后因为龚献被枪毙、生活无着落而悲愤交加一度瘫痪时,指导员又适时出现,帮她办理一切事宜,悉心将她打造成健美冠军,并如愿以偿地拥有了莲莲美丽无瑕的身体。

可悲的是,指导员一手打造了完美的健美冠军陈莲莲,自己却是没有灵魂的,他的一生都是在不折不扣地执行上级命令,努力使自己的言行纳入一统的政治轨道,明哲保身,绝不越雷池半步。这使得莲莲对他只有感恩,没有爱;既依靠信赖,又始终无法灵肉交融。这种痛苦的灵与肉的分裂状态,竹林在莲莲与指导员的最后一次性爱中有着令人拍案叫绝的描写。柔和的灯光下,肉体的"她"——陈莲莲躺在床上亢奋不已,而那个灵魂的"我"却在一旁冷眼旁观。两个灵魂相距万里的肉体共同完成了一桩奇妙的性爱。结局是莲莲放弃了这桩看似顺理成章的婚姻,跟着何士隐他们的社会形态考察团,去云南澜沧江边的丢落人部落里寻找人生的意义与答案。

学者徐友渔在他的《遇罗克遗作与回忆》序言中把思想者分成两类:一种人提出复杂、精深,甚至高度抽象、晦涩的理论;另一种人则在是非颠倒、指鹿为马的蒙昧和谎言时代道出常识般的真理。而后者,捍卫的是常识,付出的是生命。小说中的龚献和同时代的遇罗克、林昭、张志新一样,都是以生命为代价捍卫常识和人的尊严的思想者。他们终因思考而获罪,并以"现行反革命"罪被判处死刑,林昭、张志新甚至被割断喉管以防喊出真理的声音。他们其实并没有深刻的思考或崭新的创见,有些观点甚至像软壳的鸡蛋,只是不甘受到思想的奴役,并且选择如实将自己的所见所感讲述出来。然而在一个不准你思想的时代,"假如有一个早上你突然发现了你自己,假如你想把这种发现表达出来,那么,你的悲剧也开始了。"

当年诗人北岛目睹了北京工人体育场里对遇罗克的最后审判,置身于万人欢呼的浩大场面,在诗中发出感慨:"我并不是英雄/在没有英雄的年代里/我只想做一个人……"

20世纪40年代,九叶诗派的代表人物穆旦在经历了极"左"时代的荒诞和艰难时日后,在《冥想》中写下了这样的诗句:

> 但如今,突然面对的坟墓,
> 我冷眼向过去稍稍回顾,
> 只见他曲折灌溉的悲喜
> 都消失在一片亘古的荒漠,
> 这才知道我的全部努力
> 不过是完成了普通的生活。

在政治风云诡谲莫测的时代,一代人的命运,被一只无形的巨手玩弄,谁都在劫难逃。指导员的做法不过代表了卑微的大多数。"十年浩劫"剥夺了一代青年受教育的权利,窒息了人的思想,践踏了最起码的人权,扼杀了人最宝贵的独立精神,使十几亿人集体失语,身不由己地被狂热的洪流裹挟而去。这场大悲剧的后遗症在今天依然延续着,纠正它却需要几代人的努力。

2. 权力野兽出了笼

缺乏监控的权力造就了权利野兽。在团部狭小的播音室里,在陈莲莲的眼皮底下,郭副团长和"首长的儿子"小李别出心裁地轮奸露露的一幕,在莲莲眼前幻化出"畜牧场种牛配种"的情景。而莲莲全凭露露在两个禽兽破门而入的紧要关头塞过来的月经带才得以幸免。在革命的名义下,在权力野兽的淫威面前,洁白羔羊般的"露露们"只能像砧板上的鱼肉、地上的蝼蚁一样任人践踏。然而,露露的牺牲并没有给她带来招工、返城的一纸调令,她的悲剧还远没有结束。最终她怀孕、生子,并亲手煮食了自己的儿子给断食多日的知青战友们吃。对自己受尽磨难生下的骨肉,露露始终没有看过一眼,她说:"不是我心狠,实在,把他造出来的那东西是畜生。"在癫狂的状态下,露露跳进了滚滚滔滔的澜沧江,让江水洗刷她所遭受的非人苦难与屈辱。竹林写道:"可怕的不是山林中的自然野兽,而是那种披着人皮的权利野兽。这种野兽如果控制了整个国家,他们就会把老百姓当作猎物一样任意宰割、蹂躏。"

台湾胡秋原先生在几次"实在看不下去了",最终"硬着头皮"读了这部小说后,写下了如下感想:

这是我所看到的最使我感到恐怖和战栗的小说。我看过许多神怪小说、科幻小说,那是有意使人发生恐慌感、战栗感的。但竹林女士所写的,乃是当代中国,即"文化大革命"中,中国人所作的使人战栗的罪恶;尤其是曾号称"礼仪之邦"的中国人所作的鬼怪禽兽也不能做的罪恶。……所谓"伤痕文学""抗议文学"我也看了一些,但没有像《呜咽的澜沧江》这样看后精神难以安宁的。中国人竟残忍下流以至于此!

这位中华赤子忍不住发出悲呼之声:

中国人被外国人糟蹋得可怜而又可耻很久了,现在又这样自己可耻地糟蹋!中国人必须停止这种自相残害的罪行!①

对露露疯狂中煮食儿子的描写,台湾著名作家、文学理论家陈映真先生则不以为然,在《混沌的梦与现实——评竹林的〈呜咽的澜沧江〉》②一文中,他认为小说对莲莲母亲和知青露露两个形象的塑造"非但失败,更成败笔"。其观点是:

悲剧英雄的形成,在于人物有高于常人的德行,而且恰恰因这高于常人的德行与性格而受尽苦难时产生了悲剧。这样的人物之

---

① 胡秋原:《竹林女士〈呜咽的澜沧江〉读后》,自周锦主编《两岸文学互论》第1集,台湾智燕出版社,1990年,第354-355页。

② 陈映真:《混沌的梦与现实——评竹林的〈呜咽的澜沧江〉》,自周锦主编《两岸文学互论》第1集,台湾智燕出版社,1990年,第406-407页。

受难,才引起读者的悲伤、震哀,从而使读者在怵然悲哀之中洗涤了自己的灵魂。

如果受难的人品格平凡甚至与常人一样充满了弱点、贪欲、怯懦。则其所遭遇的苦难就无法引起悲剧所予读者的震伤与深沉的悲哀。

陈映真先生由此断定,自从"母亲"与情人宣淫的场景出现之后,她的苦难遭遇以及智慧、坚韧的语言,就"完全失去感人的力量"。同样地,陈映真先生对露露怨恨以至烹食被轮奸所生婴儿的做法也极不赞成,认为这"同样破坏了悲剧人物性格的法则"。他说:"不需要太大的才华,任何作家都可以在这个事件上让'人性'最美好的一面、最有希望的一面在这阴暗的命运中藉着这婴儿发出熠人的光芒。"同时设想:

如果婴儿的降生使露露的母性战胜了随自己悲惨命运俱来的仇恨,露露的形象应该更为高大,她所遭遇的不可置信地悲惨与侮辱,也才能发出更强大的控诉力。

从陈映真先生的批评中,可以真切地感受到他对悲剧形象的理解和对一部伟大作品的殷切呼唤。然而,陈先生尽管也曾在国民党统治时期的台湾坐过牢,理解并同情大陆同胞极"左"时代的遭遇,但对九亿神州一片红海洋的历史毕竟缺乏身临其境的感受。

"文革"时期的反动血统论、共产党内残酷斗争、无情打击的现实,让一代中国大陆百姓生活在苦难、绝望甚至疯狂的边缘,他们是经过阶级斗争洗礼、喝着"狼奶"长大的一代人,对他们来讲要做到鲁迅先生所说的生存已属不易,遑论温饱与发展。母亲作为被迫害而惨死在淮北煤矿事故中的右派的妻子,为了养育儿女,长期从事着最卑贱、污秽的倒马桶的劳动,她的女性美只有在与女儿一起沐浴时才被唤醒,也只有在与青年工人的畸恋中她才拥有为人所不齿的性爱瞬间。对这样一位悲苦无告、看不到任何希望的母亲,我们还忍心责怪她的生存智慧以及暗夜中屈辱绽放的一星生趣吗? 无意中窥见了这一幕的莲莲感觉耻辱羞愧,从此拒绝与母亲同浴,并决绝地离开家去遥远的云南插队。然而,时隔多年后,当莲莲被指导员放倒在床上的一刹那,她仿佛听到了"来自宇宙边缘的背叛的钟声",不由地"感谢造物主在创造生命时给了人以这种摆脱罪恶的瞬间轻快,所以世界看起来总还是那么美好,春天总是及时来到"。

在弗洛伊德的理论中,性欲在本能结构中一直占据着统治地位。性欲的释放某种程度上便是对压抑性文明的反抗。作为抗拒令人窒息的专制政治的一种策略,情色描写在中外作家笔下都有过可圈可点的成就,如 D. H. 劳伦斯的《查泰莱夫人的情人》以男女交欢的喜悦来映射冲破体制与资本桎梏的狂喜与自由,托尔斯泰的《安娜·卡列尼娜》用贵族妇女安娜·卡列尼娜的出轨和纵欲来与以她丈夫为代表的官僚集团分庭抗礼。同时代作家王小波的《黄金时代》《白银时代》等,也都大量地通过性这一最真的本我来充当反抗专制政治的有力武器,来应对那个荒诞的极"左"时代。这样的描写非但不会让人感觉猥亵与污秽,反倒因为夹杂着强大的时代环境背景压力,给人以震撼与启迪,并透出一丝悲凉的感觉。

再看温柔、美丽的上海知青露露,如果是在一个正常的年代和环境,以她动人的形象和声音,以她的善良和善解人意,我们有理由相信她极有可能成为众人瞩目的明星,起码可以拥有一份正常的生活,何至于受尽权利野兽的侮辱损害,绝望中迁怒于无辜的小生命,决绝地投身江中结束自己年轻的生命呢? 的确,许多世界名著中贯穿着忏悔与救赎的主题,如雨果的《悲惨世界》、托尔斯泰的《复活》等,苦难中升华出的人性温暖固然有着震撼人心的艺术力量,但也有另外的路径去实现这种升华。犹记得当年一部日本电影《人证》引起的巨大反响。二战后的日本,一个美国黑人青年乔尼来到日本,苦苦地寻找他的生母,当他终于找到已成为著名时装设计师的母亲并扑向她的怀抱时,迎接他的却是母亲刺向儿子——这个烙印着战争中日本妇女屈辱印记的生命——的利刃,母亲随后跳下悬崖。那风中飘扬的草帽,伴随着哀婉动人的《草帽歌》,引发人们对战争罪恶和人性扭曲的深沉思考,那动人的旋律至今仍时常萦绕在我的耳畔。从这个层面上看,露露的崩溃与极端做法,与这部电影可谓有异曲同工之妙。

在小说第 69 页,通过陈莲莲与母亲在"文革"中的见闻和切身感受,我们看到作家竹林对于"文革"动因的另类解读显然与权威的教科书不同。

"文化大革命"开始时我才小学四年级。我经常钻来钻去地去看大字报,看批斗会……当我看到那些真理的化身,那些大大小小道貌岸然的官们弯下伟岸的腰,低下尊贵的头时,一种说不出的快感,像闪电似的传遍我的全身。要是我有钱,要是妈妈不阻挠,我也要买绿军装,买宽皮带把自己武装起来,我也要用皮带抽人!一切侮辱我们、鄙视我们,把我们推在不幸的泥坑里还踏上一只脚的正人君子们——我统统都要抽,一个也不饶恕!

有一天,我跟妈妈去上海,南京路上人山人海……忽然,她站住了,两眼直直地望着从街心缓缓驶来载人游街的一辆大卡车。……妈妈朝卡车上指了指:"看见了吗?站在中间的那个,戴大高帽子的,当初整你爸爸最凶。这人阴险,做好了圈套让你爸爸钻。要不是他,我们一家还不会落到这个地步。事出后,还逼我跟你爸爸离婚……嘿嘿,想不到他也有这一天!"这意外的发现使妈妈忘了到上海来办的事。在一种奇特的兴奋中,我们母女俩夹在群众队伍里,跟着那辆大卡车朝前走去,一直走到外滩,嗓子都喊哑了。"万岁,文化大革命!""万岁,造反有理!"口号是公允的,任人喊叫,谁都可以从中找到与之共鸣的一个微妙的颤音。

虽然"文革"的发生并非真正的底层群众运动,但是它的爆发、扩大和延续却必然有相应的社会基础和群众基础。缺乏有效监控的体制,当权者的官僚作风和腐败作风,唯成分论和血统论导致的社会公平缺失和积怨日深,使错综复杂的社会矛盾一触即发。"造反有理"的口号一旦喊出,便如地下的岩浆奔泻而出,无法遏止。在这里,竹林通过具体的、活生生的人的感受,为我们理解这

场旷日持久的政治运动提供了一个真实而独特的民间视角,同时
也为我们研究历史上的流民运动和当下不断暴露的社会矛盾提供
了一个生动的样本。

3. 人类之爱被嘲弄

极"左"政治所造成的人与人之间淡漠关系的表现,正如鲁迅
先生所言:"在我自己,总仿佛觉得我们人人之间各有一道高墙,将
各个分离,使大家的心无从相印。"朦胧诗人顾城的《远和近》则有
更为形象的表述:"你,一会儿看我,/一会儿看云。//我觉得,/你
看我时很远,/你看云时很近。"生动地揭示了"文革"时期阶级斗
争话语下人和人之间的隔膜、猜疑和戒备。

龚献关于"人类之爱"思想的形成经历了一个痛苦的过程。
他曾对陈莲莲讲起,那位曾救过父母命的王叔叔,是小时候家中的
常客,给了他最早的关于人性、人类之爱的启蒙。然而"文革"开
始时,父母为了自保,却检举揭发王叔叔是混进党内的国民党特
务,使他不但丢了党籍,还丢了性命。龚献的母亲出于醋意,把一
个舞蹈教师的家庭整得家破人亡,那女教师的女儿正是龚献童年
时代的女友。龚献再见她时,她正挥舞宽皮带抽人,被打的正是龚
献成了走资派的爸爸。原来的女友从西北回到北京造反,从此,那
个在跷跷板上飘舞着粉红裙裾的小姑娘在龚献心中死去了。后来
龚献加入了暗杀"红色女皇"江青的敢死队,出狱后被遣送到澜沧
江边,在为惨死的知青李凯元立起墓碑之后,冷静下来的龚献开始
思考共产主义究竟是怎么回事,难道就是像如今这样互相斗争吗?
意识到"事情不能怪某个女人,而是我们的理论上出了毛病""现
在搞的这一套,根本不是共产主义!"他认为"真正的人生应该是
不断地寻求,不断地自我充实和自我完善,人与人应该相亲相爱,
应该去为理想而奋斗"。相信"终有一天,世界会把'人类之爱'写
在自己的旗帜上"。"他气呼呼地拍了一下那只当作饭桌的箱
子……如果需要的话,我可以献出我的生命!"这位忧国忧民的爱
国者、共产主义的信徒,在"四人帮"垮台后进了大学,在举国被
"两个凡是"思想笼罩的年月里,被曾经当过右派的老师揭发,最

终被当作反革命枪毙了,成为这场政治荒诞剧里的一个自作多情的殉道者。由于龚献所处的时代环境的局限,他无法超越社会的思想和理论的桎梏,只能成为真理祭坛上"鲜红的液体",完成了自己的历史使命。龚献的原型——华东师范大学学生王酉申就是因为坚持独立思考,长期遭受残酷的政治迫害,在粉碎"四人帮"之后,限于当时的历史条件和"两个凡是"观点的影响,在上海被冤杀。

相信龚献的理论的陈莲莲也付出了惨重代价:她在一次逃离连队出走途中遇见了一个被抛弃的麻风病人,好心将他救活,岂料那个男人恩将仇报地将她强暴,希望她带走自己的病。经受了一系列残酷打击的陈莲莲,在龚献被捕枪毙、母亲去世、自己因忧愤贫病而下半身瘫痪,看够了县委"乡办"工作人员的推诿冷漠嘴脸之后,身心陷入绝境。"惟有堕落在最深的底谷,才能洞察生活的底蕴"。身在谷底的"我",真切地看到了生命的罪孽与人性的丑陋。当莲莲历尽千辛万苦战胜瘫痪登上全国健美冠军的领奖台,为她颁奖的竟然正是当年那个麻风病人!她终于对龚献的理想失去了信心,意识到"他为之奋斗的一切,像是先天不足的软壳蛋,永远也孵不出生命的青鸟"。

与龚献的偏激和狂热形成对比的,是小说的另一个男主角何士隐,尽管作者对他落墨不多,但每当关键时刻总是能看到他的身影,感受到他的睿智和思想的深度。他的人类社会理想的核心是人人享有思想的自由,他曾经向陈莲莲描绘过这样的社会图景(见小说第134页):

一个人是一个宇宙。思想就是宇宙中造物的神,无所不至,无所不在,统治一切,创造一切。我相信,每个人的神都是无与伦比的。要是有一天,这些无与伦比的神能够坦诚相见、共享阳光的话,那么众神自会组成一个最美好的社会。

这一点显然比龚献的泛泛的人类之爱来得更为现实,也更符合马克思"在那里,每个人的自由发展,是一切人的自由发展的条件"的共产主义社会理想。

但最终,即使在一个真正的人间地狱,竹林也从来不会对人性绝望。正像她作品中经常出现的那顶风雨中的红雨伞一样,在《呜咽的澜沧江》中,王叔叔给被龚献父亲打死的小狗编织的红枫叶花圈,那个在黑夜给露露母子抛奶粉罐的腼腆小兵,在莲莲瘫痪后送烧饼给她吃的老山东,还有在她晕倒后送她到医院去的不知名的邻居,帮她办理回城户口的知青们……这些危难时刻伸出援手的平凡人,让我们相信人类的善意和良知终究不会泯灭。

"文革"结束后,巴金先生提出"与全民族共忏悔",从作为参与其中的一员的角度反思这场灾难,而非一味控诉谴责;2013 年,《炎黄春秋》杂志第 6 期刊发了当年的红卫兵刘伯勤的"郑重道歉"启事,引起舆论沸腾,再次掀起历史的一角。在启事中,刘伯勤向在"文革"中受到自己批斗、抄家和骚扰的众多师生和邻里道歉,他说:"垂老之年沉痛反思,虽有'文革'大环境裹挟之因,个人作恶之责,亦不可泯。"同济大学文化批评研究所朱大可教授在微博上评价道:"在一个没有忏悔传统的国度,该信可视为人性觉醒的稀有证据。"

三

知青文学研究学者郭小东在接受新华网新疆频道和兵团网专访时,将目前对知青运动的评价分为三个层面,这为我们解读同时存在的不同声音提供了一把钥匙。

首先,郭小东认为,对知青运动的评价应该尊重个人人生经历的真实,以及个人对人生经历的感受与评价。所以知青运动一旦成为个人历史,成为个人史表述的时候,任何的表述我们都应该尊重。

其次是国家评价,国家对这样的一个历史事件有过什么样的结论性的解疑。"文化大革命"是一场灾难,是一场浩劫,知青运动作为"文化大革命"的重要部分,也可以用"文革"的结论和评价来处理它,对于整个国家和人民来说,知青运动是一场灾难。这是一个国家的评价,在这个评价的前提下,我们对知青运动做细部、个案任何的分析是没有错误的。

再次是从人类文明的角度来评价知青运动。知青运动不仅仅是一场浩劫,它是对人类文明的一种亵渎,因为它割裂了传统,中断了文明,完全违背了人性,是一种反人性,反人道主义,反人权,反人类进程的一个运动。[①]

应该说,《呜咽的澜沧江》正是站在人类文明的角度评价了这场运动,作家努力将哲理高度和与之相匹配的艺术创造力融合起来,达到了艺术的真实。

作为中国当代文学的重要组成部分,知青文学有其独特的价值,它是知青运动的一个标本,包含了大量的政治的、经济的、文化的、人性的、地域的、历史的文化信息。竹林对知青历史的不懈探索告诉我们,作为一段历史的亲历者,一个负责任的作家,不能回避事件的本质,去粉饰和讨巧,更不能哗众取宠,糊弄后代。这是因为:

> 任何历史,无论它当时多么激荡,终会被时间的长河冲刷过去的;但同时,它也会给后人留下些值得总结与思考的东西。……这一段带着一代青年人血泪斑斑的历史,不应该让时间将它销蚀得了无痕迹,不要待后人研究它时再为重拾当年的真实而费力地去搜寻和淘洗;我们自己应该总结这场运动的经验与教训。这对新一代的年轻人,对中华民族、对共和国的未来,还是十分有意义的。[②]

---

① 董志涛、郭小东:《知青文学是中国当代文学的重要组成部分》,新华网(http://bt.xinhuanet.com)新疆频道、兵团网,2010 年 9 月 25 日。

② 竹林:《我为什么写知青小说》,《解放日报》,2010 年 3 月 8 日。

《魂之歌》：子规啼血唤东风

三月残花落更开，小檐日日燕飞来。
子规夜半犹啼血，不信东风唤不回。

——宋·王令《春晚》

冥冥中似有神谕，当笔者正准备落笔写这篇论文之时，互联网上刊载了这样一则消息：国外科学家的最新研究揭晓了濒死体验之谜，说人类死亡之后，他们的量子灵魂会从身体中释放，重返至宇宙之中，称人死灵魂存在已被证实。对这一报道无论是欣喜还是质疑，从人们狂热转载的程度来看，它起码提供给我们这样一个信息，即无论是作家、科学家还是普通人，都在关注人类的灵魂问题。

人类从何处来，到何处去，人究竟有没有灵魂，这些古老的哲学命题，引得一代又一代的知识精英们倾注心力，探索不已。有"中国知青文学第一人"之称的上海女作家竹林，花了8年心血捧出一部50余万字的巨著《魂之歌》，①通过两位知青的"另类"苦难，对此进行了独具一格的探索。

小说讲述了一个发生在云南边境外的故事。知青逃犯刘强误闯神秘的山青族部落，被部落里美丽的嘎德公主爱上，却又被下了蛊；在公主的帮助下，他得到了一件能发出绿光的山青族的宝物。宝物是来自外星球、拥有特殊能量的魔石。与此同时，山青族的巫师也在觊觎这块魔石。巫师其实是一位落难的大陆科学家，名叫刘仁祥。两人设计逃出了山青族，但却遇到了更多的困扰……他们也

---

① 竹林：《魂之歌》，人民文学出版社，2013年。

在善恶的纠缠中,追寻着各自的人生信仰,完成着各自的灵魂之旅。

一、失魂落魄的"非人"

当代以色列作家阿摩司·奥兹非常重视小说的开头,在他的文学随笔集《故事开始了》①中,开宗明义地提示读者:小说的开头就是作者和读者之间的某种契约。即通过这契约你能在小说中得到什么,或者你干脆就什么也得不到。《魂之歌》的开头呈现在读者面前的是这样一个梦境:

> 大山像一群巨人,以隐秘的语言互相说话;星星在天空分娩,生下绚丽夺目的绿宝石;月光像屋顶,覆盖于一片峡谷之上;而狼,成群结队地在荒原里奔跑、撕咬,抓挠着彼此的皮毛,咀嚼着同类的血肉、骨头,眼珠像绿色的水晶球在地上滚动,那些血腥的嘴巴以机械的速度啮食着原野的绿草和鲜花、地壳上的一切厚厚的植被……他甚至还听见了它们狂妄残暴的呼叫:总有一天,我们要把这颗蓝色的星球用牙齿咬遍,用血水洗遍,把它重新变成一块冰凉的石头,重新回复到宇宙黑暗的母腹,像盘古尚未开天辟地、混沌的星云有如上帝的眼泪般飘浮在无始无终的空蒙间……
>
> ……这时夕阳已经西沉,晚霞以其最后的狂热泼洒下来。山像受伤的巨人,高昂着血流如注的头颅,漠然地挺立着;而烟尘般的昏暗已在高山峡谷、起伏的林莽间飘浮,像一些富有灵性的不怀好意的小蛇,柔软地无声无息地游动着,要把白昼残留的亮光舔得一干二净!②

多么恐怖肃杀的一幅荒原景象,就像一个人类末日的预言,开篇伊始就传递出危机四伏血腥残酷的信息,似一股平地旋起的飓风将读者裹挟而去,带入了一个中国人所经历过的怪诞时代与荒谬人生。

---

① 　[以色列]阿摩司·奥兹:《故事开始了》,杨振同译,译林出版社,2011 年。
② 　竹林:《魂之歌》,《中国作家》,2012 年第 9 期,第 4 页。

　　雅各布森（R.O.Jakobson）在研究失语症时提出了隐喻（meta-phor）和转喻（metonymy）两极结构，他认为散文是转喻的，即用事物定语、修辞语、事物的因果代替事物本身的辞格，而诗则强调类似性，因而是隐喻的。同时，他指出，现实主义小说是转喻的，而现代主义小说则是隐喻的。《魂之歌》的开头就充满隐喻的意味。

　　梦境的主人叫刘强，原名刘啸狮。这位"衣衫褴褛，蓬头垢面，疲惫的脸上伤痕累累"的青年，父母在海峡彼岸；父亲是国民党少将，母亲却是共产党的地下工作者。他随外婆长大，因为"以小说反党"，被打成"反动学生和反革命狗崽子"，在一个讲究血统论的年代，他的命运是注定永远无法改变的。学兄潘松林约他一同逃亡，却被"学养深厚、道德文章令学生叹服"的江教授出卖，最终以"企图叛国罪"被判刑13年；2年后被遣送至云南边境的腾冲劳改农场改造，6年后的一场地震让他趁机逃走，从此开始了在中缅边境颠沛流离、离奇惊险的逃亡之旅。

　　随着刘强的行踪，我们看到了笃信基督教的景颇人的善良，令人毛骨悚然的原始部落的骷髅之舞，额上纹有绿蝴蝶的山青公主的柔情；关于沙姆巴拉的神秘传说；刘强意外找到魔石以及各种势力之间围绕魔石展开的激烈争夺……与此同时，我们也看到了一幕幕人间悲剧：人生被扭曲了的科学家刘仁祥，昔日科研成果被上司剽窃，申诉无门反遭政治迫害，妻离子散，沦落为原始部落里装神弄鬼的巫师；知青艾蛟"紧跟毛主席革命革碎了心"，由热血青年蜕变为贩毒大王；女知青皎皎惨死于橡胶林里；傣族女子依拉娟携女逃亡；玉哨姑娘父母被杀，恋人惨死；山青公主嘎德为救刘强，中了本族人的毒箭……然而小说写悲剧不是简单地展示苦难，而是为了对人性进行透视和开掘。

　　善良美丽的傣族妇女依拉娟，丈夫被冤杀后携女儿逃亡，在原始森林中迷路，女儿被猴子抓去，生死不明，自己烙印着"反革命家属"的耻辱标记，在投诉无门的绝望中，开始怀疑自己"究竟是人是鬼？"当她"终于确信自己不再是人，而是一个幽灵、一个鬼魂"时，小说写道：

……一股奇特的兴奋，像锋利的刀刃一样划开了她的身体。她觉得生命像椰树上一颗成熟的果实，凭借外力挣脱了坚硬的躯壳，只剩下里面一汪洁白的乳液了——这就是灵魂。它是那么轻盈、那么柔软，同时又那么强盛、那么无畏，像水一样可以任意屈伸，任意流动。①

在依拉娟"鬼魂"观照下的人间，反倒鬼影幢幢，如同地狱。芒果寨的一场批斗刀二羊——逃亡的科学家刘仁祥的斗争会显得那么荒诞不经。当"披头散发瘦弱得像纸片一样"的依拉娟现身会场为冤死的丈夫讨公道，并狂笑着宣布自己是鬼时，在场的所有人都被震慑住了：

一时间恐惧像巨大的黑色磨盘，压在人们的头顶。往昔庄严的"寨心"，在瞬间变成了阴森森的鬼蜮。有人想逃离这个地方，可是挪不动双脚；有人想点灯，但摸不着火柴；还有一些女人仿佛坠入了一个迷离的梦境——在梦境里她们看见自己儿时的伙伴、美丽的依拉娟打着花绸伞的背影，那么苗条，那么婀娜，甚至还看见她到井台上去汲水，她挑着满满的水桶就好像双肩生出了一对翅膀，那么轻快地悠荡着……然而倏忽之间，糯占巴花一样娇嫩的女子，突然就变作了一具骷髅，阴风从骷髅的黑洞里吹出，渗进每个人的骨髓。这是依拉娟，又不是依拉娟！恍惚间女人们似乎看到了自己的未来——身体变作枯骨、灵魂穿越地狱的空间——②

一个弱女子困兽犹斗式的反抗，与竹林另一部小说《女巫》中那位悲苦无告的农妇须二嫂的神灵附体，有异曲同工之妙，令人联想到福柯笔下的那些"碎片化"的"非人"。竹林让她的人物承载了那个悲惨时代的全部乖谬和黑暗，读者从中可以更直观地认识专制主义制造的人间悲剧、对人与人之间关系造成的毁灭性破坏，使小说具有了深刻的批判意义。

① 竹林：《魂之歌》，《中国作家》，2012年第9期，第124页。
② 同①，第127页。

二、寻觅灵魂的历程

《魂之歌》的主线是各色人等围绕着能发出绿光的宝贝展开的一场惨烈角逐。魔石的奇迹般获取,关于魔石的神奇传说,希特勒当年苦苦寻找的地球轴心,美国总统里根的星球大战计划,宇宙能量的开发……异彩纷呈、扑朔迷离,牵动着读者的心。逃离了国内政治漩涡的刘强和刀二羊,历尽无数惊险,命运走向吉凶难测,他们开始时彼此防范,却偏偏冤家路窄、恩怨纠缠;最终为了保护魔石,不让它落入"给人类带来灾难"的人之手而互相携手,并在那个特殊年代,上下求索、苦苦寻找一个民族丢失的灵魂。

在这个过程中,我们看到,伴随着原始部落里的强烈鼓点,山青人以热烈奔放的骷髅之舞,向文明世界显示着他们的原始欲望与生命力。

每一束火都是生命。它们呼啦啦移动着,排成了大大的"人"字;又呼啦啦扭转着,舞成了一个空空的圆圈;忽而散开像黑夜里的花束怒放在山坡上,忽而又聚拢如天空的太阳朗照大地……所有这些擎着火把的人都身着黑衣黑裤,无论男女老少,黑发黑眼睛配着黝黑粗糙的皮肤,像是黑夜里的幽灵;他们都高举着光明温暖的火把,似乎在狂欢在庆祝……

——确切地说,那不叫舞蹈,没有任何肢体艺术,谈不上美,也不见那些在许多古老悠久的民族舞蹈中所表现出来的,那种对大地的崇拜和对飞禽走兽的模仿。然而,他从他们的身上看到了一种癫狂——令他为之迷醉的癫狂,似乎已把那些粗陋的未经精雕细刻却又强壮有力的形骸席卷而去,唯剩下某种从他们躯体里发出来的能量,如高山之魂一样喷薄而出。

他看得呆了。他从未体会过这样的癫狂,一时竟忘了饥饿和疲乏,无比亢奋地看着他们蹦跳、跺脚,嘴里"呦呦"地叫着;看着他们扬起双臂,高昂着头颅,那神态似乎是绝望又是希冀,是执着又是迷茫;生命之流像一股黑色的风暴,排山倒海地涌动着,每一个灵魂都欲挣脱脚下的引力而向上飞升。他们好像要摒弃自己的躯体,拥抱天宇,与星星争锋!①

　　这里的人们尽管看似愚昧、缺乏现代文明的熏陶,然而他们重承诺、守信用,珍视爱情,人与动物、与大自然和谐相处,俨然陶渊明笔下的一处世外桃源。你看,当刘强与嘎德公主在水中嬉戏时:

　　四周静极了……整个宇宙变得这样安适恬静,连天上飘浮的云彩也如刚刚盛开的新鲜棉桃一样,散发着清新温柔的气息。偶尔走过湖边的麂子,转动着淡褐色的小脑袋,像无声的动画片一样幽雅美丽。小鸟儿在枝头扑翼,苍鹰稳稳地在空中盘旋,水兔悠闲地在水边踱步;笼罩在这里的气氛静谧、温馨又神秘,好像世纪初创时的第一个早晨,没有争斗没有流血,一切生灵都和谐相处。②

　　尤其是额头上纹有绿蝴蝶的嘎德公主,活脱脱是一个大自然中的精灵:

　　她的眼窝很深,眼睛很大,像两块深黑色的火炭,燃烧着热辣辣的光芒。而连接着眉骨的鼻子,也显得高而挺拔。这似乎是这个女人脸上最出色的部分,当然,也包括额上那只漂亮的绿蝴蝶。而其余的部分,造物主好像只是马马虎虎捏了捏,额头和下巴均往后缩,粗糙平庸,带有一种未及进化的原始意味。

　　她的皮肤是浅铜色的,四肢很不匀称,但紧凑结实,没有一丝松懈的赘肉;窄小的臀和腰缺少过渡的曲线,而巨大的乳房却高耸着,像夜色中的两座山峰。刘强觉得仿佛是一座卡通式浮雕,在眼前活动着。③

　　小说的第三章节,更是将山青公主的柔情、骄傲,对爱的虔诚与天人合一的情欲,描写得淋漓尽致。在美得令人窒息的氛围中,将刘强与嘎德公主的错位爱情描写得纯净迷人,令人神往;让读者忍不住要喊出:真美呀,请停一停! 最后公主为救刘强,中了本族

---

①　竹林:《魂之歌》,《中国作家》,2012 年第 9 期,第 10 页。
②　同①,第 14 页。
③　同②。

人的见血封喉毒箭而死去,以美的毁灭终结了这段爱的传奇。

还有麻风村里那些被甩出正常生活轨道、被遗弃的麻风病人——大鼻子老伯、长脚婶婶等,尽管他们肢体残缺,奇形怪状,却保留了最朴素的人类情感;为救助他们而牺牲的知青刘进,以及自愿来到这里为他们治病、排雷,打开生命通道的玉哨姑娘和刘强,被他们奉为心中的菩萨爱戴着。他们在厄运面前表现出的互爱互助、勇于牺牲的精神,令人动容。还有来自西藏的老祜巴以及来自美国的太阳神父、基督徒陈太太等,都以仁爱之心对待苍生,潜移默化地影响着身边的人们,形成了一股爱的暖流。而众人苦苦争夺的那块绿色魔石,无疑象征着一种能拯救地球、拯救人类灵魂的力量。

三、魂兮归来的呼唤

古往今来许多中外作家都在创作中注入自己的宗教情怀,如歌德、托尔斯泰、陀思妥耶夫斯基,中国现代作家巴金、曹禺、许地山等,无不在表现人类的苦难、沉沦和罪恶的同时,显示人类之爱和拯救灵魂的宗教精神。在《魂之歌》中,竹林通过两位主人公的因缘际遇,也在多元地探索着宗教拯救世道人心的道路。

小说对于人类社会发展规律、科学与宗教关系、基督教义与战争、基督教与佛教关系等都进行了认真的探索。例如,老祜巴对刀二羊说:"爱是人性中最美丽的风景。它能使人心胸变得开阔,心境变得安宁、纯净和愉悦。可是你的心中却装满了个人的怨愤和欲望,爱怎么能装得进去呢?""面对广袤的宇宙,无垠的时空,人生太渺小了。我们只有在这短暂的生命周期中,用随缘之爱留下些许痕迹,才不枉来人世间的这一遭轮回。"①老祜巴还通过财主万全的故事告诉刘强:"只见树叶枯了,却不知树根死了。须知,众生心灵的饥荒,才是造成诸恶丛生、社会不宁的根源!"②

再如多次救刘强父子于危难的太阳神父,也以基督教的仁爱

① 竹林:《魂之歌》,《中国作家》,2012年第9期,第123页。
② 同①,第122页。

精神感化着刘强,终于使他皈依;然而当美国人为夺取魔石而与政府军联合动用武力进攻、飞机轰炸,在一片"腥风血雨"中,他的信仰又被动摇了。尽管事隔多年后,作家以一封太阳神父留给刘强的遗札作出差强人意的解释,毕竟难以弥合曾经的伤痕,也使我们看到宗教拯救社会的力量也是有限的。

通过依拉娟的遭遇,小说还向我们展示了冤冤相报的恶果。被复仇火焰灼烧的依拉娟,不能接受女儿与仇人之子相爱的事实,向女婿下蛊报复,几乎亲手断送掉女儿的幸福。最终爱战胜了心中的魔障,她收了蛊,但自己死去了。虽然这一情节不无说教的意味,但作家呼唤人性复归的拳拳苦心可见一斑。

值得注意的是,书中人物没有简单的善恶界限。有的表面凶神恶煞,一旦倾听他们的故事,便会发现每个人的人生道路都有情不得已的充足理由。如刀二羊为了得到魔石陷害刘强,是为了开发宇宙能量造福人类;山青人咕噜害刘强,是出于对嘎德公主的爱;靠种植罂粟获利的国民党军陈团长和他的官兵是失去家园的华夏弃儿;连那个杀人不眨眼的贩毒大王艾蛟也是一个亦正亦邪的人物……然而,灾难像多米诺骨牌一样在这些不幸者中间传递着,没有人能阻止悲剧的发生。彼此伤害,互为地狱,几乎每个人的人性都被扭曲、异化,这才是比荒诞政治更为恐怖的人性灾难。然而,作家又以善良、宽容的胸怀,以发自心底的真诚爱心,抚慰着这些失魂落魄的人们,并企图用女娲补天的精神炼就五彩石,修补伤痕累累的大地人心。

小说的结局出人意料。刘强一梦醒来,遍寻旧迹不见,只见"白茫茫一片真干净",一切恍若隔世;曾经的刀光剑影、爱恨情仇似乎从未发生过,空前的失落怅惘笼罩了他的身心;灵魂在黑暗中挣扎呼喊:

难道作为一个人,来到这个世界,就没有存在的意义,没有奋斗的目标和前进的方向,就只是一具行尸走肉?朝生暮死就是它的全部?不,这不是我,这不是人。人类是有灵魂的生物……①

---

① 竹林:《魂之歌》,《中国作家》,2012年第10期,第137页。

开启一条通向人类精神家园的门径从来没有像今天这么有着迫切需要；对生命存在的终极追问才是竹林小说的深层哲学意蕴。

四、诗意的抵达

《魂之歌》以人物的活动路径和命运遭际为线索，在理性的叙事框架中容纳了广阔的社会内容。但作家深知，仅仅重视文本的社会内涵是不够的，真正的文学应该赋予美感，富有诗意。因此，在传统的现实主义理性叙事中，作家嵌入了现代主义的美学因素，她非凡的想象力在这部巨著中得到了淋漓尽致的发挥，中国文学的优美与纯美得到了充分的展现。韦勒克在评价陀思妥耶夫斯基时，说他的作品中"经常会感到艺术上的成就与思想重负之间的不协调"。① 如何做到既有深刻的哲思，又不损害艺术的感性，是每一位作家都在努力把握的黄金分割原则。可以说，《魂之歌》在艺术成就与"思想重负"之间达到了高度的融合。上海作家沈善增认为，竹林的这部小说创造了一种小说模式，或者叫小说流派。他把这种小说流派命名为"传奇诗"，②笔者对此颇有同感。

胡廷武先生在《小说的本质》一文中指出："小说已经是一株数百年前种下的老树了，真正有创造力的作家，其使命不仅是在这株老树上添枝加叶，而是要培育单独的植株，以便使小说之林更加宽广壮丽，多姿多彩，更富于生命力和观赏性，成为人们精神栖息的绿岛和游览胜地。"③

阅读《魂之歌》的过程，的确是一份美妙的艺术体验。当笔者沐浴在冬日的阳光里，感受着女性作家温婉、细腻的笔墨，纯净的语言，不知不觉便走进了作者精心编织的集科幻、穿越、探宝、悬念、惊悚，以及宗教与信仰问题的探索于一炉的传奇天地，那悬念

① ［美］韦勒克·沃伦：《文学理论》，生活·读书·新知三联书店，1984 年，第129 页。

② 沈善增：《读长篇小说〈魂之歌〉——给竹林的信》，《解放日报》，2012 年 10 月19 日。

③ 胡廷武：《小说的本质》，《文学自由谈》，2007 年第 4 期。

丛生中的一脉温情,刀光剑影中的酣畅淋漓,坐而论道时的淡泊宁静,尘埃落定后的波澜不惊,所传递给你的喜悦,令人竟有了几分奢侈的感觉！毕竟,在一个实用主义和实利关怀甚嚣尘上,歌曲《忐忑》《江南 style》等风靡一时的喧嚣时代,能读到如此沉静的文字,能从阅读中收获如此的幸福感,并不是一件寻常的事情。诚如托尔斯泰所言:只有引导人们走向道德和虔诚的艺术创造才是正当的。

当然,也不能说《魂之歌》就是一部完美无瑕的作品。如果一定要指出不足的话,可以这样说,作家的优点也许正是她的弱点所在。具体说来,如:小说中过多的魔幻色彩,使读者陷入云里雾里,阅读变为猜谜和智力游戏,读到后面时,为了搞清楚状况,要经常返回前面的章节,使阅读不能行云流水般推进;景物环境描写本是竹林的优长,但处处用力则显得累赘,势必引起审美疲劳,尤其在故事发展的紧张关节处也不肯删减和割爱,逼得读者不得不跳过描写直接去追随故事情节的发展,毕竟故事的推动要靠情节的发展,景物环境描写需详略得当,过犹不及;小说中太多的巧合,带有明显的人工痕迹,仿佛工艺大师精雕巧刻而成的一件艺术品,美则美矣,可感觉上欠缺了一点浑然天成的韵味;还有,与叙述语言相比,人物语言的个性化似乎还不够鲜明。当然,这也许过于苛求作家了。

五、知青文学的开掘

发端于"文革"期间,人数多达 1700 多万,牵扯到几乎每一个中国家庭的"上山下乡"运动,早已是国际学术界关注的重大课题。法国的潘鸣啸(MichelBonnin)教授把这一代青年称为"失落的一代",体现出一位有思想的研究者对这一空前巨大的历史性事件中蕴涵的悲剧性的洞察。①

---

① ［法］潘鸣啸:《失落的一代:中国上山下乡运动(1968—1980)》,欧阳因译,中国大百科全书出版社,2010 年。

　　竹林的这部《魂之歌》是她的知青文学长篇小说中的第三部，据作家说，这也是她知青小说的收官之作。在这部作品中，竹林不仅从人性和社会的角度深入探索了这场大悲剧的因果，还反映了知青中的思想者对人生终极目标和整个地球村的大爱精神的探寻，它的视野也比前两部更为广阔。因此，它具有了更为深刻的批判与反思意义。

　　纵观当下小说、影视里的知青文学，会发现有一个词出现的频率很高，即"青春无悔"。前不久中央一套热播的45集电视连续剧《知青》，再次出现了这种"矫情的大度"；不仅经历过"上山下乡"运动的作家梁晓声如此演绎，甚至被打成右派备受磨难的老作家也有人这么说！对此，一位评论家忍不住奉劝道："别用无怨无悔来把苦难的个人史和当代史变轻了。"①同为知青的木雁说得更为理性："试问一下，那样一代充满理想主义、热情忠诚的青年学生，竟如此这般地让他们忘情地把青春、热情、理想、追求甚至生命漫无边际地抛洒在一个荒谬的、直到以后相当长的时间还含含糊糊避重就轻的事件中去，能无悔吗？"②

　　知青文学研究者郭小东曾在《羊城晚报》上发表《冷硬与荒芜》，对1998年底广州天河体育中心的一场大型知青表演，表示了质疑③，他说：

　　以任何形式去走进历史，应是我们今天的任务，问题是以怎样的思想与心情去回眸历史。"文革"、知青运动，它们狰狞的反人性、反文化的面目，在今天尚未被每一个国民，尤其是曾经参与其中的人们认识，并予以理性的反思和批判。

　　以知青运动为主体的中国"老三届"的经历，是一场旷世的、空前的集体受难。它不是"苦难"两个字所能囊括的，它是一种灭绝人性的、法西斯式的人类灾难。物质被破坏可以重建，但人文精

---

① 李美皆：《关于从维熙的"混沌"》，《文学报》，2012年7月5日。
② 木雁：《回望那个岁月——〈无愧岁月〉编后记》，凤凰网"知青"专栏。
③ 郭小东：《中国知青文学史稿》，北京十月文艺出版社，2012年，第38-39页。

神的重建是以几代人乃至几百年的人类倒退与文明反动为代价的。"文革"和知青运动的后果,殃及今天的,是精神形态和人性形态的全面沦陷。对此,愿意面对现实的人们,应该感到痛心疾首。

竹林在《我为什么写知青小说》一文中说:"我一直在想,这一段带着一代青年人血泪斑斑的历史,不应该让时间将它销蚀得了无痕迹,不要待后人研究它时再为重拾当年的真实而费力地去搜寻和淘洗;我们自己应该总结这场运动的经验与教训。这对新一代的年轻人,对中华民族、对共和国的未来,还是十分有意义的。于是,我终于又提起笔来,决定重新回顾和书写这段历史。"①

从最初为知青"说几句真话"的《生活的路》,到探索这场贻误了整整一代人青春、事业和理想的运动源头的《呜咽的澜沧江》,再到这部以知识青年遭遇为背景、拷问现实、探索理想、寻求信仰的《魂之歌》,竹林的"中国知青三部曲",经由她美丽的文字和痛苦的思索,从当今社会和人类历史的高度,以及人性和人的灵魂的深度上,开掘了这场知青运动;因此,它超越了一般的生活纪实和社会批判性的作品,具备了相当的艺术超前性;在一定程度上,展现了当代文学的中国品格和中国气派,也给当前的文学创作提供了诸多启示。

---

① 竹林:《我为什么写知青小说》,《解放日报》,2010 年 3 月 8 日。

"亲身经历"与"真切感受"之间

——就竹林小说《魂之歌》与杨剑龙先生商榷

　　偶见《文汇读书周报》2014 年 4 月 27 日上刊登杨剑龙先生的评论文章《以传奇展现人生的追求与磨难——读竹林〈魂之歌〉》,该文除肯定了这是一部充满传奇色彩的作品,并对竹林在小说艺术中孜孜不倦的探求精神进行赞赏之外,笔锋一转,对这部"受到诸多褒奖"的作品进行质疑,主要针对竹林称该作是"以生活为原材料进行再创造"这一表白而来的。杨文认为,竹林的确是从生活中寻觅创作素材,如青年科学家研究激光而早逝的故事成为其小说创作的原初动力,腾冲知青刘大哥参加缅甸人民军的经历、越南抗美战争牺牲时被就地掩埋的解放军烈士、像羊一样被人牵走的生产队干部等,这些都丰富了小说的内容,<u>但是这些都是作家未亲身经历和感受过的生活</u>,杨先生因此认为"虽然小说是虚构的艺术,但是<u>缺乏真切感受的生活在作家的笔下总有些虚幻迷离的色彩</u>"。(下划线为笔者所加)

　　在此,笔者想与杨先生讨论的是,是否作家都必须写自己亲身经历和感受过的生活,否则,就会因缺乏真切感受而显得虚幻迷离?

　　这里先简要介绍一下这部 50 余万字的巨著《魂之歌》,作为"知青三部曲"的收官之作,竹林花了 8 年心血打造,2013 年底由人民文学出版社推出。小说讲述了一个发生在云南边境外的故事。描述知青逃犯刘强误闯山青族部落,和巫师(其实是一位落难的科学家刘仁祥)之间围绕一块奇石展开的恩怨纠葛,其中穿插了各种势力之间的争夺较量。小说以人物的活动路径和命运遭际为线索,在理性的叙事框架中容纳了广阔的社会内容,使读者更直观地认识到专制主义制造的人间悲剧,具有十分深刻的批判与反思意义。不仅如此,作者还反映了知青中的思想者对人生终极目标和整个地球村的大爱精神的探寻。

作为一位坚持现实主义创作道路的作家,竹林始终把真实性作为自己恪守的创作信条和生命。她坚信,唯其真实,才有文学价值和文学生命。竹林在自述为什么写知青小说时说:"这一段带着一代青年人血泪斑斑的历史,不应该让时间将它销蚀得了无痕迹,不要待后人研究它时再为重拾当年的真实而费力地去搜寻和淘洗;我们自己应该总结这场运动的经验与教训。这对新一代的年轻人,对中华民族、对共和国的未来,还是十分有意义的。"众所周知,她的知青文学第一声《生活的路》就是为知青"讲几句真话"的破冰之作。

竹林对用于创作的生活素材的运用是十分严谨的。这里不妨引用一下笔者掌握的一段资料:当初,台湾"中国现代文学研究中心"出版她的《呜咽的澜沧江》繁体版时,为了考察书中云南地方的地理环境和生活细节的真实性,曾找台湾原康藏委员会的老专家审读,还查对了"云南植物志",结果只提出了"鸡蛋花"和"望天树"这两种植物没有听说过;竹林当即给出了明确的解释和交代:"鸡蛋花"是一种草本植物,其名称是民间的叫法;"望天树"则在现今的西双版纳"热带作物所"还有。可见,竹林对自己作品的每一个细节都是不肯马虎和想当然的。

然而,在文学创作中,细节的真实并不等于艺术的真实。文学创作应该在生活的基础上概括、集中和提高,用艺术的手段来表达作者的思想诉求。《魂之歌》就正是这样的一部作品。它以"传奇"的艺术手法组织生活、结构故事,反映了刘强那一代有思想的"文革"青年对人生理想和大爱精神的探索与追求。这一点,我想作为评论家的杨剑龙先生恐怕也不会否认。

那么,如何理解"缺乏真切感受的生活在作家的笔下总有些虚幻迷离的色彩"的说法呢? 如果我们仔细阅读《魂之歌》,就会明白用"传奇"手法写小说，扑朔迷离或者说虚幻迷离，是作者营造的一种艺术氛围；这样，杨剑龙先生批评的就只剩下"缺乏真切感受的生活"了。然而，杨先生却并没有具体指出《魂之歌》中哪个地方、哪些细节是"缺乏真切感受的生活"。可见他只是凭印象笼统而论。这样也就令人费解了——难道作者真的只能去写他（她）自己亲身经历过的生活，间接的生活素材就会因缺乏真切感受而显得虚幻迷离？如果这样，莫言写《红高粱》就要去体验剥人皮，王安忆写《天香》应该去学织绸，甚至世界上的许多名著就也都会犯这样的毛病。众所周知，施耐庵创作了《水浒传》，他本人并未亲自上梁山；吴承恩写出了脍炙人口的《西游记》，他也并未亲自去西天取经，师徒四人除了师父实有其人以外，三位徒弟更是完全虚构；老舍先生也从未在沦陷时期的北平生活过，但照样奉献出反映北平沦陷区小羊圈胡同里的中国人苦难生活的近百万字的巨著《四世同堂》。没有想象力就没有文学，优秀的作家，他的生活环境、经历和感受会蕴含在他的字里行间，会弥补未能亲力亲为导致的缺失。

人世间的生活是丰富多彩的，但文学作品不是简单地照搬现实生活。否则，科技发展到今天，每个人手机上的微信就都是一篇小说了。生活中遭遇过不幸和灾难、具有丰富经历的人可谓多矣，但成为作家的人屈指可数，关键并不在于是否亲历，而在于心灵的感受和感悟。作家需要有敏感、博大的心灵，如是，则无论身处庙堂还是朝野，也不论处于顺境或是逆境，都能透过生活中的眼泪和欢笑、喜乐与悲苦，体验或顿悟人生的真谛，站到时代文明的潮头。况且，现实主义并不排斥虚构。作为一种写作策略和手段，小说既可以摹写生活现实，也允许在虚构中营造真实，以小说的逻辑重建生活的真实来表现非常态的现实，推动人物命运的发展。这样做非但不会影响文学对现实的反映，反而能让读者更清晰、明白地透视现实的本相和本质。这是符合文学创作的原则的。相信这一点作为评论家的杨剑龙先生也会同意。

杨剑龙先生还用轻佻的口气说《魂之歌》的故事只是"演绎了

一个丢手绢的游戏","当'魔石'归还山青族时,整部小说的矛盾顷刻之间就化解了。"其实,只要认真、仔细地阅读过这部厚重作品且不抱偏见,就能体会到它的严密的故事结构和独特的人物命运的设计;读者也很容易看明白——作品的主人公刘强对人性和理想的追求和探索与社会之间的矛盾,在魔石到了山青人手里以后根本没有得到归结和解决。

和杨剑龙先生的看法相反,笔者以为,《魂之歌》将如此众多纷繁复杂的情节和人物故事一环紧扣一环,架构得严丝合榫;使故事情节的发展,既奇特诡异,又符合科学义理,在情理之中。纵观竹林的长篇小说,细心的读者会发现,它们都是经过严密精巧而又手法各异的构思安排的。《女巫》用的是马鞍型的故事构架,《苦楝树》是人物、故事齐头并进的顺叙结构;《呜咽的澜沧江》和《挚爱在人间》则是借用了意识流的手法,以人物的思想、情绪为基点让情节在时空中立体扩散。这体现了竹林在长篇小说创作架构上的艺术功力。我们反观当今林林总总的长篇小说,甚至一些被某些评论家拼命吹捧的名家的长篇,在结构上常常像掼散了的铺盖,根本收不拢。相比之下,不能不说包括《魂之歌》在内的竹林小说的结构艺术,是她在长篇小说创作上的一大贡献。然而杨先生对此却视而不见,只轻描淡写地用一个小孩子丢手绢的比喻概括之,笔者以为实在有失公允。最近笔者正带学生阅读和研究一批知青文学,碰巧,也读了杨先生创作的长篇知青小说《金牛河》。如果仅以结构故事的手法而言,这部小说让一个人物讲完故事,就让故事中讲到的另一个人物接着讲,如此循环下去,直至结束,倒是很典型的"丢手绢"结构。不过这也未尝不可。

总之,笔者以为,评论一部作品最好经过认真的阅读和思考。杨先生的这篇评论文章,总共7个段落,前面4个大段在复述已见诸刊物、报端的作品的故事梗概和竹林自己的话,第7段是一个简短的结尾,只第5、6两小段用短短的数百字给小说扣了两顶帽子,没有任何具体的分析与论述。这样写评论,也似乎太潦草了些。

当前,在我们的评论界,有一种不太正常的现象:一些批评家,自以为掌握着批评的话语权,可以随心所欲,凡在他视野内或圈子内的,或有红包相送的,不是也是;反之,则统统边缘化,是也不是(需要说明一下,此话不是针对杨先生说的,我对先生除了网上公开的信息,其余一无所知)。这种现象,是非常不利于我国文学事业的健康发展的。

目前,笔者正在研究知青文学,也兼及竹林的全部作品。待全部、仔细阅读研究其作品和创作思想以后,对她的创作成就,也包括不足之处,当会在自己的认识水平上,做出自己的评价。写下这些文字,是笔者在认真读了竹林的《魂之歌》以后,觉得与杨剑龙先生的看法实在大相径庭,因此才不揣冒昧,与杨先生商榷。

第二章

农村题材作品研究

《女巫》：现代封建主义的血泪控诉书

　　20 世纪 70 年代末期,竹林曾以她的"知青文学第一声"——《生活的路》①深深地打动过我。后来,我在当代文学教学过程中,从文学史里也曾见过她的名字。但以后相当长的一段时间,她似乎从文学界消失了。最近,听作家吴腾凰先生讲,他曾专程从安徽去嘉定农村看望竹林,说她不但没有沉寂,反而在上海市郊的一个角落里潜心耕耘且收获颇丰,先后出版了《呜咽的澜沧江》等十多部长篇小说和诸多中短篇小说以及儿童文学作品。其中《挚爱在人间》获"八五"期间全国优秀长篇小说奖,散文《冰心与萧乾》被收入九年制义务教育中学语文课本,其创作获得过多个全国文学奖项。竹林的作品已经引起英、美、加、日以及台湾地区文学研究界的重视。上个月,吴先生又转寄给我一本由漓江出版社重新出版的 45 万字的《女巫》全本②(此前在大陆出版的是简缩本),我欲罢不能,从清晨到深夜几乎是一口气读完了这部作品,掩卷闭目沉思,胸中渐渐升腾起一曲悲壮的长歌,脑海中呈现出一幅令人战栗的历史画卷,耳畔传来一声声对现代封建主义的血泪控诉。

　　《女巫》是一部反映中国农村生活的长篇巨著。它通过江南漳泾河畔一个村落从清朝末年到 20 世纪 80 年代半个多世纪的蜕变,描摹出苦难漫长岁月中农民,特别是农村妇女挣扎着摆脱封建主义桎梏,寻求命运归宿的残酷历程。指出中国农村要发展、农民要争得自由幸福,就要真正摧毁封建营垒,和现代封建主义做殊死的斗争,它激发人们对中国农村改革道路进行深沉的思考。

---

　　① 　竹林:《生活的路》,人民文学出版社,1979 年。
　　② 　竹林:《女巫》,漓江出版社,2006 年。本文所引小说《女巫》内容均自该版本。

一

　　小说塑造了须家宅上上下下、男男女女众多人物形象,而其中居中心位置的有两人:一个是须二嫂,另一个是阿柳(须柳生)。

　　我们先来看看须二嫂,也就是"女巫"这一形象。须二嫂本名李银宝,是贫苦农民篾竹阿狗的女儿,小时候天真烂漫、纯洁善良,有一双能勾人魂魄的眼睛,有着活泼的神情和甜蜜的笑声。外婆、父母的疼爱,小伙伴殷来的友谊,大自然的美景,使她的童年充满阳光。然而,在她渐渐长大的过程中,命运却逐渐向阿狗一家人施展了它的淫威。抗日战争期间,他们先是失去了儿子金宝,又被阿柳兄弟侵吞了部分家产;新中国成立后,又因买了阿柳的"上当田"而在随后的"土改"中被划为富农,一家人从此陷入了万劫不复的"被专政"的厄运。父亲惨死,母亲被诬为敌特嫌疑分子。银宝与母亲一道承受着人们对"四类分子"的种种凌辱。"大跃进"期间她无奈嫁给了须家宅"憨兮兮"的须二哥。1962年春,饥饿的母亲因为偷了一点麦穗被大队民兵抓去。为救出母亲,须二嫂被迫满足了觊觎她已久的大队党支书阿柳的兽欲。"一度以死抗争的事,现在跪着应允了。"但母亲还是饿死了,死前痛悔以前没让丈夫去找阿柳报仇,没有去杀人放火。强烈的复仇欲望在须二嫂心中扎下了根。埋葬了母亲后,她就偷刻了两个小桃人,分别写上仇人阿柳、阿桃兄弟的名字,用针扎在小桃人心窝上,每日里虔诚地祷告和诅咒,她坚信,"只要她咒下去,就会让一切该死的死去,让一切不该死的活过来——她的阿哥,她的父母,会因世事的颠倒而重新生存于世,而干尽人间恶事的阿柳们将坠入阿鼻地狱,万劫不复。"[1]当须家宅人惧怕这个天天念咒的"女巫"而要拆掉她的屋顶时,她压抑已久的怒火如火山般爆发,愤而控诉道:

---

　　[1]　竹林:《女巫》,漓江出版社,2006年,第450页。

好啊,你们都知道了! 你们给我听好——我跟须柳生一家有三代血仇! 现在,我够不上他。他有权又有势,老子退了儿子上。这世界永远是他们的天下。我……我一个女人,没有办法,可我看透了,人的世界不公道,神的世界也不公道,所以我要用巫的世界、魔的世界来惩罚他!①

真是字字血、声声泪,一个因出离愤怒而变得无所畏惧的"复仇女神"形象呈现在读者面前。尽管这种抗争显得那样软弱无力,却仍然具有震撼人心的悲剧力量。

须二嫂不仅要为一家人报血海深仇,还要为一个个悲苦无告的冤魂代言、申冤。然而,村民们仇视她,她的家人包括女儿春芳都不理解她。于是,她被当作"痴子""反革命",而用一根铁链锁在撒尿庙的一扇石磨上。当丑和尚用"人分善恶"来开导她,让她认识自己的罪孽时,遭到须二嫂的痛斥。

"你这个黑秃驴,尽胡说八道!"须二嫂突然怒目圆睁,举起链条朝丑和尚砸去,"什么善,什么恶——恶人最多死后下地狱,可善人活着的时候就在地狱里!"②

须二嫂看透了社会,看透了人生,残酷的现实让她不再相信别人的说教。

当诅咒"奏效",阿柳上吊死后,须二嫂摆脱了困扰她一生的恩恩怨怨,开始追随昔日的恋人——如今的观世法师,在大海的启示下,她沿着一条橘红色的路,去实现"完美人生"了。

我们再看阿柳这一形象。阿柳是须家宅的最高统治者,是集族长、村长、村党支部书记于一身的铁腕人物。18岁的阿柳已经是一只"骚动不安"的"会打雄的小公鸡"了。小说中这样描写道:

这时的阿柳,虚岁才交18,却比阿狗高过一头,粗粗的脖颈,壮壮的身躯,紫黑脸膛上目如卧弓、眉若旋螺,走起路来,头昂得

① 竹林:《女巫》,漓江出版社,2006年,第318页。
② 同①,第327页。

高,胸挺得直,两片薄嘴唇半张着,唇下的茸毛黑黑软软地拳曲着,没事到处闯荡,猛丁吼一嗓子能把人吓一哆嗦。人都说这是一只刚会打雄的小公鸡,见什么追什么,连叫出的声音都是骚动不安的。①

　　这样一个生命力旺盛的小伙子却无所事事地到处游荡。有两件事影响了他一生。有一天他伙同两个小兄弟偷看老族长和小尼姑交合的情景,欲火中烧的阿柳只能在一只老母羊身上发泄情欲。不久,日军入侵须家宅,阿柳担当起转移乡亲们财物、粮食的重任,在日军飞机的轰炸下,他“不屈不挠”地奸污了小尼姑,还侵吞了乡亲们的全部财产,发了一笔昧心财。后来,在一位道婆的启发下,他悟到了要想一世受用不尽,要想将大大小小的鱼——金钱、美女、房子、田产都网在渔网里,就必须抓住渔网上的纲。得“道”的阿柳,将道婆给他的“幛里人”虔诚地供奉了一生。为攫取权力,他一生不择手段。在筹办“吃公祭”的时候,全村为摊派钱款的事议论纷纷,阿柳却大方地自己全包了,尽管卖掉了3亩田,却笼络了人心。“土改”前,他又不失时机地将自己的8亩田低价卖给了须二嫂家,将富农的帽子转嫁给须二嫂一家,结果自家只划了中农。他指使胞兄去投靠共产党游击队,不料错投了土匪“游吃队”,他将“游吃队”要抢劫县城的消息向区中队报告,结果土匪被一网打尽,阿柳立了大功,“土改”时当上了村长。他在批斗会上用扁担把篾竹阿狗从台上打到台下,把对方的腰都打断了,因此成了“土改”积极分子,又加入了中国共产党,后来当了村支部书记,成了现代封建主义在须家宅的代理人。在大炼钢铁中,阿柳表现十分积极。可以说,阿柳正是一步步地踏着这些无辜乡亲的鲜血,才坐上了权力的宝座。“文革”到来时,阿柳用尽手腕,忽而叫儿子须明华贴大字报打倒反动老子,忽而又当众检讨自己。“三结合”时他又以老干部的身份复出。他始终紧握权柄不松手,最后成功地将权力和财富转移给儿子——儿子成了县委书记。

---

　　① 竹林:《女巫》,漓江出版社,2006年,第23页。

网纲在手的阿柳在须家宅尽情地宣泄着变态的兽欲。阿柳在明华母子孤立无援之际，像老虎一样蹂躏了明华娘；他无耻地占有了自己的寡嫂阿桃娘子，三天后，阿桃娘子就淹死在北池甸子；他甚至还在陪公社书记喝酒回来的夜晚，趁儿子明华指挥抗洪离开后，强奸了自己未来的儿媳妇——知青叶瑛；他还在大队书记的宿舍里，威逼须二嫂跪着满足了他的兽欲……在那个疯狂的年代里，在嘹亮、雄壮的语录声里，在匕首一般雪亮的闪电中，阿柳把一种非人性的兽欲发泄得淋漓尽致。天怒人怨，多行不义必自毙，晚年阿柳因得知当年自己亲手杀死了亲生儿子而噩梦缠身，以致精神分裂，最终被"女巫"须二嫂咒死在大柳树上，舌头拖得老长，形容恐怖。统治须家宅近半个世纪的阿柳终于结束了他罪恶的一生。

二

中国封建制度绵延了两千多年，封建思想、文化、礼教、风俗和传统观念统治着中国，特别是广大农村。一代又一代农民身上流淌着宗法制的血液。直到 20 世纪初期，因为民主浪潮的冲击，革命炮声的轰响，最后一个王朝的覆灭，封建主义的铁笼才在摇撼中有了一些松动。然而，让它解体、散架、毁灭，那还是一个十分遥远的目标。1949 年新中国成立后，新闻舆论、讲堂教案都宣称已经推翻了三座大山，其中一座就是封建主义。而实际上，人们的封建思想观念依然十分顽固，许多当政者的王权思想依然存在，独断专行者举目皆是，且有愈演愈烈之势。对于这一残酷的现实，许多人认识不足，直到反右派斗争、"文化大革命"等一系列运动之后，也就是在交出了沉重的"学费"之后，大家方才有所觉醒，但仍然有不少人交了"学费"后只知呻吟哀号，依然不觉悟，更谈不上去追问为什么了。而作家竹林在研究历史和现实的基础上，以哲学家的目光，用当代意识去审视、反省 20 世纪中国农村的蜕变之后，获得了清醒的认识和深刻的理解。她以非凡的胆识、大胆的笔触把封建、愚昧这一缠绕农村的惨无人道的怪圈一层层剥开,把血淋淋的现实公之于世,催人猛醒。

我们完全可以把须家宅当成中国农村的一个缩影,当成中国农村的一面镜子。你看,在须家宅有两个世界:一个是"人的世界",另一个是"巫的世界"。须二嫂和阿柳在这两个世界中展开搏斗,时而正义得势,时而邪恶猖獗。此消彼长,难解难分。在人的世界里,宗法观念、封建权势像一条又粗又长的绳索勒住须二嫂所代表的村民们的脖颈,逼得他们呼天天不应,喊地地不语,走投无路。阿柳,这个镀着共产党员金身的土皇帝、现代封建主义的化身,直接或间接地奸杀了小尼姑、阿桃娘子、叶瑛等众多女性。在这个世界里,村民们人人自危、人云亦云、惟命是从,没有独立的人格和思想,全部听命于流氓恶棍阿柳的摆布和处置,这与任人宰割的沉默的羔羊有什么区别? 然而,须家宅人就这样一代又一代地繁衍生存下来,维持着这个"人的世界",似乎还呈现出一点繁荣昌盛的景象。"巫的世界"是个虚幻的世界、迷信的世界,须二嫂与阿柳之间有着不共戴天的杀父之仇,有着被侮辱与被损害的切肤之痛,还有为众冤魂报仇雪恨的一腔怒火。可是这位善良、纯朴的农村妇女面对披着现代外衣的强大的宗法势力,只能躲进巫的世界,请求神灵助她一臂之力,将坏人送进地狱。

两个世界经历过一场较量,"巫的世界"先是被村民敬畏,"她呀,不光会鬼魂附身,还常常躲在阁楼上念咒,想咒谁就咒谁,百发百中,灵得不得了。"村民也将须家宅的一切灾难和死亡都归之于"女巫"的魔咒,以致后来群起而攻之,叫嚷着"烧死她""放水灯",一起动手捣毁了"女巫"的屋顶。从这里不难看出,须家宅人既是善良的,又是愚蠢的;既是纯朴的,又是盲目的;看似群众力量,实则是乌合之众。多数不一定是正确的,群众运动也不一定都是合理的,这已被无数历史事实所证明。

行文至此,我突然想到,在20世纪初,鲁迅先生用他深沉的目光穿透了国民性,为我们塑造了具有深刻意义的阐释不尽的阿Q形象。再看竹林笔下这位由人而巫,以一己之力与恶势力抗衡的农家妇女,我不得不赞叹作家竹林直面现实的勇气和高度的艺术概括力,不得不赞叹作家对人生的感悟之深和历史责任感之强。对于封建主义在中国大地上的根深蒂固,顽强的生命力以及难以撼动的魔力,须家宅村头那棵老柳树就是最好的象征。

那棵被雷劈掉一半的老柳树,看起来似一个被三昧真火炼出来的精怪:坚硬的身躯不屈不挠地挺立着,焦黑的独臂直指东方;疤痕累累的脖子歪向一边,脖子上面,仰着被雷电灼伤的骷髅般的脸……而骷髅的另一侧尚未烧枯的部分,则郁郁葱葱,繁枝密叶纷披而下,好像精怪似的咄咄逼人地兀立在茫茫大水、沉沉迷雾之中,宛若它是这玄黄天地、洪荒宇宙的惟一主宰。

……

也许,它真的是一个精怪,上下五千年集民族之粹修炼出来的一个精怪吧!①

写到这里,笔者联想起一则延安时期的旧闻。1945 年 7 月初,黄炎培等五位国民参政会参议员自重庆到延安访问。黄炎培向毛泽东说:"我生六十多年,耳闻的不说,所亲眼看到的,真所谓'其兴也浡焉','其亡也忽焉'。"又说:"一部历史,'政怠宦成'的也有,'人亡政息'的也有,'求荣取辱'的也有,总之没有能跳出这种周期律的。中共诸君从过去到现在,我略略了解了的,就是希望找出一条新路,来跳出这周期律的支配。"毛泽东答道:"我们已经找到新路,能跳出周期律。这条新路就是民主。只有让人民来监督政府,政府才不敢松懈。只有人人起来负责,才不会人亡政息。"②

众所周知,1949 年新中国建立之后,"老人家"不知怎么竟忘记了自己当年关于跳出"周期律"的这段英明谈话,往往违反客观规律,一言九鼎,大搞"人民公社化""三面红旗""大跃进""文化

① 竹林:《女巫》,漓江出版社,2006 年 4 月,"再版序言"第 2 页。
② 转引自金铿然:《再忆甲申之警钟》,《炎黄春秋》,2006 年第 6 期。

大革命",闹得人人自危;对于"劝谏",别说老百姓的话不听,就连国家主席的话也听不进去,以至于使中华民族到了濒临危亡的地步。这不但是整个民族血的教训,也说明封建主义这座大山还远没有被真正推翻,还说明把马克思主义与封建主义结合起来建构的所谓"现代化",也就是现代封建主义更具有诱惑性和危害性。作家竹林透过历史隧道,看到了封建主义的怪圈,她警告道:如果我们的改革不认真总结历史教训,开辟真正的民主法制道路,彻底铲除封建主义土壤,必然会出现新的阿柳,出现新的"女巫",更会生产出一个又一个"额头上长着一只角——像是羊角,又像是男性的生殖器"的怪胎。她在小说的引子《古堡夜话》中这样写道:

　　猫头鹰的叫声使我对一代又一代的新生幼儿感到恐惧。当妇女们抱着孩子从我面前经过的时候,孩子们稚嫩可爱的笑脸转向我,可我看到的却是血腥、腐尸和白骨——仿佛这些幼小的生命是沉积的罪恶之花,当他们开放时必将又衍生成新的罪恶。①

　　作家的担忧一直牵动着我们的心。诚哉斯言,假如我们的社会不能提供适合新一代成长的内外环境,假如我们的改革者仅仅满足于在陈腐的老树上长出新枝,那么,未来的新生儿还会是"沉积的罪恶之花",跳出周期律也一定是很难做到的。君不见近些年来出现的众多贪污腐败分子,其中大部分是我们党、国家和人民用大量的人力、物力和财力精心培养的拔尖人才。这些人一旦坐上了权力的宝座,手中握住了权柄,就开始异化,鲸吞国家和人民的资产,剥夺公民的人权,变成了作家所预言的"沉积的罪恶之花"。一位落马的年轻县委书记说得很形象:"我犯罪,不是我要犯罪,是我的职务让我犯罪。"也就是说,社会缺乏真正的民主监督,为他们提供了为所欲为的封建特权,让他们在异化的道路上一步步走向罪恶的深渊。

---

　　①　竹林:《女巫》,漓江出版社,2006年,第1页。

三

　　历史的道路是曲折的,前途是光明的。勤劳、善良、富于创造精神的中华民族从来不畏艰难,他们一代又一代前赴后继、不怕牺牲、追随光明、创造未来。作家竹林在《女巫》中虽然以大量篇幅控诉现代化的封建主义对中国农村经济的摧残,对中国农民灭绝人性的迫害,对历史做出了经典性的总结和哲理性的归纳,但她同时又满怀信心地指出,中华民族是一个有希望的民族,中国农村和农民最终会摆脱封建主义怪圈,奔向幸福、和谐、圆满的未来。作品结尾处是这样预示的:

　　向前望去,她看见海天交接处渐渐显出一缕青灰色的云,那云与青灰色的岛屿纠缠在一起,在茫茫海域上画出一些温柔的线条。……整个大海金光闪闪。大海的波涛与观世法师渐渐融为一体。她忽然觉得,观世法师就是海,海就是"观世法师"——海有恢宏的气势,海有博大的胸怀,海有净化罪恶的坚韧与耐力……也许,这就是完美的人生!……万顷碧波上映着一条橘红色的路。她毫不犹豫地向这条路上走去。①

　　竹林不愧是在大爱境界攀援的人,她的这部《女巫》恰似一朵光彩夺目的金蔷薇。她要把自己的一切都献给人类,献给整个中国农村,献给未来,更献给小说中的须家宅,希望那里的人们都过上幸福、和谐、圆满的生活,走向"万顷碧波"上映衬着的"橘红色的路"。她坚信,一个新型的和谐社会、小康社会,不久的将来定会在中华大地上全面展现。难怪评论家王春容这样说:"竹林确实不失为一个有悟性的女作家,她悟出了人生的真谛,通过严酷的现实

---

　　①　竹林:《女巫》,漓江出版社,2006年,第462页。

阐释了它的本义。"①

一位先哲说得好,伟大也要有人懂。我以为,认识一位伟大的人物需要历史去实践、去检验,读懂一部作品,也需要历史去实践、去检验。竹林的《女巫》从简缩本到全本的问世已经历了十多个春秋,但至今读者对它的认识和理解仍存在着分歧,这是十分正常的事情。然而,对《女巫》这部作品的历史意义和现实意义及其深刻的思想内涵,没有真正理解,或者说没有真正读懂的人恐怕不止一二。笔者虽是个从事中国现当代文学教学与研究的人,但是否真正读懂了《女巫》,实在也未可知也。在此,愿与同仁共同探讨研究。

---

① 王春荣:《论〈女巫〉对俗民文化景观的表现》,见黄侯兴编《竹林长篇小说〈女巫〉评论集》,台北强华文化事业有限公司,1994年,第210页。

《苦楝树》中的雾意象与人物命运

　　所谓意象,就是客观物象经过创作主体独特的情感活动而创造出来的一种艺术形象。它是主观情意与客观物象结合的产物,是情景交融的美学呈现状态。大自然中的雾、雨、水、月、雷、电等自然现象,一旦融入作者的主观情感,便带有一种象征意蕴。

　　在中国古代诗词中,诗人或借景抒情,或托物言志,在物我交融中传递出人生感悟与深邃的哲思。细雨蒙蒙,烟雾无边,往往寄托诗人无边的愁绪和郁闷的心情,被赋予情感朦胧,前途渺茫,理想幻灭等寓意。秦观的"自在飞花轻似梦,无边丝雨细如愁",细雨绵绵,愁思弥漫,空灵缥缈。崔颢的"日暮乡关何处是,烟波江上使人愁",漂泊他乡、归家无期的游子,面对江面上渐渐升起的雾霭,诸多愁绪油然而生。这些意象或传达主人公细微复杂的心理感受,或预示人物的命运,对推动作品的情节发展具有重要作用。

　　中外小说经典中也十分注重雾意象的运用。如沈从文的代表作《边城》,讲述了发生在湘西水乡的一个溢满人间温情的故事,老船夫与孙女翠翠祖孙情深,翠翠与船总的两个儿子的爱情纠葛,在温馨的背后隐伏着作者对人的悲悯情怀,以及对渐行渐远的传统文明的复杂感受,因而整个边城笼罩在一片烟雾氤氲的氛围中,透着淡淡的哀愁和美丽的忧伤。

　　19 世纪英国批判现实主义小说家查尔斯·狄更斯在他的代表作《雾都孤儿》《远大前程》《荒凉山庄》中也运用了雾意象来象征资本主义制度下民主的虚伪、社会的黑暗腐朽以及人性的扭曲和文明的异化。

竹林在她的长篇小说《苦楝树》①里,也大量地运用雾意象去表现人物命运的跌宕起伏,在展示男女主人公金铃和泉根与命运抗争的同时,字里行间呈现出诗意朦胧的美感,生动而深刻地揭示了作品主题。

一、雾意象映衬少女情怀

《苦楝树》的故事情节是在极"左"时代的江南农村,富农出身的男青年泉根,绰号戆根,受尽村里人的歧视和欺凌。同村美丽的姑娘金铃,在和戆根一起培育蘑菇的过程中被他的善良打动,出于理解、钦佩和同情,对他产生了爱情。然而,这场爱情自然受到了来自各个方面的阻挠。村书记浦荣泉的儿子永福看上了金铃,依仗老子的势力用尽手段对金铃一家威逼利诱。戆根为了不让金铃受牵连而投水自杀。金铃经历了诸多磨难,最终在母亲当年的救命恩人——"爷叔"、老干部杨国祥的帮助下,驱散了噩梦,恢复了正常生活。

《苦楝树》的开篇是这样的:

> 柔和的阳光,轻渺的雾气,荡漾的微波。船桨打散水浮莲织成的绒毯,翠绿色的花瓣,一朵一朵,油然荡开,把那合欢树上落下的、带着晨露的含羞的红绒球花,追逐得飞快地向岸边躲藏……
>
> 一条两头尖尖的小划子船在河道中穿行。船上装的是蘑菇菌种,好像装着一瓶瓶白雪。一个十六七岁的姑娘——秋芳,她好像有点困,竟枕着那些盛菌种的玻璃瓶睡了。她梦见了一个神奇的迷宫,在那里奇花放着异彩,蓝色的小鸟唱出美妙的歌,地上铺着白雪——多么晶莹洁净的白雪呀!是童话里白雪公主的睡床吗?……不,不,这不是白雪公主,是一个穿粉红衣衫的仙女,手持喷壶在向白雪洒水。可她洒下的水如透明滚动的珍珠,同时发出彩虹般绚烂的颜色——因为那是春天的露、夏天的雨、秋天的霜和冬天的冰凝聚而成的。所以当它们落进雪里的时候,就发出一阵

---

① 竹林:《苦楝树》,《竹林文集卷三·长篇小说卷》,华夏出版社,1998 年。

窸窸窣窣的好听的声音。紧接着,白雪奇妙地攒动起来,数不清的小白蘑菇从雪里钻出来,圆圆的,胖胖的,像一顶顶可笑的小阳伞……

秋芳一用力呼唤,醒了,发现船正在笔直的洋泾河里由北向南行驶。划船的金铃姐,热得脱了外衣,只穿一件粉红色细绒线衫,在向她微笑;明亮的眸子如闪动的秋水。原来她的睡眠就沐浴在这样的微笑中,难怪会有那美丽的梦、神奇的白雪……

秋芳揉揉眼睛,忽然觉得,眼前的金铃比梦里的仙女还要好看。梦里的仙女虽然婀娜飘逸,却是朦朦胧胧的,仿佛隔着一层纱雾;而眼前的金铃呢,脸庞红润润的,像清晨初放的花朵一样新鲜和充满魅力。这种粉红的细绒线衫,衬托出她青春的胸脯,也勾勒出那好看的纤细的腰身,以至于她一抬手,一弯腰,都传递出一种和谐的美的韵味。①

晨雾轻渺的洋泾河里,两个妙龄姑娘撑船去生产队的蘑菇房送蘑菇菌种,多么柔美和谐的一幕场景,尤其是女主角金铃的出场,竟然是在秋芳的睡梦中完成的,实在别具匠心。

这时晨雾已经散尽,岸上的合欢树撩开裹在身上的轻纱,露出自己的红花和绿叶,把美丽的身影投射到河里;早晨的阳光透过两岸密密的杞柳丛,织成淡淡的绿荫,把一片幽静笼罩在河上,也笼罩到金铃的心上。她沉静下来,用一种模糊的欢乐,迎接这阴影的温柔、平静的爱抚。②

在大自然美景的感化下,金铃的内心"好像溢满春水的湖需要冲决堤岸",欢欣的韵律在她的身上回旋、激荡:

这时太阳出来了,紫色的雾霭笼罩在田野上,绿叶的顶尖在雾海漂浮,白色的轻烟在丝丝缕缕地升腾。一会儿雾霭的网被阳光撕破了,千万颗露珠在稻草和草尖上闪烁,折射出七色的光来,凝

① 竹林:《苦楝树》,《竹林文集卷三·长篇小说卷》,华夏出版社,1998年,第3-4页。
② 同①,第6页。

聚出大自然的形象。①

随着菌丝的分裂，小蘑菇的出土，金铃的少女情怀也"如蓓蕾初放般地颤抖和骚动起来"，开始在心底无数遍地描摹着"他"的形象。

常言道，哪个少男不善钟情？哪个少女不善怀春？尤其在雾气氤氲的江南，雾的轻盈朦胧，时而聚拢，时而流散，正应和着情窦初开的少女情怀，浮想联翩或惴惴不安，或羞涩、或凝重、或舒朗。她们清脆的笑声，像突突的山泉，无拘无束地顺着生命的欢欣爆发出来。作家忍不住发出感慨："只有最无忧无虑的孩子，爱神的箭矢还没有射中过的少女的心房，才能发出如此欢畅无邪的笑声啊。"②在这个世界里，一切都如圣水洗过般的纯净和清新。难道，这不是生活应该有的样子吗？

二、雾意象昭示人物命运

然而，苦楝树不失时机地登场了。

龙湾岸边的打谷场上，"有一棵几抱粗的高大独立的苦楝树，这棵树经历了兵燹、天灾、雷劈等历史的磨难，树身已经蛀空，里面可以钻进两个小孩，可是，一端却抽出新枝，这新枝又平展展地伸向空中，在这十月小阳春的季节里，显示出异乎寻常的生命力。"③接着，我们听到了关于苦楝树上树头神的古老传说，仿佛听到了那个发誓复仇的树头神愤怒的吼声。还沉浸在对未来无限憧憬中的年轻姑娘金铃哪里料得到，现实很快就显露出它狰狞、丑恶的嘴脸。

能说会道的俞嫂来了，来为村书记的儿子提亲了。当年为了动员参军，老村长以组织的名义，"动员"这位美丽的团支书嫁给即将上前线的杨大华，生生拆散了她与陈阿兴两情相悦的爱情，并

---

① 竹林：《苦楝树》，《竹林文集卷三·长篇小说卷》，华夏出版社，1998 年，第 24 页。
② 同①，第 6 页。
③ 同①，第 7 页。

以破坏军婚的罪名逼得陈阿兴上了吊。然而,不幸的俞嫂并没有从中总结什么,反倒凭着三寸不烂之舌,用瞒天过海的手段,为村里浦支书不正经的儿子永福保媒,说动了金铃的母亲,亲手制造了新的婚姻悲剧。

金铃那位童养媳出身的母亲,曾经像牲口一样被人摆布,被卖来卖去,多亏了"爷叔"相助,才捡回一条命,现在却要包办女儿的婚事,认为攀附有权有势的人家,就可以扬眉吐气地生活,她以为这是对女儿的爱,结果不仅差点毁掉了女儿一生的幸福,而且差点断送了女儿的性命。

在金铃第一次拒绝与浦支书的儿子永福相亲,独自走在去蘑菇房的路上时,浓雾笼罩着一切,她的心里也是愁云密布:

唉,雾,这早降的弥天大雾啊!

金铃悄然打开门来,静静地向外窥看。浓雾笼罩中的大自然,像这个被突如其来的愁绪所激动的姑娘一样,正在用数不清的攒动的细小颗粒,集合成飘动的有形状的风,匆匆聚拢,又纷纷荡去,刀斩不断,斧劈不开,从地表升起缠绵的忧思。

……

湿滋滋的雾,像河里荡漾的波浪,那么冷漠地淹没了她。她在迷茫中摸索着通往蘑菇房的路。

在晴朗的早晨,这是一条可爱的路。

……

但是现在,那深黄、嫩绿、鲜红、姹紫的颜色呢?那平直、弯曲、婀娜的线条呢?那清新、甜美、芬芳的气息呢?啊,那太阳、云霞、繁花、绿叶,正在复苏的万物,都到哪里去了……

没有了,一切都没有了,仿佛造物主用无情的橡皮,把它们连同这个村庄一起,从人类世界的地图上擦掉了,消失得不留一丝痕迹。

金铃竭力睁大眼睛,挣扎着想从这紧锁大地的浓雾中追回昔日绚丽的记忆,但她的努力白费了。在她的视野所能到达的地方,只剩下几团形状不一的墨迹,浸润在一片乳白色中。就是这些墨迹,也给人以时时都要被消化掉的感觉。

她觉得那空中无数攒动的细小水滴,那飘来荡去的雾的风,正在慢慢渗入她的肌肤和心灵,渐渐地,她的整个身体也都溶和在弥漫的雾中,模糊得不能认清自己了。①

飘来荡去的浓雾笼罩了一切,朦胧一片,迷离氤氲,营造出一种难以言说的苦涩氛围,映照着金铃姑娘惆怅无助的内心世界。

哦,桥,弯弯的石拱桥,多少次沐浴在黄金般的光焰中,给人以彩虹一样绚丽的想象,仿佛它能跨越现实的长河,到达理想的天国。但在这浓重的雾中它却畏缩地藏起了自己的身影,像一个久病不愈的驼背老头,脊梁上渗出了虚弱的冷汗。②

被浓雾吞噬的不仅是桥,还有那平日里热力四射,光焰万丈的太阳:

场边的河滩上,苦楝树耸立着怪物一般巨大的黑影。透过黑影向东看,在它的旁边不远的地方,贴着一张圆圆的苍白的纸,那是太阳——可怜的太阳,那灿烂的光衣,那威慑的热力,竟也被这弥天大雾吞噬了!③

眼前的景象使这位农家姑娘懵懵懂懂地联想到参不透的人生,但没有答案。

人们常说,春天的大雾过后会有晴天,那么这雾是呼求太阳的甘露,还是隐匿太阳的帷幕?④

金铃娘自作主张答应了俞嫂的提亲,却遭到女儿激烈反对。那个夜晚,"她(金铃娘)看见在朦胧深邃的苍穹下,黑色的苦楝树

---

① 竹林:《苦楝树》,《竹林文集卷三·长篇小说卷》,华夏出版社,1998 年,第 72－73 页。
② 同①,第 74 页。
③ 同①,第 75 页。
④ 同③。

梢像被天火烧着了一样,月亮带着仿佛是成熟的秋天的金光,从树梢上缓缓爬起。她心里暗暗一惊,好像记得在什么时候,什么地方看见过这样的景象,却想不起来。记忆和思想变得如朦胧的夜空般不可捉摸。她遥视落在月光里的苦楝树的深深的剪影,忽然觉得那枝枝丫丫都似可怖的利剑,刺向她的心窝。"这个苦命的女人回忆起自己不幸的童年,那像牲口一样被蹂躏的不堪回首的过去,得出的结论却是,"自己苦就苦在一辈子没嫁上一个好男人","要是当年自己能像现在女儿这样,攀上这么一门有权有势的好人家,能受那么多苦吗?"糊涂的母爱成了女儿婚姻悲剧的推手,使金铃的处境雪上加霜。

深夜逃婚的金铃,乘一叶小舟漂流到泉根破败不堪的草棚,两人却被浦支书带领十几个民兵闯入残酷殴打,人格尊严遭到侮辱。为了不继续连累金铃这位善良的姑娘,泉根决计投龙湾自杀。当他吃力地来到蘑菇房,最后一次给金铃使用过的喷壶注满清水时,又一次发现了漫天遍地的雾气①:

刚拿着水壶走到水桥边,他突然发现从龙湾清澈明净的水面上,升起一缕一缕白色的雾气,这雾气开始很淡、很小,微弱得像呼吸,像轻轻喷吐的香烟。但是慢慢地,它越来越浓、越来越大,好像神话里水妖的裙子一样不安地扭动着。

……向河的对岸望去,只见从发紫的棉田,从金黄的水稻和墨绿的番薯地里,总之,从一切绿色的和有生命的地方,全都蒸腾起这样白色的、水妖裙子一样扭摆的雾气。顿时,农舍不见了,竹林不见了,残留在棉梢枝头的红的和白的花朵也不见了。可是雾还在扩展,它变得像大炮过后的硝烟,像八月里的台风,以快得叫人想也来不及想的速度,从四面八方包围了小岛。小岛突然沉没在茫茫雾海里,好像一只被波浪吞没的小船;一切绚丽的色彩和鲜明的形状都迷失了,甚至连水里的鱼儿爱情的歌声也突然喑哑了。

……走在路上,他好像觉得走在茫茫的大海上,走在昔日的梦境里。确实,在这样迷茫混沌的世界里,仿佛一切真与假、美与丑、善与恶都颠倒了、混淆了。

这场突如其来的大雾,以迅雷不及掩耳之势,瞬间就吞没了所有的美好,像水妖的裙子一样扭动着,传递着不安的情绪和信息,传神地摹写出在一个漠视人的尊严、无视人的权利的时代,善良无辜的人们求告无门、不知向何处去的迷惘和痛苦。

三、雾意象深化作品主题

相对于其他自然现象,雾的浓淡、聚散、瞬息万变似乎更具有不确定性,这就使雾意象带有更多的悲剧况味,通过雾意象来渲染气氛,烘托人物的心理变化,体现了作家对人的命运浮沉的深思与探寻。

小说在描摹金铃的心理世界时,经常写到雾。雾起时,遮蔽一切,朦胧一片,无法分辨;雾散了,阳光普照大地,一切恢复常态。这让金铃联想到人生似乎也如此,有时产生迷惘,犹如那漫天迷雾;有时又精神振奋,犹如阳光穿云破雾,给世界以温暖。

当金铃被命运的手捉弄,无从解脱,百思不得其解时,一向弓腰驼背,沉默寡言,被大家当作"戆根"的泉根对金铃说的一番话,恰是以雾作比人生:

人生的道路是模糊的,模糊得像早晨的雾,迷迷茫茫,辨不清方向;只有希望和幻想是清晰的,清晰得像水中游移的倒影,像天上变幻的云彩,像晚上晴朗的月光。①

寥寥数语,泉根向金铃阐明了一个哲理,关于人生与希望、现实与理想的关系。可谓深入浅出,将抽象的道理具象化了。

小说第32章,金铃经历了逼嫁、冲喜、自杀、获救等炼狱般的遭遇,最终在"爷叔"、阿明、秋芳等善良人们的帮助下,又回到自

---

① 竹林:《苦楝树》,《竹林文集卷三·长篇小说卷》,华夏出版社,1998年,第82页。

己家中,重新享受着平静、祥和的生活。小说写道:

> 黑暗在昏倦中默默消溶退却,而光明却如新生的稻芽一样活泼地破土而出,以它微弱但是顽强的生命在夜的土壤中生长繁衍,欢呼着扑向那村庄、房舍、田野、河流……与此同时,丝丝缕缕的雾气,像黑夜之神放出来的法宝,从稻田、河面升起,渐渐地聚拢来,向曙光发动反攻。于是,在晓光和晨雾混战的迷茫中,熟透了的稻田像隐在幻梦中的一方宝藏,那样的湿润沉重,那样的迷离闪烁。
>
> 渐渐地,一种柔和的橙黄色的光芒充溢了东方天空,一轮同样柔和的巨大晕红的太阳,从那儿一点一点地显露出来。
>
> ……
>
> 太阳越升越高,那鲜红的球体也越来越小,橙黄色的天边渐渐变淡,而阳光却愈见其亮。在那金光悦目的光芒所达之处,一切都变得那么美好。晨雾从天空中退下来,但依然在无边的田野弥漫,使成熟的秋天的田野,好像罩上了一幅名贵的闪光的半透明的金纱。……远处龙湾的树木,在这金红的苍穹下,呈现出起伏的淡淡的墨影,苦楝树疏朗的枝丫平平地伸张着,那上面竟也浮动着一层温柔的暖色。①

在这场"黑夜之神的法宝"晨雾与曙光的艰难较量中,光明终于战胜了黑暗,漫天晨雾退下阵来,太阳普照人间,苦楝树上竟也浮动起温柔的暖色。

作家竹林匠心独运,将人物微妙的情愫和多舛的命运浸透在雾的意象之中,使万物充满灵性,人与自然浑然合一,也使小说更具有感染力。雾的意象贯穿了整部小说,随着人物命运的不断推进,还呈现着变化和层次:轻渺的晨雾和紫色雾霭勾勒出少女的纯净和美好;湿滋滋飘来荡去的雾,弥漫着主人公淡淡的忧伤;浓雾

---

① 竹林:《苦楝树》,《竹林文集卷三·长篇小说卷》,华夏出版社,1998 年,第 310—311 页。

象征着浓得化不开的哀愁,营造出痛苦的人生状态;笼罩一切的雾,象征着危机四伏的人生和吉凶难辨、无法掌握的命运;被曙光驱散的晨雾为成熟的田野罩上一层金纱,大地归于宁静和谐。

自然环境与人的情绪密切相关,景由心生,写景即写人,《苦楝树》中雾意象的成功运用,不仅渲染了故事氛围,推动了情节发展,也深化了作品主题,让读者犹如亲临现场目睹一场不该发生的悲剧,切身感受封建主义的余毒是如何差点吞噬掉新时代的一位善良、开朗、上进的姑娘的。

小说书名是《苦楝树》,书中关于苦楝树的描写也贯穿了整部小说,雾气中、阳光下、夜色中、电闪雷鸣时,黑魆魆的苦楝树就像一个有血有肉的巨人,注视着、感应着、见证着它的儿女们的喜怒哀乐和悲欢离合,见证着正义与邪恶的生死较量。关于苦楝树,竹林是这样表述的:

"苦楝树",这是江南农村最常见、最普通的树。无论在河边,在路旁,甚至在灌木丛生的坟地里,都有它黑魆魆的树身和枝丫挺立着,平展展的树冠,整齐地朝着蓝天;初夏时节,那满树紫色的小花,虽然没有桃李那么艳丽,玉兰那么馨香,杨柳那么婀娜,但她照样能使蜜蜂流连忘返;而秋末冬初时节,当别的树木都已木叶凋零的时候,它却以一树金豆子般的果实,向人们展示自己的生命力。然而,它的命却很苦。它既不被人们移到苗圃中去培育繁殖,也没梧桐、松柏那样受到人们的赞颂;它默默无闻地生活在"驿外断桥边",还要遭到牛羊的啃啮、樵夫的砍伐、虫豸的蛀咬。但不知为什么,我一到江南水乡农村,在那绚丽多姿的亚热带植物群中,我总是偏爱和同情"苦楝树";我同情它的不幸遭遇,喜爱它坚强、刚毅、不屈不挠的性格。①

竹林还饶有兴味地回忆起一件往事:

---

① 竹林:《苦楝树·后记》,《竹林文集卷三·长篇小说卷》,华夏出版社,1998年,第341页。

记得有一次下乡去采访，我看到一个小伙子正在用镰刀砍一条小河岸边野生的苦楝树苗，一棵又一棵。我看得十分气愤，忍不住就上去责问他："你为什么要摧残这刚刚出生的幼苗呢？"他回头对我看了一眼，见我一脸认真的样子，反而宽容地笑了："你是城里人吧？你不知道，苦楝树就是命苦，它从苗芽出土到长成材，三年内要经过三次天折和砍伐，否则它也会被虫子蛀空的。因此，这种树也叫'苦命树'或者'三镰树'。"我听了将信将疑，后来，又去问当地的老农，才证实了那小伙子的话不是虚妄。①

竹林说，"由此，我更加注意这种命特别"苦"的树木了；也由此，我得到了文学创作的启示和冲动。"②

无独有偶，不仅再普通不过的苦楝树要经历重重磨难才能成材，据笔者所知，树木中名贵如沉香者，也是在遭受重创后，树木上的伤口为抵御病菌侵蚀而分泌出的一种奇特的成分。这是笔者多年前将自己的书房命名"沉香斋"之后才懂得的。联想到作家为自己选取的"竹林"这个笔名的寓意，令笔者对那些同苦楝树一样命苦的、虽被虫豸蛀蚀、却以顽强的生命力绽放迷人花香的人们顿生敬意！

竹林曾有过六年的知青生活经历，又长期在江南农村生活和写作，这培养了她对土地的深厚感情和对乡村景物的敏锐观察力，她笔下的景物是鲜活灵动的、富有情感的、呼之欲出的，她让被钢筋水泥包围的我们看清了自己离土地和大自然有多遥远。

---

① 竹林：《苦楝树·后记》，《竹林文集卷三·长篇小说卷》，华夏出版社，1998年，第341页。

② 同①，第342页。

妇女解放仍是一个漫长而艰巨的任务

——从《苦楝树》的结局说起

没有疑问,《苦楝树》故事的结局是圆满的。

经过一番死去活来的折腾,在老干部杨国祥,即金铃娘当年救命的"爷叔"的支持下,金铃如愿与村书记浦荣泉的儿子永福离了婚;惊魂甫定的金铃在认真反思与泉根的所谓爱情后,发现她对泉根更多的是一种同情与怜悯,而非真爱,于是消除了心理障碍,坦然接受了始终关心守候她的好青年也即"爷叔"之子克明的爱,成就了一桩美好姻缘;被大家认为死了的泉根则悄悄地离开了村庄,临走时撒下了苦楝树的种子。

> "再见了,使我历尽了苦难与希望的光明的故乡啊!再见了,给了我幸福、生命和爱的姑娘啊!"泉根对着深邃明朗的夜空轻轻地说完这几句话后,就毅然决然地一步步向前走去;苦楝子从他的指缝里落下,撒在一片光明的海洋上……①

小说写到这里就结束了,倒也符合中国人的审美心理,无论之前如何苦难坎坷、曲折离奇、千回百转,只要有个大团圆结局,善良的人们也就得到了心理上的宽慰,找到了平衡,就像看完戏的观众,唏嘘感慨着心满意足地散去。

然而,当我读到小说最后部分,越接近尾声,反而越从众人态度的转变中读出了变味的感觉。

比如,俞嫂的愤愤不平。在为浦书记的儿子永福张罗与金铃

---

① 竹林:《苦楝树》,《竹林文集卷三·长篇小说卷》,华夏出版社,1998年,第340页。

的婚事上,俞嫂没少跑腿,没少出点子,什么逼婚、冲喜、调包,都是她一手策划的,原本指望通过这番表现能捞到"十八只半蹄髈"和"数不尽的好处",谁料想马屁拍在马脚上,好处没见到,反被法院的一位女同志叫去挨了一顿训斥,又被金铃嫂子谩骂,她悔恨,她嫉妒,她痛苦,真是旧恨新仇涌上心头。这个命运不济的女人理不出个头绪,跑到龙湾旁的苦楝树下发泄一阵后,背地里诅咒金铃一家和"爷叔""不要高兴得太早""将来下了台准有好戏看",顿时"觉得胸口郁结的气顺多了,脚步也渐渐轻快起来"。

再比如,永福因白白丢掉了漂亮媳妇金铃,想来想去气不过,于是一纸诉状告到法院,说老干部杨国祥仗势欺人,指使儿子拐骗他的老婆云云,状子写得有根有据,使得形势急转,法院感到棘手,金铃一方不得不焦急地商量对策。出人意料的是,浦书记却突然跑到法院撤回状子,还自我检讨教子不严,给政府添了麻烦,给党的工作造成了损失,等等。于是,一切异乎寻常地顺利起来。"自由好像是一朵天外飞来的祥云,就梦一般轻盈地降落到金铃头上了。"

还有金铃的嫂子,这个麻秆儿一样的女人,"短短的几天,她就已经体会到自己在村子里地位的微妙变化。这种变化无疑使她心情舒畅,飘飘然起来。"因为丈夫阿坤身世揭秘,原来在她眼里一钱不值的做中学老师的丈夫,竟然是金铃娘和"爷叔"的儿子,忽然从天上掉下来一个当大官的老公公,让这个没有文化的、具有泼妇特质的女人很快就进了村工厂,在众人面前立刻趾高气扬起来,也敢对俞嫂出言不逊:"哼,还想吃圆团、吃蹄团哩,应该请她吃狗粪!"

还有金铃娘、金铃哥哥,因为找到了靠山,找到了依靠,在村里的日子立刻就过得顺畅起来了……

这样的结局耐人寻味。这种种变化,让读者在为金铃命运的转折而祝福的同时,陷入了深深的疑惑和思索之中,我们不禁要问:这真的是一个圆满的结局吗?

"爷叔"的确是救命的爷叔,当年曾救过金铃娘的命——收留帮助了一个苦命的童养媳,如今在关键时刻又救了金铃的命——力挽狂澜扭转了金铃的悲剧命运,但我们明知这是一个概率极低的奇迹,不禁要问:假如没有"爷叔",金铃母女命运又将如何? 我们能将妇女解放的希望寄托在个把"爷叔"身上吗? 容笔者细细道来。

一、俞嫂为什么不平

在分析这个问题之前,我们有必要将中国的婚姻制度演变情况做一个简单梳理。

1. 中国封建时代的婚姻制度

首先,我们看看封建时代中国妇女的地位。

绵延两千多年的封建时代,中国妇女地位低下,女性是父权社会的经济附庸,"计丁受田"制度最典型地说明了女性毫无经济地位的事实。当时男称丁,女称口,封建时代皆以一家中"丁"的数目分配土地和担负赋税,女性是被排除在外的。《礼记·内则》中有:"子妇无私货,无私畜,无私器;不敢私假,不敢私与。"表明女性在家庭中是没有私有财产的。理所当然地,女性也是被排斥在政治生活之外的,所谓"女正位乎内,男正位乎外;男女正,天地之大义也"。"乾坤正位"成为规范男女的理论基础。历史上,一旦女子当政或者摄政,就会被看作"牝鸡司晨",连武则天这位中国历史上唯一的女皇帝也频遭非议,甚至有人把她当权的时代称为"牝朝"。传统女教以贯彻儒家的宗法伦理观念为宗旨,轻视智育,认为"妇女多识字,有损无益也""妇人识字多诲淫";却异常重视德育,尤其是封建宗法思想和伦理道德观念的灌输。汉代女学者班昭,为其兄班固续写过《汉书》,她所作《女诫》七篇,也成为后世压抑女子的宣言,奠定了女教的理论基础,《女诫》与西汉刘向的《列女传》,以及后世出现的《女论语》《女学者行录》《女四书》等,宣扬"三从四德""男尊女卑""夫为妻纲""饿死事小,失节事大"等,是对女性货真价实的奴化教育。

其次,我们再对封建时代的婚姻制度进行一番考察。

《礼记》中提到,"婚礼,万世之始也"。婚姻制度是社会制度的基础,一个社会的所有社会关系皆源于此。自周代开始,家长在家庭中拥有的至高无上地位和绝对权力得以确立。在中国,"父母之命、媒妁之言"几乎伴随着婚姻制度的产生而出现。从汉朝开始,儒家思想成为封建王朝的正统思想,夫为妻纲、男尊女卑的观念得以强化。唐代以后,程朱理学和儒家思想成为官方意识形态而被纳入法的轨道。宋元明清,对妇女的毒害和压迫更是登峰造极。我们熟知的"饿死事小,失节事大"的说法就出自北宋理学家程颐。严苛的法律、专制的礼教,像紧箍咒一样束缚着妇女的身心,造成了女性主体的独立意识的严重缺失。经历了两千多年男权社会的中国妇女,地位卑微,深受封建礼教的束缚和挤压,成为被侮辱与被损害的一个可怜的群体。

五四新文化运动所倡导的个性解放和思想自由,唤醒了一批知识女性,她们走上社会,以手写口,在新旧道德、新旧思想的激烈冲突中,通过描写婚姻恋爱生活,揭露封建礼教的愚昧和残酷,对戕害女性的封建社会制度和婚姻制度进行批判与反思。在启蒙与救亡并行的30、40年代,一些女作家坚持探索妇女解放的道路,如萧红描写挣扎在《生死场》上的东北农村妇女的传统命运,投身革命阵营的丁玲则以小说《在医院中》《我在霞村的时候》以及杂文《"三八"节有感》等,揭示共产党领导的区域内人们观念的滞后,妇女地位的不容乐观。

鲁迅先生一向关注中国妇女的命运,在他的描写中国传统妇女悲剧命运的小说《明天》《祝福》和《离婚》中,无论是失去儿子就失去了"明天"的单四嫂子,还是深受夫权思想戕害的祥林嫂,还有那位主动与丈夫离婚却最终被封建势力的代表"七大人"判定"休出"而乖乖就范的爱姑,她们身上缺乏的都是女性主体的独立意识。

挪威戏剧家易卜生的三幕话剧《玩偶之家》曾被比作"妇女解放运动的宣言书"。女主人公娜拉从爱护丈夫、信赖丈夫到终于觉悟到自己在家庭中的玩偶地位,与丈夫决裂,最后离家出走,以此作为对以男权为中心的社会传统观念的反叛。娜拉离家时关门的"砰"的那一声,不是普通的关门声,更像是一记重锤,猛烈地叩击着读者的心灵,长久地引发人们对家庭婚姻、妇女地位以及伦理道德等问题的深入探讨。鲁迅先生在《娜拉走后怎样》一文中表明了他的观点:"社会制度没有变革,也没有经济权,即使像娜拉似的个性觉醒而走到社会上去了,或者也实在只有两条路:不是堕落,就是回来。"鲁迅唯一的一篇爱情题材小说《伤逝》中个性酷似娜拉的子君也曾经大声宣言:"我是我自己的,他们谁也没有干涉我的权力!"而当爱人涓生被局里辞退,两人生活无着时,她不得不回到她所憎恶的封建家庭中,最终凄凉地死去。

恩格斯在《家庭、私有制和国家的起源》中说:"在任何社会中,妇女解放的程度是衡量普遍解放的天然尺度。"

妇女的解放,既要依靠社会制度的变革,也要对沉淀在自己思想深处的封建意识来一次彻底革命,彻底摆脱原罪意识,摆脱传统观念的束缚,意识到自己首先是具有独立人格的"人",然后才是其他的社会角色。由男人的附庸走向独立自主,发现自我的真正价值,成为真正主宰自己命运的主人。

2. 中国第一部《婚姻法》颁布前后的婚姻制度

1950 年 5 月 1 日,《中华人民共和国婚姻法》(简称《婚姻法》)作为新中国第一部基本法付诸实施,外国学者将它誉为新中国"恢复女性人权的宣言"。它明确宣告废除封建婚姻制度,禁止包办、强迫和买卖婚姻,实行男女婚姻自由和男女平等的婚姻制度,在中国引起了一场观念与制度的革命。毛泽东在新中国成立之初说:"《婚姻法》是有关一切男女利害的、普遍性仅次于宪法的国家的根本大法之一。"新中国成立后婚姻法经历的三次变革,都是和社会变革以及社会观念的变迁密切相连的,是对社会上新出现的一些普遍社会现象做出的及时反应。

《婚姻法》颁布后,有政府撑腰,人们得到了婚姻自主的权利,包办婚姻被取缔,赵树理的评书体短篇小说《登记》就反映了这一历史。小说主要以张家庄张木匠的老婆小飞蛾为主角,描写了她与婆婆和女儿艾艾三代女性的婚恋故事。小飞娥婚前有自己相好的男子,却被视作"名声不正",在婆婆的教唆下,丈夫张木匠用锯梁子暴打了她一顿,从此她便麻木不仁地度日,还反对女儿艾艾与同村青年小晚自由恋爱,但在《婚姻法》的保护下,这对年轻人最终冲破重重束缚,幸福地结合在一起。向前追溯,赵树理写于1943年的成名作——短篇小说《小二黑结婚》描写的也是解放区农村的婚姻问题。小说讲述小二黑和小芹自由恋爱,不仅遭到双方家长"二诸葛"和"三仙姑"的强烈反对,还受到当地恶势力金旺和兴旺两兄弟的阻挠和破坏。因为时代不同了,一对青年据理抗争,最终在党和区政府的支持下,有情人终成眷属。

这部小说的结尾是大团圆的结局,但现实中这却是一个悲剧故事,男青年被打死,一对有情人并未能成为眷属。可见在当时的中国,妇女的生存状况仍不容乐观,各种陈规陋习依然在社会上肆虐。赵树理的成名作和新中国成立后的第一部小说都是反映农村青年男女恋爱问题的,说明人们的传统观念并没有随着改朝换代和《婚姻法》的出台而戛然而止。

3. 共和国时期的婚姻制度

接踵而至的政治运动,对中国人的婚姻、家庭和两性关系造成了极为严重的负面影响。"革命"不仅剥夺了人的自由和权利,更剥夺了女性的婚姻自主权,使女性无法把握自己的命运,极"左"思潮和政治压力所造成的婚姻悲剧层出不穷。

《苦楝树》中的俞嫂,就是被老村长以拥军的名义强行婚配,沦为革命的牺牲品。俞嫂原本是老村长一手培养起来的一位积极分子,还做了全村第一任团支部书记,她年轻又漂亮,演戏、宣传、开会,"可以消耗她过剩的精力,发泄她青春的热情,施展她精明的才干。"俞嫂原来有一个心上人陈阿兴,二人两情相悦,却被老村长棒打鸳鸯,让即将去当兵的杨大华从一排姑娘中任意挑选媳妇,结果俞嫂被选中,无论她如何哭闹都无法改变老村长的意志。就在俞嫂寻死的当天晚上,她被村长关进杨大华的瓦房里成了亲。陈阿兴却因两人的"幽会",被扣上"反革命、坏分子、破坏军婚的罪名"抓了起来,最后用裤带上吊了。应该说,强权加封建主义余毒造成了俞嫂的婚姻悲剧。

更可悲的是,俞嫂作为这场婚姻闹剧的受害者,却逐渐变成了一个飞扬跋扈的悍妇:在家中把老实巴交的丈夫当奴仆欺负谩骂,对富农的儿子泉根随意侮辱取笑,对弱者缺乏同情心,见风使舵,巴结权贵,主动投靠浦家父子,一手导演了金铃的婚姻悲剧。由于俞嫂的不觉悟,缺乏独立人格与尊严,缺乏女性主体的独立意识,使她由鲁迅笔下被吃者变成了吃人者的帮凶,俞嫂对命运的报复行为,几乎酿成了自己和他人彻底的悲剧。

俞嫂的命运告诉我们,以革命的名义,可以对妇女任意婚配,可以完全无视妇女自身的自由选择。革命可以解放妇女,当然也可以支配妇女的身体和强奸妇女的意志。那种宣扬"革命的利益高于一切"的口号,为革命干预家庭隐私创造了合法性。就像老村长给俞嫂做思想政治工作时说的那样,"他上前线,响应国家号召,因为……所以,这是光荣,你连光荣也不要? 嗯……"这样,在革命的事业中,妇女只是一种工具,妇女解放与妇女权益似乎成了革命的装饰品、附属品和殉葬品。朱晓东在《通过婚姻的治理:1930—1950 年共产党的婚姻和妇女解放法令中的策略与身体》中指出了这一事实:中共一贯将革命的利益置于女性的利益之上,并始终将"革命主体"贫农的利益置于女性的利益之上。为了广泛动员农民们参加随时可能牺牲生命的中共军队,中共除了以"打土豪、分田地"的口号作为诱惑之外,还需要对女性的身体实行合理与有效的分配。① 尽管时间流转,《苦楝树》所反映的时代已经是共和国时期,但从俞嫂的遭遇我们依然可以感受到革命对女性身体和命运的任意摆布。

美国当代历史学家 L. S. 斯诺夫里阿诺斯在分析近现代世界

---

① 朱晓东:《通过婚姻的治理:1930—1950 年共产党的婚姻和妇女解放法令中的策略与身体》,引自香港中文大学"中国研究服务中心网",2003 年 3 月 15 日(http://www.usc.cuhk.edu.hk)。

各国革命中的妇女解放的共同弱点时也指出,"争取妇女权利这项事业在妇女自身中间就没有得到优先考虑。在革命期间,她们主要适应本阶级的需要而没有适应她们作为女性的需要。"①孙伊在《论中国妇女婚姻的权利贫困》②一文中作出这样的分析:中共的革命性质决定了其打着反封建的旗号,却实行封建女权的实质。民国时期的封建观念与文化不可能在中共的革命中得到实质摧毁,因为中共在执政前所推行的婚姻政策,充其量只是变换了一个旗号、改变了一些包装,而实质内容仍然是千百年中国传统社会所盛行的男尊女卑,只不过中共革命将女人的服从主体由父亲、丈夫、婆婆,转变成中共、组织和革命,并将家庭压迫转型到组织强制,由私领域压迫转型到公共领域的歧视,由观念伦理歧视转型到法律法规限制,并由此为中共执政后的毛泽东时代继续使用革命的名义和行政的力量缩小女性的私人空间和自主选择,提供了政治传统和法律制度的基础。

可以说,毛泽东的革命使传统女性摆脱了家庭束缚,摆脱了夫权、父权和婆权的压迫,但却是前门拒狼、后门进虎,以革命的名义,制造了一系列看不见的观念和看得见的机构,为女性婚姻制造了形式上解放、实际上压迫的新枷锁。这令我们不由得产生了困惑:到底封建婚姻与革命婚姻存在什么本质的区别,中共革命与封建主义又有什么根本不同?"妇女解放"必须服从共产党领导的、从属于阶级解放和民族解放的革命大业之需要。妇女婚姻权利的贫困必然影响妇女人权的贫困,并深刻影响女性走向真正的解放、自由与独立。

笔者以为,从某种意义上讲,这种观点是有道理的。

---

① [美]L. S. 斯诺夫里阿诺斯:《远古以来的人类生命线——一部新的世界史》,中国社会科学出版社,1992 年,第 199 页。

② 孙伊:《论中国妇女婚姻的权利贫困》,中国社会科学网,2011 年 10 月 20 日(http://www.cssn.cn)。

二、浦书记为何撤回儿子的诉状

原本一手遮天的村书记蒲荣全,在儿子阿福一纸诉状将老干部杨国祥告上法庭之后,却出人意料地做出了撤诉这样一个举动,甚至还要自我检讨教子不利给革命事业造成了损失,他是真的觉悟到自己的错误了吗?当然不是,而是审时度势后的权宜选择,由他的反常举动可见官本位的威力。

百度百科对"官本位"是这样定义的:官本位是一种以官为本、以官为贵、以官为尊的价值观。中国两千多年的封建专制文化致使这种思想意识深入中国社会的层层面面,甚至可以说是中华文化的一部分,即"糟粕"的那部分。

纵观中国的历史和现实,官本位这一在特定历史语境下形成的术语,其现实内涵远比字面意思丰富。它意味着以"官"的意志为转移的利益特权、"唯上是从"的制度安排、以"官"为本的价值取向、以是否为官和官职大小评价社会地位的衡量标准。

关于"唯上是从",也即上下级之间不是双向互动运行的工作关系,而是下级对上级唯马首是瞻,上级对下级拥有绝对权力的等级关系,这从儒家思想的君臣秩序中可以找到根源。这种单一行政化体制,造成了惟我独尊、一言堂、家长制等政治生活中的弊端。官大一级压死人,上级官员的意见成了判断正误、善恶、美丑的唯一标准,下级官员所做的一切只对能决定其个人命运的上级官员负责。

从小说的描写中得知,"爷叔"杨国祥是一位真正的共产党人,对国情和现实的认识也是深刻的,这从小说中他对儿子阿坤的一番谈话中可见一斑:

这些年来,我们的民族和国家,经历了这么多的政治运动和思想改造,而落后的传统观念和封建意识,却仍像汪洋大海一样统治和包围着我们的农村,浸透着人们的头脑……我们祖祖辈辈,包括我自己和我的孩子们,仍在经历着由此而产生的不幸和精神上的折磨,这究竟是为什么?人人都在讲革命,大家都是百分之百的无产阶级革命派,然而,连民主革命应该完成的任务,直到现在,也没

有真正完成……①

当中学教师阿坤向他求援时,"爷叔"从自身遭遇出发,从亲眼所见的金铃娘的不幸身世出发,意识到封建主义的"老虎要吃人",所以毫不犹豫地出面干预了金铃与阿福的事情,帮助金铃结束了不幸的婚姻。

然而这位老干部的正义感、对党的政策的正确理解却被曲解和误解,人们更多关注的是他的官有多大,说的话有多大分量,甚至连浦荣全这样霸气外露的人在他面前都收敛锋芒,投鼠忌器,对权利的崇拜和敬畏溢于言表,这是颇具讽刺意味的。这样得到的胜利怎能不发人深省?

三、金铃嫂子以及众人的态度为何转变?

天上掉下来一个当大官的老公公,使金铃嫂子这个虚荣心极强的农村妇女飘飘然起来,在别人充满"羡慕嫉妒恨"的眼光中,怡然自得地享受着趾高气扬做人的滋味。大家对金铃娘的态度也转变了,种种变化反映了大众对权力和官位的崇拜和敬畏,以及集体无意识的奴性。

总之,《苦楝树》揭示了在极"左"环境下,农村女性在权力笼罩下艰难的生存景观,小说发人深思的结局警示着人们反封建的任务还远未完成。试问,假如没有"爷叔"——这位空降的"大官"的撑腰干预,金铃与浦书记之子的这场荒唐婚姻能否顺利结束?金铃能否开始幸福的生活? 当年赵树理将自己在工作中发现的问题写成"问题小说",我们也完全可以把竹林的《苦楝树》看作当代的"问题小说"。

---

① 竹林:《苦楝树》,《竹林文集卷三·长篇小说卷》,华夏出版社,1998 年,第 279-280 页。

《水潺潺》：情与义的变奏

　　这是发生在一个四面环水的小岛上的故事。这个岛可不是一般的岛，这里本是坟地，"每家祖宗的遗骸，都用一个很大的甏盛着，埋在地下。"一对农村少男少女的故事就发生在这样一个特殊的地方。

　　男孩叫阿祺，女孩叫秀兰，两人青梅竹马，一起长大，这在第一节中有生动的描述。他们躲在竹林里观察，涉水去岛上的鸟不宿丛里捉白头翁，男孩一蹦一跳地把女孩驮到背上过河，蹬塌了冰层，弄湿了鞋袜，女孩着急地替男孩脱鞋脱袜，放到向阳的坡上去晒。两人倒在柔软干燥的草坡上，一起憧憬未来。小学五年级的男孩，因为在常识课上听老师讲了植物的杂交和品种的改良，立志要做一名农业科学家，去读农业大学。女孩说她想当医生，这样可以治疗男孩脚上的冻疮。然而，这段发生在墓地上的爱情，冥冥中似乎注定了命运多舛。

　　这年秀兰才12岁，"正像一株浑身挂满露珠的可爱的嫩秧儿，一双黑乌乌的眼睛从来不肯安静地盯在一个地方。她总是无忧无虑地跑来跑去，小辫子编得翘翘的，粉红的花布衫飘飘的，家前屋后，河边树下，常常响着她清脆的笑声。"①伶俐乖巧的秀兰是姆妈的心肝宝贝。然而，自从姆妈发现了柴垛里藏着的女儿给阿祺做的鞋，去找陆瞎子给女儿算命后，母女关系就变得紧张起来了。

　　这次算命，不仅算出了秀兰和阿祺"狗鼠相扑，命相不合"，还引出了老木匠的儿子阿祺命硬的故事。阿祺家的历史要追溯到明朝末年，他家的房基上原来有一座"五圣庙"，因为阿祺的祖先得罪了怪癖的五圣老母，家道逐渐中落，子嗣不旺。阿祺出生后被抱

---

①　竹林:《水潺潺》,选自《地狱与天堂》,河南人民出版社,1984 年,第 203 页。

到父亲的徒弟桂生家哺育寄奶,一场霍乱夺去了桂生妻儿的生命,阿祺却奇迹般地活了下来,这就是阿祺"命硬"的来由。难怪当秀兰娘得知女儿爱上的是阿祺时,那么着急上火。

为了给儿子盖新房娶秀兰,老木匠就像那可怜的公蜂,苦苦攒够了能造一幢房子的材料,自己却在上面号召"批林批孔"的政治任务中被定成"活靶子"批斗。为了不使造房的材料被没收,师徒二人连夜用船将材料转移到亲戚家,不幸船翻人亡。从此,秀兰娘更坚信阿祺是丧门星,坚决不准女儿与他来往。并放出狠话:"想要我的女儿,除非两上两下的楼房造起来!"

爱情的力量是不可遏制的。为了与秀兰结合,阿祺苦干两年,科学养地鳖虫,终于攒够了能造一幢楼的钱。当他撑着水泥船去买造房子的材料时,遇见了一对养蜂人父子,阿祺从阳光快乐的小伙子阿龙身上发现了一个奇异美好的世界,决心做一个幸福自由的养蜂人。秀兰听说后也决心和他一起去放蜂。于是,他们瞒着秀兰娘先斩后奏登记结婚了。小说最后,陆瞎子揭开了一个天大的秘密,原来阿祺正是当年老木匠的徒弟桂生的亲生儿子,在瘟疫中死去的是老木匠的老来子,为了给老木匠夫妻以安慰,桂生也即秀兰爹义字当头,将自己的儿子即阿祺抱给了老木匠,也就是说阿祺和秀兰是同父异母的亲兄妹。故事发展至此似乎陷入了僵局,两个深爱着的人的尴尬处境可以想见,但在竹林的精心设计和合理安排下情节峰回路转。

养蜂人阿龙的父亲,一位身上既有敌人的枪伤,也有自己人的棒伤的离休老革命,用富有哲理的语言开导这一对目光互相躲闪的兄妹:"向前进吧,生活是不会辜负你们的。""我到处寻找的这种东西,终于在你们中间,在你们的父辈——两位木匠的心中,在陆瞎子这样普通人的心中找到了。""要记住,在人生的旅途上,总是会遇到许多坎坷和艰难,爱情并不能经受一切;而在爱情绊倒的地方,友谊之花却往往能顽强地开放。"①最终,阿祺与秀兰战胜了

---

① 竹林:《水滟滟》,选自《地狱与天堂》,河南人民出版社,1984年,第281页。

自己,也战胜了命运的打击,阿祺用了全身的力量,捧起手中的栀子花送到了秀兰手里,秀兰则哽咽着轻轻地叫了一声"哥哥",小船轻灵自在地向着月光普照的无限空间驰去。

想一想,在百废待兴、百业待举的我国改革开放之初,我们的生活又何尝不像这流动的水一样,不停地、极有耐心地冲击着河底的根须阻碍,潺潺地向前流去,迎来柳暗花明的春天。

《蜕》：像螃蟹脱壳般告别昨天

《蜕》①中收入了竹林的四部中篇小说《没有热量的荧光》《黄绿色的站牌》《蜕》《渔舟唱晚》。作品揭示了农村中年轻一代女性在旧的封建主义传统势力之下,灵与肉的呼喊与反抗,展现了她们对爱情、婚姻以及人性的新的追求和新的思考。竹林赋予这个经久不衰的文学命题以更为现实的、批判的意义。作品感情细腻情节生动,人物形象鲜明,语言文字洗练,具有浓郁的江南农村特色。

《没有热量的萤光》

《没有热量的萤光》细腻入微地描写了 19 岁的农村姑娘阿珍对爱情的憧憬和现实的无情,认真地探讨了爱情的虚幻和造化弄人的尴尬。小说先从 18 岁的阿珍照镜子开始写起,少女初长成的喜悦和必须对一些事情做出重大抉择的恐慌掺杂在一起,使这位农家姑娘神思恍惚。"思想如缥缈的夜雾,漫无目的地飘荡着。静静的长夜常常带给她各种不同的感觉:有时是寂寞的,有时是痛苦的,有时又充满了甜蜜的欢乐与期待。"原来使她心里发慌的是两个小伙子:一个是妈妈托人给她介绍的对象、大队书记的儿子阿隆;另一个是她的初中同学金勇。这两个小伙子性格截然不同,金勇既聪明又用功,是全校仅有的两名考上中专的学生之一;阿隆连小学都没有毕业,但捉鱼摸虾倒挺在行,当她还在初中读书时,阿隆已经凭着父亲的关系去学开拖拉机了。阿勇羞涩、礼貌;阿隆大

---

① 竹林:《蜕》,上海文艺出版社,1989 年 8 月第 1 版。

大咧咧、从小就蛮横得很。爷娘偏偏看中了阿隆,使得阿珍感到在别人看来总归有一种向上巴结的味道,于是从心底生出一种厌恶和抵触的情绪来。阿珍沉浸在那些描写爱情的小说中,抄录下许多似懂非懂的警句妙言,认为"真正的爱情不讲贫富、不讲地位,甚至也不讲年龄,只要情投意合,只要感情深"。尽管事实上阿隆还是她的救命恩人,但阿珍仍然对金勇一往情深。阿珍娘和阿隆娘已经在准备他们的结婚用品了,阿珍懊恼归懊恼,似乎对母亲的决定也无力改变。

然而,故事出人意料地朝着相反的路径转变了。夜里,阿珍家阳台上出现的黑影吓坏了她,她披头散发,穿着汗衫短裤跑到灯火通明的打谷场上,引起全村震动,一致认为是流氓爬进了她的房间。经过一番侦查,没想到"流氓"正是阿珍苦苦思念的金勇,那晚为了送一封情书给阿珍而闹出了一场虚惊。如同多米诺骨牌效应,情况继续向不可收拾的地步恶化,阿珍发现母亲望着她唉声叹气,周围人们用一种奇异的眼光打量她,"生活已向她撒下了一张怀疑和不信任的网",她却无从解释。更糟糕的是,在严厉整治社会治安时期,金勇被抓起来判了刑。自责心切的阿珍担负起照顾金勇父母的责任,并在金勇出狱后,义无反顾地与他同居,不惜与反对这桩婚事的父母决裂。她只觉得自己在为一个神圣的目标而奋斗,那就是爱情。可是,随着时间的推移,"在她的心底,因爱情而带来的那种甜蜜的骚动,那种搅得血液不能安宁的兴奋的浪涛,那种巨大的渴望和恐惧,全被一种严肃而痛苦的牺牲的热情所代替了。"金勇凡事"怕"字当头,"就像不能直立的软体动物一样,昼夜龟缩在家里",患得患失,失败主义、悲观主义的人生态度,逐渐使阿珍感到独力难支,他们的家成了小小的"孤岛",没有欢笑,没有音乐,当万物复苏时,却好像有什么东西在阿珍心底慢慢死去。而阿隆尽管举止粗鲁,"可他想做什么就一定要做成,哪怕碰得头破血流,也在所不惜,这种男子汉的气魄和胆略,深深地征服了她。"阿隆的深情等候和火热的表白使阿珍深受感动,一颗心被搅乱了。在小说末尾,金勇给阿珍留下一封信离家而去,表示"只有砍断这纽带,让你的船飘向自由的大海,你才会获得幸福"。

阿珍陷入了对生活和爱情的沉思,感到爱情之光的能源不知从何而来,但还是要往前赶,就像伴随她前行的萤火虫,闪闪发光却没有一点热量,"也许这就是爱情。"

《黄绿色的站牌》

这是一个新闻记者的雨夜奇遇,是一个 18 岁女子的命运悲歌。

故事发生在城郊结合处的一个车站上,漆成黄绿两种颜色的站牌,孤零零地竖立着,仿佛"浮游在茫茫黑夜中的一块灰色的墓碑"。在这个站牌下,有一个"无论从哪个侧面看都形容姣好的女人"在徘徊。她主动找人交谈,却被看作娼妓和花痴而遭呵斥。她踽踽独行,像幽灵一样悄然飘来又悄然离去。直到遇见他——一位雨夜赶末班车回家的报社记者。听信了她的没有末班车的说法,没有带伞的他怀着近乎感激的心情与她同行。看到可爱的女孩亭亭玉立、飘飘欲仙的身姿,听到她清脆响亮玻璃一样透明的笑声,他想起了《聊斋志异》中狐狸精变成的那个爱笑的天真、善良的女子婴宁,然而,他又听到一声深深的叹息,好像是从另一个饱经忧患的老妇人的胸腔里发出。于是,在茫茫的烟雨中,四周看上去好像一片荒漠的公路上,这位只有 18 岁的女孩,向一个愿意听她倾诉的陌生男人讲述了自己的遭遇。

出生在水乡的女孩,为了不再从早到晚割麦插秧,像牲口一样地在地里爬,能像城里人一样生活,花了家里两千元钱,换来一个市里纺织厂的招工指标,如愿以偿地变成了城里人。然而,工厂里的规矩却令人发指。比如,女工要领取每月一次的免费卫生纸,要忍受两个夜叉屠夫一样的女人的所谓检查,如果不让检查,就发你的"传票",让你到医院去做妇科检查,看你有没有怀孕,那就更丢人现眼了。女孩无法抗拒,只得屈辱地接受了。"我领了草纸出来,一连好多天都有一种在光天化日之下被剥光了衣服的感觉。晚上我总是做梦,梦见自己变成了一只赤裸裸的白色猩猩,被夜叉女人用一根铁索牵着,在大街上招摇过市。"人的尊严就这样被肆意践踏了! 女孩忍不住要想:如果书记或厂长是女的,是不是也要经过这样的检查呢? 具有讽刺意味的是,这样的地方竟是先进单位,而且样样先进:批林批孔先进,抓革命促生产先进,改革先进,节能先进,安全操作先进,计划生育先进……接着,因为车间主任和办公室主任争着娶这个漂亮的女孩做儿媳,女孩无意间被卷入了厂里的权力之争,得罪了车间主任,又被办公室主任的"尖脑袋往前一撞一撞,像麻雀啄食一样"的儿子强奸,因为女孩不肯就范,最后竟被"配给"给一个智力不健全的扛沙包的"阿戆兄"。从此,没有人理睬她,所有的女孩子在她面前突然间都好像变成了贞洁的圣女,她只好搬出集体宿舍,住到宿舍后面楼梯转角处的一个小房间里。唯一关心她、同情她的一位副厂长因为对手设计诬陷而被上级调走了。女孩忍受不了阿戆的纠缠,喝下一瓶"敌敌畏"自杀,被碰见的副厂长救下,最终活了下来并嫁给了阿戆。

小说的结尾既令人痛心又耐人寻味。当那位记者又来到那个厂里采访,向许多人打听这个雨夜邂逅的少女、这个 18 岁的妇人的事情时,上上下下都矢口否认。找到女子本人时,只见在满车间人鄙夷的目光下,"她把头缩在宽大的工作服领子里,像一只被捆住四肢正待宰杀的羔羊,大大的眼睛里散射出惊恐疑虑的目光",对那个雨夜发生的事情,她竟然全记不得了。这样的结局令每一个有良知的人深思,究竟什么是虚妄,什么是真实? 是迷蒙雨夜里少女的诉说是真的,还是那些报纸上写的永远紧跟形势、永远先进的表扬稿是真的? 真理、正义,多少罪恶假你之名而行,一个弱女子的命运与厂里的"大事"相比是微不足道的。只有那个见证了少女不幸的黄绿色站牌永远真实地竖立着,警示着我们:在一个高度文明的人类社会中,无论任何人、以任何名义,都无权践踏人的尊严。

《蜕》

这部小说原名为《昨天已经古老》,后来改名为《蜕》。

小说的女主人公张薇薇是一个命运多舛的女子。她的父亲是一位著名的化学专家,年轻时就在国外获得了博士学位。在她不满 10 岁时,因为父亲的问题,全家被当作垃圾从城市扫到了农村,母亲成了一名乡村小学教师,她则成了一名农家姑娘。三年级时,小朋友们玩"抢亲"的游戏,同桌的两个小男孩金元和克明,争着当她这个"新娘"的"新郎",扮演公公的孩子问薇薇:"那么,你喜欢谁?你情愿跟谁做亲?"薇薇的回答是:"啊,我都喜欢的。"她天真地笑了,"我们一起做亲吧。"于是三个孩子满心欢喜地一起跪下拜天地。那时的他们就像是一根茎上并排开放的三朵小花儿,薇薇真的说不出更喜欢哪一个。

初中毕业时,金元和克明都没有考上高中,一起回家种田了。金元进了社办工厂,克明跟着父亲学做了小木匠。而薇薇则考上了师范专科学校,毕业后当了一名小学教师。后来,金元和克明又都去上学了,是因为薇薇说了,两个人当中,谁能读书读上去,她就跟谁好。结果,克明考取了名牌大学远离家乡,金元回了家,有更多机会照顾薇薇母女。妈妈临终时做主将薇薇嫁给不再读书的金元。面对慈母憔悴得全无人色但又充满了渴求的脸,"一切理想、希望、诺言都在这强大的现实面前退却了。"妈妈死了,"她相信自己没有把女儿孤零零地撒在这个世上,她甚至相信自己的女儿是会很幸福的!"却不料女儿的人生悲剧由此开启。

没有太多文化的金元在一次违反操作规章的事故中,被泄露的化学气体弄瞎了双眼,克明大学毕业后回乡,要改变化工厂的面貌,儿时的三个好友重又聚在一起。但长大成人的他们此时各怀心思。薇薇因为食言,感到愧对克明,自我折磨良久,终于因为对知识和事业的共同追求,而与克明重新彼此接近。金元则有了强烈的危机感,先是依仗娘舅的势力替薇薇辞掉了教师的工作,当村子里传出薇薇与克明"幽会"的流言蜚语时,他又闹了一场"自杀"。从此,薇薇再也不能去克明教课的夜校了。金元的娘舅——大队书记尽管以前欺压知青,甚至公然玩弄女知青,却在薇薇面前虚张声势,想要依仗权势压服薇薇。被嫉恨扭曲了人性的金元,在舅舅辱骂过薇薇后,还要剥光薇薇的衣服施以毒打,毒打完再开始他每晚例行的"功课"。她无法忍受这样的奇耻大辱,产生了一死了之的想法,也逼得她提出了离婚诉讼。然而,法院非但不批准离婚,还批评她有"第三者"。离婚未遂的薇薇,无论走到哪里,都被看成一个怪物。夜里,当金元又开始拧她,并重复他的"功课"时,她跑了出来,无所畏惧地来到克明家。这时,克明因为大队书记的诬告,要被派去支援大西北建设。生离死别之际,两个有情人终于冲决了一切阻碍,在克明家的小阁楼上相互奉献了自己,灵与肉完美地结合在一起。竹林写道:

> 尽管他们迈出的这一步是在昏沉中,在绝望中,在强大的现实和命运的黑影面前晕头转向地迈出的,但它留下的脚印却是清晰的——不管今后人世间的沧海桑田,这条河曾在他们生命的荒漠中泛起过浪花。这是不容置疑的事。①

这次结合尽管短暂,却令人感动和感伤。克明走后,他的老父亲由发疯而至惨死。薇薇在送走了克明的父亲后,用一小瓶农药送自己走向了最后的归宿,在浩瀚的东海里得到了解脱。

纵观薇薇短暂的一生,尽管性情柔弱,但为抗拒命运的摆布也进行了反抗和挣扎。比起一般的农村妇女,她的反抗和挣扎似乎更强烈一些,当然内心的纠结也更严重些。你看,她读了师范,当了老师,还大胆地提出要嫁一个大学生,可到底没有拗过现实,嫁给了文化水平极低的金元。然而,忙碌的生活之余,她却总有一种陌生感,每当面对孤灯长夜静思的时候,她常常朦胧地意识到,她

---

① 竹林:《蜕》,上海文艺出版社,1989年,第281页。

的生活似乎不应该是这样的。克明回乡后,她远远地望见过他,却没有和他讲过话;听说克明在大队办了一个普及化工知识的夜校,她一直动着去听课的念头,想成为克明的助手,为夜校出力。然而,因为怕金元反对,闹得家里鸡犬不宁,她又打消了这个念头,不去夜校,哪儿也不去。"她恨恨地诅咒自己,痛骂自己。恨不得往自己的脸颊上狠狠搧上两个耳光。"尽管被剥夺了教书的权利,她依然关心着自己的学生振兴上学的事情,劝说老阿金送孙子上学,为此遭到奚落也在所不惜。她心里明白,人一生下来,身上便缠住了各种各样的锁链,谁都难以挣脱。年轻幼稚的时候,大多数人都跃跃欲试过;可是年纪一大,精神和力气也都衰竭了,有人连挣扎的欲望都没有了。待在笼子里不是挺好吗? 又安逸,又不要费脑筋,人人都这么活着,为什么自己不能呢? 偏偏她不愿意过这样的栅栏里的生活。当她从克明的身上看到了一种积极的生活态度,看到他对事业的追求和信心时,她终于冲破了来自丈夫金元和来自社会的重重压力,决心走自己的路。当然,竹林对此的认识是清醒的,并没有用廉价的乐观主义来自欺欺人,通过对薇薇的心理剖析,展示了她的这份思考:

她没有想金元,她不会去想他。对她来说,他就像头顶上的大气层,只要她还活着,还得喘气,那么她就得在他的重压下生活。当然,在中国,许许多多的女人都在这样的重压下生活。因此对人们来说,那天外的世界便更有着无穷的诱惑力。大家都想去,但是谁也没法摆脱这地球的引力。①

因为死意已决,阿薇不顾一切地像一头撒野的小羊,一头拱进了克明的被窝,两个人更像在一条岌岌可危的尖头小船上,为了不使对方沉没,只有用力抓紧、抓紧。竹林忍不住发出感慨:

这是沼泽地里的艰难跋涉,是茫茫大海中的生死搏斗,是干旱沙漠里绝望的旅行。

---

① 竹林:《蜕》,上海文艺出版社,1989 年,第 276 页。

不能停，不能停，一秒钟也不能停下啊……路太远、太长，也许永远不能走到头了，也许只能在途中毙命了。可还是要挣扎，还是要前行，哪怕是爬，也要一个扶持着另一个，决不松手，决不停步。

这一坨沉重，一团痛苦，一身的疲惫和饥渴……有这样的爱么？①

在克明的身上，承载了竹林对中国历史和现实的更深沉的思索：

"在我们中间，本来竖着一堵墙"，他缓慢地说，"这堵墙是用我们几千年的封建古国里的精神材料筑成的，参与筑墙的决非你和我，而是整个社会，整个历史。从一开始建筑起，建墙者就考虑到要给子孙后代享用，所以呕心沥血，调动了一代又一代的文人墨客、贞女节妇、善男信女，把墙筑得又高又厚，又结实又牢靠，就像我们的万里长城一样。可是，毕竟年代太久远了，风吹雨淋，雷暴地震，看起来还是一堵墙，实际上里头已经朽了。尽管现在还有人为了自己的利益竭力将一层层的颜料涂上去，可是那摇摇欲坠的根底已经没法巩固了。哪怕一阵不经意的微风吹来一颗草籽，这生根发芽的小草也会把这墙裂开一道缝。你和我，就是这样的小草。就从这条缝里，你和我相见了——这是从灵魂到肉体的赤裸裸的相见；这种相见不容易，因为缝隙还不大，因此并不是每个人都能得到的。但是我们得到了，这是我们的一份珍贵财富。问题是，以后怎么办？我以为，摆在我们面前的，无非是两条路。第一条是赶紧后退，老老实实忏悔，并尽心尽力把这条缝隙补上；要不就是义无反顾地朝前走，冲破这道墙的阻挡。"②

克明能够自觉地意识到一代人的使命，知道要把坚不可摧的墙壁"冲破了一条缝"，那些筑墙者是不甘心的，这就值得肯定。

克明自认为没有什么灵丹妙药来拯救薇薇，拯救自己，但也批

---

① 竹林：《蜕》，上海文艺出版社，1989 年，第 288 页。
② 同①，第 281－282 页。

评薇薇的绝望轻生念头"是用历史的罪过来惩罚自己,用自己的生命来为这堵破墙殉葬、奠基",认为这种做法未免太蠢了。他对薇薇说了这样一番话:

> 我们是喝着昨天的水长大的,连我们的骨肉,也跟女娲拿泥巴捏成的人形一模一样。我们一生下来就被一位母亲养育着。母亲供我们吃、供我们喝、溺爱我们、庇护我们,教我们以她的脑筋去思维,以她的习惯来处事,把我们变成她的生命的重复。当我们意识到要发展自己的时候,却发现我们已经被宠坏了。我们的骨头软了;我们谨小慎微,害怕变革。母亲不那么美丽,我们也要造出一个美丽的印象;母亲有很多陋习,我们也引以为美德。我们习惯了把陈年的蛛网看作亮闪闪的金丝,把满屋子的破烂当作无价之宝。我们想造新屋却不忍推倒旧宅,渴望飞翔又舍不得老巢——这是我们多少代人的悲剧,薇薇。所以有些事情,你不要怪金元,也不要怪你娘舅,谁也不要怪。我们首先应该战胜的,是自己。①

最后两人相约,做一个为真理、也为自己生活的权利而奋斗的奋斗者,即使牺牲也在所不惜。

在小说结尾部分,竹林不厌其详地描写了一只小螃蟹脱壳的全过程,称得上惊心动魄。它启示人们:昨天已经古老、僵死,而前面则有光辉灿烂的希望和光明在等待;告别昨天是一个痛苦而漫长的过程,只要相信自己,战胜自己,就会像那只勇敢的小螃蟹一样,褪去僵死的老壳,到达美丽神奇、宏伟、博大的东海。可谓卒章显志。

---

① 竹林:《蛻》,上海文艺出版社,1989年,第285页。

《渔舟唱晚》

《渔舟唱晚》讲的是瞎子阿篓的一桩曲折离奇的爱情故事,可谓爱的变奏曲。阿篓年轻时曾与一个叫阿兔的姑娘相爱,那姑娘是被一个既凶狠又乖张的老太婆割兔子草时捡来的弃婴,养大后是要给她痴呆的儿子做媳妇的。阿篓和阿兔"自由"而"文明"的爱情被老太婆发现后,向村里的族长求援,族长设计让老太婆的傻儿子强奸了阿兔,又在阿篓和阿兔双双逃走后,召集族里众乡亲一起商议,要将人抢回来,因为这样"伤风败俗"的事情,是一定要管的。终于捉到了这对苦命的鸳鸯,将阿篓揍了一顿后,用事先准备好的石灰粉,弄瞎了他的眼睛。从此之后,他的世界就仿佛漫长的黑夜,人好像是躺在闷塞的坟墓里,一切感官都像他的视觉一样失却了功能。后来一对磨豆腐的外乡母女借住在阿篓破败的家中,当母亲用苍老低哑的嗓音唱起《双推磨》时,"突然间,石破天惊,阿篓觉得他的墓穴被劈开了,强光刺得他睁不开眼",那早已埋葬了的岁月一齐被挖掘出来了。他翻滚在地,摸索到他的胡琴,浑身一抖,猛地拉起来,琴声疯狂得近乎愤怒,那曲调,正是老女人所唱的《双推磨》。

接着,小说又荡开笔锋,以这位名叫阿菊的母亲的视角,回忆了其与金凤母女的故事,也许金凤就是当年的阿兔,也许只是巧合,颇有几分传奇色彩。原来金凤被一群强盗叫花子收留,做了为首的坛主的压寨夫人,因为救了落水的阿菊,犯了这伙人的天条而遭遗弃。从此,阿菊与金凤母女三个人一同生活,直到新中国成立后"肃反"时金凤被当作反动的"一贯道"的女坛主被政府枪毙,阿菊抱着金凤的女儿阿芬被遣送到江北,才无意中来到瞎子阿篓的家中,似乎续上了这段前世的因缘。

悲剧还在继续,因为正如小说里说的"世界虽然很大,可是能让人走的路却很小很窄。只有不幸才能横冲直撞,无所不至,到处都会留下它的足迹"。阿菊含辛茹苦地拉扯着阿芬,当阿芬长成一个水灵灵的大姑娘时,厄运又降临在她的身上,因为阿芬的出身有问题,政审不合格,品学兼优的她被军事院校拒之门外,县武装部长以"革命工作需要"为由将她留在自己身边当了一名秘书,最终撕下了伪善的面具,强行占有了阿芬。竹林的这段描写是令人震撼的,部长的小脚妻子就在家里,部长就叫阿芬到自己的书房去:

> 她进了书房,部长把门一关,就去抱她。她又愧又怕,就喊:"干娘,干娘!"
>
> 大娘不知道出了什么事,连忙颠着一双小脚走过来,急急推开了书房的门,一看里面的情景,愣住了。部长扭过头去,威严地咳了一声:"没你的事,你出去!"
>
> 大娘垂下眼皮,慢慢转过身,带上书房的门,走出去了。活像一个受气的小媳妇。
>
> 部长微微一笑,抱起阿芬,穿过客厅,走到卧室,把她放在床上。

大娘的逆来顺受,阿芬的忍气吞声,是对披着共产党人外衣的腐败堕落分子的无声抗议,也是几代女性任人宰割命运的触目惊心的写照。时代变了,但女性的悲剧仍在宿命般地延续。尽管明知这篇小说的主角是瞎子阿婆,我却愿意把它看作一部女性命运的悲歌。

众所周知,女性群体是人类社会存在、发展不可或缺的一部分,女性的生存状态是衡量一个社会文明进程的重要尺度。自明清开始,一批敏锐的知识者就开始反省我们民族的传统,对封建制度桎梏下的妇女表示深切的同情,并发出了改变妇女地位的先声。经历了清末以降漫长的中国女权运动,戊戌维新才揭开了中国近代妇女解放的序幕。五四新文化运动使女子获得平等的受教育权,越来越多的女性走出家门,投身民族解放和自身解放的时代洪流。新中国成立后,妇女在政治上拥有与男子相同的权利,男女平等才真正得以实现。

然而,树欲静而风不止。尽管今天的世界已经进入了互联网的时代,封建主义的残渣仍不时泛起。前几年一位上海的女人大代表在电视节目中公开提倡"女孩子的贞操是给婆家最珍贵的陪嫁",引起强烈反响,一时间网络上批评声、支持声此起彼伏。众多支持的声音主要侧重于女性的生理特点和自我保护意识,以及社会风气的维护,性社会学家李银河的观点似乎也止于"现在婚前性活动比例早已超过六成,有的城市达到七八成,把贞操送给婆家做礼物的女孩快成恐龙了"。至于这一观点背后的玄机却未见点明。而笔者从这句话中隐约感受到的是这位女代表潜意识中的被西蒙·波伏娃称作"第二性"的女性的奴性心态。倒是一位网友的一句"保护女孩的贞操是人类的人性美德",无意中切合了竹林这部文本蕴含的深意。试想在一个权力禽兽恣意妄为的环境中,谈何女孩子的贞操保全? 我想请问这位女人大代表的是,贞操是女孩子送给婆家的最珍贵的陪嫁,那么,什么是男孩子送给岳母家的最珍贵的彩礼呢?

无独有偶。前不久,在笔者所供职的高校某学院网站上,赫然挂着一位男性教授"三八妇女节"讲座的报道,他按照《周易》的理论,论述女性的坤位问题,将今天社会的不安宁归之为女强人太多,认为女人走出家庭在社会上打拼,是引起社会动荡的根本原因,号召人们让适合在外奋斗的男性去打拼,女性应该重新回到家庭,在家里理财和相夫教子。说实话,目睹如此报道的瞬间,笔者竟产生了时光倒转的恍惚,疑惑这位同仁是不是活在 21 世纪的当代。此刻,我想起了鲁迅先生在《我之节烈观》中为女性命运的泣血呼喊:

我们追悼了过去的人,还要发愿:要自己和别人,都纯洁聪明勇猛向上。要除去虚伪的脸谱。要除去世上害己害人的昏迷和强暴。

我们追悼了过去的人,还要发愿:要除去于人生毫无意义的苦痛。要除去制造并赏玩别人苦痛的昏迷和强暴。

我们还要发愿:要人类都受正当的幸福。

竹林通过她笔下几代女性的命运再次警醒人们:相比于改朝换代,改变一种观念更为艰难。社会要进步,女性当自强啊!

第三章

『新科技探秘小说』研究

竹林和她的"青春探秘小说"

    1969 年,上海姑娘竹林插队落户在安徽凤阳县的一个小山村,6 年的艰辛磨炼,使她熟悉了皖东农村生活,醒悟了人生真谛,促生了对国家、对民族命运的思考和历史使命感。也就是从那时起,她开始用自己的笔描绘农村画卷,呼唤民族新生。她在江淮文坛上刚露头角就显示出聪敏的慧眼和优美的文笔,她的名字很快就在安徽文艺界传开。1979 年,人民文学出版社出版了她的长篇小说《生活的路》,影响海内外,发行量超过百万册,受到了茅盾、冰心等老一代作家的赞扬,被誉为"知青文学第一人"。荣誉不但没使她停步,反而促使她一切从零开始。她义无反顾地步入农村,感受大地的呼吸。在 20 多个春夏秋冬中,连续出版了《苦楝树》《呜咽的澜沧江》《女巫》《挚爱在人间》《夜明珠》《流血的太阳》等 10 多部长篇小说,还有多部短篇小说集、儿童文学集、散文集相继问世,其中有多部作品在台湾和国外出版。1998 年出版了《竹林文集》(五卷本)。一分耕耘,一分收获。她曾获得全国八五期间优秀长篇小说奖,多类题材、体裁作品的多次获得奖项,为上海争得了荣誉,也令江淮的山山水水为之欢歌鼓掌。

    现在特别值得一提的是,近日我从有关方面获悉,北京文采阁为竹林女士新问世的两部小说《今日出门昨夜归》①和《灵魂有影子》②举办了座谈会。这两部由二十一世纪出版社推出的"青春探秘小说",是这位以"知青作家""农民知音"著称的作家涉足青春文学写作的新成果,在座谈会上,作家、评论家纷纷发言,予以充分

---

① 竹林:《今日出门昨夜归》,二十一世纪出版社,2004 年。
② 竹林:《灵魂有影子》,二十一世纪出版社,2005 年。

肯定和一致赞评。

这两部"青春探秘小说"情节曲折动人,在科幻、魔幻与现实生活中间,以极强烈的时代感和洋溢着青春气息的语言,为当代中学生和青年讲述了一个又一个奇特美妙、诡异多变、气势恢宏、震撼人心而又富有诗情画意的故事。《今日出门昨夜归》是一部描写一群生活在逆境中的中学生自立自强、不废学业、崇尚科学、积极进取的主流青少年文学作品。作者将故事的背景设置在神秘的氛围中,孩子们在那里遇到一系列扑朔迷离的、现代科学无法解释的怪异事件,他们追寻的过程变成了对宇宙、对人性、对生命的探寻和领悟的过程。《灵魂有影子》则讲述了几位中学生为了帮助因母亲身患绝症而面临辍学的同学,去乡村寻找陨石和飞碟,从而引出一个又一个奇特的真实故事。同时,他们也在同破坏人类生存环境、制造污染的行为进行斗争的过程中追寻到了人间的真情至爱和人道的温暖。

笔者以为,竹林的这两部新作品为正在打转转、手足无措、盲目乱闯的青春文学吹进了一股爽心沁肺的凉风,让人为之振奋。小说反映了青少年深层次的观念理想和精神追求,展示了一代青年内心的冲击力。作品将现代科学与文学紧紧地结合在一起,让神秘莫测的自然谜团与曲折的情节相互交织,表现了青春梦幻与现实生活的碰撞和人与人之间的悲欢离合。

作者竹林是一位富有强烈社会责任感和历史使命感的作家,她总是站在时代的高度,在作品中去表现人文的、道德的关怀,把她纯真的爱奉献给自然与人类、人类与人类和谐的统一进程之中。在漫长的写作征途中,她不断地自我挑战、自我加压、自我超越,从作品的情节结构和语言的变化中,读者完全可以触摸到作家艺术进取的气息与脉动。

竹林这个名字,是作家在结束 6 年凤阳农村插队生活的时候为自己起的笔名,笔者猜想作家可能是想用乡村贫瘠土壤中那一团葱绿的自然景观来象征自己顽强的生命力,以及实现一生不图鲜艳灿烂的花期,但求用无私的大爱精神去关注短暂人生的崇高境界。这种崇高的品格和道德情操实在难得,在当今社会更显珍奇! 这里我们用当代一位凤阳籍画家的两首咏竹的画诗来献给富有大爱之心的女作家竹林。

（一）

东坡与可画竹枝,纵横挥洒任神驰。

下笔犹如狂飙起,自有秋风万马嘶。

（二）

老来壮心无处泄,学画竹枝与竹叶;

青青不改四时容,留待严冬战霜雪。

青春文学园地盛开的金蔷薇

——读《灵魂有影子》《今日出门昨夜归》

2004 年和 2005 年,已届知天命之年的竹林,接连在二十一世纪出版社推出了两部反映中学生校园生活的小说——《今日出门昨夜归》和《灵魂有影子》,受到文学界和读者的激赏。为此,中国作家协会创联部、中华文学基金会和二十一世纪出版社联合在北京召开竹林作品出版座谈会,著名专家、学者 40 余人出席了座谈会。与会者一致认为,这两部"青春探秘小说"情节曲折、扑朔迷离,在科幻、魔幻与现实主义之间,以极富时代感和青春特色的语言,为当代中学生讲述了一个个奇妙诡异、气势磅礴而又充满诗情画意的故事。作品在探秘青春心事的同时,抒写、倡扬了一种长情大爱。

竹林的创作"转型"令一些评论者,包括文艺创作圈内的朋友都感到不可思议,难道写惯了知青文学的竹林也不甘寂寞,要到被媒体和出版界狂热追捧的青春校园小说领域抢一杯羹吗?

对此,竹林在《我的思考》一文中有这样的表述:

当今风行的校园小说,往往以青少年之间谈情说爱及另类的生活追求和逆反心理描绘等取悦读者,但这些内容只是迎合了一小部分追求表面时尚和前卫的幼稚青少年的浅薄诉求。它忽略了大多数正在刻苦努力学习、追求上进的青少年对知识的渴望以及对社会道德理念和理想的追求与思考。而且,更为重要的是,我国还有大量仍处在贫困落后环境中的青少年正在逆境中挣扎与奋发,他们的境遇更值得我们去关注。

小说,要做到的不是追随"时尚"而是创造"时尚"、引领"时尚"，要开风气之先，要创道德之最，还要把真正美丽的生活内核挖掘出来，高高举起，告诉大家：这是一朵金蔷薇，它现在很美，将来也会很美；它能经受时间的淘洗，永远是美丽的。

其实，曾经是上海少儿出版社编辑的竹林始终关注少年儿童的身心健康，以前也写过不少儿童文学作品，如散文集《老水牛的眼镜》，长篇小说《夜明珠》《晨露》《流血的太阳》等，并获得过儿童文学大奖。竹林一直以为，儿童和青少年原本都有一颗纯洁、善良的心。因此，她始终以儿童们的纯洁心灵作为自己生活和写作的参照与动力。但是，竹林也清醒地看到，青少年的心灵也容易受到社会大环境的污染，尤其是在商品大潮冲击下的今天，作家更有责任引导他们分清善恶是非，进行关于人类大爱精神的感化和教育，否则就会误人子弟，愧对历史。

于是，竹林更加注意去了解当今青少年的生存状态和他们的理想诉求，她经常去一些中学与各个层次的学生座谈，听课，与老师交流思想，也与文学社里的同学交流创作体会；有时还去听取一些当红的少年作家们谈他们的创作经验和体会。一些重点中学的优等生们几乎一致认为，对于当前十分红火的青春读物他们不屑一顾，因为没有真正有价值的反映他们真实生活的文学作品可读。与此同时，许多中学生（包括大学生）对自己的人生理想与追求的目标普遍感到茫然；他们感觉心中有强烈的孤独感。而这种孤独感又导致了一种自我宣泄的欲望以及自我中心主义。竹林认为这是摆在我们面前的一个非常严峻的问题。当前的青春校园文学领域几乎被与读者同龄的写手们占领是一个不争的事实。她曾听到一位很有名气的少年作家在答记者问时，理直气壮地说他只关注自己，如果每个人都把自己的事情做好了，那么整个社会也好了。这让竹林忧心忡忡，她说：

试想，一个社会，社会中的每个人，都只关心自己，没有对别人的关注与爱，这个社会会成为什么样子？我们的作家、出版家，难道真的没有责任为年轻一代的孩子们的健康成长尽自己的一份力量吗?

有鉴于此,竹林将青春文学的思想内涵定位在当今学生的两个"环保"上面:学生的心灵内环境的保护和外部生态环境的保护。

正在动笔之际,一则关于河北某地的一位医生卖掉自己的肾脏为辍学孩子办学的报道使竹林深受触动。被誉为当代爱因斯坦的霍金来浙江大学讲学,竹林专程前去听讲,其关于宇宙起源、黑洞以及时间与空间关系的理论,又给了她极大的震撼。于是,竹林决定将现代科学与小说联姻,为当代的青少年创作有理想、有追求、有较为深刻的思想内涵,同时又能吸引他们阅读的小说。她说:

我所写的青少年,他们既有新世纪新科技时代的宇宙观和世界观,新的理想和诉求,也有在逆境中克服困难、百折不挠追求知识的勇气和创造精神。他们对当今社会的认知是:对恶势力疾恶如仇和对真诚抚育他们成长的师长的深情感恩。而他们之间的朦胧的情与爱,则是他们将来走上社会大舞台前的一些极不成熟的预演。

于是,我们欣喜地看到了被命名为"二十一世纪青春探秘小说"的《今日出门昨夜归》和被称为"新科技校园探秘小说"的《灵魂有影子》这两部别开生面的作品。

我们先看《今日出门昨夜归》。

这部小说初稿创作于2002年,讲述了一群家境贫寒但自强自立、崇尚科学的当代中学生的生活。作者将故事的背景设置在一个巨大的超越人类文明能力的石窟群附近,这就使得整部作品始终笼罩在神秘的氛围中。

一位名叫路云天的奇人自筹资金办起了一所中学,收留因贫困而失学的高智商孩子入学。正当这些被称作"二百五"的穷孩子满怀信心地向科学进军时,路云天突然被害,而且遗体不翼而飞。学生们在自发追查校长被害事件的过程中,遇到了一系列扑朔迷离、用现代科学都无法解释的怪异事件,他们内部也因此而碰撞出了人性和爱的火花;而案件的追查过程也变成了同学们对宇宙、对人性的追寻过程。小说既写出了教育界的某些现状和环境污染、贪污腐败等触目惊心的社会现实,也写了七星窟、虫洞、外星人、β病毒等天文的、宇宙的、科学的第二现实,给读者提供了许多可靠的甚至是比较前卫的科学观念和知识,特别是把路校长想象成一位来自未来世界的时间旅人,使情节愈加扑朔迷离。竹林原本就擅长的讲故事才能,在这里插上了科学的翅膀,注入了超越时空的魔液,愈加挥洒自如,引人入胜。

路云天校长突然失踪后,雷摩斯和同学们的探案活动,童老师父母在七星窟附近出现球状闪电后的下落不明,温晓云的身份迷雾等,把校园小说、科普小说、科幻小说和侦探小说熔为一炉。将爱因斯坦的广义相对论和霍金的物理学理论引入故事情节中,而且和中国的传统文化如关于北斗星的古天文知识和某些神话对应起来写,更增加了作品的亲切感和吸引力。

在竹林笔下,宇宙与人间息息相通,生死界限模糊难辨,正义终将战胜邪恶,善良者心诚则灵。在这个世界,"心有灵犀一点通"不再是人类一厢情愿的想象,而成为冥冥中早已存在的自然现象。如果说在竹林的长篇小说《女巫》中,农妇须二嫂求告无门,冤情难诉,在悲愤之余对邪恶势力的诅咒奏了效还带有浓重的人工想象痕迹的话,那么在本书中,在一个四维世界里发生的种种奇异现象则显得那么自然而然令人信服,在讶异、震撼之余,使人不禁对那个未知世界充满向往与无限的好奇心。

竹林不愧是讲故事的高手,也是号脉的高手,她"摸准了我们的探秘心理,用一个似乎永远也解不开的谜团当成诱饵,悬在我们的前方,吸引着我们勇往直前。"北京大学曹文轩教授如是说。

笔者阅读竹林作品以来从未有过这样的阅读体验:新鲜,震撼,充满期待,在竹林的引领下,徜徉在那个神秘世界里乐而忘返,又唯恐她会忽然惊醒这场梦,将人拉回到现实中来,去体验舞台上大幕落下,灯光骤然亮如白昼带来的那份失落感。她真是自如地游弋于现实与科幻的境界,从容地讲述着一个原本平常的故事,开放式的结尾给读者留下了意犹未尽的想象空间。

那群各具性情的中学生,如雷摩斯、石春生、石洞花、乐华生、班长,对他们的个性作家都把握得很准,尤其是似真人又似小仙女的温晓云和高谈阔论的王大漠,更是给人留下鲜明印象。还有路校长、童老师、钱教导钱德拉灰、外号"太平洋"的厨师,虽然着墨不多,也都形神兼备。童老师对教育事业的执着,对学生的爱护,以及年轻的理想主义情怀,都得到了展现。她身为女性的柔弱与坚强,给读者留下了深刻印象:在路校长离去后正是她以消瘦的肩膀挑起了他留下的重任,剪短的头发见证的是一份坚毅的信念;作为一个刚刚走出校门的学生,她也有烦恼,也有迷茫,但是她仍然顽强地为孩子们撑起了一方天地。

最令人感佩的是自立中学的灵魂——路云生校长,这位始终没有正面出现的人物,他的生死不明一直牵动着人心,他无私的精神旗帜高高飘扬在学校上空,像一颗远方的星星昭示着孩子们前进的方向。

据竹林介绍,路校长的原型是河北省邢台市东方小学校长曹春生。他曾经做过医生、商人,为了给失学的流浪儿童创造家的温暖和学习知识的机会,他用自己经商所得创办了一所免费提供吃住的学校。但在一次意外的灾难中他变得一无所有,学校办不下去了,穷孩子也面临着失学、流浪的命运。作为一名医生,这时他想到自己身上唯一值钱的就是他的肾脏,于是,他竟然打算卖掉自己的一个肾,让学校能支撑下去,让孩子们继续学业。

这部小说也具有校园小说和成长小说的青春激扬的气息和对少年内心世界的探索。小说中对少男少女之间情愫的萌动描写得非常细腻,包括青涩少年石春生对年轻美丽的童老师的暗恋保护和亦师亦友的情感也描写得传神入微,给人美感,让人觉得真实可信。

竹林从现实主义起步,将视线转向科幻探秘领域,字里行间浸透着善良、正义、关爱的大爱精神,以及对未知世界不懈探索的时代精神。

之前笔者读到的大多是竹林早期的知青题材作品,受到那个时代知青群体苦难意识的感染,阅读时倍感凝重、悲伤和愤懑,如今再来读她的这两部青春校园小说,不仅没有感到青少年不能承受之重,反而如春风扑面,耳目一新!

再来看《灵魂有影子》。

初看书名误以为是一部科幻小说,读下来才知道这是一部将现代科学与现代生活巧妙地糅合在一起的作品。

春夏之际,神秘的飞碟——UFO突然光顾了一座江南古城。飞碟的出现给古城人带来诸多惊奇,同时也扰乱了古城中学生顾振新和文静的生活。顾振新自幼丧父,母患绝症,姐姐下岗,家境十分贫困。

为了维持学业,替母亲治病,顾振新决心打工挣钱。在一次替母亲寻药的过程中,顾振新和文静遇见一位神秘老人——吴奶奶。接着便发生了一系列出乎人们意料的事情:振新妈妈神奇康复、振新与从未见面的亲奶奶重逢,文静也由此引发了一段难忘的童年回忆……

作品在讲故事的同时,向人们表达了一个严肃的主题——人类不仅要保护好这片养育我们的美丽而脆弱的土地,更要保护好青少年圣洁而纯净的心灵。

给读者留下深刻印象的是神秘老人吴奶奶,一位毕业于圣约翰大学化学系的研究生,在虔敬的学生们眼中,"火光映着吴奶奶的鼻梁,聪睿的眼睛,连她那柔和的皱纹、花白的头发丝都好像闪动着一种透彻的智慧之光。"[1]早在五六十年前她就坚决阻止苏联专家建造大型化工厂污染工程的提议,直到被打成右派,生命垂危。这位具有人文意识和科学精神的知识分子,年老以后开始参悟人生,行医布道,坚信"只有高科技才是人类能够飞抵梦幻,解开宇宙之谜的翅膀"。最后吴奶奶乘上飞碟到外太空去寻找救治地球的良方。在小说梦幻的瑰丽外衣下面,包含着强烈的人文精神。

充满着大爱情怀和自然精神的竹林,将她那支写惯田野风光、知青血泪的笔触甫一伸入青春校园小说的领地,便一扫当前此类小说的阴柔、浮华和琐碎,奏响了净化环境与纯洁心灵的荡气回肠的交响乐章,别开生面,令人欣喜。主人公一家的命运紧紧牵动着读者的思绪,令人有种急于揭开谜底的急切与期待。读者本以为谜底揭开后自然会进入科幻的境界,正在跃跃欲试地准备领略另一个世界的神奇风景,却蓦然发现天国就在人间,就在净化了的世道人心之中。美丽的灵魂上达宇宙星空,将无尘的影子投射在人类赖以生存的这个蓝色的脆弱星球上。小说蓦然转向,将读者自然而然地带入沉思之中。

二十一世纪出版社总编辑张秋林先生认为,竹林的作品有两个内核:一是对人间长情大爱的热切呼唤,二是对人与人之间的关系、人与自然的关系及人类未来命运的追求与探寻。这两个内核在我国当下的青少年作品中是比较稀缺的,它能给那些浮华有余、阳刚不足的好似患了软骨病的青春文学作品起到精神"补钙"的作用。而这两个内核也是加强我国未成年人思想道德建设所急需补充的养分。

竹林说:生命薪火的传递如果不是一次次美与善的循环,那么,文明和高科技也只能将我们希望的花瓣一片片撕碎,多么美好的花季雨季也只是人生之旅中的海市蜃楼,甚至死寂的火星就是我们脆弱地球的未来。

我们欣喜地看到一位有良知、有社会责任感,且具有深厚文学功底和丰富创作实践的作家,将目光转向青春文学这一领域,站在一个相当理性的高度,在这里将科学与人文精神交融渗透,感应着校园生活的青春律动和鲜活语言,淬炼出两朵璀璨夺目的金蔷薇。

创世的吟唱

——浅论竹林青春小说《今日出门昨夜归》

引　言

　　30 多年来,竹林在文学的园地里默默耕耘,不问收获,以寂寞和孤独的写作姿态,千辛万苦从生活的尘土里淘洗金沙打造了这朵"金蔷薇"——"新科技校园探秘小说"《今日出门昨夜归》,意气风发地行走在科学、幻想和现实主义之间,讲述了一个扑朔迷离、激情澎湃而又充满画意诗情的故事,为当下以恋情、青春期骚动为主的青春文学吹入了一股令人振奋的清新空气。

　　当下风行的青春小说,往往以描绘青少年之间谈情说爱及另类的生活追求和叛逆心理等手段取悦读者。比如追求时尚与酷,追求颠覆夸张,追求幽默搞笑以及少男少女间若有若无的爱情,大肆标榜着"张扬的叛逆",任意宣扬着"成长的疼痛",到处充斥着"爱和死亡"的灰色调。主题多游走在历史与幻境之中,表现成长的烦恼和疼痛,青春的困惑和忧伤。内容轻飘空洞,要么沉浸于咖啡与爱情的卿卿我我,要么徘徊于青春成长的叛逆。青春是美好的,但不可避免的交织着忧伤,掺杂着残酷。当下的青春写手们却本末倒置,毫无节制地宣泄,无所顾忌地放纵,玩味绝望和灰暗,仿佛被世界抛弃的孩子。韩寒尖锐犀利,对现行教育体制和传统价值观进行反叛和抨击;郭敬明温暖感性,表现"明媚的忧伤";张悦然敏感细腻,描摹青少年成长中的心理等,大多一副"高贵而忧伤""优越而任性"的面孔。这些流行作品里的青少年,心灵就像泥沙浸染的沙漠,一片荒芜,唯有一望无际的绝望和孤独。作品里流露出的阴柔、哀伤情调,好像沉重的冬天,世界被吞噬了色彩,只剩下白、黑,或者黑白交替的灰,阴蒙蒙的悲伤和灰暗席卷而来,寒意深重。

而竹林发现,真正的校园生活并非如此。这些青春文学只是满足了一小部分追求时尚和前卫的幼稚青少年的肤浅需求,它忽略了大多数渴盼知识、探索科学的青少年的理想和追求,忽略了大量生活在贫困落后地区的孩子们的奋斗和拼搏。她不希望这些"轻俗"的东西淹没了孩子们纯洁的心灵,她想用一些"厚重"的思想去感染青少年,因此她在完成了《生活的路》《苦楝树》《女巫》等知青作品和《竹林村的孩子们》等儿童作品后,转而开始创作青春小说,写作了姊妹篇《今日出门昨夜归》和《灵魂有影子》。

虽然竹林是创作多面手,在知青文学、儿童文学和青春文学等领域都取得了成功,但评论界并没有给出应有的反应和评价。纵观研究竹林的文章,学界只对其知青文学,如《生活的路》《呜咽的澜沧江》《女巫》等小说做了少量的评论。而对其青春文学,除了几篇采访和新闻报道外,并没有论文发表。鉴于此,笔者将在总结和借鉴前人研究的基础上,结合竹林一直以来的创作方法和艺术风格,对她的青春小说代表《今日出门昨夜归》进行详细的分析和全面地论述,探索本书的突破性表现和现实意义,从而展现竹林在青春小说创作上的价值和影响。

一、 创作手法的多重性

《今日出门昨夜归》以一个超越人类文明的神奇而宏伟的石窟群——浙江龙游石窟为背景,讲述了一群几乎被现代文明抛弃的穷孩子——石春生、石洞花、雷摩斯、温晓云、乐华生、王大漠等中学生,如何自立自强、崇尚科学,如何与恶势力顽强斗争的故事。同学们在追查路校长遗体失踪的过程中,遇到了"麦田怪圈""球状闪电"等一系列奇妙诡异的怪诞现象,同时发现了诚信制药厂的病毒阴谋。在与之抗争的同时表现了人间的真爱,表现了对生命形态、宇宙变迁和人类自身的寻觅。

在这部作品里,竹林用高科技材料构筑了一座大厦,将理想、道德、心灵、新理念、新宇宙观巧妙地结合在一起,打造成了坚实的砖石,然后又将科学、故事、人物、情节、幻想、现实等至真至纯的材料用青春的混凝土糅合了进去,带领青少年走进了一座阳刚、大气的建筑。所以这部作品在创作手法上有着明显的特点:科学与文学、科学与幻想、幻想与现实相互结合,相互交织。

(一)科学与文学联姻

"我终于找到了。我以科学的理念来构筑小说,让幻想在理性的制约(是制约也是翅膀)下进行,同时又以文学的想象来弘扬科学的理念。让文学与科学,或者说科学与小说联姻。"①竹林写《今日出门昨夜归》,以科学的理念构筑了小说的框架,又以文学的想象张扬了科学的理念,科学寓教于文学,借助文学的诗意表达了一种穿透力。作品的每一部分都布集着各种各样的科学知识。有无机化学中酸碱盐的知识;有有机化学中关于苯的知识,比如介绍了利用物质加热后膨胀系数的不同,将苯从废水里分离出来,再将分离出来的醋酸和纯碱反应,生成醋酸钠的化学实验。有很多的物理知识,比如爱因斯坦的统一场理论,即电磁力、引力、强核力和弱核力这四种不同的力可以统一成一个基本的力,叫"统一力","统一力"周围形成的场就是"统一场"。比如物质和能量转变公式:$E = MC^2$(E 为能量;M 为质量;C 为光速),这也是核聚变和裂变的原理。作品也涉及了一些病毒知识,比如依波拉病毒、汉他病毒、热病毒,尤其是 β 病毒,它是一种极容易在灵长类动物和人类中传播的病毒,如果给它拼接上一个名叫 iv 的基因,它就可轻而易举地侵入人体的所有细胞。当然,作品中也涉及历史知识,如关于人类的起源,作品里就提出了两种可能性:一是起源于火星,二是来自未来访客的造访。除此之外,作品里还提到了多种天文理论知识:有爱因斯坦的广义相对论、霍金的黑洞理论、窦驱的多重宇宙

---

① 竹林:《我写〈今日出门昨夜归〉》,《文学报》,2005 年 5 月 26 日。

理论,还有重复文明说、外星文明接触说等。这么多的科学知识,并没有像补丁一样贴附在小说上,也没有游离于小说之外,而是完美地渗透到了小说里面。竹林把整个小说情节的发展,建筑在了科学的构思上,在先进科学技术所构织的生活场景中,展开了一个个动人心弦的故事。所以,科学知识只是贯穿故事发展的一条内在的线索,文学的社会功能才是小说的本质,正如谭旭东评论的那样:"竹林的这部作品有着鲜明的科学探索性,又有文学作品必具的思想穿透力、不可重复的形式美和艺术的欣赏品味。"①

亚里士多德曾说:一定长度的情节是美的。② 竹林的这部小说表现了强烈的故事性,她用了悬念、伏笔、疑团、曲折、探秘等各种讲故事的方法和技巧,使得作品既有侦探小说的悬念、探险小说的意外,又有生活小说的真实,心理小说的飘逸和迷幻。她在讲故事的同时,在描写环境、刻画人物、发展情节时,巧妙地融入了现代科学知识,实现了科学与小说的联姻。王东关于七星窟的梦境暗示了整部小说的大环境——石背镇七星窟,也为情节的发展埋下了伏笔。因为这是一个梦,所以"死人之脸""球状闪电""时间流"等科学知识可以被自然而然的书写而不会显得突兀。路校长突然离世,遗体不翼而飞,引起了同学们的思念和追查。因为深重的思念,温晓云认为路校长是"时光旅人",认为石窟是外星人的空间站,并不惜一切地去证明,甚至偷偷进入石窟,这才有了外星文明接触说、多重宇宙理论、黑洞理论以及统一场的说明。因为不懈地追查,石春生找童老师索取线索时遇到了球状闪电,雷摩斯和温晓云遭到了绑架,同学们发现了诚信化学工厂的病毒阴谋,这才有了"球状闪电"知识的讲解,有了"影子人影子膜"等理论的描述,有了病毒知识的介绍。路校长突然离世后,学校失去了经济和精神上的支撑,面临解散的风险,班长石春生自觉带领大家治理污水,

---

① 邱建果,郑伯杨:《探秘青春心事 抒写大爱长情》,《中华读书报》,2005 年 4 月 13 日。

② [古希腊]亚里士多德:《诗学》,商务印书馆,1996 年。

生产自救,这才有了化学知识的普及,尤其是分解苯研制醋酸钠的实验讲解。丰富的科学知识和小说的故事情节完美地融合在一起,又塑造了一个个鲜明的人物形象:路校长、童老师、钱德拉灰、石春生、雷摩斯、温晓云、石洞花、乐华生、王大漠和王东。他们身上有一个共同的特点,就是科学素养,作品里的每一个人物都懂得或多或少的科学知识,并有着强烈的科学探索精神,这同时也构成了小说整体的社会环境,所以这是一部充满科学知识和科学精神的文学作品。

竹林把寻秘、探案、悬疑和青春校园生活融合在一起,把科学和文学、知识和情节结合在一起,以娓娓动听的故事,以巧妙的科学构思,把青少年的注意力以及人生理想、志向引向高远,引向科学的、理性的思考,引向对未来人类生存与破解宇宙奥秘的探究,为读者提供了无限大的认知空间。

（二）科学与幻想结合

作家王一地评论:"作者充分运用想象思维给作品染上瑰丽的科学的七色光,带给读者许多可靠的甚至是比较前卫的科学观念和知识。"竹林笔下的幻想不是空想,而是依靠丰富的想象力和巧妙的科学构思,用娓娓动听的故事描写了幻想中的科学境界,不论是追忆遥远的古代,还是遥想美好的未来,都是建立在科学基础上的,是根据现有的科学知识进行的合理的科学推理,即科学的幻想。科学幻想作为理科知识与文学艺术相结合的产物,是人类通过想象力表达的关于科学、寻根、未来的梦想。因此幻想的内容一定要有科学依据,符合科学发展的规律,要表现科学技术远景或者社会发展对人类的影响。

竹林将小说的故事设置在一个人类文明无法企及的石窟群里,这里因历史的悠久性流传着很多轶事传闻,因地理的独特性又带来很多奇异现象,在神秘的氛围中,为作品涂抹了一层梦幻的色彩。王东在梦里朝见了无限空间之王,看到了一个新奇的"膜的世界"。在那里,时间是个饱满的鸭梨,宇宙是一只绚丽斑斓的大气球。他完全可以播种地球的种子,可以在冰冷的环境下制造空调取暖。这只是一个少年的梦境,看起来是多么不可思议,但它却有现代科学技术的支撑。继美国、苏联后,2013 年中国神舟十号载人飞船已成功发射,预测 2020 年将会建成太空站。因此谁能保证,未来的人类不会如愿以偿地生活在另一颗星球上。竹林在现有科学知识的基础上,用想象勾画了未来世界的美好蓝图,实现了科学与幻想的完美结合。"路校长就是时光旅人"、"球状闪电是外星人的飞行器"、"七星窟是虫洞在地球上的出口,是外星人的空间站"。温晓云将对路校长痛彻骨髓的思念化成了对人类生命形态的幻想;而时光旅人、外星人甚至虫洞,看似荒诞不经,其实至少有两种学说可以作为依据,一是外星文明接触说,二是牛津大学物理学家窦驱提出的多重宇宙理论,甚至爱因斯坦的广义相对论也说明,只要人能够突破光障,就可以越过未来,再调回时钟,回到现在,或者回到过去。幻想要以现实的科学知识作为出发点,并以合理的推理去想象未来的世界,科学也同样需要幻想来进行创造和发展。从时间流的阻挡到统一场的漩涡,从"麦田怪圈"的诡异到与"球状闪电"共舞,从时间是个圆的想象到被"影子人"袭击,这其中包括了爱因斯坦的广义相对论和统一场定律,也包括了剑桥大学物理学家、天文学家霍金的黑洞理论和宇宙理论,竹林用这些科学理论编织了一个又一个奇特的场景,在想象的世界里引领青少年走进了一座座科学的宝库,引导他们去攀登、去探索。

王泉根在《现代中国科幻文学主潮》中认为,科学幻想作为启迪青少年心智与培养创造性思维的重要手段,它包含的"科学""理性"和"创新"等进步主题,应始终印刻在现代社会精神楼宇的基石上。所以,科学幻想应当同其他艺术形式一样,给人以积极、健康的精神,给人以鼓舞,能够激励青少年一代不断向上,奋斗进取。竹林的这部作品将现代科学与幻想巧妙地结合起来,不是为了普及某些具体的科学知识,也不是为了构建一个幻想中的美好世界,而是为了激励青少年对科学的向往和追求,砥砺青少年的意志和毅力,从而使青少年形成科学的世界观,敢于鞭挞现实世界的假丑恶,歌颂真善美。

（三）幻想与现实交织

郁雨君女士在评论竹林的这部作品时认为,当下的青春小说是缺钙的,而竹林正好提供了补钙的成分,一是故事,二是真实。真实地表现生活,是竹林作品鲜明的特色,也是她一直以来坚持现实主义创作方法的体现。竹林认为,文学在任何时候都要有人文的意义,还要有批判的精神,对于那些低俗的、丑恶的,甚至为了金钱利益可以毁灭人类的行为,我们要用一种人类良知的声音来批判他。所以她写这部作品的时候,始终坚持"真实地表现现实生活,典型地再现社会风貌,深入剖析和努力揭示种种社会矛盾"①的现实主义创作原则。而将现实与孩子们的青春梦幻交织在一起,则成了竹林这部小说的另一种创作特点。

"简单的描写故事情节是匠人式的写作,不加思考的表现生活是一种克隆式的写作",②所以竹林在讲故事和表现生活的时候加入了幻想的成分。然而,幻想如果不从现实生活的基础上起飞,而是想入非非、任意编造,甚至严重歪曲科学和生活本身,那么就会缺乏真实感,就不能真实的反映现实生活,更不能产生应有的科学启发性和艺术感染力。所以幻想应该从现实生活中汲取素材,经过合理想象的改造后,再反映一定的社会问题。竹林笔下的幻想,是脚踏实地的,是没有离开生活与土壤的。她没有一味地停留在想象的空间里,而是具备了清醒的认知社会现实的能力。她很自觉地把现实生活融进一种奇妙的科学的想象之中,以高度的概括力和理解力,将神秘的历史传闻和奇妙的现实异象,按照现实的逻辑衔接起来,将经验和想象、幻想和现实完美地结合起来。

竹林想象了一个北斗七星状的七星窟,并把它设想为外星文明的仪器,在这里发生了很多现代文明无法解释的谜团。童老师的父母在球状闪电的飞舞中离奇失踪,麦田里莫名出现的捂着嘴

---

① 祁德欧:《论竹林小说的创作艺术》,广东技术师范学院硕士学位论文,2011年。
② 张秋林:《文学的灵魂和影子灵魂——关于青春文学与竹林的对话》,《新出版日报》,2011年12月21日。

笑的小绿人,还有毒蛇似的 β 图案暗示的 β 病毒。然而这一切,都有着现实的依据。浙江龙游确实存在着这样的石窟群,有一种解释说它是外星人的遗址,另一种说法认为它是当初日本人研究细菌留下的病毒。竹林的想象与现实不谋而合,但又超越了现实的局限,借用石窟的幻想,揭示了现实中一些为了金钱利益,不惜利用高科技制造病毒企图毁灭人类的丑恶行为。路校长是这部作品里的一个典型形象。他捐肾办学,被同学们幻想成"时光旅人",幻想成来自未来世界的访客,连墓碑上也刻着"明天,时光旅人从这里出发"。他的事迹其实也存在着生活原型,即河北省邢台市东方小学校长曹春生,他创办的学校在一次水灾中变得一无所有,为了支撑学校,让孩子们继续学业,他差点卖掉了自己的一个肾。但是路校长的形象又大大超越了现实中的原型,深刻地展现了教育者应有的良知和博爱情怀,揭露了当下社会某些人对贫困地区、边缘群体的漠视,真实地反映了现今教育界存在的问题。竹林从现实生活中汲取素材,在经过幻想的艺术加工后,又反过来反映了现实的社会,这其中既颂扬了社会中好的一面,更揭示了环境污染、贪污腐败等丑恶现象。在讲解球状闪电时,钱教导是这样说的:

如果球状闪电真的是外星人的飞行器,那么我们不妨把这看作是来自外星球高等智慧生命对地球人的一个警示,因为地球人的贪婪、自私、狭隘,已经使自己疯狂了。①

现实世界中有太多自私贪婪的人,太多为中饱私囊而诬陷良善的贪官污吏,企业的腐败交织着人性的丑恶,加上环境污染、病毒散播、道德沦丧,人,正在自己毁灭自己。于是,人们幻想着外星文明,幻想着另一世界的智慧生命体帮助人类"尽快摆脱黑暗,走上光明之路;摆脱愚昧,走上智慧之路;摆脱痛苦,走上幸福

① 竹林:《今日出门昨夜归》,二十一世纪出版社,2004 年,第254 页。

之路"。①

文学源于生活,但不是简单地照搬生活,它必须高于生活,站在生活的前头引领文明前进的脚步,给人美的熏陶的同时,给人以信心和力量。竹林借助科幻的形式,突破了现实的局限,一方面揭露了现实生活中的环境污染、贪污腐败和道德沦丧等问题,批判了人性中的假、丑、恶,另一方面表现了师生、父母、同学间的患难真情和终极人文关怀,更以超乎常人的想象力为青少年提供了丰富的阅读空间,为他们打开了通往宇宙和未知世界的大门,极大地拓展了青少年的眼界,提高了他们的审美品位。

二、 思想内涵的厚重性

竹林的作品在科技梦幻的瑰丽外衣下,包含着强烈的人文关怀。"人文关怀是一种崇尚和尊重人的生命、尊严、价值、情感、自由的精神,它与关注人的全面发展、生存状态及其命运、幸福相联系。"②它是文学创作的永恒主题,是其尚"善"的终极价值追求。高尔基把文学称之为"人学",因为文学所描写和映射的对象,是真切的社会现实,是真实的人的生活遭遇,是人的情感和行为。文学作品是用来表现和挖掘人性的,人性中外向的本能就是追求自由和幸福,而内向的,就是爱与欲望的矛盾挣扎。文学是人学,写人就会表达人的爱与恨,而爱人是人的自然天性,人们追求爱,却又因为有人破坏了爱,毁灭了爱,而产生了恨。但爱毕竟是人性的主导方面,文学作品应该以弘扬大爱精神为主旨。爱是一种人生哲学,是一种宇宙法则,是人类文明的基因,所以爱也是文学永恒的母题。

然而,爱的缺失成了当今社会的重大病症。在商品经济的冲击下,人们越来越追求物质利益,越来越缺乏对科学素养和道德观念的重视,人性变得扭曲。自私自利、畏强欺弱、贪婪成性,有些人

---

① 竹林:《今日出门昨夜归》,二十一世纪出版社,2004年,第122页。
② 童庆炳:《文学理论教程》第四版,高等教育出版社,2008年,第167页。

一直匍匐在金钱、地位、权利的脚下,而尊严、爱和奉献则被远远地抛于脑后。文学作品作为形而上的产品,它有净化社会、提升人们精神境界的功能,所以弘扬爱,挖掘真、善、美,则成了文学义不容辞的责任。"我以为文学仍然负有高尚的使命——以高尚的情操和理想去感染读者,提升他们的思想境界和艺术品位。"①正是这份强烈的文学使命感,促使竹林不去刻意迎合部分青少年的趣味,而是用深刻的思想内涵和高尚的艺术品位引导他们的价值观,因而她的作品一直在呼唤人类的良知和爱心,洋溢着浓浓的人间挚爱、人情之美,大爱精神和人文关怀便成了竹林作品反复吟唱的主题。

(一)以爱净化青少年的心灵

青少年的心灵很容易受到自然外环境和社会大环境的污染。孩子的心灵本是干净的,没有被破坏,没有被污染,只有如水般透彻的清纯和活泼的律动。但外面世界以丑陋为表率,把低俗当标尺的斑驳污浊正在渐渐污染这些纯洁的色彩。甚至在校园里,个别心灵早已锈迹斑斑的师长式人物也正自以为是的指点着原本纯洁的儿童和少年,在爱的名义下把他们所爱的下一代推进了噩梦,生命薪火的传递已不再是一次次良善的循环。竹林深刻地认识到了这一点,她希望人类能够醒悟,利用高科技和现代文明,自觉保护自然生态环境和青少年的心灵内环境。在作品中,她充分表达了自己的这份忧思,并大声疾呼以期引起社会的关注。

空气污染使得石背镇整整五个月滴雨未落,大小河流皆已断流,农田焦渴得冒烟,全村人都涌向了七星窟的水塘,可他们为了少走点路,竟毫不留情地践踏麦田里绿色的麦苗,践踏着学生们的希望、信心和尊严,"你们的小麦要活,我们农场的小麦,我们学校的学生,也要活啊! 难道你们就不能脚下留点情,给我们留一条生

---

① 徐锦根:《给现代学生开一份什么样的菜单——关于校园小说的问题与竹林对话》,竹林提供。

路吗?"①这一句句哀求,一声声期盼,这跪着的尊严,这善良换来的失望,都在控诉着生存环境的严重污染,控诉着自私自利的人们。生态环境可以治理,可是孩子的心灵一旦被污染,要怎么治理? 更可怕的是,政企勾结,官官相护,贪污受贿,人类的良心早已拜倒在铜臭的裙摆下。在这样污浊的社会环境下,青少年该如何保持他们纯真的心灵? 竹林始终怀着人类对美好生活梦幻般的情感,怀着对当代社会道德的批判意识,怀着一位作家的人文忧思在进行自己的创作。而揭示环境污染、道德缺失从来不是目的,超越现实、表现人文关怀才是最终追求。

在作品里,竹林充分表现了人与人之间的温情,倡扬了人性的良知、善意和博爱。路校长就像天上的花朵,一个不灭的灵魂、一份无瑕的美丽、一种穿越时空的不朽,他像救世主一样,行走在贫困的乡村,行走在偏远的山区,行走在泥泞的小路上,行走在布满荆棘的丛林里,救助了一个又一个挣扎在水深火热中却又渴求知识、渴盼生活的"二百五",将他们的灵魂带到了科学的殿堂、带到了人性光辉的峰巅。为了继续支撑自立中学,他不惜卖肾,用自己的身体器官为这些非亲非故的学生们换取了学习的园地。这种不惜一切的悲天悯人的大爱情怀,这种博大的慈爱、正义和道德的力量,像星光一样,永远闪烁在漫漫的时间长河中。童老师在自立中学快要解散的时候,以女性柔弱的肩膀为"二百五"们撑起了一片天空,甘愿奉献自己的青春与爱,守护这个摇摇欲坠的知识殿堂。她和学生们一起做实验研究醋酸钠,一起运送脏乱的柴油桶,一起坚守自立中学,正如钱教导说的那样:"你善良、美丽——这是从内心投射出来的纯洁之美。"②她就像一束无忧无虑的阳光,亲切、温暖、透明,驱散了学生们心头的阴影。路校长对教育事业的执着与奉献,童老师年轻的理想主义的情怀,都让我们看到了教育者的良知和至高无上的大爱情怀。同学们正是接受了他们爱的感化,在

---

① 竹林:《今日出门昨夜归》,二十一世纪出版社,2004年,第14页。
② 同①,第161页。

自立中学面临解散的时候,他们难过、迷茫,却没有颓唐、绝望,更没有放弃,而是坚守心灵的净土,坚持科学的理想;一面治理污水,生产自救;一面寻找线索,伸张正义。同学间的这种温暖、纯真的情怀,就像被露珠浸润的花朵,无比清澈。

以"爱"净化青少年的心灵,救赎现实的罪恶,是竹林人文关怀的追求。她在这部作品里,用一个个感人的故事,一幕幕生动的画面,表现了教师为了让下一代能够享受教育而不惜一切的悲天悯人的大爱情怀,表现了同学们在教师的感化和对他们的感恩下充满关爱和友好的纯真心灵。从而以父母、同学、师生间的患难真情,诠释了人间大爱的内涵,即亲情之爱,友情之爱和普世之爱。

(二)以爱寻求人类的终极家园

竹林的人文关怀还体现在对人类自身的寻觅和对生命、对宇宙、对地球文明的拷问上。我是什么?我应该是什么?我将会是什么?这是人类一直以来代代相传未有穷期的谜团。宇宙间的一切都是在史前的一声大爆炸中诞生的,可是,"如此伟大的诞生,生命的意义就在于每天应付那些枯燥的习题吗?我究竟是谁?我要到哪里去?我应该做什么?我为什么这么孤独?"[1]大自然处处充满了谜语,生命本身就是一个谜,而寻根追祖、预测未来是人类的天性,也是人类的永恒苦恼。竹林通过王东的追梦过程,引导着青少年不断追求知识,感悟生命,自觉关注和探寻人类自身的宿命。关于人类的起源,竹林在作品里提出了两种看法:一是起源于火星,一是起源于未来访客的造访;而关于人类的未来,她认为"在未来世界里,高度进化的人类一定会有最善良的心,最高尚的品德,最文明的举止和最无私的精神",[2]他们善良、干净,里里外外都是洁净的,就像夜空的星星,播撒着柔软的光辉,照耀着不灭的良知、善心和博爱,遍地生花,生生不息。对于茫茫宇宙而言,个人的生命就好比一粒微尘,却也自成体系,形成特别的小宇宙,和谐、美

---

[1] 竹林:《今日出门昨夜归》,二十一世纪出版社,2004年,第22页。
[2] 同[1],第122页。

好。但是人必须把自己放在大宇宙中,去生活,去思考,才会形成开阔的宇宙观。竹林跨越了现世的阻碍,进行了哲学层面的思索,以入世的心态思考了整个人类的遭际,探索了超世的人生价值和终极关怀。这份对现实的执着关怀,凝成了竹林永恒的普世价值观,体现了她对生命、对宇宙的感悟以及对人类自身潜能的肯定。然而,人,却正在自我毁灭!人创造了科技,却因膨胀的私欲被科技毁灭。诚信制药厂竟然以 β 病毒为母体用基因工程制造新的病毒,企图毁灭人类,可见,科技到了独裁者的手里,发展的水平越高,带来的灾难越大。如果人类不能正确、理性地利用科学,文明和高科技只会将我们希望的花瓣一片片撕碎;如果文明之花是从被污染的心灵和土壤里开放出来,那么无论多么美艳也会是有毒的罂粟花。这不禁引起了竹林对地球文明的拷问,"也许,在以亿万光年计算的宇宙中,我们这颗小小星球上的人类渺小得就像朝生暮死的蜉蝣,也许我们所关注的一切从宏观上来看都微不足道"①,竹林摆脱了时空的局限,站在文明与爱的高度,以一种理性的超然态度,探索着宇宙,拷问着地球,寻求人类最终的精神家园——人类之爱。只有人类相互关爱,世界才会真正和谐完美,这也是竹林作品一直在呼唤和追求的。

竹林始终信奉台湾佛教基金会证严法师的"普天三无"精神:普天之下,没有我不爱的人;普天之下,没有我不信任的人;普天之下,没有我不原谅的人。这是至高无上的大爱境界。当人们尤其是青少年在商品社会里被金钱、权势迷惑的时候,或者对人生的信仰和价值观发生迷茫、动摇甚至缺失的时候,这的确是鼓舞和激励人的精神向善向爱的极大动力。竹林相信,终有一天,人类的精神、人类的善心、良知和生生不息的爱,会变成一种永恒的力量,播撒在苍茫的天宇上,即使未来的全能智慧生命体完全取代人类的身躯,即使他们可以尽情翱翔在时空的轨道中,它们承载的,也会是博大无私的爱。

---

① 竹林:《今日出门昨夜归》,二十一世纪出版社,2004 年,第 84 页。

结　语

在旷野的贫瘠中开花结果的竹子,既能凌霜傲雪,也能自清自净,尤其能在尘俗纷争中依旧清雅脱俗。竹林就像这竹子,堕落在最深的谷底,却不艳羡灿烂的花期,以孤独和寂寞的姿态默默地生活、写作,凭自己的良知努力地写着她认为"应该"和"需要"写的东西。她的社会责任感和文学使命感促使她关注了当下的青春文学,从而创作了新科技校园探秘小说《今日出门昨夜归》。她始终坚持现实主义的创作道路,在描写青少年青春梦幻的校园生活的同时,又融入了现代社会的先进要素——科学。用文学的诗意张扬了科学的理念,以科学的知识丰富了小说的内容,使得科学、幻想、现实融为一体,从而教给青少年人类的理想和责任,道德和规范,鼓励他们追求真善美,批判假丑恶,弘扬人间大爱。虽然文学不能代替教育,但它潜移默化的作用是不可忽视的。

竹林认为,一部有价值的小说要做到的不是简单地追随"时尚",而是引领"时尚",要开风气之先,要创道德之最,还要把真正美丽的生活内核挖掘出来,高高举起。她的《今日出门昨夜归》便做到了现代科学与文学紧密结合,青春梦幻与现实生活激情碰撞,神秘的自然谜团与错综案情相互交织,父母、师生、同学间情与爱难解难分,以前所未有的气势奏响了一曲梦幻而真实的人间大爱交响曲,开创了青春文学的新风尚。我们深信,这是一朵"金蔷薇",现在是美的,在经过岁月风沙的打磨,经过时间雨雪的淘洗后,依旧会很美!

(本文系江苏大学文法学院 2010 级汉语国际教育系学生魏荣荣的本科毕业论文,该文由本书著者指导)

第四章

儿童文学研究

童趣美景，相触成诗

——《晨露》赏析

走进竹林的儿童文学世界，犹如进入了一个纯净的水晶般的世界，那种小荷才露尖尖角的生命喜悦，农家生活的有声有色，深深地吸引着我们这些生活在城市里的成年人。徜徉在这个世界里，美丽和神奇相伴，纯真与快乐同行，不知不觉间，你就与可爱的童心交融在一起，身临其境地感受他们的喜乐，触摸他们的脉动。现在，就让我们快快去认识"竹林村"的孩子们吧。

一、 淘气的阿明与笨笨的"鸭子"

在小主人公出场之前，先来欣赏一下竹林村的清晨。

柳树长出了黄嫩嫩的叶子，榆树结满了绿莹莹的钱串，现在正是春天。这时，太阳还没有升起，清秀美丽的竹林村上空，笼罩着一层极淡的、迷离的白雾，朦胧而柔和，好像小姑娘脖子上围着的纱巾。在这半透明的"纱巾"下面，有千万颗露珠在闪耀。这些露珠看起来就像无数晶莹的宝石一样，不过，每一颗都要比一颗真正的宝石贵重得多！因为这是一种神奇的乳汁，它把生命带给了大地。在长长的弯曲的小河里，就有许多鱼儿泼剌剌地跳出水面，争着吃那早晨的露水——据说，小小的鲤鱼就是这样才跳过了龙门。在又浓又密的竹林里，还有数不清的鸟儿在枝头唱歌。清晨的露水使它们的嗓音变得圆润婉转，就连小麻雀也能唱出美妙的歌来。

多么好啊,早晨!①

紧接着,是对小主人公阿明出场的描写,你看,阿明可不是老老实实地走着,而是跑着出场的。

阿明从家里跑到野外,就像一只刚刚甩脱了尾巴的小蝌蚪,突然生出了四条腿,"噌"地从窄小的河滨里跳到了无边的陆地上。②

阿明沿着像铅笔一样笔直的路奔跑着,两旁的白榆树如同绿色的长堤,"那些圆圆的叶子,昨晚还沾着些灰尘,现在变得又干净又鲜艳,就像是刚刚画上去的一样;而那浓绿的叶汁,仿佛要和着露珠滴落下来。"③他跑向刚刚出苗的棉花地里,"小麦正在扬花,青乌乌、齐崭崭的;棉花住在里面,好像住在茂密的大森林里一样。阿明昨天看见,它们是多么小啊,嫩绿的芽尖刚刚顶出油黑的土,好像初生的小猫刚刚睁开的眼睛一样。"④阿明在绿色的、柔软的田埂上向前飞奔,又钻进了一片竹林,这里是鸟儿们的高级宾馆,也是野兔、狸猫、黄鼠狼、狗獾、刺猬等小动物温暖、舒适的家。还有那春雨过后撑起红红绿绿鲜艳的小阳伞的蘑菇,各种爆出芽的小树苗,遍身淡黄绒毛的嫩笋尖,像一道美丽彩虹的石拱桥,河里水葫芦和丰茂的水花生,两岸高大的合欢树……在这个活泼的少年眼中,一切都是清新明丽、充满希望的。大自然中有那么多有趣的现象,这怎能不让我们的小主人公充满好奇和求知欲,在竹林里流连忘返,哪里还记得天底下还有上学这样一件令人讨厌的事情呢?

在这里作家采用的是欲抑先扬的手法,先通过活泼、可爱的阿明来展示童心与大自然的浑然一体,在随后的"打一记,走一步"一节里,就描写了阿明上学的烦恼。新来的女老师,洋娃娃一样的眼睛牢牢地盯着他,不许他有一点小动作。在杨老师的"监视"

---

① 竹林:《竹林村的孩子们》上卷,湖北少年儿童出版社,2007 年,第 1-2 页。
② 同①,第 2 页。
③ 同①,第 3 页。
④ 同③。

下，阿明必须每天坐得像一段木头———段真正的、没有知觉的木头———样，这是多么难受的事情。而阿明每天都有许多事情要做，捉鱼喂大花猫，放学回家路上采集又肥又嫩的桑叶喂蚕宝宝，还要喂两只可爱的小兔子。不知不觉，阿明上学就要迟到了，怕被老师罚站和被同学耻笑，本想逃学，却被妈妈拿竹竿敲着去学校，无奈之下，阿明只好灵机一动，一头扎进水里，这才躲过上学这一"劫"。一个淘气男孩的神态活灵活现地呈现在读者面前。

小说的第三节"秘密联络点"，写逃学成功的阿明遇见了同样被妈妈揪着耳朵上学的外号叫"鸭子"的同学，于是这对难兄难弟把书包藏进了竹林的壕沟里，逃学去玩了。两个孩子追赶黄蝴蝶的场面真是美不胜收：先是阿明故意摇晃桃树，落英缤纷，犹如无数红艳艳的蝴蝶，飘飘忽忽飞下树来，使憨态可掬的"鸭子"喜出望外；然后两人钻进了油菜地，竭力睁大眼睛也难以在一片明晃晃的花丛中分辨出那两只翻飞的黄蝴蝶，最终误将一朵油菜花当成蝴蝶扑住了。

只见那一望无边的油菜花，在太阳底下黄得透明，黄得耀眼，像一片光明的海洋，一幅华贵的金毯。在孩子们贪馋的眼里，这赏心悦目的色彩和四处流溢的芬芳，又好像已经被蜜蜂酿成了香甜醇厚的蜜汁，从嘴里灌进了心胸。①

好一幅"乱花渐欲迷人眼"的风景啊！像这样生动有趣的段落在小说中比比皆是，令人不由地想起唐朝诗人杨万里《宿新市徐公店》的诗句："篱落疏疏一径深，树头花落未成阴。儿童急走追黄蝶，飞入菜花无处寻。"

美好的童心就是在这样美好的环境熏陶下养成的，小伙伴之间的友谊也在痛快的游玩中自然而然地建立起来。

---

① 竹林：《竹林村的孩子们》上卷，湖北少年儿童出版社，2007年，第19页。

二、 灰姑娘梅宝

阿明和"鸭子"用捉到的一条大鱼换到了梅宝爹爹的一对小白兔,他们为兔子做了一个温暖舒适又结实的窝,"鸭子"又偷来家里的米汤喂小兔,他们在掏野兔窝时无意中发现了梅宝的旧土布书包,得知她也逃学。杨老师的家访引出了这个苦命女孩的身世。

被爹爹骂作"拖油瓶"的梅宝,曾经有过一个幸福美满的家,有一个疼爱她的会捏泥鸭子的爸爸。爸爸去世后她随改嫁的妈妈来到现在的爹爹家中,外号"皮海兜"的新爸爸凶狠又小气,从此,苦难的生活就沉重地压在这个懂事的小姑娘孱弱的肩头。她每天搂草喂兔子,照看弟弟,帮助母亲做家务,因为一拿出书本做功课就会挨爹爹打骂,所以她不得不将书包藏在壕沟里。直到爸爸当年的恋人"娘娘"出现,梅宝的命运才发生了转机。这位教工艺美术的教授发现了梅宝的艺术天赋,决心将她接到自己身边培养,她给梅宝描述了美好的未来,经过痛苦的抉择,最终梅宝离开家去随"娘娘"学习艺术,圆梦去了,苦楝树的种子终于结出了甜美的果实。

在描写梅宝的形象时,作家有意采用了对比的手法,先看梅宝的第一次亮相:

在紫色的苜蓿地尽头,在幼嫩的小白榆遮掩下,一条绿色的、长得没有尽头的田埂上,有一只巨大的草筐在缓缓移动。……草筐下面有一张黄黄瘦瘦的脸,一个裹着褪了色的红格土布衣衫的纤弱的小身躯。很明显,这样细弱的身躯是难以承担这草筐的重量的,所以,她的整个儿身子被压得弯了下去,几绺枯黄的散发搭在额上,走起路来,一摇一晃的。

……突如其来的喊声使得背草筐的小姑娘吓了一跳,她站住脚步,抬起头来,乱发下的大眼睛四下里环顾,流露出微微惊恐的神色,好像一只突然受到了惊吓的胆怯的小兔子。①

---

①　竹林:《竹林村的孩子们》上卷,湖北少年儿童出版社,2007年,第29-30页。

一个命运悲苦的、失去了儿童天真的、胆战心惊的女孩子形象出现在读者面前。再看对另一个女孩子阿芳的刻画：

> 阿芳确实好看。阳光下，她的脸色白里透红，好像一片娇艳的桃花瓣，粉红色的衣衫一闪一闪的。不过与其说她的衣服和脸色相配，不如说她本身就是一个春天里的花骨朵，饱含着可爱的芬芳和美丽的色彩。①

对比之下，梅宝的命运愈发显得凄楚，令人心疼。

三、 阿芳与"小姑娘"

"小姑娘"是城里来的小男孩，腼腆、胆怯，与阿芳形影不离，经常受到淘气的阿明他们的嘲笑和捉弄，而阿芳却不怕别人议论，落落大方地处处护着他，关照着他。对于两人之间萌动着的少男少女情愫，竹林也描写得十分真切动人。比如在一群孩子彻夜守候逮黄鼠狼的那个不眠之夜，阿芳钻入"小姑娘"被窝的情景，阿芳的坦然与"小姑娘"的紧张慌乱相映成趣。对这个小男孩的心理活动，竹林紧紧抓住他对气味的异样感觉进行了传神的描绘：

> 这时"小姑娘"觉得，有一股热乎乎的奶香味向他扑来，非常好闻。这是任何一个人，任何一朵花，或是任何一只小动物都没有的味道，而它正从阿芳身上发出来。他嗅着，感到非常清爽，非常愉快，他奇怪为什么过去从来没有嗅到过这种味道。他又想，也许自己的身上也有这种味道，只是从来不注意罢了。因此他向外面侧过身子，把脸埋在臂弯里，闻了闻，但是除了一些轻微的汗味以外再没有别的味道了。而当他翻身向里，脸颊擦着阿芳柔软的头发时，那股奶香立刻又包围了他，使他觉得自己好像沉到了一片温馨的、散发着芬芳的甜蜜的海洋里。②

孩子们守候一夜，没有逮到咬死小兔子的黄鼠狼，却将阿明心

---

① 竹林：《竹林村的孩子们》上卷，湖北少年儿童出版社，2007年，第34页。
② 同①，第177－178页。

爱的大花猫压死了时,阿明执意按照事先的约定,找来一根粗竹根要打"小姑娘"又白又嫩的小手10下,阿芳那个心疼和焦急啊!无奈之下,她竟勇敢地伸出了自己的手,让阿明打自己的手心5下,真正的有福同享、有难同当,而这也生动地诠释了情窦初开的含义。

四、孩子们的爱与憎

阿明偷偷养在竹林里的两只可爱的小兔子,被盛怒的阿明爹爹摔死了,阿明和"鸭子"误认为是梅宝告的密,决意要报复这个"奸细"。于是,阿明和"鸭子"藏起了梅宝爹爹的一只老公兔,没想到他们的英雄行为害得梅宝被她凶狠、吝啬的继父痛打一顿,一个瘦弱的女孩子不得不划一条小船,在漆黑阴森的夜里去寻找老公兔。等到阿芳带着杨老师找到梅宝,听到梅宝哭诉出心头最隐秘的痛苦时,躲在梨树后头的阿明和"鸭子"眼里流下清亮的、晶莹的泪珠,这是两个淘气男孩忏悔与自责的眼泪。

小小脑瓜里藏着层出不穷鬼主意的阿明,蕴藏着旺盛的生命力,一旦得到正确引导,便会迸发出无穷的正能量,比如他帮助梅宝家割草,帮梅宝用颜色涂她亲手捏的小泥人和小泥鸭子,帮梅宝抄书、抓黄鼠狼,最后和大家一起出动帮助梅宝和她娘抢种棉苗,让孤立无援的梅宝感受到人间的至爱温情。有了这样的暖色垫底,梅宝那个自私、残忍的继父再对她无理虐待,也不会泯灭这个女孩子对生活、对未来的希望和信念。

深谙儿童心理的杨老师因势利导,指定阿明当养兔小组组长,从此这匹脱缰的野马被套上缰绳,认真负起责任来。城市来的腼腆男孩"小姑娘"想起有一本书"海字",里面有关于养兔子的知识,于是孩子们找来《辞海》,开始研究兔子的习性,真正地开始"做一件有意义的事儿"了。功夫不负有心人,孩子们养的德国长毛兔非常成功,村里很多人都抱着自家的大白兔前来"拼棚"(配种),连梅宝那个自私残忍的爹爹,也厚着脸皮抱着他家的母兔,向阿明他们苦苦恳求。在叔叔伯伯娘娘婶婶们的夸奖下,阿明第一次感觉惭愧脸红了,也第一次感觉书读得少了,一个孩子的自尊心和求知欲被真正激发起来。

还是长烟管爷爷说得好,你们不要看他们调皮,可他们的心,就像这早晨的露水一样亮、一样干净。我们将心比心想一想,恐怕有些大人还及不上这些孩子哩!

五、 透过儿童的美好心灵来描绘光明

竹林在《无怨无悔三十年》一文里,谈及写作《夜明珠》和《晨露》的情景。当年她因为出版了反映知青生活的长篇小说《生活的路》而招来了种种莫名的责难和压力,在城里连一张可以栖身的铺位都安不下来,因此便在参加了"文革"后全国作协举办的第一期文学讲习所的学习以后,选择了重返乡下。在暂时栖身的一所农村中学里,她参加了学生们的文学小组活动,听他们讲故事,与他们座谈。在之后的一年多的时间里,就写出了这部儿童题材的长篇小说,她说:"沉浸在少年儿童美好纯洁的心灵世界里,我很快乐。"没想到的是,竹林写于30多年前的这两部作品后来竟入选了"百年百部中国儿童文学经典书系"。

竹林曾说,她常从"儿童们美好的心灵和天真纯洁的形象中"看到生活道路上的"光明和希望"。正是这份对光明和希望的渴求,对人间真善美的希冀,才唤起了竹林的满腔热忱与激情,才使竹林塑造出那么多可爱的少年儿童形象。

你看,《晨露》及其姊妹篇《夜明珠》中的这群儿童,无论是淘气得出奇的阿明,愚钝憨直的"鸭子",也无论是阳光开朗的阿芳,还是腼腆胆怯的"小姑娘",还有命运悲苦的梅宝,个个都是善良、纯洁的孩子,《夜明珠》中的阿芳更是为了救小孩子熏瞎了自己的眼睛,而阿明们为了让阿芳重见光明,竟然冒着生命危险驾船去传说中的龙宫寻找夜明珠。竹林尽情地描写他们纯洁、剔透的心灵,透过美好的心灵描绘了人世间的光明与希望。而且,在创作过程中,竹林真的是俯下身子,恍然化身为小伙伴们中的一员,"用儿童的眼睛去看,用儿童的耳朵去听,用儿童的心灵去感受",认真实践

着儿童文学作家陈伯吹的"童心论"。拥有如此美好童心的人,该是多么富有和幸福!此刻,我忽然明白了竹林在人生道路上为什么那样豁达,那样不计得失,不改初衷,因为她所拥有的可能是在物欲中浸淫太久的人们终其一生都无法享有的一份财富。正如冰心先生所吟诵的那样:

> 万千的天使
> 要起来歌颂小孩子
> 小孩子!
> 他细小的身躯里
> 含着伟大的灵魂

在可预见的未来,我们的文学无疑要被数字化、复制化、标准化、网络化的汪洋大海所包围,如何应对时代发展给文学提出的这一课题,作家、理论家们提供了不同的对策。评论家雷达先生认为:社会越是向物化发展,人就越是需要倾听本真的、自然的、充满个性的声音,以抚慰精神,使人不致迷失本性。

诚哉斯言。我想,能抵御这一切纷扰的有力法宝之一,就是葆有一颗未经社会大染缸熏染的无邪童心,致力于改变产生未来"恶之花"的土壤,在人生的起始阶段,给未来公民提供精美的、健康的精神食粮,为人性的健康成长打好底子。而这,正是儿童文学的使命!

最后,借用一段网络儿童教育课程中对家长的告诫作为本文的结语:

只有当大脑停止接受喋喋不休的知识,沉静和松闲下来时,心才可以聆听大自然的呼吸,才能听到花儿和风的交谈,才能看见浪花的笑靥。所以,让我们到野外"听风观云",让童心融入大自然的怀抱,让完整的大自然滋养儿童的心灵。这样,儿童的心才能和天地能量沟通,和宇宙律动共振……

《夜明珠》里的儿童心理描写

儿童文学界有这样一种说法,认为儿童天性活泼好动,心理描写不易为儿童接受和喜爱,所以"儿童小说区别于成人小说的一个特点是避免作大段大段的景物描写和人物心理描绘"①,这使得一些作家不敢放手通过细致入微的儿童心理刻画和淋漓尽致的儿童情趣书写,去描绘儿童的生活,塑造儿童的形象。

事实并非如此。前苏联教育家加里宁曾说:"须知天地间再没有什么东西,能比孩子的眼睛更加精细,更加敏捷,对于人生心理上各种微末变化更富于敏感的了,再没有任何人像孩子的眼睛那样能捉摸一切最细微的事物。"②这就提醒儿童文学作家,在创作中能否采用儿童视角、精确描摹儿童心理是决定小说成功与否的重要方面。其中心理描写是塑造人物形象的重要手段,它对展开故事情节和表现主题有着不容忽视的作用。

在我们耳熟能详的著名中外儿童小说中,心理描写的成功范例为数不少。如:鲁迅的《社戏》通过描写儿童们摇白篷船去赵庄看戏的一波三折,归航偷豆的刺激与快乐,淋漓尽致地写出孩子们的心理活动,成为人们经常提到的儿童心理真实写照的范例。契诃夫的《万卡》和都德的《最后一课》中的心理描写也都十分出色。《万卡》主要通过万卡对以往生活的回忆和对爷爷的思念等描写来展开故事情节。假如没有这些心理描写,万卡的形象不会那样鲜明、生动,作品也就不会产生如此感人的力量。《最后一课》之所以给人留下深刻印象,就得益于这篇作品是通过一个童稚无知

---

① 刘崇善:《儿童小说的心理描写》,《朔方》,1984年第6期,第68页。
② 同①,第69页。

的小学生在向祖国语言告别的最后一堂法语课上的见闻和他的心理活动,生动地表现了法国人民遭受异国统治的痛苦,充分揭示出作品的爱国主题。马克·吐温在《哈克贝利·费恩历险记》中,把哈克的矛盾心理及思想发展描写得十分自然、真实。他不仅能体察并描绘出儿童心理表层的一般情感变化,还进一步揭示出它们的社会深层次原因。

由此可见,要塑造出丰满、生动的儿童形象,不仅要写他们怎样行动,而且要把行动的内因揭示出来,要重视对儿童心理的描写,这样作品才能更加真实感人。

究竟应该如何描写儿童心理,如何把握儿童心理描写的分寸,竹林以她的创作实践给出了自己的答案,这一点我们通过解剖她的儿童小说《夜明珠》可见一斑。

作为《晨露》的姊妹篇,《夜明珠》①仍然延续了竹林村孩子们的故事,对江南农村的儿童生活进行了生动、逼真的描绘。他们在小河边骑牛,在细雨中摸田螺,在小池塘里放鱼鹰,在竹林的壕沟里烧胖蚕豆,用阿芳编的小扁箩盛着蚕豆,个个吃得很香;他们还组织起来进行"小夏收",把拾到的蚕豆、麦子拿到公社梅园里去换梅子做梅酱——那梅酱黄亮亮的颜色,又酸又甜又凉的滋味,"连商店里花花绿绿的罐子,瓶子里的果酱、甚至从噗噗作响的冰箱里拿出来的冰淇淋,都没法和它媲美。"②尤其对贪吃的男孩"鸭子"的描写特别逼真生动、趣味盎然。

在这部小说中,竹林照例发挥了她景物描写的特长,这里先欣赏一下小说开篇对江南春景的描绘。

在秀丽的江南水乡竹林村,春、夏、秋、冬四季,就好像穿在时间彩线上的四颗明珠,每一颗明珠都顺应着大自然对于色彩的要求,放射出各自不同的光彩,有着虹一般的魅力……

在春天,这里的花开得很艳,无论是金黄的油菜花,粉红的豌

---

① 竹林:《竹林村的孩子们》下卷,湖北少年儿童出版社,2007 年。
② 同①。

豆花,还是红脸蛋上带着小黑点儿的蚕豆花,都焕发出一种照人的光彩;这儿竹木绿得很鲜,无论是青青的竹子,乌绒绒的合欢,还是嫩嫩的小水杉,都闪烁出一层绿油油的光亮来。而它们上面的天空,则常常洁净得像一泓清水,明媚的太阳喷吐着暖融融的光芒。

可是忽然间,天阴下来,天空中飘起了细细的雨丝……

噢,梅雨,可爱的、及时的梅雨!雨点儿那么轻,那么柔,又那么密……

在雨中,蚕豆胖了,小麦熟了,玉米发出哔剥的拔节声,稻秧一个劲地往上长,向日葵垂下了沉甸甸的大脑袋……

也有在雨里开花的,那是夹竹桃……

还有在雨中结实的,那是梅树……

甚至还有黑色的蜗牛,背上背了沉重的负担,冒着雨急急地顺着麦叶往上爬,不知道是为了什么——也许,并不为什么,只是因为忙忙碌碌的人们的劳动激发了它们的想象力和模仿力,才这么没有意义地爬着……①

这样的美景真是可触可感,也为小主人公们的活动铺设了一个色彩斑斓的舞台。在这个夏收的季节里,大人们都在辛苦忙碌着收割和播种,孩子们也寻找到了自己的乐趣,一个有声有色的假期拉开了序幕。随着情节的发展,孩子们复杂、细微的内心世界也逐步展现在读者面前。

一、 内心独白揭示人物心理

内心独白指人的自思、自语等内心活动。通过人物内心表白来揭示人物隐秘的内心世界,能充分地展示人物的思想性格,使读者更深刻地理解人物的思想感情和精神面貌,它又分为直接内心独白和间接内心独白。《夜明珠》在塑造阿明和阿芳形象时,多处运用了这一手法。

因为嘴馋,阿明与"鸭子"商量去偷摘阿芳家树上的梅子,腼腆

---

① 竹林:《竹林村的孩子们》下卷,湖北少年儿童出版社,2007 年,第 216－218 页。

的城里男孩"小姑娘"因为与阿芳要好一直被小伙伴们奚落,为了证明自己的清白,不得已接受了引开阿芳的使命。阿明爬到树上摘梅子被阿芳发现,仓促逃走时扭伤了脖子,歪着脖子的样子引得阿芳发笑,阿明恼羞成怒。此后,阿明得到一只捉鱼人丢掉的鱼鹰,学着喂老豆腐,让它捉鱼,但取下鱼鹰脖子上的绳子后,捉到的鱼被它自己吃掉了,吃饱了的鱼鹰像一只懒洋洋的鸭子,再也不肯捉鱼了,这让想在小伙伴面前露一手的阿明丢了面子,于是他迁怒于躲在树上看鱼鹰的阿芳,用竹竿戳她将她赶跑。无聊的阿芳来到打麦场,遇见农忙托儿所的一群小娃娃,一个叫小苹的可爱小女孩因为追赶青蛙玩,差点滑进氨水池,为了救小苹,阿芳自己掉进了氨水池,被氨水熏瞎了眼睛。阿明得知后,后悔的心情无以言表,这里作家竹林采用大段的内心独白,来展示阿明内疚和难过的心情。

阿明羞愧不安地闭上眼睛,顿时面前一片漆黑——阿芳的眼睛就是这样看不见了,这是真的!

怪谁呢? 怪青蛙? 怪小苹? 怪赵阿婆? ……不,不,都不是,真正要怪的,是他阿明!

是的,如果他不用竹竿戳她,不轰她走,那么她就一直蹲在树上看他们放鱼鹰;而蹲在树上看鱼鹰,就不会到场上去;不到场上去,就不会碰到赵阿婆和农忙托儿所的小孩子,也不会去捉青蛙;不捉青蛙,小苹就不会爬到氨水池上去,阿芳就不会因为救小苹而熏瞎眼睛了……

"怪阿明! 怪阿明! 怪阿明啊!"阿明垂着脑袋,无精打采地向前走去。他觉得鸟儿在头顶上啁啾,是喊出了这样的声音;风在竹林里呼啸,也发出了这样的调子。他难过极了,恨不得狠狠地把自己揍一顿,虽然这样做对阿芳的眼睛没有一点好处。

他想他怎么会这样坏,这样恶作剧地用竹竿去戳阿芳呢? 鱼鹰捉不到鱼,根本和阿芳不相干,可是他却怪到了阿芳头上,喔,他是多么坏,多么坏哟!

他又想到阿芳是女孩子中间最大方的一个,即使吵架,过一夜,就又笑眯眯的了,从来不记仇。他骂了她,可是她还送老豆腐给他的鱼鹰吃。听"小姑娘"说,今天一早,她还拿了一个新编的草窝来,要不是自己发火,她就送给鱼鹰睡觉用了呢。①

　　这个三年级的小男孩浮想联翩,想起阿芳平日里的种种优点,想到阿芳救孩子的英雄举动,心里充满了自责与内疚。一只可爱的黄莺儿发出悦耳的鸟鸣,要在平时他一定高高兴兴地跑过去捉了,现在他却拾起个土块朝着菖蒲丛扔去。想到阿芳躺在小小病床上痛苦的样子,"阿明的心里一酸,两行热泪淌出来了。"多么真诚的忏悔,多么痛苦的心情,多么可贵的童心!这样的心理描写,读者非但不会感觉冗长,反而会被深深打动。

　　阿明他们三个孩子为了到医院去看阿芳,精心准备礼物的情景也十分感人。因为没有钱买礼物,阿明拿来了自己准备当早饭的一挂粽子,又不由分说地要来了好朋友"鸭子"的两只散发着苇叶清香的碧青圆润的大鸭蛋,要知道早上为了和弟弟争这两只大鸭蛋,"鸭子"还挨了妈妈一顿臭骂呢。只见"鸭子""把蛋放到鼻子底下闻了闻,又伸出舌头舔了舔,最后终于乖乖地一起递过去了"。"小姑娘"则将外婆送给他过端午节的一大包又香又甜的酥糖,一块也没舍得吃,甚至连香味也没敢闻一闻,就打算全部送给阿芳。在"鸭子"的建议下,他们还带上了那只阿芳一心想看的鱼鹰。

　　在阿芳救人壮举的感召下,孩子们尽释前嫌,友谊也加深了。阿明他们陪着阿芳,训练老水牛给她当坐骑,千方百计逗她开心。为了照顾阿芳,"小姑娘"决定暑假也不回省城父母身边了。因为记得长烟管爷爷讲过的夜明珠的故事,最后孩子们带上阿芳,驾一只小船,冒险去东海寻找夜明珠,要让阿芳恢复视力。夜明珠当然没有找到,"小姑娘"妈妈的一段话可谓点睛之笔:"夜明珠就在你们心里。因为你们的心是纯洁透亮的,我的心已经被你们照亮了……"她给孩子们带来了振奋人心的消息:医院正在研究眼睛的人工晶体移植方法,一定会让阿芳重见光明。

---

　　① 竹林:《竹林村的孩子们》下卷,湖北少年儿童出版社,2007年,第270页。

二、　人物对话勾勒儿童性格

"形之于色,传之于声"的心理描写,就是把心理描写和人物对话、行动、环境等联系起来的一种写法。比如,阿明和"鸭子"用激将法逼"小姑娘"参加偷阿芳家梅子的一段描写就采用了这种写法,既生动又传神。

平日里喜爱零食的"鸭子"因为没有东西可吃而唉声叹气,"小姑娘"埋怨他"昨天不该把蚕豆都烧光吃掉了,要不现在就可以拿去梅园换梅子吃了","鸭子"不服气,说着说着,两个小伙伴吵起架来。作者将这一情景描写得十分生动。

"烦死了,烦死了!"阿明对着两个争吵的孩子直摇头,"你们讲来讲去,能讲出梅子来吗?"

"那你说怎么办?""鸭子"小声地嘟囔。

"偷!"阿明很干脆地吐出一个字来。

"偷?""鸭子"和"小姑娘"同时惊叫起来。"小姑娘"伸了伸舌头,"鸭子"摸了摸光光的大脑袋。这个计划太冒险了……阿芳的爷爷特别厉害……

"小姑娘"皱起眉头,不作声。"鸭子"却拍手笑了:"对,对,我们就去偷阿芳家的梅子,谁叫她昨天做了那么些小升箩,哄我们烧蚕豆吃呢!"

"可是升箩是你自己问人家讨的,蚕豆嘛,也是你吃的最多。""小姑娘"轻轻地分辩,流露出对"鸭子"明显的不满。

"鸭子"自觉理亏,但不服输:"哼,我知道你不肯去偷她家的,算你跟阿芳好,阿芳会送梅子给你吃的,对哦?"

"小姑娘"的脸涨红了:"我几时吃过她家的梅子?"

"是没吃过阿芳的梅子,"阿明一本正经地点点头,"可是,吃过阿芳的糖果和话梅。"

"还吃过阿芳的粽子,用过阿芳的铅笔——我亲眼看见的。""鸭子"见有了支持者,得意非凡地叫起来。

可怜的"小姑娘"差点掉下眼泪:"铅笔是我跟阿芳换的,我还给她一块香橡皮。"他委屈地辩解。

可是这一来更加糟糕，"鸭子"跳起来，用手指划着鼓鼓的腮帮："羞、羞、羞！男的女的换花布，不要脸，屁股上面挨狗舔！"

"算了算了！"阿明觉得有些过意不去，不让"鸭子"再说，转过脸来问"小姑娘"："你到底愿不愿意和我们一起去偷梅子？"

"谁说我不愿意！""小姑娘"忍住眼里涌上来的泪水，强撑着说。

"那好，我们走吧！"阿明发出了命令。①

好一番激烈的争论，好奇特的孩子逻辑，三个孩子的神态是多么生动，尤其是孤军奋战的"小姑娘"的处境最令人同情。尽管他那么喜欢阿芳，那么不情愿去偷阿芳家的梅子，但是为了赢得尊严，为了证明自己的清白，在男孩们的凌厉攻势之下，不得不硬着头皮同意参加偷梅子的活动。试想，如果竹林不是走进这些农家儿童中间，熟悉他们的生活和情感，设身处地地从孩子们各自的视角出发，就不可能如此真切地刻画出他们的内心活动，勾勒出孩子们各自迥异的性格特征。

三、 心理描写推动情节发展

竹林对阿芳因为救人而失明后的内心世界的描绘令人动容，尤其是阿芳摸索着画画的情景，令人产生身临其境的感受。

当阿芳还是一个健康活泼的女孩子时，在梅子成熟的季节，在晚霞的映衬下，大自然绿莹莹的翠色曾经让她看得发呆，"她觉得大自然的一切色彩都发出了音乐般的声音，在她心中弹奏起来，使她产生了一种强烈的愿望和要求"，②她想，要是我会画画多好。当她双目失明从医院回到家中，在温暖、柔和的阳光"抚摸"下，在她漆黑的眼底，又呈现出这样一幅鲜明的图画，在太阳金色的光芒下，原先发青的梅子全都染上了黄澄澄亮闪闪的颜色，她还听到了梅树叶子发出的轻微的飒飒声，感觉到了天上的云彩，听到叫蝈蝈

① 竹林:《竹林村的孩子们》下卷，湖北少年儿童出版社，2007年，第229-230页。
② 同①，第285页。

咀嚼毛豆的声音和鱼鹰搧动翅膀的声音……她不能看见世界,但世界却震动了她的心灵,于是,原先使她激动的愿望又在心里燃烧起来,这个盲女孩终于拿起了画笔。

在这一章里,竹林以她那支摇曳生姿的妙笔,不,她简直已经化身为那个大自然孕育的精灵小女孩,以全部身心拥抱着这个妙不可言的神奇世界。说实话,笔者本想摘取几段阿芳画画的段落与读者诸君共赏,可句句精致,段段出彩,行云流水般一气呵成,于是唯恐自己粗暴的截取反倒会使文意支离破碎,破坏了艺术的整体美感,斟酌再三,还是决定把这一部分悉数照引,以佐证此言不虚。

彩色笔是装在一个特制的大纸盒里的,这纸盒是细心的"小姑娘"给糊的,有十二个格子,每一格里装有一种颜色,这些颜色按照"红、黄、蓝、绿……"的次序排列,早在医院寂寞无聊的病床上,阿芳就把这些次序记熟了。现在,她摸到第四格,抽出一枝绿颜色的笔。这是她最喜欢的一种颜色。

先画什么呢?

当然是树,而且就是阳台外面这棵每天伴随着她的梅树。

她先小心翼翼地画了一张叶子,梅树叶子是圆圆的、鸡心形的,好像小孩子的胖拳头一样。她画了一张又一张,这些叶子有的重叠起来了,有的分开很远——因为她不能看见她画的叶子,不过这倒不要紧,真正的树叶,是有的会重叠起来,有的会分离很远的呀。

接着她开始画梅子,梅子有青的,有黄的,都是滚圆滚圆,像一颗颗带香味和颜色的大珍珠,隐藏在树叶里面。

最后她画树干。树干是黑色的,很平滑,这画起来相当容易。但是画完之后她觉得非常不满意,她觉得她可以想象出她画的树干是什么样子——一根黑色的木棍。然而真正的梅树树干并不是这样子的,它虽然是黑色的,却不是一根木棍,它泛出一种银光来。这银光是生命的光泽,它使古老的梅树显得年轻而漂亮。可是,怎么把这银光画出来呢?

阿芳依次在格子里摸着,觉得没有任何一种颜色可以代替银光。

没有办法,她只好用白颜色在上面画道道,代替银光。接着画梅树前面的一条小路。小路的一边种着小小的榆树,未经修整过的树冠像淘气的小男孩的乱头发,又像蓬松的小鸡毛。小路另一面是大片棉田,阿芳记得她在进医院前,棉苗刚出土,风吹起来,那叶片像一把把精致的绿色小扇子。不过现在棉苗应该长高了,长得有多高了呢?是高过了她的膝盖,还是刚刚淹没了她的小腿?她想着,对着棉田的方向,呆呆地瞪起一双美丽的大眼睛,但她感到的仍是一片漆黑。她不由得低下头去,失望地把刚刚取出来的颜色笔又放回原来的格子里。

"喝啾——喝啾——。"不知从哪儿飞来了一只鸟儿,对着阿芳唱起来,声音很脆很嫩,使阿芳想起捡蚕豆的那天,在竹林里听到的鸟鸣;又想起了放鱼鹰的那天,栖在合欢树上的嫩黄色的黄莺儿。可现在是一只什么鸟呢?它的羽毛是白的?是绿的?她看不见。但是她觉得,小鸟唱得这样婉转,它应该有一身蓝色的羽毛,有一只黄蜡蜡的小嘴巴,对了,还有两只乌溜溜的眼睛,像两颗小黑豆。现在它正在前面的梅树上,也许已经吃饱了酸甜多汁的梅子……

阿芳想了想,就在画过的梅树上添了一只鸟儿。但是她把鸟儿的翅膀画成张开的,正在飞翔的样子,因为她已经吃不准刚才画的梅树在什么部位了,再说鸟儿总归是要飞的,飞到很远很远的地方去——她喜欢这个样子。

现在她开始画美丽的小池塘。

小池塘前面有一棵大柳树。大柳树春天有米黄色的嫩叶,秋天有深绿色的老叶,现在呢,枝条是翠绿翠绿的,一直垂到水面上。大柳树下面还有一个洞,树根像老胡须一样在洞里飘来飘去——这可不好画,不过这是一个多么重要、多么好的洞呀!去年她跟着阿明,用两爿瓦片合拢来,中间垫上稻草,然后用绳子结住,吊在洞里。在傍晚的时候吊下去,清早拉起来,就有鲜活鲜活的塘鲤鱼自已钻在瓦片里。记得有一天清早,她去拎瓦片,拎呀拎,怎么也拎不动,她就去叫阿明,阿明使足劲一提,哈,瓦片里有一条多么肥的大鲤鱼啊!……

她画了树洞,还画了鲤鱼。她想到鲤鱼常常会钻到芦苇下面,又开始画芦苇。芦苇长在小池塘的四周,下面藏着野鸭或水鸟的蛋。它的叶子高高的,尖尖的,喜欢在晚风里簌簌摇动。

还有水茭白,它是修长的芦苇姐姐的小妹妹。它弯弯的叶子像体操队里小姑娘柔软的腰肢。菖蒲是小弟弟,它一丛丛,一蓬蓬,那么矮,那么油绿光亮,中间还有一个嫩黄色的小脑袋——这是它的花,这花有一种奇异的浓烈的香味。可是,怎么把香味画出来呢?

阿芳想了又想,觉得这比银光还要难画。银光可以用白颜色来表现,可是香味,唔,香味是没有什么可以表现的呀!

这真是不对头——阿芳想,端午节的时候,菖蒲挂在家家户户的门上,是多么香、多么香啊!她现在一想起来,就感觉到了那种特殊的、浓烈的、据说是可以辟邪的香味,可是,为什么竟然画不出来呢?

她想等她的眼睛好了,一定要找到一种可以画出香味的颜色,对了,还有银光,还有……唔,雨后的黄昏,天上的彩虹,和绚丽的变幻莫测的河水——在烧蚕豆吃的那天,她在小竹林后面看到的那个样子……所有的这些色彩她通通都要找到。

不过现在,她应该画池塘里的荷叶了。荷叶还很小,叶子卷着,像没有睁开眼似的,又像是刚刚长出来的小拳头,但是它们很快就会长大的,几场雨之后,它们将像绿色的盖被,铺遍半个池塘。一棵棵伸出长长的梗子,托出一朵朵粉色的花朵——要不要画荷花呢? 它们现在还没有开,连荷花骨朵也没有。

她想了想,挑出一枝粉红色的笔。她决定把荷花也画出来,因为荷花总是要开的。去年荷花开的时候,花瓣漂在水上,像一只只红色透明的小船。她用线把花瓣穿起来,还折了许多纸人坐在上面,用麦秆当作划桨,树叶做成帆,让它们顺着小河湍急的流水,漂走了。今年荷花开的时候,她的眼睛就会好了,她还要到小池塘去放荷花船,不过她要放得更远更远,要叫她心爱的鱼鹰带路,让荷花船一直漂到长烟管爷爷说的东海龙宫里去⋯⋯

于是她又添了只鱼鹰。她想象它吃得饱饱的,像一只黑色的胖鸭子,在芦苇和老柳树的阴影中间游着,它后面是一串长长的荷花船。喔,还有她心爱的小乌龟,坐在荷花船上⋯⋯

就这样,阿芳画了一张又一张。画完池塘画合欢树——这是夏天的合欢树,叶子浅翠浅翠,绒花粉嫩粉嫩,像一团团彩色的轻云。画完合欢树又画向日葵——它们长在家前屋后,长在篱笆下和小河边,太阳一出来就探过大脑袋,伸出许多黄澄澄的小舌头,贪馋地舔着阳光,喂养和充实自己那沉甸甸的籽盘。

画到后来,有一次阿芳忘了把用过的笔放回原处去,这样她再拿的时候就乱了,以致再也分不清楚哪是红的、绿的、黄的、紫的了。她只好不画了。当她轻轻抚摩这几张画的时候,她仿佛从那里感到了阳光的温煦、流水的清澈、树荫的凉爽和菖蒲的奇香⋯⋯她想这张画可以送给从来不笑话她的"小姑娘"看,但是再一想,不觉又改变了主意,因为可以想象自己画得多么可笑,也许鸟儿画到了水里,鲤鱼飞到了天上,荷花和芦苇重叠在一起,树叶画成了红的⋯⋯不,她决定不给任何人看了,连"小姑娘"也不给。她要留着等眼睛好了自己看看,看这有多么可笑。①

如果作家本人不是一位大自然的忠实观察者,不是心中溢满了爱,对阿芳这个舍己救人的女孩子充满赞赏和同情,怎么可能走进一个盲童的内心世界,写出如此美妙动人的篇章?又怎能像竹林自己所表述的那样从"儿童们美好的心灵和天真纯洁的形象中"看到生活道路上的"光明和希望"呢?阿芳的故事使我们对美好的大自然能够净化灵魂的说法深信不疑。

然而残酷的真相是,阿芳就要被送进盲童学校了,黑暗的阴影第一次把这个活泼开朗的小女孩的眼睛和心灵一起笼罩住了。于

---

① 竹林:《竹林村的孩子们》下卷,湖北少年儿童出版社,2007 年,第 285－289 页。

是便有了后来阿芳爬上大柳树,跳入小池塘自杀的情节,随之又有了阿明救下阿芳后,与阿芳和小伙伴们去东海寻找夜明珠的壮举。为了帮助自己的小伙伴恢复视力,孩子们勇敢地驾舟在水天茫茫、风高湍急的河流中搏击的情景,令人震撼和感动。

正是由于对阿芳心理活动的细腻动人的描述,推动了故事情节的发展,也逐渐深入地展示出孩子们纯洁高尚的心灵。

作为一位热爱儿童,深谙儿童心理的女作家,竹林笔下的儿童是真正的儿童,他们的所思所想以及行为特点都符合儿童的心理和逻辑。比如男孩女孩之间的争强好胜;嘴馋惹来的麻烦;最后孩子们相信了长烟管爷爷讲的神话,去东海寻找夜明珠的异想天开,都真切地体现了这群懵懂初开、思维不够成熟的少年心理特征。小说处处体现出叙事状物的儿童视角,没有主题先行、任意拔高或加以粉饰。比如当听说阿芳因为救人而双目失明后,阿明正心中内疚痛苦,为没有钱买礼物而绞尽脑汁,没心没肺的"鸭子"却一摇一摆地来约他去放鱼鹰、拔菖蒲,还提议趁阿芳家没人去偷梅子,结果被好朋友阿明狠狠地骂"偷你个蹩棺材!"像这样的描写都是符合儿童的年龄特点和心理特点的,所以读来感觉十分真实和亲切。正如郭沫若所说:"儿童与成人,在生理上与心理上的状态相差甚远。儿童身体绝不是成人的缩影,成人心理也绝不是儿童之放大。创作儿童文学者,必先体会儿童心理,犹如绘画雕塑家必先研究美术的解剖学。"①

不仅儿童心理描绘不能成人化,就是对儿童小说里成人形象的心理描写,也要通过儿童的角度、儿童的感受、儿童的理解来实现。比如村子里最有智慧的长烟管爷爷懂得怎样养牛和如何让牛撒尿,阿明觉得这比学校的老师懂得多多了,而爷爷门前的一架葡萄、一棵枣树,都是款待孩子们的美味,也使他赢得了孩子们和全村人的尊重。阿明的爸爸脾气急躁,恨铁不成钢,害得阿明经常挨

---

① 郭沫若:《儿童文学之管见》,《郭沫若全集》第 15 卷,人民文学出版社,1990年,第 275 页。

打,而阿芳爷爷对孙女则是百依百顺。还有《晨露》里洋娃娃一样美丽的杨老师去梅宝家家访的情景也是通过孩子们的眼睛过滤的,书生气十足的城市姑娘,穿着沾满泥水的高跟鞋一歪一扭地走着,身后是浩浩荡荡的学她走路的淘气孩子们的队伍。至于梅宝那个凶神恶煞的爹爹"皮海兜"的形象,都是通过孩子们的眼睛来观察的,他们眼中的成人形象,或善,或恶,或温柔,或粗暴,都是孩子们自己的判断。

读了竹林的儿童小说,不知不觉间,你会感到看待儿童的目光温柔了,对路上遇见的小猫小狗更多温情了,对我们国家提倡的崇德向善的内涵也有了立体而生动的理解。正在此时,一则微信给了笔者启示,这是一位美国教师在中国某医学院讲的一个故事:

在暴风雨后的一个早晨,一位男士在海边散步,注意到沙滩的浅水洼里,有许多被昨夜的暴风雨卷上岸来的小鱼。被困的小鱼尽管近在海边,也许有几百条,甚至几千条,然而用不了多久,浅水洼里的水就会被沙粒吸干,被太阳蒸干,小鱼就会干涸而死。这位男士突然发现海边有一个小男孩不停地从浅水洼里捡起小鱼,扔回大海。男士禁不住走过去:"孩子,这水洼里有几百几千条小鱼,你救不过来的。""我知道。"小男孩头也不抬地回答。"哦?那你为什么还在扔?谁在乎呢?""这条小鱼在乎!"男孩儿一边回答,一边捡起一条鱼扔还大海。

"这条小鱼在乎!"在听到小男孩这句话的瞬间,从事近30年教育工作的笔者的心脏似乎被击中了。当我们还在苦苦思索着教育的真谛究竟是什么,还在连篇累牍地撰文探讨教育教学改革问题时,孩子已经用行动给出了答案,那就是:尊重生命,提升生命的品质。我相信,这,也正是竹林儿童小说创作的主旨所在。

从战争叙事到人性关怀

——评《流血的太阳》

发生在 20 世纪三四十年代的抗日战争,距今已经近 70 年了。那段血与火的斗争一直活在我们民族的记忆里,也一直是我国文学创作的重要题材。几代儿童文学作家钟情于这段历史的书写,为百年儿童文学留下了璀璨夺目的审美画廊。我们无法忘记《小兵张嘎》《鸡毛信》《少年王二小》《雨来没有死》《闪闪的红星》等作品给予我们的感动和激励。随着时代的发展,读者们渴望读到多层面、多角度地展现那个特殊时代和特殊时代里孩子们的特殊生活和心理的文学,人们呼吁作家们以更深刻、更丰富多样、更生动活泼的形式给孩子们讲述那段历史,让孩子们了解自己民族艰难生存的历史,从而丰厚他们的生命。在纪念反法西斯战争胜利 60 周年的时候,竹林捧出了她的儿童抗战小说《流血的太阳》。[1]

一、 太阳流血 童心蒙难

其实,曾经是上海少年儿童出版社编辑的竹林,正是从写作儿童文学开始走上创作道路的。自 1978 年出版第一个儿童散文集《老水牛的眼镜》之后,她又创作了很多儿童文学作品,如长篇小说《夜明珠》《晨露》被选入中国百年百部儿童文学经典;散文《架起爱的桥梁》被收入人教社版九年制义务教育课本五年级《语文》;还有儿童散文集《阁楼上的天空》,等等。她以独特的人性视角,从人类之爱出发,以优美细腻的文字展示儿童纯洁无邪的心灵

---

[1] 竹林:《流血的太阳》,二十一世纪出版社,2005 年。

和丰富多彩的生活,向孩子们幼小的心灵倾注进科学、幻想和大爱精神,为孩子们健康成长提供精神食粮。她也曾经作为编辑陪同投稿作者去上海的嘉定、宝山、南翔一带采访,得知这里是淞沪抗战的战场,当时十九路军在这里打得异常惨烈,为了扫清视野,农民自愿把房子都拆除了,而这样的背景是当时小说所不敢涉及的。从此,对战争题材的向往成了竹林心中挥之不去的块垒。

冥冥中似有天意,嘉定后来成了竹林长期生活和写作的地方。20世纪90年代中,当竹林正在自己那间冬冷夏热的"寒暑斋"里埋头写作时,突然传来的一则消息惊倒了她——从杭州开往上海的一列火车,在沪郊南翔附近的田野里翻车,出事原因尚不明确,但出轨的那几节车厢里的乘客几乎都是日本人。他们中间不少人已经丧生。竹林闻讯后立刻扔下笔奔了出去。

事故的现场她虽然没有看到,却听到沿途的一些议论,一些上了年纪的老人,都因此回忆起半个世纪前的烽火硝烟,认为这次事故是当年东洋人在这块土地上滥杀无辜的报应,是无数冤魂掀翻了行进中的列车。然而坐在那几节车厢里的,是一个日本青少年友好代表团,他们不是刽子手,历史的血光是不应该溅在他们身上的。

那些日子里,竹林总是漫无目的地在出事地点游荡,想象着半个多世纪以前,这里是什么样子——那时候,许多压迫大地呼吸的工厂肯定是不存在的。于是田野要宽阔许多,那蒙着蓝灰色烟霭的远方,会闪烁着神奇的光彩,天空也更见高远,那满目洁净的蓝,总是像盛开的花瓣一样叫人心花怒放。河水会很清,清得能看见地下飘动的水草、游来游去的虾子和小鱼;竹林格外的绿,绿得那么新鲜和娇嫩,好像那沾在竹枝上的露珠也被染成了绿色的翡翠。弯弯的石拱桥,像一位慈祥的老公公"坐"在河面上,它从什么时候开始"坐"在那儿的?它又是这样默默地"坐"了多久?谁也不知道。

经过无数次的徘徊和对50年前情景的想象,终于,竹林有了写作思路,小主人公们也一个个浮现在她的脑海里。

小说的主人公叫阿毛,一个乡村中很普通,也很调皮、很聪明的男孩。他千方百计地欺负妹妹,讨厌她像条尾巴似的黏在自己后面,想不到妹妹却死在了他的怀里——因为日本人炮火的袭击,一朵小小的花儿,还没有开放就陨落了。

阿狗是汉奸的儿子,理所当然地被阿毛所唾弃被所有的小朋友拒之门外。这个孤独的孩子,每天孤独地嚼着甜甜的日本糖果,香香的日本饼干,可他的内心比失去妹妹的阿毛还要痛苦。他艳羡小伙伴们的欢乐,他们没有糖吃,甚至连饭也吃不饱,可他们竟然拥有至高无上的珍宝———一匹小马驹,这是十九路军撤退时小兵金豹留下来的。

江南农村的孩子,见过牛,见过羊,却从来没有见过马。阿毛可怜的妹妹,就是欢快地高叫着"木木"向小马驹奔去时被枪弹击中的。

善良的乡亲们掩护了掉队的小金豹,也以宽容之心看着自己的孩子不断地把家里拮据的口粮偷出去秘密喂养小马驹。

阿狗做梦都想摸一摸小马驹。可是,阿毛给出的条件是,阿狗必须从此不回家,不再做汉奸黄猫的儿子。这对一个 10 岁的孩子来说实在太难了。爹爹多么爱他啊!战争,过早地摧残了一个孩子稚嫩的心灵。

更大的考验还在后面:爹爹要向日本人告发金豹哥哥。金豹哥哥对阿狗好,要不是金豹哥哥挺身相救,阿狗的舅舅就被日本人打死了。可以说,金豹是阿狗一家人的恩人。爹爹要恩将仇报置金豹于死地,他只有去向小伙伴告发爹爹了。可是他告发了爹爹,爹爹也会死的。爹爹死了他就没有爹爹,没有世界上最爱他的人了。面对这样的抉择,阿狗的心底掀起了风暴,此情此景令人联想起前苏联作家拉夫列尼约夫的代表作,曾引起极大争议的《第四十一个》。

《第四十一个》创作于 1926 年,是前苏联国内战争题材作品中的一朵奇葩。它描写红军女战士、神枪手马柳特卡和她押送的白军中尉遇上大风,船只被倾覆而漂流到一个人迹罕至的小岛上。

两个敌对阵营的青年男女不知不觉中相爱了。然而有一天,当一艘白军的船偶然驶过来时,中尉欣喜若狂,不顾一切地奔向那只船,马柳特卡劝阻无果举枪射击,结束了他的性命,紧接着她冲过去站在海水中抱着她的"蓝眼睛"哭泣……

此刻,阿狗内心的痛苦,跟红军女战士举枪瞄准她心爱的"蓝眼睛"时又有什么不同呢?尽管他还只是一个孩子!

可想而知,无论怎样的抉择,他的心都会流血,连映照大地的太阳也流血了。

于是,竹林写下了孩子们在战争大背景下的苦难与友情,以及战争造成的人性的扭曲,战争带给儿童的创伤、痛苦以及成长,希望能给今天的少年儿童们一个认识历史和过去生活的机会。

这部小说冲破了以往儿童抗战题材作品的窠臼,以鲜活真实的儿童视角展开故事叙述,用儿童们纯洁、善良而又爱憎分明的目光和情绪观照战争年代的生活——童年生活本应该有如朝霞一样绚丽多彩,但阿毛、阿雪他们的童年却因日本鬼子入侵而蒙上了苦难的阴影。然而苦难中有战斗,也充满了人情、友情和爱。你看,孩子们秘密喂养着十九路军留下的小马驹,他们将它视如珍宝,但为了要从鬼子手中救出阿雪姐姐,孩子们却忍痛割爱舍弃了它的生命。阿狗的爹爹是汉奸,孩子们对他恨之入骨,而当阿狗爹被日本鬼子的飞机炸死时,大家却对阿狗充满了怜悯、同情和爱……

二、 找最尖锐的地方下笔

战争题材,尤其对于儿童文学来讲历来是一个敏感题材,处理起来有时会很棘手,按常规处理,难免落入俗套缺乏突破,但要进行人性及其他方面的探索,分寸感又很难把握。这类题材虽然是传统的,但要使其具有当代性,贯穿当代意识,表现手法和表现的内容都要求更新鲜、更深刻。如何在把握当下时代社会文化心理的基础上,对儿童文学战争题材的创作模式进行人性化的改造和开掘,实现战争悲剧与童趣童真、历史真实与民间传奇、红色经典与新的时代诉求的融合,成为摆在创作者面前的一个重大课题。

当然这主要取决于创作者本身,即作者打算向读者提供什么样的作品,以及怎么样向读者提供更可读、更深刻、更有意义的作品。

据考察,最早涉足抗战题材儿童小说创作的是陈伯吹。1933年,陈伯吹接连出版了两部以抗日救国为主题的童话体中篇小说《华家的儿子》和《火线上的孩子们》。小说以"华儿"这一象征中华民族精神的儿童形象,表达了全力抗战,誓以驱逐日寇的意志,从此拉开了抗战题材儿童小说的帷幕。

北京师范大学王泉根教授认为,国内抗战题材儿童小说经历了三波热潮,即战争年代的"零距离"接触、"十七年文学"期间的"近距离"观照和新世纪的"远距离"反思。其观点概述如下:第一波抗战题材儿童小说直接诞生于战火纷飞、全民抗战的激情燃烧岁月。作家本身就是这场战争的亲历者、参与者、目击者,因而与作品中的人物同处于战争环境,作品的题材、内容、形象完全来自战争一线,呈现出时代生活与英雄事件的本真状态,写的就是身边人身边事,具有强烈的即时即刻的现场感;作家的创作动机与作品的社会效果,都是为了直接服务抗战、赢得抗战。这些作品奠定了抗战题材儿童小说爱国主义、英雄主义的基调。第二波抗战题材儿童小说的作者,他们在战争年代还是青少年,有的亲历过战争,对那场战争有着刻骨铭心的感受。因而他们是"近距离"地观察抗战、回忆抗战、叙述抗战,所反映的人或事,有亲历的,有目击的,也有虚构的,他们期待用自己的作品润泽新一代儿童,实现精神成人。进入21世纪,抗日战争题材再次进入儿童小说创作者的视野,并出现了第三波创作热潮。创作第三波抗战儿童小说的作家,以70后和80后为主体。那场战争已经成为历史,他们只是从传媒或长辈的口述中,才了解到那场战争的存在。想象抗战、诠释抗战、反思抗战,就成了这一波小说的重要特点,其中不乏"红色穿越"场景。理想的重建与召唤,精神的砥砺与升华,民族下一代重新寻找英雄、追求崇高、铸造精气神的浩然之气,这就是第三波抗战题材儿童小说的重要价值承诺与审美追求。当然,要实现这样的目标需要不同年龄段的作家共同努力。①

战争题材儿童文学创作的繁荣期在 20 世纪五六十年代,也就是当代文学史所称的"十七年文学"时期,这早已是文学史家们的共识。那是个崇尚英雄的年代,而且新中国刚刚从战争的硝烟中走出来,作家很多是战争亲历者,对那段历史的记忆很深刻,也有很多的真实感受。因此,他们作品中塑造的小主人公形象真实生动,艺术感染力很强,深受读者推崇。比如《闪闪的红星》中的潘冬子、《小兵张嘎》中的嘎子等,曾经是一代少年儿童所崇尚的楷模。但由于众所周知的历史原因,当时那批作品都带有一定的局限性。如追求单一的英雄主义,也含有偏狭的民族主义倾向和明显的政治倾向,尤其一些作品片面地宣扬阶级仇恨。郑欢欢在《儿童电影:儿童世界的影像表达》一书中对那种小英雄模式的形成进行了分析,认为"既有来自国家意识形态制约的外部原因,也有来自特定时代创作者观念层面的内部原因,同时还在一定程度上受到苏联经验的影响"。②

在此时代背景下,活跃在文学作品和影视屏幕上的往往是小兵张嘎式的小英雄,他目睹日寇暴行,心中燃烧着民族仇恨,义无反顾地投身抗战,至于儿童生活层面的内容则来不及多去表现。日本的儿童文学研究者中由美子女士说:"中国的战争儿童文学,我读过不少,却都是千篇一律地写少年英雄。《鸡毛信》《雨来没有死》《小兵张嘎》等著名的作品都是吧。"③她说很想在作品中看到描写战争中孩子们的生活情景,而不仅仅是战斗的场面。

刘绪源先生在《还有谁在从事宏观文学研究》一文中说:"多少年来,我们把战争渲染为最神圣、最美好的状态,而又从不提及'走出战争状态'的重要和艰难,更不允许多说日常的和平生活的美好和珍贵,这不能不说是一种缺陷和教训。"④其实,古今中外,

---

①　王泉根:《抗战题材儿童小说的审美追求》,《光明日报》,2012 年 6 月 5 日。

②　郑欢欢:《儿童电影:儿童世界的影像表达》,中国电影出版社,2009 年。

③　张品成、薛涛:《战争题材儿童文学期待突破》,中国作家网,2009 年 10 月 24 日。

④　刘绪源:《还有谁在从事宏观文学研究》,东方网,2008 年 10 月 3 日。

许多战争题材的文学经典恰恰是反战的作品,如美国作家海明威的《永别了,武器》《太阳照样升起》和《战地钟声》等,都以朴素的语言描写战争对人类心灵和身体的伤害,表现战争给人类带来的深重苦难,无一不流露出使人压抑的悲观主义和令人拍案而起的反战情绪。

令人遗憾的是,我们今天的影视屏幕上出现了大量创作态度不严肃、胡编乱造、不尊重历史、过度娱乐化的抗战题材作品,在社会上造成了不良影响,引起观众反感,甚至影响了民族形象。追求闹剧效应的表现手法和廉价的乐观精神,被评论者和观众讥讽为"抗战雷剧"或"抗战神剧"而不屑一顾。2013 年"两会"期间,不少代表委员都对抗战剧"娱乐化"现象进行了批评:我方英俊智慧、身怀绝技,敌方猥琐愚蠢、不堪一击;我方手榴弹可以炸飞机,敌方抱着机枪打不到人;我方会铁砂掌鹰爪功铁布衫,敌方戴歪帽流哈喇子"O"形腿……甚至"手撕鬼子"的菜名也赫然出现在餐馆里。这种不顾史实甚至故意颠倒强弱黑白的做法,无形中既贬损了抗战胜利的巨大意义和价值,对历史、对革命先烈大不敬,同时也暴露了当下抗战题材创作中思想的极度匮乏。

战争是残酷的,被战争裹挟的少年儿童命运尤其悲惨。只有正视那场战争的残酷,客观还原历史真相,借古喻今,才能不让历史悲剧重演。

我喜爱《流血的太阳》,是因为竹林用大量篇幅来表现小主人公阿毛一家人的浓浓亲情,尤其是阿毛小兄妹充满童趣的生活,洋溢着对和平、安宁生活的礼赞与向往。

我喜爱这部作品,还因为它的细节真实得令我感动莫名。

如那匹小马驹的出生,整个过程写得严肃、紧张,孩子们对生命的虔诚守护和爱,真切地传递给读者。为了救阿雪,忍泪杀死小马驹的情景,使我联想到萧红《生死场》里孤苦无依的王婆无奈之下将相依为命的老马送进屠宰场的场景,联想到农民赵三要去参加抗战队伍,泪别他的老山羊时一步一回头的场面。人与动物的情感在作家笔下水乳交融,闪耀着人性美的光辉。

竹林对战争语境下孩子们的两难境地,发掘得尤为深刻,尤其对汉奸之子阿狗艰难抉择的描写,丝丝入扣,惹人悲悯。

例如,小说的第 15 章、第 16 章集中表现阿狗得知爹爹要出卖十九路军小战士金豹,对爹爹既爱又恨、愁肠百转的内心世界:

> 有一次,阿狗嫌那尿壶碰在屁股上凉,从此以后,爹爹就在睡觉时把这尿壶先放在自己的被窝里。等到半夜拿来给他时,正好捂热了——阿狗所接触到的,就只是爹爹的体温,父亲的慈爱了。唉,世界上有多少父亲会如此溺爱自己的孩子,又有多少孩子会幸运地得到这样的父爱呢? 阿狗不知道……但是他知道,他不能失去爹爹,失去爹爹的爱——这种爱是从他来到这个世界上开始,就像一条柔软的丝带一样紧紧束裹住了他孱弱的四肢和整个身心,使他动弹不得,挣脱不出。他想到前一天人们还威胁说要杀掉爹爹,现在,要是他把爹爹的阴谋讲出去,也许,村里人会真的把爹爹杀掉了——啊,这怎么了得呀! 不能讲,可不能讲出去啊! ……
>
> 必须在爹爹和金豹哥哥间做出选择——阿狗昏昏沉沉地躺着,脑袋好像在开裂。①

阿狗爹执意要出卖金豹,阿狗和小伙伴们坚决阻止,正僵持不下之际,却意外发现爹爹已经死于日本飞机的轰炸,阿狗的心中顿时五味杂陈:

> 他终于明白,爹爹被东洋飞机的子弹打死了。他没有爹爹了,再也没有人会像爹爹那样宠他、惯他、爱他了。他攥紧小拳头狠狠地捶自己的脑袋,他悔,他后悔哟! 要不是刚才他自己出主意打飞机,爹爹一定不会死。是他害了爹爹,是他把爹爹害死了呀! ……他望着一动也不能动的爹爹,突然脑子里又闪过一个念头:再也没有人会出卖金豹哥哥、出卖阿雪姐姐、出卖村子里许多善良的人们

---

① 竹林:《流血的太阳》,二十一世纪出版社,2005 年,第 159 - 160 页。

了。他顿时停止了呼叫,一声不响地跪着,觉得悲哀像刀锋一样割着他的心,同时也把他心上歉疚的重负轻轻割去了。他在痛苦中体味到一阵宽慰,以致他的整个身心变得从来没有过的轻快起来。他微微蠕动了一下嘴唇,想说什么,但是一句话也吐不出来,只有眼泪无声地一对对落下。①

残酷的战争,造成了人性的分裂,展现了它冷酷无情的一面,过早地催熟了一颗本该无忧无虑的童心,完成了一个孩子的艰难成长。这样的描写真让成人世界的人们心疼。小说对阿毛、阿雪等孩子与阿狗之间建立友谊互谅的过程,做了令人信服的大量铺垫,最终孩子们接纳了"他们的一个可怜的精神上受伤的同类"。

儿童文学最有价值的部分,是对人类崇高精神的诗化,古今皆然。虽然今天大众的审美趣味大相径庭,但是正义永恒、庄严永恒,我们的社会既需要那种奋发进取的精神氛围和震撼人心的革命英雄主义,同时更需要反思战争,注重人性创伤,给儿童以人性善与人间爱的滋润和陶冶,夯实人之为人的人性基础。这就要求我们的作家要具有宏大的历史观,超越阶级的、民族的局限,站在人类文明的前沿,以悲悯的情怀,人性的深度去书写战争、书写战争中的儿童状况。

作家竹林出于高度的文化担当与社会责任,始终关心青少年的精神成长,将爱国情怀、英雄本色、儿童情趣有机地融为一体,奉献出这部具有十足的艺术魅力和精神生命力的《流血的太阳》,实现了从社会视角向人文视角,从英雄叙事到少年儿童的人性关怀叙事,从战争叙事到战争状态中儿童心理探索的转变。

在小说结尾,竹林通过半个世纪后几位大屠杀中幸存老人的旧地重游,向人们指出了应当如何正确认识和对待历史——

---

① 竹林:《流血的太阳》,二十一世纪出版社,2005年,第176-177页。

历史仿佛是一个多棱的水晶体,它总是从不同的角度展示给人们不同的面貌和不同的真理。有谁能说,它不是在无数事件的组合和排列的变化中前进和发展的?!①

竹林站在"人类之爱"的哲学和理性高度,在战争叙事中注入了人性关怀,给读者以全新的感悟和厚重的启迪,这也正是竹林始终坚守的文学使命。

---

① 竹林:《流血的太阳》,二十一世纪出版社,2005年,第185页。

引导儿童向真、向善、向美

——重读《老水牛的眼镜》与《心花》

2013年9月底,全国优秀儿童文学奖颁奖典礼在北京举行,一时间有关"儿童文学"的话题又成了主流媒体关注的一个热点。作为一个拥有3亿多儿童的国家,儿童文学在中国也越来越受到重视。

据相关资料统计,从2004年至今,中国儿童文学每年均以两位数的速度增长,被媒体称之为"儿童文学十年黄金期"。全国581家出版社中有523家在出版少儿读物,少儿出版社出版作品的数量也在增加,此外,我国还有260多种少儿报刊。仅从数据上看,我国是当之无愧的儿童文学出版大国。然而仔细考察儿童文学出版的数量和质量,会发现一个惊人的现象,就是引进版儿童文学几乎占据了半壁江山,而本土儿童文学作品却没有取得应有的市场份额,质量还有待提高。儿童文学市场化、类型化、娱乐化现象越来越严重:某些出版社为了迎合部分小读者的流行趣味,大量出版系列网络游戏故事书,而一些作家更为市场量身定制各种搞笑故事、冒险小说和网络游戏故事。一时间神圣的儿童文学殿堂鱼龙混杂,拜金主义写手走红,人文精神滑坡,避重就轻,娱乐至死,令人产生"小时代遮蔽大时代"之忧。

2012年1月,作家亦农在北京图书订货会上直言:"中国缺少优秀儿童读物,市场上充斥着太多文字垃圾。"并进一步指出儿童文学的"七宗罪":约束太多,缺乏想象;缺少生活,不会讲故事;自以为是,不懂儿童心理学;缺乏机智幽默,板着脸孔说教;作品雷同,盲目跟风、注水;缺乏责任感,一切向钱看,作品满是铜臭;在儿童文学界存在严重小圈子主义。这一说法立刻在儿童文学界掀起轩然大波，引发了人们对当下儿童文学创作现状的深思。①

儿童文学如何守护人类最本质的美丽天性，在这个大时代如何突破局限，开拓视野，迎来儿童文学的真正繁荣，学者、作家们纷纷给出了自己的对策。

林月白在《中国儿童文学亟须破局》②一文中号召儿童文学作家应保持"四心"：一是沉静的心。心静，才能写出精致的作品；二是少年心。贴近儿童心理去写作品才能真正地打动儿童；三是社会责任心。对写作要怀有一种敬畏的情怀；四是童心。运用儿童的视角，儿童的思维，儿童的想象力去看这个世界。儿童文学的想象力是作品的生命线。

谭旭东在《当前儿童文学的问题及创作的关节点》③一文中对儿童文学创作提出了五个方面的要求：第一，要有儿童立场，要用孩子的眼光来观察社会，来打量人群，用孩子的头脑来思考世界，来理解成年人社会，来实现童心的交流。第二，儿童文学的语言一定要纯正，要能真正表达孩子对世界的好奇，对世界的想象，对世界的期待。第三，儿童文学要有基本的价值关怀。要有爱，有希望，有教育意义，有生活指导性。要真正呵护童心，而不是利用孩子，更不能欺骗孩子。第四，儿童文学对儿童生活的反映不能太平面化，太简单化，而应是多层面的，要有精神召唤力。第五，要敢于向西方儿童文学经典学习、借鉴。这篇文章也被广泛转载，可见整个社会对儿童文学的关注程度之高。

田俊萍在《作家应该俯身为孩子写作》④中指出，真正的理解

---

① 《作家亦农痛批儿童文学"七宗罪"》，中国新闻网，2012 年 1 月 10 日（http://www.zuojiachubanshe.com）。

② 林月白：《中国儿童文学亟须破局》，《春城晚报》，2013 年 10 月 13 日。

③ 谭旭东：《当前儿童文学的问题及创作的关节点》，《天津日报》，2013 年 10 月 16 日。

④ 田俊萍：《作家应该俯身为孩子写作》，中国作家网，2013 年 6 月 18 日（http://www.chinawriter.com.cn）

和尊重,绝非仅限于言语表达,而是心灵深处的共情和共鸣。如果作家不能心系孩子,甚至化身为孩子,从儿童的角度感知和体会他们成长中的烦恼和痛苦,捕捉那些极大影响孩子们身心发展的事情或事件,那么他所创作出来的作品就称不上是儿童文学作品,只不过是借着儿童来宣讲成人观点罢了,因而只能是伪儿童文学作品。

综上所述,优秀的儿童文学作家,必然具有儿童立场,具有自觉的文化担当与美学责任;优秀的儿童文学作品,必然具有艺术个性上的鲜明特色,具有历久弥新的艺术魅力和穿越时空界限的精神生命力,能够激发儿童向真向善向美的强烈愿望。按照这样的标准,我们重新研读竹林写于 20 世纪 80 年代初期的儿童散文集《老水牛的眼镜》,感到它的确达到了这样的要求,读来真是倍感亲切、倍受鼓舞。

曾经是上海少年儿童出版社编辑的竹林,是从儿童文学开始走上创作道路的,她前后写过许多儿童文学作品,如儿童长篇小说《夜明珠》《晨露》《流血的太阳》及儿童散文集《老水牛的眼镜》等,以她独特的人性视角,从人类之爱出发,以优美细腻的文字展示了儿童们纯洁无邪的心灵和丰富多彩的生活,曾经受到儿童文学界前辈严文井、陈伯吹、金近等的一致好评。

竹林说,"作为一个作家,我的才华有限,能力有限,也不聪明,但我特别喜欢孩子观照世界的那种方式,那种发自内心的'天人合一'式的思维既原始又丰富,甚至还很哲理。"竹林在她的知青文学第一声——《生活的路》问世之前已经出版了儿童散文集《老水牛的眼镜》,并获得粉碎"四人帮"后的第一届全国儿童文学奖。严文井先生在看过这本书以后曾给竹林来信,给了她许多鼓励,认为她已经有了"自己的风格"。严文井也是竹林后来在文学讲习所学习时的导师,是一位一生都在为孩子写作的儿童文学家。在他的鼓励下,竹林在 1980 年以后那段最艰难的日子里先后创作了《夜明珠》《晨露》《流血的太阳》等一系列儿童文学作品。给人印象最深的是那些书中的一个情节:女孩为了留住春天而到田野里采颜色,她采菜花的黄,采菜叶的绿,采桃花的红……竹林说:"当时我的那些小说的颜色,也是径直从田野里采来的,从纯洁的童年的心里采来的,没有破坏,没有污染,只有生命如水的清纯及活泼的律动。这是人生春天的颜色。不管外面的世界怎么污浊驳杂,我相信这是不会褪色的。"

诚如其言,在竹林所有的作品中我们都能感受到那种爱的呼唤,它非常深邃、博大,表现出超越了私欲的大爱精神。可以说,她的儿童文学是独树一帜的真正的童心文学和人性文学。

让我们赶快走进《老水牛的眼镜》所展示的那个美丽的童心世界吧。

在小说"引子"部分,竹林向读者交代了写作的缘由:

我认得江南水乡的一个地方,那是个十分秀丽的村子。它的名字叫竹林村。竹林村有清澈的水塘,有碧蓝的河湾,有高高的小桥和密密的竹林……竹林村还有许多可爱的孩子们,他们都是些勇敢的红领巾,好像阳光下的新竹一样朝气蓬勃。

今年暑假,竹林村的孩子们开展了一个很有趣味的活动,那就是在晚上乘凉的时候,每人讲一个亲身经历的故事。我很荣幸地应这些小朋友的邀请,参加了他们自己组织的这个故事会。

在那夜气弥漫的打麦场上,晚风送来阵阵稻花的清香。我坐在光滑凉爽的竹凳上,把孩子们讲的故事一个一个记录下来。这些故事,充满了浓厚的乡土气息,像他们的人一样淳厚朴实,但又是那样的美丽、动人……①

《晚潮真热闹》讲的是少先队小队长根宝发明蟛蜞做肥料的故事。一次爸爸去上海拉肥料,他悄悄地钻进船后梢,路上发现堤岸边上有成千上万只"螃蟹"在爬动,爸爸告诉他那是蟛蜞,他带回的几只蟛蜞死了,发出难闻的臭气,这给了他启发。经过试验,大家发现田里埋了死蟛蜞的水稻长得特别茂盛,于是红领巾积肥

---

① 竹林:《心花》,湖南人民出版社,1981 年,第 43-44 页。

队每天都捉很多蝼蛄送到队里,解决了生产发展后肥源不足的问题。

《鸭子游呀游》写的是外号"鸭子"的胖男孩的故事。为了慰劳烈军属,"鸭子"精心养育五只小鸭子,个个养得胖胖的,走起路来一摇一摆的,并且开始生出"可爱的宝石一样,发出淡绿色的光"的鸭蛋。为了保护好鸭子,他与狡猾伶俐的黄鼠狼斗智斗勇几个回合,最终活捉了尖嘴的黄鼠狼。五只小鸭子像五团黄绒球,"啾啾"地叫着,活泼地跑来跑去。不久后,小鸭子脱掉了可爱的黄绒毛,很快换上了一身雪白透亮的新衣服,叫声也变成"嘎嘎"的了。令人不由地联想起鲁迅先生的小说《鸭的喜剧》中那群遍身松花黄,蹒跚地走的小鸭子,也写到鸭子长大后声音发生的变化。同样是观察生活细腻,描写得生动,给人留下鲜明的印象。

《"偷瓜贼"的秘密》讲的是被唤作"小刺猬"的孩子因为嘴馋而倒霉的故事。因为嘴馋,"小刺猬"被小伙伴们冤枉偷吃了一只香甜美味的十条锦瓜。为了捉住可恶的偷瓜贼,洗清自己的冤屈,他和红领巾们全体出动埋伏在瓜田四周,贼的影子没见着,却遇见了"鬼撒泥",最后才发现始作俑者竟是一只圆球上竖着一根根坚硬的刺的大刺猬,原来它就是偷吃了十条锦瓜的贼。请看,刺猬被"红领巾们"团团包围,最后终于被捉到的情景,描写得多么生动传神:

　　我们看见了刚才被"鸭子"坐在屁股下面的东西——一个缩成一团的圆球,圆球上竖着一根根坚硬的刺——这是一只大刺猬。根宝把刺猬捉来放在地上,略呆了一会,它就伸出尖尖的像老鼠一样的脑袋,转动着它的长长的尖胡须左右瞧了几下,就突然伸出四条腿一溜烟地逃跑了,逃跑时边跑还边用它的后腿往后面扒泥土呢。①

　　《长脖子螳螂和大肚子知了》是"刺猬"的小妹妹,那个"扎着

---

①　竹林:《心花》,湖南人民出版社,1981 年,第 59 页。

朝天辫,穿着粉红色的连衣裙,比桌子高不了多少"的可爱小姑娘讲的故事。通过长烟管爷爷讲的螳螂和知了的故事,小妹妹知道了螳螂是树木的义务保健员,而知了却是最坏的害虫,为了让爷爷不再为知了残害枣树发愁,小妹妹到处去捉螳螂放到枣树上吃那些讨厌的知了。有一天她在草丛里发现了密密麻麻的一大片小螳螂,便天天捉,天天放到树上,没想到她捉来的是草蜻蛉,专吃植物上的蚜虫。小妹妹无意中做了件大好事,也为农业生产做出了贡献。文中螳螂吃知了的情景写得十分传神:

……忽然我看见,有一只穿着花裙子的、美丽的螳螂,正顺着枝干往上爬。它爬得又轻又快,不一会儿,就悄悄地爬到了一只知了的背后。知了很胖很笨,它什么也不知道,却一个劲地在叫:"知道了,知道了!"

突然,螳螂伸出两把大刀来,猛地向胖知了砍去。胖知了的叫声立刻嘶哑了,只是"嘎嘎"地叫了几下。螳螂又伸出它针一样的吸管,狠狠地刺进了知了的身子。不一会儿,胖知了剩下了一个空壳,螳螂丢下它,心满意足地往别处爬去。①

自然界的法则,相克相生的食物链规律,在一个稚气未消的孩子眼中竟是如此惊心动魄,有声有色!

《哥哥的纺织娘为什么叫得最响?》讲的是"眨着一双和男孩子一样淘气的大眼睛"的二年级少先队员玲玲的故事。玲玲特别喜欢捉来各种能叫的虫子来玩,尤其喜欢上了能发出连续不断的电铃声的纺织娘,她用玉米秆、麦秸编了许多好看的鸟笼给它们住,月亮下在家门口开音乐会,比赛谁的歌声最响、最好听。结果却发现哥哥养的纺织娘,貌不出众,而且被随便扔在一只蔑里,但是叫起来的声音,却比她的任何一只纺织娘都脆亮好听。要强的玲玲不甘示弱,千方百计要找到一只叫得特别响亮的纺织娘与哥哥比试。因为哥哥的故弄玄虚保守秘密,害得玲玲夜里钻竹林捕

① 竹林:《心花》,湖南人民出版社,1981年,第62页。

捉叫得最响的纺织娘,观察哥哥怎样喂养他的纺织娘,甚至学哥哥采来带露的南瓜花。因为受到长烟管爷爷的批评,玲玲得知自己采花会影响到雌花授粉,要少结不少南瓜,很伤心,决心弥补自己的过失,于是想出了给南瓜人工授粉的办法。这一发明推广开后,南瓜获得大丰收,产量比去年增加了一倍。可玲玲从南瓜地里捉来的那只纺织娘,叫声还是不及哥哥的那只响亮好听。最终还是最有智慧的长烟管爷爷说出了谜底,原来放在甏里的纺织娘叫起来有回声,所以特别好听。哈哈!萦绕全篇的悬念一旦揭秘,真令人忍俊不禁!

欣赏一下月光下小池塘的美景吧,这可是生活在钢筋水泥和霓虹灯下的城市孩子无法享受到的福祉:

月光照耀下的小池塘,好像一块深色的、静卧不动的大宝石,萤火虫在上面飞来飞去,如同大宝石放射出来的熠熠光芒。池塘对面的小竹林,那些白天葱绿的竹叶,现在变成了深墨色的剪影,微风吹来,竹叶飒飒作响。但是这轻微的飒飒声,很快被纺织娘一片嘹亮的歌声压倒了。①

《鸽子咕咕叫》是绰号"鸽子"的秀气男孩赵志明讲述的他与两只鸽子的故事。一对野鸽子在他家门前的合欢树上做窝,两颗圆珠一样可爱的鸽蛋,却差点被一条褐色凶狠的蛇吞掉。"鸽了"救出了鸽蛋,还为新生的小鸽子编了一只漂亮的鸟笼,他决心把它们训练成真正的军鸽。你看,这是多么神气的两个小家伙:"一只是雪白的,浑身披着白得能发亮光的羽毛;另一只是灰色的,脖子上和胸脯上,缀着黄的和蓝的羽毛,亮灿灿的。"②两只鸽子都很聪明,也很勇敢。白色的当了通信兵,灰色的当了侦察员,并真的为小主人抓住偷砍嫩竹笋的小偷立下了功劳。不幸的是,灰鸽不慎吃了小偷撒的农药中了毒,为了救灰鸽,"鸽子"按照老师教的解

---

① 竹林:《心花》,湖南人民出版社,1981年,第68-69页。

② 同①,第75页。

剖青蛙的办法为它动了手术，竟使它恢复了健康。从此以后，赵志明与鸽子的感情更深了，以至于大家忘记了他的真名字，都喜欢叫他"鸽子"。

《水獭送来的礼物》是一个外号"小黑鱼"的孩子讲的与叔叔捕鱼时发生的趣事。让我们跟随他们的小船出发，感受一番月光下小河和岸边的美景吧：

> 那是一个有月亮的晴朗的夜晚，小河闪动着黑缎子一样的波光，两岸的合欢树和老榆树投下一团团、一簇簇浓淡不一的影子，好像描在黑缎子上的花纹。在我们的小船划过的时候，这些花纹也轻轻地活动起来了。叔叔把船划得很快、很轻。我们的船，好像一只贴着水面低飞的、快活的小蜻蜓。

> 当"小蜻蜓"从夜间显得白灿灿的水茭白丛中擦过去的时候，我看见前面闪着一片渔火。渔火像最亮的星星，它们在黑缎子一样的河面上撒下一片金粉。更奇妙的是在渔火的环抱中有一个小岛，这个小岛，白天我曾经去过，上面长着许多果树，还种着许多玉米和葡萄。可是现在，这个小岛在渔火的照耀下，所有绿色的叶子，都像那半透明的、翠绿的羽毛一样。我怀疑我进入了一个神秘的神话世界。……

> 这时候四周围很静，岸上只有蟋蟀"喔喔"的叫声，河里只有小白条鱼"扑拉拉"跳出水面的响声。白天那无边的、色彩丰富的田野，现在也变成了一个望不见底的深水湖，公路上高大的树，好像深水湖上漂浮的风帆。[①]

岂止孩子，就连我们这些成年人也不知不觉地被带入那个神秘世界，对即将出现的奇遇充满了期待。

果然，从水里钻出一个"小黑人"，一声不响地坐在了船帮上，"我定睛瞪着'小黑人'，'小黑人'也瞪着我，两眼闪着雷电似的

---

① 竹林：《心花》，湖南人民出版社，1981年，第79-80页。

光。"①叔叔说这是水獭在跟他开玩笑,并讲述了新中国成立前因为水獭衔来的一条大鲈鱼换米救了全家的故事,使读者的心也与故事中的渔民一样,充满了对这种小动物的感情。

《美丽的珍珠》是甜甜的有一对又深又圆酒窝的"珍珠"小姑娘讲述的她和小伙伴们育珠的故事。在公社的育珠房里,看到妈妈和阿姨们辛勤开蚌采珠的场面,孩子们决心自己也来培育珍珠,一定要种出像弹子那么大的珍珠,到时候叫妈妈和阿姨们吓一跳。小说详尽地描写了孩子们如何尝试用河里的本蚌来育珠,长烟管爷爷讲的穷渔民育珠的故事给他们的启示,以及秘密的实验,讲他们如何消灭叮咬河蚌脚的蚂蟥,三年后终于收获了第一批珍珠。妈妈说这些珠虽小,但是质地细密,光泽明亮,是上等好珠,而且他们的试验为社里的育珠事业扩大了蚌源,为国家做出了贡献。美丽的童心闪烁着珍珠般的光彩。

《孵蛙记》讲的是一个瘦瘦的、自称"青蛙迷"的、十分机敏的男孩子根林的故事。听老师讲青蛙是天然的植保员,可是它们产的卵却因为农药用得太多被杀死,活下来的小蝌蚪被鸭子等大动物吃掉,所以成活率很低。根林他们决心自己来育蛙,于是到处搜集那"一团团透明的、布满黑色小圆点的青蛙和蛤蟆的卵",倒在小池塘里,然后眼巴巴地渴望着黑色小蝌蚪的出现。终于有一天,小蝌蚪出来了:

> 啊,中午的太阳,一片好心地照耀着小池塘,给池塘里翻动的绿波,涂上了粼粼的金光。池塘里的水莲草,开着蓝紫色的花朵,每一串花朵下张着油绿色的叶子。我心爱的小蝌蚪,正在水莲草丛的隙缝间向阳的塘面上游泳。它们活泼地摆着细小的尾巴,摇着圆圆的脑袋,兴高采烈地来回游着,那样密密麻麻的一大片,怎么也数不清的。②

---

① 同①。
② 竹林:《心花》,湖南人民出版社,1981 年,第 96 页。

孩子们孵育的成千上万只小青蛙、小蛤蟆跳出池塘,分布在绿色的田野里,守卫着绿色的庄稼,好像一支雄赳赳的部队。孩子们明年还要办一个"青蛙培育场",培育出更多的庄稼的警卫员来。谁说年龄小就不能为粮食生产做贡献,看看这群可爱的孩子吧。

最后一篇《老水牛的眼镜》是一个叫小牛的孩子讲的最感人、最有创意的故事。先看看作家竹林是怎么描写"热"的吧:

> 夏天,天气很热很热,热得花母鸡躲在树荫下伸张着翅膀,大黄狗躺在屋檐下吐着舌头。①

如果不是作家对农村生活的细心观察,和对儿童心理的熟练掌握,怎会写出这样生动的段落。就在这样的酷暑中,小牛和他的老水牛,在小岛上的牛车棚里,给葡萄园车水。

竹林笔下的小岛美景更是美不胜收:

> 我们的小岛很美。小岛的四周长满了各种各样的树木。每当雨过天晴的时候,小岛上绿叶婆娑,就像飞来了无数翠绿色的鸟,在阳光下抖落着它们羽毛上的珍珠。而小岛中间的葡萄园,则像这美丽的鸟群衔来的一片翡翠。秋天,云雀停在空中唱歌,绿色的藤架上,垂下一串串晶莹、多汁的葡萄,那葡萄就像翠绿的小铃铛。我想,如果微风吹破了它薄薄透明的外皮,随着甜蜜的汁水一同流出的,一定是清脆悦耳的声响,比云雀的歌声还要好听……②

小说处处体现出人与牛之间的和谐默契。老水牛在合作化的时候立过功劳,现在为了给干旱的葡萄园车水,又被派上了用场。然而,老水牛毕竟年纪大了,加上天气炎热,竹壳眼镜又漏光了,所以老水牛肯定头发昏了,脚步也乱了。小牛以前听长烟管爷爷说过,牛最好的眼镜是用乌龟壳做的,得要30岁以上的乌龟才行,小牛心疼老水牛,一直在留意寻找。这次无意间发现大柳树的树枝上有两只碗口大的乌龟,捉住乌龟后,小牛坐在老水牛的背上,费

① 竹林:《心花》,湖南人民出版社,1981年,第98页。
② 同①,第98-99页。

力地一圈一圈地数着乌龟背上的纹路,不小心被牛车棚上的横梁撞昏过去。昏沉中,感觉好像有谁用热乎乎的毛巾在擦他的脸,努力睁开眼,发现自己躺在牛车棚下。老水牛蜷曲着两条前腿,跪在他的身边,用它温暖粗糙的舌头舔着他的头。原来在小牛昏过去的时候,下起了大雨,而忠实的老水牛则一直跪在他的身边,用它温暖粗糙的舌头,舔着他的头。

感人的是,老水牛是那样善解人意,对小主人充满柔情:

我望了望老水牛大而温和的眼睛,挣扎着欠身起来,用两只手扶住老水牛的双角,爬到了老水牛的头上。老水牛就缓缓地将头抬起来,它抬得很慢、很慢,一直抬到和身子一样平,我就爬到了它宽宽的、平坦的背上。①

当小牛筋疲力尽地抱着老水牛的脖子,想回家去,可大雨哗哗地下着,"分不清哪是天,哪是地,哪是河流和小岛",通向村子的小木桥也不见了踪影,可是老水牛始终迈着稳健的脚步朝前走去。

我们来到了激流滚滚的河边,它仍然一步也不停留地走下去。这时我心里真有点害怕,因为我知道牛一下水就喜欢在水里打滚洗澡的。……老水牛也好像不理会我似的一直向河中走去。我连忙紧张地攥着手中的牛绳。可是老水牛很懂事,它不但没有打滚,而且始终稳稳地凫着水,将它的背脊露在水面上,使我平安地渡过河到了对岸。②

人与牛之间的默契与信任创造了奇迹。最后,小牛终于数清了两只龟背上的纹路,都是符合要求的,便用它们暗绿色的壳,给老水牛做了一对漂亮的眼镜。

孩子们的故事告一段落了,掩卷回味,真有点恋恋不舍呢。

后来,竹林将这部《老水牛的眼镜》收入她的儿童小说集《心花》,此外还收录了以下 8 个短篇小说:

---

① 竹林:《心花》,湖南人民出版社,1981 年,第 102 页。
② 同①,第 103 页。

《老船长会说些什么》饶有趣味地描写两个天真的男孩——小涛和小皮球比爸爸的故事,他们让当年的老船长、老英雄,如今的一名普通纤夫来评理,船上的大副和医学专家究竟哪个大,那么老船长究竟要告诉孩子们什么道理,竹林引而不发,把思考的空间留给了小读者们。

《未来的海员》是关于学校船模小组的男孩子小杰的故事,小杰不爱学习文化课,搞不懂什么三视图、比例尺,却一心想当海员。一次他偷偷藏在胖师傅的大菜箱子里,混进了爸爸的长风号轮船,他从船员叔叔们一丝不苟的工作中受到启发,知道"毛估估"地开船要出事,学习科学文化知识也不能"毛估估",马马虎虎。每个人必须用知识武装自己的头脑。只有努力学习,把自己锻炼成为一名勇敢的水手,将来才能在"四化"的航道上乘风破浪,自由驰骋。

《心花》从孙子小宝的视角,讲述在"文化大革命"的疯狂年代,被打成"走资派"的爷爷在艰难的处境下坚持真理的故事。爷爷本是大队党支部书记,在解放战争中,冒着生命危险,饿着肚子带领民工支前送粮立过功,在"文革"中被打成走资派,几次被批斗,他仍然带领全村人开荒山,修水利,把生产搞得火红。后来因为抵制种新品种棉而坚持继续种适合当地的本棉,被戴上了搞复辟倒退、扼杀新生事物、破坏"批林批孔"等"大帽子",被新任大队党支书汪明在广播喇叭里一天到晚地批判。因为孙子给毛主席写信"告御状",使爷爷的处境愈发艰难。在残酷的政治高压下,爷爷坚持搞棉种杂交试验,一心培育出适合本地区的棉花品种。为了保护这些棉籽,爷爷将它们缝在贴身的肚兜里,任凭汪明他们拳打脚踢也不交出。最后,在孙子的幻觉中,爷爷的心窝上有一粒棉籽在发芽、成长,终于变成无边无际的棉花。

《紫色的水葫芦花》通过小学里新来的林老师两次家访引出故事。原来男生丁小毛成绩差、迟到、不交回家作业、上课经常打瞌睡,是因为爸爸去世后,他要帮助妈妈做农活、带弟弟,过于疲劳造成的。书生气十足的林老师明白自己错怪了这个懂事的孩子,眼下真正重要的是解决他们的实际困难和问题,这样才能让他们有时间和精力读书。于是,她决定组织同学们互相帮助,让拉下功课的同学尽快赶上来。小毛咧开厚厚的嘴唇笑了,林老师也对自己的事业和未来充满了信心。

《偷杏记》写14岁的初一男生王小青,在和全班同学到郊区去支援"三夏"劳动时,偷吃老婆婆杏树上的杏子,因为吃得太多而差点送命,在老师同学、大队书记和贫下中农、医生们的大力营救下,才转危为安。小说对馋嘴男孩心理的描写生动而传神。先是一进村他发现了一棵高大的杏树,开始想象杏子的美味,然后与老婆婆搞熟并且希望分到她家里去住,但未能如愿,于是夜里梦见杏树。当全班紧急集合去帮助社员抢场时,夜色中的杏树愈发朦胧神秘,令他惊叹的是隐在鲜绿的树叶里的杏子"上面浮动着一层橙色的光芒,那么柔和、那么圆润,使人想起一种巨大的名贵的珠子"。[1] "现在,杏子对我的诱惑已不仅仅是那从未尝到过的味道了,连同那光、那色彩、那形状……我简直无法想象把那可爱的小果子吞进嘴里是一件何等美妙的事。"[2]于是,鬼使神差般地,在队伍正要出发时,王小青竟灵机一动装起了肚子疼,待队伍走后,便爬上杏树,尽情地饱餐那可爱的圆润的果子,"直吃到我觉得我的肚子随时都有爆炸的危险时,才连连打着饱嗝,溜下树来。"[3]于是酿成了一场大祸。最后,被抢救过来的王小青既感动,又惭愧和难过,他又来到杏树下,捡起被风吹落的杏子,放在主人的窗台上,又掏出妈妈给的两毛零用钱,轻轻压在碗底下,这才如释重负地偷偷跑掉了。在大家庭的温暖中,这个因馋嘴贪吃而犯了纪律的孩子转变了。

《爸爸》通过女儿真真的视角描写当教师的爸爸。爸爸是一名认真负责的老师,"文革"中胸前被挂着大牌子批斗过,也关过

---

①　竹林:《偷杏记》,《心花》,湖南人民出版社,1981年。
②　同①。
③　同①。

牛棚,弄得一身病。刚恢复工作,又拼命"低头拉车",一天到晚不回家,他教育的几个"小流氓"却把他家里的玻璃窗砸碎了,这引起妈妈的强烈不满。而女儿却心疼爸爸,偷偷藏起两只包子给晚归的父亲吃,妈妈也终于理解了爸爸。

《贡献》写夏收的忙碌季节,爸爸们在麦田里割麦,妈妈们在水田里栽秧,调皮的男孩小根宝则指挥着一群孩子在场上的油菜堆里打滚。不过千万别以为他们在打架,孩子们是在为社里做贡献哩。原来爸爸命令根宝他们看场,不让鸡鸭靠近,可根宝觉得贡献太小了,便动员孩子们一起边唱歌边踏油菜,当发现小龙和二林打架滚过的地方,油菜籽全脱出来了,于是,孩子们便两人一组玩起了打仗的游戏。谁知,天下起了瓢泼大雨,淋湿了油菜籽。听说淋湿的油菜籽要是发芽,就全损失了,根宝心里很难过。他吃不香睡不好,终于想出了不让油菜籽发芽的好办法,就是把淋湿的油菜籽放在锅里炒。根宝爸爸在队上的广播里介绍并推广了他们的办法和事迹,表扬根宝他们一伙少先队员"都是做梦也想着为集体做贡献的好孩子"。

《种瓜记》描写一群农家少年自己开荒种西瓜的故事,他们精心侍弄瓜地、人工授粉,尤其是一位被称作阿呆的少年不厌其烦地记录、分析,给每一个西瓜挂上牌子,科学种瓜终于保证了只只瓜都是成熟的。当大家都在品尝劳动果实时,阿呆又开始琢磨无籽西瓜的试验了。所以,阿呆不呆,而是一个热爱科学的孩子。

竹林说:我写的小说,希望能表现人类的情感,弘扬人类的大爱精神。从《心花》这部朴素的作品集中,我们看到的是儿童们的善良、阳光、上进,追求科学和集体主义精神,感受到的是人与人、人与自然的和谐,这正是优秀的儿童文学应该提供给孩子和社会的正能量。

联想到当前的许多校园文学,尤其是新生代作家的写作,其中不乏生活情趣和鲜活灵动,充满网络时代的机智,甚至畅销火爆,但终觉厚重不足,缺少回味。究其原因,可能就是欠缺对人文精神和命运层面的挖掘,欠缺对人类的大爱精神的弘扬。"过分娱乐化,就缺乏了对孩子们精神生活的引领。中国文学原本是讲究'载道'的,原本就包含着人类对儿童深刻的情感和祝愿,儿童文学要为儿童的人生'打底'。过分娱乐化的儿童文学作品,迎合了享乐主义的风气,缺乏悲剧的精神,因而就无法提升读者的精神世界,无法让孩子获得成长所需要的精神养料。"①

诚然,每个作家都无法超越其所处的时代。尤其是在极"左"时代的中国,政治对文艺存在过多的制约,如:"三结合"的创作模式,即"领导出思想,群众出生活,作家出技巧";文艺从属于政治,"政治标准第一,艺术标准第二"等等,都严重压抑了作家的主观能动精神,挫伤了艺术探索的热情,也在很大程度上损害了艺术的感染力。然而,"无论你笔触什么年代的生活,深藏在文学中的真、善、美的因子,不能因年轮相异而缺失。笔锋要敢于撕裂假、恶、丑的五脏六腑,为社会的进步出一份绵薄之力。"②在一个瞬息万变的时代,总有些东西是不变的,比如大爱精神、集体主义、科学探索精神等。只有那些以审美的力量、情感的力量、道义的力量、精神的力量打动人、感染人、影响人的作品,才能在儿童纯洁的心灵上播撒真、善、美的种子,才是社会进步的推动力量。尽管《老水牛的眼镜》所描写的时代早已过去,但它的艺术魅力不减,人性的光辉不减,依然能够给今天的儿童文学作家以有益的启示。

"好的儿童文学作品,是少年儿童放飞梦想的窗口;杰出的儿童文学作家,是少年儿童梦想之旅的向导。在为实现中华民族伟大复兴中国梦而奋力前行的征途中,中国儿童文学必将迎来新的更繁荣的明天。"中国作协主席铁凝在第九届儿童文学颁奖仪式上的讲话,表达了广大儿童文学作家和出版家的信念与信心。

本文杀青之际,一则新闻引起了笔者的注意。由中美两国警方发起,20 个国家和地区的警方联合打击儿童网络淫秽犯罪,一

---

① 汤素兰:《中国儿童文学现状审视》,中国作家网,2007 年 7 月 7 日(http://www.chinawriter.com.cn)。

② 从维熙:《仰望"思想者"——人文精神求索》,《文学报》,2013 年 10 月 10 日。

举摧毁了一个会员超过百万,蔓延全球的儿童色情"网络帝国",斩断了伸向"天使"的网络黑手。这一事件给世界敲响了警钟:儿童的生存环境亟待净化,儿童的精神世界更需要引领,对那些给儿童的审美世界带来混乱,对儿童的生命健康形成危害的"恶之花",应该坚决杜绝,零度容忍!

人之初,性本善。儿童文学是塑造未来民族性格的文学,来不得半点马虎敷衍。现代京剧《红灯记》中的唱词说得好:"栽什么树苗结什么果,撒什么种子开什么花。"这个朴素的道理到了该重新引起成人世界警觉的时候了。

第五章

『人间大爱系列』研究

风雨中盛开的红蔷薇

——读"人间大爱系列"三部曲

生命中的红雨伞

30多年前,皖东丘陵的泥泞山路上,行走着一位失魂落魄的姑娘。因为"莫须有"的、令一位姑娘倍感屈辱的问题,她又一次被大学拒之门外。雨越下越急,千万条雨柱无情地鞭挞着她的身体。一阵沉闷的轰响声传来,可怕的山洪暴发了。滚滚洪流淹没了架在涧湾之上的高高的桥,周围一片汪洋,人生的路似乎就此断绝。她毫不犹豫地迈动双腿,朝湍急的水里走去,想让狂怒的洪水洗刷掉自己的屈辱和不幸。"姑娘!"一个响亮的喊声突然响起,只见一个素不相识的老农,撑着一把红色的油纸伞,赤脚向她跑来,一把拽住了她。老农用一双粗糙的长满硬茧的手拉着她蹚过急流,并告诉她:"别怕,不要光看你脚下的一点点水面,抬起头来往前看,只要站稳了就行!"她试着站直了身子,抬头一看,果然视野开阔了,天地变大了。她不知道老农的名字,但茫茫雨雾中晃动着的那把红雨伞所传递的温暖和希望,从此深深地刻印在她的记忆中,引领她在人生的泥泞中寻觅至今。

在大爱境界攀援

30 多个春秋过去了,当年风雨中的姑娘已经成为当代文坛上一个不容忽视的存在了。4 月 23 日,在世界读书日这天诞生的竹林,果然一生与书结缘。作为"知青文学第一人",她幸运地得到茅盾、韦君宜、冰心、萧乾等文学前辈的直接关怀。但《生活的路》在开知青文学先河的同时,也给她带来了厄运,于是她自甘寂寞,自我放逐,去上海郊区的农村一待就是 30 个春秋。当人们以为她会就此沉寂时,她却向文坛捧出了沉甸甸的成果:《呜咽的澜沧江》《女巫》《挚爱在人间》《夜明珠》《晨露》《灵魂有影子》《今日出门昨夜归》等十多部长篇小说以及其他中短篇文字作品。其中,《呜咽的澜沧江》用历史的哲学的目光去分析和批判上山下山运动的本质,被称为当代中国青年追寻人生价值的壮丽诗篇,不仅受到海峡两岸老一辈作家胡秋原、萧乾等人的高度评价,还在台湾出版了精装本和评论专集,被加拿大的文学杂志全文刊载;《女巫》出版后,也立即在海内外引起很大反响,引发了人们对 20 世纪中国农村和农民命运的深沉思索,见仁见智,笔者也曾以《一部对现代封建主义的血泪控诉书》为题抒写己见,发表时题目被改为《读竹林长篇小说〈女巫〉(全本)》。《挚爱在人间》获得"八五"期间全国优秀长篇小说奖,青春文学《今日出门昨夜归》获第十届国家"五个一工程奖",《晨露》《夜明珠》被选入中国百年百部儿童文学经典,散文《架起爱的桥梁》被收入人教社版九年制义务教育课本五年级《语文》课本……一部部佳作犹如一朵朵光彩夺目的金蔷薇,绽放在新世纪文艺的百花园中。人如其名,始终远离热闹和喧嚣,被称作"上海作家中的隐士""异数""传奇作家"的女作家竹林,以她的顽强与柔韧,以她竹子般一团葱绿的生命喜悦,以她字里行间洋溢的大爱精神,牢牢地吸引着人们探询的目光。

20 世纪初,五四新文学运动中的弄潮儿们面对依然强大的封建势力和内忧外患的现状,纷纷寻找救世的良方。鲁迅先生"挖祖坟"、清劣根,郭沫若诅咒黑暗、反复咏唱凤凰涅槃后的喜悦与新生,庐隐宣扬叛逆与恨,冰心开出的药方却是爱——对母爱、童心、大自然的讴歌。经历了诸多人生磨难,走过不堪回首的"生活的路"的竹林,全面继承了冰心老人的"爱的哲学",并将它发扬光大:无论是写小说还是散文,无论是纪实文学还是科幻题材,她始终不变的文学创作母题是爱。童年父母之爱的缺失,并没有泯灭竹林对亲情的渴望,她从对亲人的爱出发,到爱身边的每一个人;从感恩在自己危难时伸来的援手,到温情地看待这个世界,以至于以"爱的自省"宽宥体谅那些曾经不友善甚至恶意对待自己的人;从对大自然一草一木一呼一吸的欣喜,到对脚下这片历史厚重苦难也深重的土地的深沉的爱……我们欣喜地看到,竹林没有让前辈作家失望,她正一步一个脚印地走出狭小的"工房",驱走曾挥之不去的厄运铸成的梦魇,进入一个澄明通透的大爱境界。她以一支流转自如的妙笔,关注弱势群体,关注女性命运,但又决不仅仅是控诉、悲悯和呼吁,她从更广大的社会历史和现实政治的立体交叉点上探寻悲剧产生的源头。在中国当代女性主义写作陷入自哀自恋、杯水波澜的瓶颈的时刻,竹林那些充满"政治关怀、文化思考、人性探索,紧扣时代、紧扣中国现实和历史"的文字,以其对中国经验的揭示、对中国现实的诠释给我们带来了诸多启示。

人类的全部历史告诉我们,对自由和爱的不懈追求,是人性中最光辉的一面,也是上帝赋予人的本能和原动力。文学是人学,鉴别一部作品的优劣,就看它对人性挖掘所达到的深度,看它在多大程度上引导社会人群向真、向善、向美。即使是揭露假恶丑,抨击黑暗的作品,其指向仍然是真、善、美和光明。我十分赞同诺贝尔文学奖得主、日本作家大江健三郎的创作观"文学应该给世界以温暖"。我们在竹林的这套"人间大爱系列"里,就看到了爱和人性的温暖和耀眼光芒。

"爱的三部曲"

　　轻轻合上"人间大爱系列"三部曲,抚摸着它朴素清雅的封面,我依然沉浸在作家所营造的爱的氛围中,感受着一种宁静悠远的神灵气息。晶莹的泪水荡涤着心灵褶皱里的尘垢,灵魂中沉睡多年的一些东西被唤醒,我按捺不住要将这份感悟说与友人。

　　由二十一世纪出版社推出的这套"人间大爱系列"包括三部长篇,分别是《净土在人间》《挚爱在人间》和《天堂在人间》。它们讴歌的都是爱的主题。《净土在人间》是通过台湾证严法师创建慈济、播撒人间大爱的事迹来表现;《挚爱在人间》是通过海峡两岸一对父女短暂的相逢、相别再到永诀的亲情故事来表现;《天堂在人间》则是通过台湾商人许云龙与四川某高校教授陈松林以及女作家如蓝结伴同游旅游胜地九寨沟、黄龙,经历了诸多神奇莫测的事件,最终各得其所的曲折故事来表现。

　　"我好像感到旧有的世界在我面前逃遁,旧有的'我'也已经迷失,而莫名的喜悦在我的血液里掀起狂涛。"竹林自述她在参观由台湾证严法师创建的慈济精舍,与慈济人交流时的感受,又何尝不是笔者阅读《净土在人间》[①]时的感受呢。

　　"走路要轻,怕地会痛。"证严法师生长于富裕家庭,自幼得父母宠爱,天生丽质,加上不俗的仪表,本可拥有令人艳羡的幸福人生,但她却不能满足于仅仅为自己和家人度过一生,也无法对身边的苦难熟视无睹。她与佛有缘,放下了自家的"小菜篮",毅然提起了普济苍生的"大菜篮",化小爱为大爱、博爱,不仅爱世人,也爱天下万物,连对脚下的土地也呵护有加。这句殷殷提醒的话语,曾令一位不知建造过多少金碧辉煌大厦的建筑商感动莫名;初读此言,笔者亦深受震动。证严法师30年持之以恒的善行,不知感

---

　　① 竹林:《净土在人间》,二十一世纪出版社,2008年。

动了多少人,影响了多少人生。她说:"与其诅咒黑暗,不如点燃光明。"她事必躬亲,从点滴做起,建立起遍及全球的庞大的慈善事业,扶危济困,感同身受着灾民和弱者的冷暖痛楚,用微笑和善行给这个钢筋水泥组成的世界注入温情和暖色。现在,台湾地区每16人中就有一名慈济会员;全世界每一次大的灾难中,总能看到慈济人的身影,这其中也包括祖国大陆。慈济人身体力行着真、善、美,广播善根,将超越了国界、种族和宗教的大爱精神写到了人类的旗帜上。《净土在人间》告诉我们,只要人人存一份慈悲的情怀,拥有仁爱的心胸,只要人人付出一份清净无染的大爱,人间即净土。

证严法师说:"竹林女士心中无一物,如纯净的白纸,不带任何色彩,所以甫接触慈济人事,在白纸上写下的文字就是很美的篇章。"①法师的一双慧眼看透了竹林如孩童般纯洁无瑕的心灵。

《挚爱在人间》②中的一对父女,被分隔在海峡两岸,各自经历了40年不同的人生,因亲情而短暂相聚、相互了解。情节并不曲折,场景也不复杂,就是父女重逢后的路上、雨中和家中,其间巧妙地穿插了父女二人各自的人生经历和心路历程,有时是内心独白,有时是父女交流。

自小被命运抛弃的孤女尝遍了人世间的心酸和尴尬,小时候眼巴巴地看着姊姊和弟弟吃大饼油条,却被冷落一边,感觉自己是多余的人。下乡插队时她被多次推荐上大学,却被一个令姑娘极为难堪的处女膜问题堵死了升学之路。为求生路,她扒煤车去北京郊区,被飞溅的煤屑——这命运的鞭子抽打,面对陌生人留下的一个苹果激动不已,以致咬破了舌头,连核吞下。返城后,因写作女知识青年在农村的真实遭遇的小说而被单位排挤,连立身之地都被剥夺。她自甘寂寞来到城郊农村,为搭车进城曾被粗暴地推下车跌破头,又被人趁火打劫抢走了拎包……命运将它残忍的一

---

① 竹林:《净土在人间》,二十一世纪出版社,2008年,第14页。
② 竹林:《挚爱在人间》,二十一世纪出版社,2008年。

面淋漓尽致地倾泻到林男柔弱的肩头,人的尊严在这里被肆意践踏。然而,竹林并没有把现实描抹得一团漆黑,书中描写了一群热心肠的善良人:严守她出生秘密的祖母,将半根油条留给她的大妈妈,有着慈父心肠、引导她叩响文学殿堂真实大门的《淮河文学》主编江河……在走投无路的时刻,她往往会遇到福星。如煤车上卖扫帚人的神秘预言,滔天洪水中那把如金蔷薇般绽开的红色油纸伞,真如诺亚方舟,劈波斩浪,引她渡出绝境,让她体会到人生的温暖和希望。在诡异莫测的人生轨道上,她不甘沉沦,像一只夜间奋飞的鸟儿,勤奋地写作,持续、顽强地诉说着强权对弱者的欺凌。在炼狱般痛苦的磨难中,对民族灾难的深刻体察,使她的精神得以升华,不再沉陷于一己的不幸,咀嚼小我的悲凉,她说:"一切荒谬我都可以理解,一切卑下我都可以宽容。人们常说,登高可以望远,而事实上,唯有堕落在最深的底谷,才能洞察生活的底蕴。"①正因为如此,她才能谅解那个以流氓手段逼迫、欺负她的同事,她告诉气愤难平的记者,其实对方也是个曾因冤案劳改了大半辈子的人,他的所为不过是在执行某些领导的意图,她甚至自责当初不该与他计较。她坚信:"生命是不死的,民族是永生的。如果能以自己的笔再现出一代人的失落,以丰盈充实未来更广大的人生,那么生命的极乐意义也会迂回来到她的身上。"②

这一切是隔岸相望的父亲所难以想象的。父亲另有一番曲折传奇的人生经历。这个苏北小伙子家境惨淡,13岁就挑着一副与身材不相称的鸡蛋挑子去上海闯天下。他打过日本鬼子,曾有过一段不平凡的革命经历,也曾激情燃烧,在战火纷飞的岁月里播下了爱的种子。这条硬汉子一生只向前看,绝不为过去的事情伤感。他的人生哲学是,"活一天就要快快乐乐的,活一天就要拼命干",并拒绝别人的同情。在生命即将结束的前夕,他为了让台湾同胞通过文学了解国人的思想感情,并跟踪探讨五四文学的发展,创办

---

① 竹林:《挚爱在人间》,二十一世纪出版社,2008年,第167页。
② 同①,第144页。

了一所专门研究大陆当代文学的机构。他的愿望就是看到更多的中国作家成长起来,看到具有世界水平的作品诞生。他对女儿的写作充满了期待,因女儿的成就而溢满了一位父亲的自豪。他人在台湾,心却永远留在大陆,一踏上故土,便在田野上欢欣跳跃,那灵活矫健的身影,令女儿不敢相信他已是年过六旬的老人。他还指着田里的大麦、小麦,路边的苜蓿、茅针等野草拷问女儿,一问一答中,流露了父亲浓得化不开的乡情。

由于成长的时代背景和社会环境的差异,父女之间价值观的不同,而使得他们相处的气氛时而温馨,时而紧张,父亲强硬甚至暴躁的个性,也时常让他的在襁褓中就分离了的女儿感到委屈,但血浓于水的亲情最终还是化解了不和谐音。

最后一章"永诀"是全书的高潮部分。写父亲专程从台湾来到女儿的住处,要女儿买来五条毛毯,一针一线地为单身的女儿缝制窗帘和门帘,那情景动人心弦,催人泪下。相同血脉、一样基因,同样倔强刚烈的一对父女,一直小心翼翼地守护着自己心灵中最柔软的部分,在最后一次相聚时,却不小心流露了真情。女儿苦苦寻求、泣血呼唤了几十年的父爱猛然间变为现实,她为父亲穿针引线,她"变小了,小得好像只有十岁,仰望父亲,如同仰望一座大山"。小说写道:

这是怎样的快乐啊!柔和的灯光下,舔湿了洁白的线,润润地捻细了,送进幽微闪亮的针眼,穿过去,轻轻一扯——便牵扯出来,这一丝一缕,带着绵长的纤细的柔情,绵长的童年的记忆,还有绵长的小儿女的撒娇和稚情。"①

父亲对于女儿的激动和异常表现似乎并无觉察,他只是坐在藤椅上熟练又认真地做着缝纫工作,"好像一匹大骆驼,一匹在茫茫沙漠里艰难跋涉默默奉献的骆驼。"时而还要炫耀一下自己的技艺,夸耀自己从台湾带来不会弯曲的钉子是有先见之明。在温暖

---

① 竹林:《挚爱在人间》,二十一世纪出版社,2008年,第171页。

如春的房间里,女儿的热泪终于顺着脸颊簌簌而下,父亲也终于将有咸味的泪滴在女儿的发际。热泪融化了横亘在这对坚强的父女中间40年的漫长距离和彼此的陌生感,挚爱亲情与对乡土的爱的波浪瞬间冲决了感情的堤坝,浩浩荡荡奔向应有的归宿。返台后,父亲逝去了,但林男坚信自己会在春天的天堂里跟爸爸相会,那一片挚爱的深情,将永远在春晨的风中静静地吹拂,并且永驻人间。

小说以意识流的手法将女儿没有父爱的悲哀、渴望爱的呼唤、得到爱的欢欣、永失父爱的悲怆刻画得丝丝入扣,惊心动魄。

《天堂在人间》①将故事的背景安排在人间天堂般的旅游胜地九寨沟和黄龙,在如梦如幻的大自然中,来自台湾的电脑公司老板许云龙、四川某高校教授陈松林以及中年女作家如蓝,为了实践陈松林提出的"数轴构思创作法"而结伴同游。同行的还有伶俐可人的女研究生李星,来自台湾的举止夸张、略带疯癫的秘书沙沙小姐。在4天的时间里,一行人经历了种种猜测、试探、交流、沟通,最终各自找到所爱。在诡异的奇峰异石、高山雪莲、扑朔迷离的藏族神话传说烘托下,牵着一头白羊在泥石流袭来时挽救了一车人生命的小黑孩、神秘的采药老人先后登场又不知所终,在许云龙断断续续的讲述中,一个凄艳浪漫的爱情故事浮出水面。原来,许云龙此行是来寻找自己当年遗落在这里的爱的种子,失散在大陆数十年的女儿,然而却对面不相识。42岁的如蓝孑然一身,在人群中似乎是个多余人,她早已对爱失去信心,却在荒野的落日余晖里意外收获了爱情。李星有不堪回首的往事,对父母和那个家厌恶之极,她先是喜欢导师陈松林,后投入台商许云龙的怀抱,终于盼来了命运的转机,许云龙承诺让她出国留学。许云龙本来错过了真正的女儿,却在生命弥留之际一把抓住了如蓝的手,再也不肯放松。尽管父女已无时间相认,但冥冥中的血脉相通,却使得他们在永别时刻感受到了团聚的极乐。那一刻,人间变成了爱的天堂,天堂就在人间。

---

① 竹林:《天堂在人间》,二十一世纪出版社,2008年。

"人间大爱系列"三部曲形象地告诉我们,"博爱、挚爱和真爱超越了政治、国族、信仰、贫富、时空等隔膜和局限,沟通了小我与大我、个人与世界、亲情与爱情。""只有爱才能跨越中华民族之间因社会政治造成的隔阂,化解昔日的怨恨,连接两岸的亲情人心,构建一个和谐繁荣的民族大家庭。"①(许道军语)

最后有必要提到的是竹林小说诗情画意的文字之美,阅读竹林的每一部作品,我往往都会被作家那支流转自如的生花妙笔下的大自然、表现人间真情的细腻文字以及别出心裁的比喻,迷得如醉如痴,感动得热泪盈眶,佩服得击节叫绝。待要举例,才发现这样的文字在竹林的作品中俯拾皆是,不胜枚举,只得无奈地放弃了这笨拙的打算。难怪才思敏捷的老作家萧乾先生说:"散文是文学的基本功。"他曾经带竹林去拜见冰心和巴金,虽然见面的时间极为短暂,但竹林很快就写出了洋洋洒洒的散文《冰心与萧乾》和《梦之魂——巴金与萧乾》,文字俏皮、跳动、富有魅力,前者还被收入了上海市初中语文教材。竹林的文才令老作家、中国文史馆馆长萧乾先生想起了邓肯舞姿的神韵,称竹林是"鬼才"。看来,要感受竹林的文字之美,只有亲自去品读回味了。

竹林还将《净土在人间》的全部稿费捐赠给安徽全椒中学。她说,这是对插队落户时当地乡亲们对自己关爱的一点小小的回报。显然,她是在身体力行着大爱精神。让我们充满信心地期待着她更为丰厚的收获吧,也愿浸润着大爱琼浆的金蔷薇开遍神州大地!

---

① 竹林:《净土在人间》,二十一世纪出版社,2008年,第8页。

爱的呼唤和礼赞

——中短篇小说卷《天堂里再相会》选评

《天堂里再相会》①中的这组作品,是竹林在写作长篇小说的间隙中,兴之所至时偶尔为之的收获。它题材广泛,时间跨度很大,既有写城市生活的,也有写农村生活的,还有童年回忆,从人物命运中可以看出时代的一些痕迹,也可感受到作家对真、善、美的颂扬与追求,以及对假、恶、丑的揭露和鞭挞。下面精选几篇令我感动的作品分作评述。

《永远的赞歌》

这是一曲母爱的赞歌。

小说描绘了一幅幅深沉、感人的母爱画面:脸色蜡黄的"老肚皮妈妈"受尽她的小辫子丈夫的欺负,但对村里的孩子们却永远那么亲切、那么温和,一天到晚笑呵呵的,对小男孩赵春华更是疼爱有加。当春华考上北京大学要去读书时,她听说那里"冷透冷透"的,会把人的脚趾头冻掉,便彻夜不眠地赶做一双新棉鞋给他穿。等春华大学毕业后,又从遥远的北方都市调回到这个临近东海的大城市,在一家报社负责农村部版面的采访时,才有机会来到近郊的家乡探望双亲,并前去看望病危中还在叫着他的名字不肯咽气的"老肚皮妈妈"。直到此刻,他才知晓"老肚皮妈妈"正是自己的

---

① 竹林:《天堂里再相会》,《竹林文集》卷四,华夏出版社,1998 年。

生母,听到了妈妈悲苦的身世。谜底揭开的瞬间,也是小说的高潮部分,凄苦一生的"老肚皮妈妈"在儿子一声声"姆妈"的呼喊声里,一丝甜蜜蜜的微笑浮上了她的嘴角,她幸福而满足地合上了双目。

大爱无疆,大音希声,母爱是无处不在、无法泯灭的。竹林用动人的笔墨描写了蚯蚓的叫声:

在我亲爱的故乡,当残冬的严寒还覆盖着大地,料峭的春风尚无力为桃柳染上轻红浅翠时,往往在一场雨后,蚯蚓就钻出了泥土。它迎着雨水,最先感受到春天的清新气息。它吃的是泥土,吐出来的却是庄稼所需要的养料。它终日埋在深深的地下——人们赞美地上面的鲜花和绿草,秀木与嘉禾,没有谁会想到它的功绩。只有在这夜深人静之际,它发出了自己勤勉愉悦的歌声。这歌声当然不如青蛙的嘹亮,也不及蟋蟀的动听,但音质也很清脆。在遍地萧索的晚秋,它给人以一种向上的、不屈不挠的力量,面对严冬的降临也决不悲观。

"曜、曜、曜——"蚯蚓的叫声使黑夜显得深沉了。①

更可贵的是,竹林以饱蘸人间至爱浓浆的温情文字,塑造出一位蚯蚓一样具有顽强生命力的母亲形象。小说结束于"姆妈"生命的终结之时,但一曲永恒的母爱赞歌却从地心深处传出:

我脱下外衣,盖上了姆妈的含笑的脸。

夜,更深了。在这深沉的夜中,潮头花在屋檐下怒放;蚯蚓"曜、曜"的叫声,仿佛从地心深处传出——这压抑顽强的叫声,似在为自己,也为人生唱着永远的赞歌。②

----

① 竹林:《天堂里再相会》,《竹林文集》卷四,华夏出版社,1998年,第6-7页。
② 同①,第36页。

《大耳朵阿大和秃尾巴狗》

《大耳朵阿大和秃尾巴狗》写了一个憨厚、可爱的农民阿大和他的狗,在极"左"年代的遭遇和在新时期发家致富的故事。有吵吵闹闹的小夫妻生活,有翁婿之间的信任,更有人与狗的默契,喜忧交织,充满生活情趣,令人体验着辛酸、欣慰与温馨兼而有之的生活滋味。

起初,生产队长动员大家买西德长毛兔,可任他说得花好桃好,也没人愿意花 10 元钱买一对兔子,只有阿大用 40 元钱买了 8 只长毛兔。可大家并不看好。阿大精心照料这些兔子,不仅别出心裁地给它们造了上下两层的小房子,割青草喂养它们,还请学校校长、当年的"大学生"给每只小兔子做了标明身份血统的卡片,连"懒货'也每天忠诚地守卫着兔棚。终于,小兔子有六七十只了,兔毛也卖了 200 多元钱。这时,那些当年连 20 元也不肯挖出来的"深谋远虑"的农人们开始恭维阿大,并愿意出 50 元的高价来买阿大的小兔子。"事实上,在这明朗的初秋,阿大自己头上的天也日见光明了。"

小说最后还交代了一件有趣的事情。

当年,阿大在"举国上下都经受考验的困难时期",曾用一口袋面粉换回来一只刚睁开眼的黄蜡蜡的小狗,信以为真这是一条猎狗,等小狗长大后,第一次带着它去打猎时,才发现这是一条无用的草狗。阿大千方百计地设法把草狗和一条猎狗交配,生下了一只小狗。就像宠爱子女的父母为了让小孩子好养活而要特地取一个贱名一样,阿大为小狗起名"懒货"。在割资本主义尾巴的时候,阿大的猎枪被没收,并被大队书记命令当众杀掉自己心爱的"懒货",情急中,他手起菜刀落,斩断了它的尾巴,才保住了它的性命,可从此它却成了一条可笑的秃尾巴狗。后来无意间听一位猎人介绍自己的猎狗时,阿大才恍然大悟,原来猎狗就是没有尾巴的,自己的"懒货"歪打正着地成了一条真正的猎狗。回想自己的一生,阿大不由得相信了老丈人说的"每个人头上都有箬帽大的一片天"。

《冥行记》

《冥行记》采用了鲁迅小说《狂人日记》的写法,记述某君挚友在"文革"中的遭遇。这位友人在"文革"中被打成牛鬼蛇神,不堪凌辱,几度寻死未成,后吞下大量安眠药,昏迷中幻觉冥行数千里,目睹阴曹地府里枉死城中的悲惨景象。数年后他在临终前,嘱咐他的朋友等到时政清明之日,才可与人言。小说颇具荒诞意味,但经历过这段历史,或者了解这段历史的人会明白其中所述绝非虚妄。

小说通过第一人称"我"在阴间的所见所闻,展开了一幅阴森恐怖的画面。"我"遇见的一位张姓老者,将枉死城比作阳间的"五七"干校。这位名叫张子仁、外号"长八筒"的小学校长是因为受流落海外、20年未通音信的独养儿子牵连而被批斗的,瘦骨伶仃的脖颈上被吊了一块10斤重的黑牌子,上书"国民党特务、老牌反革命分子,封、资、修的吹鼓手张子仁",正在被批斗时,一头栽倒,告别了阳世。他在枉死城里游荡了5年,迟迟没有被宣判,他急于变作牛马,便去闯冥王府。偏偏冥王较真,非要将张校长的所谓"罪状"一件件地进行审查,于是通过冥王审案的形式,历数了张校长一生的经历。如,少年时代读赫胥黎、达尔文的著作,青年时代立志教育救国,挨家挨户动员孩子上学读书,卖掉自家的田地建学校,为保住办学的钱宁愿忍受蒙面盗贼的火烧。当全副武装的国民党大兵到学校抓丁时,他拼死保护学生,为了不让大兵烧学校,他忍痛交出自己的儿子。冥王审到这里,竟忍不住拈须沉吟,发出"此当为大善事的"感慨。接着,是"长八筒"响应党的号召,打倒封建,宣传《婚姻法》,破除迷信、解放思想,大炼钢铁,因为相信共产主义社会就要到来,强行把老婆存的粮食交给集体食堂,结果为了让他吃饱而自己饿得半死的老婆半夜爬到麦田里,因为一下子吃下了太多麦穗而死去。最后一个镜头是被剥夺了校长职位的"长八筒"仍然认真地管理着学校的一切,然而在一片口号声中,他与自己的两个学生一同被绑起来站在台上遭批判,当听到自己付出心血教育的已经做了官的学生赵子巧为了自保,添油加醋地揭发他时,"长八筒"像一截木头似地倒了下来。

令人感到苦涩的是张姓老者对自己一生的反省:"人生识字糊涂始。我悔不该读书,悔不该教书育人,害人害己,罪过罪过。"一个黑白颠倒的时代,对良善的戕害之惨重,其恶劣的影响有时多么漫长的时间都难以消除。

小说结尾,"我"翻阅报纸,一标题赫然在目:《当今武训——记南阳西凤小学校长张子仁办学四十载可歌可泣的先进事迹》,竟与"长八筒"的自述貌合神似,遂相信世间实有其人。更具有讽刺意味的是,"长八筒"的儿子张雪晨,现在已是大洋彼岸某大国垄断财团的大亨了,回乡探亲时,为继承父愿,他捐出美金两万元为西凤小学重修校舍,增添设备,使小学旧貌换新颜。回想"长八筒"在地府中的惨状,真令人感慨命运的翻手为云,覆手为雨。对一代中国知识分子曾经的斯文扫地和忍辱负重,竹林以荒诞的形式进行了另类的解读。

《年年岁岁花相似》

《年年岁岁花相似》讲述了一个发生在春天的故事。

俗话说:"六十六,豆腐热漉漉。"意即:到了这个岁数的人,便有开丧的豆腐饭等着,算是一关。所以到了清明节时,凡做女儿的,都要给66岁的父母送去66块肉,而老人吃了后即可消灾祛病,顺利渡过这一关。于是,曾经当过妇女主任和公社书记的黄慧珍,在她66岁这一年的清明节,眼巴巴地盼望女儿前来。然而女儿终于没有来,因为当年她主抓计划生育时,不徇私情、不留情面地逼女儿做人流,甚至命令将引产下来还活着的七个月大的婴儿从保温箱里拿出来,结束了这条小生命,从此女儿再没上过门。

黄慧珍等来等去,等来的是让她去乡里开整党会议的通知。这次活动更让她愤愤不平。老党员们婆婆妈妈的样子她看不惯,乳臭未干的新乡长的做派她看不惯,食堂师傅阿大穿牛仔裤留长发的样子她看不惯,甚至对报上登的国家领导人出国访问的消息也感到不满……对新时代的种种不适应使她按捺不住地在餐桌上爆发,结果引起全场爆笑,被讥讽为"马王堆一号"。阿大因为对她当年经手父亲的冤案心怀不满,特地给她准备了一碗豆腐饭。她去找当年自己当亲兄弟一样爱护、培养、提携的朱乡长诉苦,对方却避而不见。黄慧珍觉得,包围她的生活就像冷漠的洪水,凶猛而又无情地卷走了她过去的一切。她开始疑惑:自己这一生的奋斗到底是为了什么?"芸芸众生遗弃了她,共事多年的同事嘲笑她,连朱乡长,她政治生命的延续,也如同陌路人。这一切令她万念俱灰。当看到女儿在父亲坟前祭奠时,她又燃起了希望,准备了一大桌丰盛的酒菜,然而女儿不见踪影,她一路找到竹林里,隔河望去,只见坟地一片青葱,各色的纸钱如蝴蝶一样在风中翻飞。"

就这样,竹林通过女主角黄慧珍在特殊日子里的经历,展现了被极"左"路线扭曲的人性与亲情,以及被时代急流挟持而去的人们寂寞失落的心理感受。故事告诉人们,田野的花儿年年岁岁永远地清新娇艳,但心灵的伤痕却难以愈合,它是一代自以为掌握了真理的人们用一生交付的昂贵学费。

街头 SKETCH

SKETCH,是英文素描、速写的意思。

这篇小说只有七千多字,刚开始读时感觉平淡无奇,就是写上海街头一个自称是海灯法师嫡传弟子的四川小个子,在推销什么神奇的药,声称不是为了赚钱,而是要造福人类,一群上海人围观的情景。似乎与街头上常见的卖狗皮膏药之类的把戏没有多大差异。值得称道的是竹林对场景绘声绘色的描写。先看竹林对这位有着"尖锐而又有点沙哑的嗓门"的出语不凡者所做的肖像描写:

> 那家伙下身穿一条黑色宽松中式裤,腰里系一条脏兮兮的红绸带,光膀子——那膀子实在不敢恭维,瘦嶙嶙的如麻秆,胸前肋骨一根根历历可数;面呈菜色,胃部如深井般陷进去,好像几年没吃过一顿饱饭似的。①

只听他口若悬河,似真似假,将精明的上海人玩弄于股掌之间,终于有人迟迟疑疑地接过了他手中的信封和白乎乎的一点粉末。之后的情形是可以想象的:当四川人出其不意地拍拍跟前一个瘦子的肩,向他讨五角钱买块冰砖吃时,人群开始骚动起来,喊喊喳喳地议论起来,恨不得鞋底擦油,脚下生风,一个个都想溜之大吉。这时那人脸色突变,大喝一声,制止了想溜走的人,形势瞬间变得紧张起来。在他的诅咒声中,众人好像被施过定身术般都傻乎乎地站住了,"胖妇"和"耐克鞋"则像喝醉了酒一样,身子剧烈地晃动起来,以至于一步步后退回来。仿佛"喧嚣的尘世突然生出了一个沉寂的深渊,如太阳的黑洞,百慕大三角的漩涡……一种无可抗拒的威力将每一个人牢牢地镇住了。"②这群包括风度翩翩的学者、白发苍苍的老人、英俊少年、亭亭少女、工人、学生、家庭妇女……大约还有卖肉的、理发的,以及离休老干部、无证小摊贩在内的一群精明的上海人,就这样被一个"骗子"给控制住了。

接着,竹林不厌其详地描写了四川人对这群人的尽情嘲弄和猫捉老鼠般的欲擒故纵。"人们又一次陷入迷茫,如看戏般地看他挨个讨钱,还钱;又如演戏进入角色般地掏钱、奉献。"③一边还要像小学生一样乖乖地听着他的教导。

---

① 竹林:《天堂里再相会》,《竹林文集》卷四,华夏出版社,1998年,第485-486页。
② 同①,第489页。
③ 同①,第491页。

终于,破帽子里蓬蓬松松地装满了钱。本以为一场骗钱的闹剧就此收场,却不料真正的悲剧刚刚拉开序幕。只见四川人捧起那只破帽子,径直走向路边一位正在捡拾垃圾筒旁边的菜皮烂叶的老妪。且看下面的描写:

> 路边巍巍然并排着三只圆柱形垃圾筒,垃圾已从筒内溢出,在地上堆成了一座小山。一位衣衫褴褛的老妪,蹲在小山旁,抖抖索索地将人们丢弃的菜皮烂叶一张张翻拣出来,然后丢进身边的一只破竹篮里。

> 四川人弯下腰,对着那只竹篮将帽子倒扣下来,于是那些新的旧的花花绿绿的纸币便纷纷扬扬盖在那些烂菜皮上。

> 正在走散的人顷刻之间又围拢来,充满好奇地注视着:这个四川人和那拾垃圾的老太婆是什么关系? 他们是否认得? 是否串通好了?

> 老妪似乎吃了一惊,抬起一张苍黄的脸,茫然望着四川人。慢慢地,她向他伸出一只手。那只手上,黑乎乎的,布满裂口的五根指头,张得很开很大。

> 四川人垂下头,望着那只手掌,小小的眼里闪出一丝难得的温柔和善的笑意:"钱,都给你了。"

> 说罢,他将空帽子扣在头上,扬长而去。

> "钞票……我不要……"老妪嘟囔着,摇摇头,从篮里掏出一张纸币,眯起眼睛看了看,又捏在手里搓了搓,然后慢慢松开手掌,把它扔进垃圾堆里。

> "钞票……"她不停地嘟囔,不停地摇头,不停地将篮里的钱一张张扔掉。

> "原来是个疯子!"①

正当人们感到失望,感叹着"宁可信其有,不可信其无"而准备散去时,"我"却被老妪一把揪住了。"我觉得那一双眼珠,那埋在皱褶和云翳中的眼珠奇特地闪着亮光,如同在浓雾深处无望地

---

① 竹林:《天堂里再相会》,《竹林文集》卷四,华夏出版社,1998 年,第 493 - 494 页。

燃烧着的两块焦炭。"①不知怎的,"我"的心很异样地跳了一下。

从路边卖葱姜的老太口中得知,老妪口口声声说的那个"懂五国外文"的儿子,就是 1977 年被当作政治犯枪毙了的师范大学的学生王申生,当年那一声沉闷的枪声,给粉碎"四人帮"后的一片欢乐氛围笼上了无情的阴影。当时刚进一家出版社当见习编辑的"我",曾在夜深人静时挥泪写下祭悼英灵的文字,可一天亮,又赶紧将这些文字撕成碎片扔进抽水马桶冲掉。一位同事觉察后,念给"我"两句诗:"君子纷纷争名利,乾坤赋予杞人忧。"

"我"感慨于十多年之后,"当年置王申生于死地的他的言论,已经变成了当前改革开放的政策,在堂而皇之地宣传和执行,而当年的喊杀者们,恐怕也正忙于抢官位、捞职称、扒分……多么荒唐而又真实的现实啊!"②然而,人们那么轻易地就忘记了这位思想者,他风烛残年的老母竟沦落到靠扒垃圾、拾菜叶为生的凄凉晚景。于是,"我"不死心地对每一个围拢来的人说:"王申生,她的儿子是王申生!"③人们却只是奇怪地望着"我",又走开去,好像"我"跟那老妪一样是个精神病人。一位打扮入时的姑娘甚至咯咯地笑起来:"什么生?瘟——生?"④在人们麻木不仁的围观议论下,老妇佝偻的背影被熙攘的人流所遮掩。"唯有一条仿佛枯藤似的手臂浮现在一切之上,伸长的五根指头,像五根僵硬的长矛,直指蓝天。"这样的画面深深刺痛了我们的心。

小说末尾,竹林忍不住发出质问:"如今,谁来为乾坤担忧呢?"⑤

中国国民性的一大痼弊就是健忘。那些为民众利益做出牺牲的先驱者,那些在中国为搬动一张"桌子"而付出流血代价的改革者,那些在我们民族最晦暗的时刻敢于思考、不惜献身的人们很少

---

① 竹林:《天堂里再相会》,《竹林文集》卷四,华夏出版社,1998 年,第 495 页。
② 同①。
③ 同①。
④ 同①,第 496 页。
⑤ 同④。

能在民众记忆中永驻,所以鲁迅先生在他的小说、杂文中反复表现先驱者被遗忘的悲剧主题。如《药》里的华老栓竟拿革命者夏瑜的鲜血来做药引子给儿子治病,《奔月》里的射日英雄后羿也迅速地被社会抛弃,亲友背叛,落得天天吃乌鸦炸酱面度日的惨景。人们那么轻易地遗忘了他们。竹林让她笔下的人物以嬉笑怒骂的方式向冷漠、自私的旁观者和看客们复了仇。然而,痛失爱子的母亲心灵的伤痕却触目惊心,难以消除。

就这样,竹林以一幅不同寻常的街头速写,显示出反思的力度,也给社会以警示:记住那些曾仰望星空的人,他们是一个民族的希望之光。

《我和"司令"》——童年生活之一

《我和"司令"》以第一人称讲述了贫困的农家男孩赵耕华的艰苦读书生活。

因为没有钱买银光闪闪的铝饭盒,"我"只能带着竹篾编的篮子去学校,里面是一只又粗又大的老海碗,盛着粗糙的麦粞饭,因而受到不懂事的同学的嘲笑,"我"一个人跑到外面,用眼泪拌着饭,吃一口,抽泣一声。潘老师发现了,给"我"送来一盘油汪汪的红烧带鱼。"我"没有吃,但整个身心都感到难以言说的温暖与欢畅。此后,潘老师又专门跟伙房讲好,将"我"的碗放在蒸笼的最上面。每次吃到最后,"我"的碗底总是会出现一块肉,或者几只油豆腐,"我"知道是潘老师给的,总是含着眼泪咽下去。当潘老师的女儿、被"我"误将名字听成"司令"的施玲来到班里后,这位活泼可爱的"野丫头"给"我"带来了更多友谊和欢乐。当"我"轻轻地小口咬着碗底躺着的"大大的、烧得红漉漉香喷喷的酱蛋"时,怎能不百感交集:

生活是苦涩的、艰辛的,但是细细咀嚼,总归能榨出一点甜甜的糖分。银杏树的圆叶在飒飒歌唱,伞一样的树冠筛出一片浓浓

的阴影,像一汪清澈的水塘,像一个温柔的怀抱……①

小说结尾交代"我"完小毕业后,再也没有见到过潘老师和"司令",后来听说1957年潘老师"犯了错误",带着"司令"回农村老家去了。"往事因此而像一块深重的创伤,疼痛在"我"的胸中悸动,使我久久不得安宁。"②"我"忍不住呼唤:

银杏树的圆叶长了又落,落了又长。如今,像我的母亲一样慈爱、善良、温柔的潘老师,你还在人世吗? 还有你,曾经统治过我的一颗淳朴无瑕的童心的"司令",你在哪里?③

让我们一同祈祷,愿给穷孩子以温暖的善良者岁月静好,一世安康!

《眼镜的风波》——童年生活之二

《眼镜的风波》继续讲述穷孩子赵耕华的读书生活。

因为没有钱买棉鞋,寒冷的冬天,"我"只能穿着唯一的布鞋去上学,连袜子也没有,道路上的泥水常常浸透"我"的鞋。因为脚一整天穿在湿湿的单鞋里,"我"的脚一直肿到膝盖,红通通的,像馒头一样。慈母心疼儿子,连夜赶做了一双"钉鞋",外面还抹上了桐油,这样水浸不透,也不必担心跌跤了。谁知这样一双浸透着母爱的"一双世界上最好的鞋",却受到了以"小眼镜"为首的一群调皮学生的嘲笑和戏弄,忍无可忍之下,"我"举起拳头打向了"小眼镜"白乎乎的胖脸,使他的眼镜跌到了石头上,一块镜片摔碎了。正当双方为赔眼镜而僵持不下时,"司令"施玲出面平息了这一场混战。为表示感谢,"我"给施玲捕捉了一只漂亮的黄腾

---

① 竹林:《天堂里再相会》,《竹林文集》卷四,华夏出版社,1998年,第511页。

② 同①。

③ 同①。

鸟，可施玲却用它换取了算命先生的草药，为"我"治好了关节炎。最后，潘老师还打算从自己有限的工资里挤出钱来为眼睛近视的"我"配一副眼镜。来自潘老师母女的关爱如汩汩琼浆，滋润着、温暖着一个穷学生的身心。

《飘忽的路》——童年生活之三

《飘忽的路》是童年三部曲的最后一篇，讲述这样一个故事：每学期的成绩报告单上都是全"优"的赵耕华（"我"），因为父亲得了重病，不但不能干活了，还要吃饭吃药，全家就靠妈妈一个人干活，无奈只得托亲戚介绍"我"到陌生的羊庄去学杀羊，从此开始了无穷的晦暗日子。

从小喜欢羊，把羊看做和自己一样的小人，怕它在外面受冻的"我"，现在却不得不帮助师傅杀羊、泡羊头、拔毛、剥羊皮，"我"听着老山羊绝望的叫声，痛心地想，"唉，在这个世界上的一切生命中，大概人是最残忍的了。"①"我"的师傅虽然人长得很凶，很难看，但是有一颗充满慈爱的父亲般的心。师傅体谅"我"，拿"我"当自己已经死去的儿子阿毛一样关心，给了"我"很多温暖。一天早晨，"我"去替师傅打酒，见到了站在一只乌篷船上的"小眼镜"，认为他回去后一定会在同学中肆无忌惮地嘲笑"我"。谁知几天后，"小眼镜"和施玲一起来看"我"了，"小眼镜"还从爸爸的杂货铺里偷来了一大包好吃的零食，并表示过去不晓得"我"家里的困难，总是嘲笑"我"，自己错了，希望"我"不要记恨他。于是三个人一起分享这些美味，"我"觉得"现在得到的一切，正是世界上最大最完美的礼物。我真幸福啊！"在两个孩子的动员下，"我"决定跟他们回去读书，以后可以喂羊等羊长大了卖钱。临走前，"我"用"小眼镜"给的两只肉罐头，换取了卖猪头肉的老头儿的"老大的

---

① 竹林：《天堂里再相会》，《竹林文集》卷四，华夏出版社，1998年，第536页。

一块肉连着一只金黄的耳朵",把红纸包着的肉端端正正地放在师傅的床上。因为没有钱买车票,三个孩子决定一起走回去。他们手拉手走在四月的春天里。柳枝在暖风中轻摇,金黄的油菜花把空气搅得甜蜜蜜的。"春天又来到了我的身边,春天又来到了我的心中。"①

行笔至此,正值 2014 年江南明媚的春天,偌大的江苏大学校园内花团锦簇,乱花渐欲迷人眼。我忍不住要摘录小说里两段优美的文字,与读者朋友共同欣赏一番:

> 我们走啊走,小河欢畅地向前流去,河沟旁开遍了蓝色的紫地丁花、橙黄的灯头花和白色的荠菜花。铜钱草摇晃着沉甸甸的大脑袋,含羞草怯怜怜地张开了纤细的嫩叶。阳光如一层透明的金粉,极公平、极温柔均匀地撒在这花、这草、这些幼弱的寂寞无主的野生植物上面,使它们也分润到春的欢欣、春的富丽和春的力量。
>
> ……
>
> 当我长大成人以后,在尘世的漂泊与操劳中,被逆境所困扰的时候,这个景象就常常出现在我的眼前:旷野昏暗微明,天光迷离闪烁,小路像一条飘忽的细带,曲曲弯弯,时断时续……它会使我的心感到充实,感到无所畏惧,尽管我始终只是一个渺小的人。②

这个故事令人感动,也让我们相信,有了爱的陪伴,再渺小的生命也能感受到春天,再泥泞坎坷的路上也会有微弱的星光照亮;因为爱的呼唤,一颗被命运甩出轨道的小星星坚定而无畏地回归了。

在小说集的序中,深知竹林的中国作协副主席张锲先生,以郑板桥著名的七绝《竹石》来评价竹林和她的创作:"咬定青山不放

---

① 竹林:《天堂里再相会》,《竹林文集》卷四,华夏出版社,1998 年,第 550 页。
② 同①。

松,立根原在破岩中,千磨万击仍坚劲,任尔东西南北风。"的确是知人之论,切中肯綮。

　　这部小说集真切地记录了竹林在文学道路上艰苦跋涉的足迹,以及她对人生真谛的追求,即永不停歇地向真、向善、向美而行。

第六章

散论

"高、大、全"时代冒出的小荷尖角
——评竹林早期小说《万全店》《枣花》

看到这个题目,年轻的读者可能会问,什么是"高、大、全"?要搞清楚这个问题,得先从"三突出"说起。

所谓"三突出"创作原则是中国"文革"期间的文艺指导理论之一,被称为"文艺创作塑造无产阶级英雄人物必须遵循的一条原则"。所谓"三突出",即要求:在所有人物中突出正面人物;在正面人物中突出英雄人物;在英雄人物中突出中心人物。尽管没有十分明确的注解,但是根据所谓"三突出"原则可以推知,文学艺术作品中的主人公必须形象高大、胸怀宽广,全心全意为人民服务,总之是毫无缺点的完人,即习称的"高、大、全"人物形象。

例如,当时一统天下的八个革命样板戏,其主人公无一例外地高大完美,革命意志坚定,勇于牺牲,没有一位有真正意义上的家庭,甚至没有七情六欲,电影《金光大道》的主人公的名字干脆直接叫"高大泉"。

然而,事实证明,大多数按照这一创作原则进行的写作,无论是电影、小说还是诗歌,并未达到预期的效果,包括几亿人反复观看和演唱的样板戏,其成功也不是因为塑造了完美的英雄形象,而往往是因其雅俗共赏的民间文学特质和丰富的民俗学意义使它们穿越了时代政治的屏障流传至今,如《沙家浜》里的《智斗》,《智取威虎山》里的《打虎上山》等折子戏。

可以说,那些自觉配合政策和形势的作品,其泛滥的乐观主义和理想化的激情,遮蔽了文艺表现生活的复杂性,过滤掉了人的情感需求,更背离了生活这个创作的源头活水,空泛的说教和概念化的人物,使形式大于内容,艺术层面上更是乏善可陈。

竹林的初试新声,或者用今天时髦的话讲青涩年代的作品,就诞生在这样一片整齐划一的极"左"时代的土壤上。据当年为竹林等一群文学爱好者办"新故事学习班"的滁州文化局吴腾凰先生回忆,他那时给他(她)所谓们灌输的就是所谓"三突出"的创作原则,还要求她们一定要严格按照所谓"三突出"的"法则"进行文艺创作。

1973 年,2 月号的《安徽文艺》(试刊)刊登了署名王祖铃的小说《万全店》,1975 年该刊第 2 期又推出了她的《枣花》。作为一名初学写作者,在一家省级文学刊物接连推出两篇小说,这件事情在当时的江淮文坛上可谓轰动一时。

因为时间距今已近 40 年,这两本刊物已经很难寻觅得到,而竹林本人对这两篇作品又很不在意,故没有将其收入任何文集和作品集,我觉得从梳理作家创作脉络的完整性出发,有必要向读者朋友略做介绍。

先说《万全店》。①

打开这期已微微泛黄的《安徽文艺》,扉页上照例是黑体加粗的毛主席语录,第一条就是醒目的"千万不要忘记阶级斗争",还有"鼓足干劲,力争上游,多快好省地建设社会主义"等最高指示,一下子就把人带入新中国历史上那个特殊的政治氛围中。

小说以第一人称叙述的形式,描写了一个被社员们亲切地称作"万全店"的大队供应点,尤其突出地描写了它的创办人、大队会计万大爷的感人事迹。

长乐大队是城东公社最偏远的一个大队,全大队没有一个供销点,平时社员们打瓶煤油称斤盐都要跑到十几里外的公社所在地,在农业学大寨运动开展得轰轰烈烈的时候,为了使社员们节省时间,公社党委决定在槐庄设立这个供销点。自从小店办起来后,

---

①　王祖铃:《万全店》,《安徽文艺》(试刊),1973 年 2 月号,第 37－42 页。

社员们买东西就方便了,而且无论什么东西,哪怕是产妇吃的红糖、小孩子打摆子要用的奎宁针剂,只要社员们需要万大爷都会及时送到,小店因此得名"万全店",也因此引来了已经有三年插队落户锻炼经历的知青小牛,即故事的叙述人"我","我"来到店里,不但要帮助工作,还要搜集、整理一份万大爷的典型材料,以便在全县推广。比小牛犟劲头还要大的"我"想象着万全店三间新瓦房该有多么排场,里面的商品一定是琳琅满目,样样齐备,不把人看得眼花缭乱才怪呢。然而等跟着犁地回来的万大爷走进店里,才发现偌大的房间里空空落落,简陋的货架上堆放着香烟、肥皂等日常用品,东边一间更是像个破烂摊,顿时,"我"浑身凉透了,原来名声在外的万全店竟是这个样子。小说第一段采用了欲抑先扬的手法。

第二段描写小店内万大爷的工作情形。"他抓着,舀着,称着,算着,来回走动,前后照应,还又说又笑,显得麻利、敏捷而有条不紊。"对每个前来买东西的社员的要求都了然在心,不用多问就分毫不差,还关心着队里"以副促农"的事情,自告奋勇替队长包下进稻种的工作,颇有几分当年北京王府井百货大楼售货员张秉贵"一抓准""一口清"和"一团火"的神韵。

学习先进挖根源。"我"一心想搞清万大爷的业务熟练到近乎神奇的地步究竟是什么原因,可晚饭后老人却端坐在那里读马列和毛主席的著作,等听他像数珍宝一样说出队里和社员家里的琐事时,我忽然看到万大爷面前的书正翻到《为人民服务》这一篇,"我"从画着几道粗杠子的"完全彻底为人民服务"这句话中找到了答案。接着,竹林议论道:

我心里一亮,是呵,如果没有完全彻底为人民服务的精神,怎能记住这大量繁杂而琐碎的事情?如果胸中不是时刻装着农业生产的需要,贫下中农的需要,又怎么能够完全彻底为人民服务?万全店取之不尽,用之不竭的货源,是装在万大爷的心里哪!这不正体现了毛主席的革命路线,体现了农村商业工作的根本方向吗?①

把一切成绩归功于领袖和革命路线的正确,正是那个时代的特色。

再如,万大爷这样批评一个不爱惜公物,把犁使坏了的叫二愣的小伙子:

你要好好想想,脑子里可有这个念头,有了拖拉机啦,看不上这老牛破车了。这就错啰,你这哪是当家过日子人的样子? 咱们过的是社会主义的大日子,没有少就没有多,没有小就没有大,可不能直瞅着自己的鼻子尖,遇事还要想想那个三分之二呀!②

这种爱社如家、勤俭持家的主人翁意识是多么感人,可联想到我们那代人从小被灌输的"世界上还有三分之二的受苦人"等待我们去解放的论调,又不禁令人哑然失笑了。

对照先进找差距。"我"通过修犁的事情,量出了自己与万大爷之间的差距,即,自己的所谓为人民服务是挂在嘴上的,而万大爷完全彻底为人民服务的精神则是渗透在一言一行、一举一动中。"我"决心向万大爷学习,把农业生产的需要当作自己的"业务",于是出主意、想办法,可发现万大爷总是走在自己的前面,比如万大爷为生产队换稻种,主动批发来30万尾鱼苗。前来检查工作的县林业局干部老张,本以为万全店的称呼是夸张,亲自考察之后,信服地伸出拇指说:"万全店,万全店,办在贫下中农心上的店!"

小说最后,描写一老一少去县里取货的情景:

我跟着万大爷推起货车出了门,沿着大塘的坝埂,走进彩色的田野。

暮春四月,桃花谢了,梨花残了,满村的槐树却坠着一嘟噜一嘟噜雪白的花串,把空气也搅得甜蜜蜜的。那苗壮成长的秧苗呈现出一派生机勃勃;正在扬花的小麦散发着阵阵清香;湖面上,波

① 王祖铃:《万全店》,《安徽文艺》(试刊),1973 年 2 月号,第 20 页。
② 王祖铃:《万全店》,《安徽文艺》(试刊),1973 年 2 月号,第 20-21 页。

光粼粼，浮动着红霞朵朵。万大爷走着看着，心醉了，他把汗珠，都洒在这块如描如绘的土地上啦！朝阳染红了他霜白的鬓角，映红了他喜盈盈的笑脸，他张开双臂，推着小车走呀走，一直走进朝霞绚烂的天边，好像要把那望不断、收不尽的万里春光，统统揽入自己的胸怀。①

小说结尾尽管也没能跳出卒章显志的窠臼，但由于人物品格的高尚和性格刻画的生动，至此，一位可敬、可爱、可学的社会主义建设中的主人翁形象生动地立在读者面前。

作为几千万知青中的一员，此刻的竹林已经有了三年扎根皖东农村，与农民相结合的经历。她对农村生活的亲身体验，对人物的细致观察和表现，以及强烈的艺术感受力和扎实的文字功底，使得这篇小说在当时文学臣服于政治，主题先行，人物概念化、脸谱化的创作套路下，依然显示了难能可贵的艺术才华。

比如，在描写万大爷的神态时，经常用到诸如"喜滋滋""笑嘻嘻""不紧不慢，不慌不忙""笃悠悠、慢吞吞""美滋滋""乐悠悠""喜滋滋"一类的词语，一位一心为公、胸有成竹、开朗阳光、充满智慧的先进人物的精神状态跃然纸上。

小说中竹林是这样描写万大爷第一次亮相的：

忽然，空中炸起一声响鞭，送来几阵吆喝牲口的声音，悠扬而动听。不一会儿，一个矮矮的老头儿，牵着牛进了村，径直向我走来。老头儿精瘦瘦、神逗逗，脸上藏不住笑意似的，老拿眼瞅我，我趁机迎上前……

夕阳的余晖柔和地洒在他喜滋滋的脸上，他满脸的皱纹，一动一动地透着和蔼与亲切，不说话，也能把人逗笑了，只见他一双赤脚洗得干干净净，卷起的裤脚却沾着星星点点的泥巴，想是刚犁地回来。②

---

① 王祖铃：《万全店》，《安徽文艺》(试刊)，1973年2月号，第23页。
② 同①，第17页。

除了直接描写外,小说还巧妙地运用侧面描写、对比描写等手法,集中笔墨塑造万大爷这个生动的艺术形象。如:远远近近的贫下中农对小店的议论,传说中万大爷冒雪给产妇送红糖的动人场面,队长讲述的万大爷在紧张抗旱时节用"不知哪年哪月从哪儿拾的"一枚螺丝钉让抽水机又重新转动的故事……都从侧面反映了主人公的精神面貌。还通过队长与万大爷关于给队里换稻种的对话,将队长的焦躁、说话"直统统"与万大爷的轻松、乐呵呵形成了鲜明、有趣的对比,更突显了万大爷因为全身心投入集体的事情而带来的气定神闲和笃定。

竹林对皖东方言的熟练运用,也给小说增添了浓郁的乡土气息。如:"昨天农科所的技术员来这儿呱(拉呱之意)了一气,说这品种不行,咱队头一回种水稻,可是个新事物,冒冒失失就管(行的意思)了?"

一个个细节连缀起老人忘我奉献的生活轨迹,烘托出万大爷全心全意为人民服务的精神状态。作家竹林对生活的细致观察,对人的内心世界的体察在这篇处女作中可见端倪。

再看发表于 1975 年的《枣花》。①

小说开头写道:"我到枣林村去,正是蚕欲老、麦半黄的时节,空中弥漫着浓郁的枣花香。"眼前的枣树、枣花、枣乡的景色,勾起了"我"对十几年来教学生活的回忆,特别是对一个叫枣花的倔强小姑娘的怀念。这样的开头可谓开门见山,直接切入,倒也贴合即将登场的主人公的性格特征。

随着"我"——当年师范学校的一名实习生的回忆,小学生枣花的形象逐渐显影。那是 1958 年 8 月间,伟大领袖毛主席在视察天津大学时,发出了要"把教育和生产劳动结合起来"的指示,没多久,"我"就到县城小学实习了。"我"听到最多的是班上学生枣花的情况。有人跑来说她自己不好好上自习课,反而拉了一群孩

---

① 王祖铃:《枣花》,《安徽文艺》,1975 年 2 月号。

竹林文学创作论

子到学校后面的小山包上栽树去了。班主任认为枣花任性、不爱说话，又不努力学习，成绩一般。"我"通过与枣花的接触交谈，知道了她的想法是用在学校里学到的知识建设自己的家乡，让家乡的大红枣走遍全中国，把枣村变成米粮川和花果山。然而，学校为了追求升学率，下令砍掉了小农场，解散了课外活动小组，枣花因为还是一有空就带着一群孩子去看小树苗和学嫁接而经常迟到，被学校领导警告。这时"我"实习结束，临行前劝她向校长认错，倔强的枣花却表示自己没有错，并干脆退学回了家乡。后来"我"听说在"文化大革命"中，枣花的愿望实现了，枣林办起了村小学。如今，在"伟大的批林批孔运动推动着我国的教育革命步步深入发展"的形势下，为了加强枣林村小学的师资力量，"我"被调到教育局去工作，终于有机会来到这枣花盛开的枣乡。

作品描述了"我"来到枣村后的见闻。"我"先是在村头遇见一个梳叉叉辫的正在专心割草的小女孩，名字叫小兰。小兰告诉"我"，她的老师很忙，一天到晚在外面跑，给孩子们上文化课，小兰写作文批判"读书无用"论，还联系卖豆腐的富农婆的反动言论。现在老师去给山上的牧童班上课了，她有四个教学点，两个巡回班，忙得中午都不回家吃饭。对话中得知，孩子嘴里的"俺老师"就叫枣花。

当"我"继续去村小学找枣花时，却迎面"飞"来个学生家长，只见这个妇女"粗个头、黑脸膛、大嗓门，说起话来声音像打锣，一到我面前就嚷起来……"大意是自己的儿子小龙在这所耕读小学读了五年书，连个借条都不会写，所以要给他转学到公社的正规学校去。可"我"却从广播喇叭里听到了小龙的广播稿《好好学习为人民》，这篇稿子列举了耕小学生的学习成果，批判了"修正主义"教育路线，小龙分析问题和解决问题的能力使"我"感到吃惊。在周围社员们的议论下，小龙妈红了脸，承认不是儿子不会写借条，而是自己不遵守队里的财务制度；还说自己糊涂，听信了富农婆的胡言乱语，想让儿子多读书，将来当干部，所以想让儿子转学。老支书说她："这是因为你头脑里有读书做官的旧思想，所以才上了

242

富农婆的当。"接着,他又语重心长地分析了一番诸如:被推翻阶级不甘心失败,做梦也想复辟,怕我们掌握文化,弄通了马列主义,掌握了毛泽东思想,彻底粉碎他们的复辟迷梦,所以千方百计地破坏我们学文化,是在"跟我们争夺教育阵地,这是他们的阶级本性所决定的"云云。

觉悟了的小龙妈不仅不再给儿子转学了,而且自己也报名参加了红夜校的妇女班。目睹这一切的"我",脸上也是火辣辣的,暗暗检讨自己所谓的教育经验,"是旧的教育路线的框框,旧的教育思想的残余,如果按照我的一套去要求学校,那就正中了富农婆的诡计,贫下中农的孩子又要失学……""我"忍不住想告诉枣花,你才是老师,你给我上了生动的一课。待终于见到了大家口中的枣花,"我"才发现她并非自己当年的学生枣花,原来枣花一手创办了耕小,带领学生成功嫁接了枣树,前一年夏天被贫下中农敲锣打鼓地送进了农学院,这个从上海来的知青赵华就接了她的班,也被大家亲切地称作"枣花"。

"枣花"告诉"我",晚饭后要举行盛大的欢迎会来欢迎我这个新老师,同时还要开批判会,"用战斗来迎接新的战斗。"深受鼓舞的"我"也上前一步,紧紧握住"枣花"的手,表示:"我也参加战斗!"至此,一场没有硝烟的战斗胜利地落下了帷幕。

仅从这篇小说的故事模式和矛盾冲突的情节来看,它并没有脱离那个年代的文学作品中阶级斗争的套路。枣花耽误学习去搞树苗嫁接,因受到学校领导的反对而退学,俨然一位反潮流的小英雄;小龙妈妈闹着让儿子转学,究其根源,竟生生地扯出一个富农婆背地里搞破坏,这种人为制造的阶级斗争和臆想的故事情节,因其不符合生活逻辑而经不起推敲,显露出当时主流文学的通病。

文学实践的历史告诉我们,人无法超越所处的时代,作家也不可能脱离社会而独立存在。从积极的意义上看,文学作品的局限性能为后人提供当时社会的真实生活情景,也为研究作品所反映的时代真实面貌、人与人之间特有的社会关系提供了一面镜子。

剔除这些明显硬贴上去的时代标签,读者还是可以感受到竹林在艺术上的可贵尝试,如"我"19年后去枣村寻找枣花的过程,引出的各色人等,还有闻其歌不见其人的写法,谜底最终揭开时的恍然大悟,真是吊足了读者的胃口,也使小说平中见奇,平添了几分艺术魅力。

值得庆幸的是,竹林很快地就对这种所谓"高、大、全"的创作原则产生了厌倦,迅速地回到了生活源头中去,在"文革"的喧嚣尚未停息时,她就开始为写作"为知青说一点真话"的作品而悄悄做准备了。正是因为早期文学实践打下的写作基础,以及对时代的冷静观察和判断,使得竹林在文学新时期到来之际迅速地完成了华丽的转身。

新时期文学的报春雁

——短篇小说集《蛇枕头花》述评

　　《蛇枕头花》①包括 10 篇小说,是竹林写于 1979 年到 1983 年间的短篇小说,这部描写人们在特定历史时期的不幸遭遇的小说集,今天看来尽管显得"稚嫩可笑"(竹林语),但从中可见竹林在文学道路上艰苦跋涉的痕迹,以及她清新、细腻、抒情、优美的文字风格初步形成的端倪,所以不应忽视它的价值。下面,我就对这部集子中的作品进行逐一评述。

《棠梨花映白杨路》

　　《棠梨花映白杨路》讲述了一位女知青小叶的遭遇。
　　小说开端是这样一段景物描写:

　　记不清走了多少路,也不知道摔了多少跤,我抬头一望,夜空中布满了一堆一堆的乌云。这些乌云如同可怕的专事毁灭的幽灵,凭借着风力在空中驰骋,穷凶极恶地扑向那一轮娇好的月亮。月亮在发抖,挣扎着露出些惨白的脸来,撒出一线淡淡的光。这光是多么微弱而无力哟——那远处的河岸,那近处的村庄,那长着马尾松的起伏的山峦和刷刷作响的青纱帐;还有那田边的小花、路边的野草……噢,天空和大地,生命和死亡,一切的一切,都在这天昏

---

　　①　竹林:《蛇枕头花》,江苏人民出版社,1984 年。

地暗中搅成一团,被无边无际的黑暗淹没了。①

　　女知青小叶的悲愤和无助就这样蓦然闯入了读者的视线,像一只看不见的手一把揪住了读者的心。

　　原来,县委书记的小少爷、小白脸李群早就垂涎小叶这个全公社最美的人儿。油黑脸的公社书记多次拉纤做媒未成,向县委书记邀功请赏的美梦没能实现,就变了一副脸,在全公社的大会上点名批评她不好好接受"再教育",还声色俱厉地威胁道:"要是再不听话,你就一辈子留在这儿干革命吧!"②他手下的那群人也跟着汪汪乱叫,说她"狗肉摆不上宴席,不识抬举",是一朵"带刺的玫瑰花"。这个公社的最高权力化身的书记甚至设下圈套,以要小叶前去看病为由,让小白脸装病以达到罪恶的目的,他还亲自将门从外面反锁。结果小白脸被小叶打了两个清脆的耳光,幸亏林医生及时赶到打开了门,才使小叶免遭强奸。油黑脸书记假公济私、以革命的名义为虎作伥的嘴脸昭然若揭。

　　在那个黑白颠倒的时代,"真理是带着权利的印记"。善良的林医生治病救人,曾经在大风雪中救过差点冻死的小叶,给她亲人般的温暖,又将生命的汁液一滴一滴地浸润病人干枯的血管,挽救了被小白脸奸污后喝敌敌畏自杀的知青小芹,并鼓励她"人生总是有希望的"。这样一位正直的人,却因成为小白脸们猎取女知青的障碍而被诬陷与小叶有不正当关系,最终以"破坏上山下乡"的罪名被投入监狱,毁灭了小叶"心中唯一的信赖和希望",扼杀了"生活中的善良和美好",也揉烂了这个单纯的姑娘对生命、对未来的希望!面对这黑暗笼罩的丘陵大地上那种"无形的用欺诈、凶残和愚昧编织的罗网",愤怒的小叶发出了直白的控诉:

　　在我短短的 22 年的生命中,我还没来得及品尝爱情的甜果,

---

① 竹林:《蛇枕头花》,江苏人民出版社,1984 年,第 1 页。
② 同①,第 6 页。

但是我懂得了"爱",它是人与人之间同情、爱护和友谊的结晶,它是生活中希望的象征。

然而,那油黑脸和小白脸,那独眼大夫和钱庸医,这些衣冠禽兽和侏儒们,他们懂得么? 正是他们,亵渎了人类这最崇高的东西;正是他们,毁坏了这属于人的最本质的特性。①

深感无力去捍卫和开辟这"伟大而贵重的希望",甚至失去了一切自卫能力的小叶,在一个漆黑的夜晚,纵身扑向铁轨欲结束自己年轻的生命。7 年之后,获救并成为作家的小叶旧地重游,在白杨夹道和梨花簇拥中,伫立在林医生的坟前,悼念这位危难生活中的启蒙导师,对过往的那段生活,她有这样的一番思索:

青烟袅袅升起,和春日的暮霭渐渐地融成了一体。在奔腾不息的烟霭中,我清晰地看到了一条希望之路。在这条道路上,有人在艰难地前进,有人已痛苦地倒下;然而,正是他们,在用生命和奋斗开辟和铺设着道路。

我终于明白了我要寻求的东西。我将用我一生不息的奋斗,去追求生活的真谛!

啊,希望啊,希望!②

这不仅仅是经历了那个畸形年代的知青小叶对过往生活的深刻认识,又何尝不是知青一代人对那个时代的反思呢?

《眼 睛》

《眼睛》是通过头部受到重创的"我"的回忆,用意识流的手法,写一个有着一双深棕色大眼睛、现在被称作"疯子"的李宁姑娘在"文革"中的悲剧经历。

---

① 竹林:《蛇枕头花》,江苏人民出版社,1984 年,第 17 页。
② 同①,第 21 页。

中学时代的"我"被李宁的绘画所表现出的艺术天赋吸引,更被她那双闪着亮晶晶光芒的深棕色大眼睛所吸引。进入大学后,两人相爱了,毕业后又一同分到了一个研究所。这时,"文化大革命"开始了。因为李宁出身于资产阶级家庭,属于黑六类子女,而"我"爷爷是贫农,父亲是工人,于是,有着钻天打洞监视别人的"老鼠"之称的院组织组长老褚找李宁谈话,要求他们断绝关系。为了不连累所爱的人,李宁相信了老褚的话——"一个人的出身不能选择,但道路是可以选择的",他决心通过自己的努力改变命运,重新创造自己的前途。她由画油画改画领袖像,越画越多,越画越大,后来接受了在牌楼上画一幅巨型领袖像的光荣任务:

每天清早,天刚蒙蒙亮的时候,我就远远地看着李宁穿一身油污的工作服,爬上了十几米高的脚手架,像一只辛勤的蚂蚁,在不停息地工作。从日出到日落,天天如此,什么力量也不能把她从脚手架上拉下来。①

李宁要用实际行动来证明自己的一颗热爱领袖的红心,以得到领导信任,解决自己的组织问题,这样才能实现两个人相爱的理想。最令她苦恼的是,领袖的眼神还画得不满意,她认为这不是单纯的技巧,而是对领袖热爱的还不够深,也许是思想感情还有问题。经过一番苦思冥想,她终于想出了一个绝妙的办法,果然使伟大领袖的眼睛"明亮异常、炯炯有神,仿佛领袖的眸子里闪烁着一种巨大的生命的光辉"。

相爱的两个人沉浸在成功的喜悦里,仿佛看到了幸福美好的未来:

太阳升起来了,照得我们全身暖烘烘的。李宁慢慢从我的怀抱里挣脱,抬起头来,深情地凝望着牌楼,喃喃自语道:"我要叫他们看看,我的心到底是红的还是白的……我终于选择了自己的道路……毛主席啊毛主席,我李宁就是粉身碎骨,也要誓死保卫您老

---

① 竹林:《蛇枕头花》,江苏人民出版社,1984年,第32页。

人家,跟着您老人家干革命!"她说着,晶莹的泪珠在棕色的大眼睛里滚动。我也很激动,仰起脑袋想望一望伟大领袖毛主席的画像,可是牌楼太高太大了,在它跟前仰面而视,不但什么也看不见,而且还感到一阵头晕目眩。我便转过脸,向着领袖挥手指引的方向望去。面对着温暖的阳光,我觉得一条宽广的生活道路就在眼前。美丽的遐想、幸福的憧憬融成了一气,充溢着我的整个心胸。我的心灵在歌唱,为李宁,为自己。透过操场四周的棵棵翠柳、丛丛鲜花,我看到了我们幸福美好的未来。①

在这里,竹林采用了欲抑先扬的手法,在淋漓尽致地抒写了他们两人脱胎换骨的、犹如新生般的幸福感之后,笔锋急转直下,写到了几天后的一个全院揪斗"现行反革命"的大会。擅长钻天打洞监视别人的"老鼠"老褚手里拿着两块带钉的发亮的金属片,宣布了李宁的罪状——反革命分子李宁把两枚钉子钉在主席画像的眼珠上,恶毒破坏伟大领袖的形象。会后,老褚又别有用心地让"我"去对李宁进行"政策攻心",把一对情人推到审问和被审问的位置上,在精神上最大限度地折磨对方。愤怒已极的李宁将砚台砸向卑鄙的老褚,却误中了"我"的脑袋,从此李宁便被认为是个"疯子"。

李宁在留给"我"的诀别信中说,她感到自己受骗了,那个被她当作党的化身的老褚,讲马列主义头头是道,谈起话来满口革命,却利用他掌握的所谓罪证,要挟李宁答应他兽性的要求,没有达到目的,便要置自己于死地。由此,她明白了"天国是那些吃人不吐骨头的魔鬼和伪道学者去的地方,我要下地狱了!"

一个富有艺术才华的好苗子就这样被毁掉了。

---

① 竹林:《蛇枕头花》,江苏人民出版社,1984 年,第 36－37 页。

《洁白的梨花瓣》

《洁白的梨花瓣》讲述了我国改革开放初期，江南水乡一个29岁的叫阿元的男青年相亲的故事，格调轻松有趣，且带有几分诙谐。

阿元的家在村东的大路口，与老母亲相依为命，是全村仅剩的几户还没有翻造楼房的人家之一。阿元有着方方的脸盘，浓密的黑发，高高的个头和厚实的腰身，一双粗糙的大手，在梨园里拿起嫁接刀却十分灵巧，没有人能比得上。可是因为贫穷，年近30了连个对象也没找上。

小说描写了阿元三次相亲的情景。第一次是五年前有人给他介绍过一门亲事，介绍人带着姑娘来到阿元家20多平米的小平房，姑娘睁大眼睛四下里打量着，等阿元娘用红漆盘托出热腾腾的四碗糖水鸡蛋时，姑娘已经一扬脸，鼻子里哼了哼，扬长而去了。第一次相亲宣告失败。

第二次相亲，阿元娘决定接受上次的教训，把相亲的地点改在村里一个远房叔叔家，因为他家刚造好一幢二层楼带阳台的小楼，小楼的柱子上还刻着好看的鸟儿、竹枝。阿元娘把儿子打扮得一身新，俨然成了这幢楼房的主人。这回姑娘没有转身离去，吃过午饭又吃过了点心，对阿元一瞟时"顿时眼里波光流动，两颊腾起阵阵红晕。阿元心头也似有小鹿在撞，砰砰乱跳起来。阿元娘看在眼里，喜上眉梢，心想这回有八成的把握了"。可惜纸里包不住火，屋门口两个毛孩子的斗嘴，说漏了楼房的真正主人并非阿元，恰好被姑娘听到。阿元娘"好像被棒打了一样，她一怔，赶紧去看那姑娘，只见姑娘把头勾得更低了，迈着细碎的小步子，急急走着。这一走，再无消息了"。又是竹篮打水一场空。

从此，阿元娘便决心要造自己的楼房，可是阿元爹刚死，欠下一屁股债还没还清，哪有钱建房呢？为了洗清上次借房子弄虚作假的耻辱,阿元从李白看老婆婆铁杵磨针的故事中得到启发,决心自制煤渣砖,以便早日造一幢二层带阳台的小楼,以便娶上一房娘子。

阿元敲砖头的情景被竹林的一支妙笔描写得有声有色,妙趣横生。

随着太阳的升起,阿元的屋门口热闹起来。……来了一群背书包的小孩子,围着阿元嘻嘻笑着,唱起来:

嘭嘭嘭,嘭嘭嘭,

阿元哥哥敲砖头,

敲了砖头做点啥?

敲好砖头造房子;

造了房子做点啥?

造了房子讨娘子!

阿元不理会,任孩子们叫也罢,嚷也罢,他只是紧闭着厚嘴唇,榔头高高地举起,又准准地落下。他算过,得有20下这样简单重复的动作,才能把木模里的煤渣敲出浆水来,砖头这才定形。然后,阿元小心翼翼地拆开模框,把砖坯捧起来,端到干净的偏僻处,让它吹风、晾干,再盖上稻草,防止调皮的孩子们碰坏。

可孩子们也不理会阿元的苦心,见阿元不吱声,倒益发闹得凶了,那几只爱捣蛋的小脚,竟要踩到他的刚脱坯的嫩砖上去了。阿元恼了,威吓地举起敲砖头的榔头,嘴里骂着"敲扁你们的猢狲头!"孩子们一哄而散,撅着屁股钻进对过的竹林子里去,有几个胆子大的却扭过头来,扒开浓密的枝叶,嘴里仍含糊不清地嚷着:"房子……娘子,娘子,房子……!"①

孩子们的天真淘气与阿元的满腹心事形成了有趣的对比。动与静、庄与谐在这里得到了有机融合,平添了几分生趣。

当阿元卧薪尝胆,整整敲好了一万块煤渣砖时,又有人给他介

---

① 竹林:《蛇枕头花》,江苏人民出版社,1984年,第46-47页。

绍了一个姑娘。这次阿元娘接受了前两次相亲的教训,与介绍人讲好在镇上的公园里见面,并再三交代阿元,千万不能把人带到家里来,也不能让姑娘看见这些煤渣砖。于是,第三次相亲按照娘的周密计划开始进行了。

在公园里,阿元面对着水灵灵的姑娘,窘得手足无措,眼睛也不知朝哪儿看好,姑娘落落大方,他却心中忐忑。但当看到公园里的梨树,谈起梨树的事情,阿元变得兴致勃勃起来,还要将姑娘带到家中,幸亏姑娘着急去梨园,才解除了阿元娘穿帮的危机感。在岛上的梨园里,阿元与姑娘探讨梨树嫁接的事情,正谈得热火朝天,一群孩子嚷着要看新娘子,又拍着手唱起阿元敲砖的老调子,于是话题转到了阿元最担心的事情。阿元决定不再隐瞒,一五一十地把自己敲砖造房子的经过告诉了姑娘,以为一切都完了。不料姑娘反问道:"难道爱情的结合,是房子吗?难道因为房子而结合的'爱情'能带来幸福吗?难道……"姑娘还说,"如果你不把这些心思花在敲砖上,房子上,也许你想试验的梨树新品种已经成功了……"

阿元终于得到了幸福的爱情,劳动加爱情结出了甜蜜的果实。

《老纤夫》

《老纤夫》写一个年轻的大学毕业生,作为记者第一次单独去完成一项任务——乘船到城关大队采访落实政策的新闻。路上,他对一名正在岸上拉纤的老纤夫产生了兴趣,便不顾船工们笑话,跳上岸去,走到老者身边,从老人口中的"剧本"和"看话剧"这样一些与他的身份极不相称的术语判断他绝不是一个普通的纤夫。果然,在热爱艺术的记者面前,老纤夫痛快地讲述了自己的故事。

原来,老纤夫是一位一生痴迷艺术的人。1946 年,这位时年18 岁的富家大少爷从家里逃出来,在一个小剧团里当上了演员。因为爱艺术爱得发疯,一心想做一名话剧导演,所以心甘情愿到这个小剧团里来跑龙套。为了宣传抗战,他们还在街头演过戏。新中国成立后,剧团解散了,他被送进师范学校学习了三年,毕业后被分配到了青海,在一个专科学校教书,因为不适应高原气候而得了重病,只好回到了江南母亲的身边。

病愈后的一天,他上街溜达,无意中来到了文化馆,也就是县剧团的所在地。正赶上剧团在排演话剧,一位姓李的馆长对他热情相邀,于是,他就日夜泡在小楼里,帮助排了两个大型话剧——《洞箫横吹》和《布谷鸟又叫了》,都在全省汇演中获了奖。那姓李的文化馆长因此受到上级表彰,不久就升任了文化局长。老纤夫精心培养的一名女演员也在全国调演中获了奖,两人之间也萌生了热烈的爱情。

但邪恶的人性很快扼杀了这美好的一切。李局长警告女演员说对方出身不好,不服从分配,思想品质有问题,要她注意跟他的关系。之后又威胁她,并进一步提出了卑鄙的要求。为了不让这朵含苞欲放的艺术花蕾夭折和任人践踏,老纤夫想尽一切办法帮助她考取了戏剧学院,而自己却被赶出了剧团。公安局传讯他,说他是漏网右派,并给他的原单位写了一封信,从此,停发了他的工资,他成了无业游民。为了自己所爱的姑娘的前途,他将她一年中写给他的98封信都编了号,每封信都在背后写了回信,却一封信也没有发出,他不愿意为了自己"这没有希望的人生,去毁掉这艺术之树上刚刚开出的鲜花"。

从此,他把心力又全部放到了艺术中去,埋头于剧本的创作,与母亲过着清苦的生活,直到有一天一群热爱艺术的孩子来拜他为师,他便倾尽全力给他们写戏、印剧本、排戏,甚至卖掉了慈母的羊毛衫,为孩子们印台词。可是,不久"文化大革命"开始了,他所做的一切都变成了罪状,被关押逼供,打断了腿骨踢坏了腰。从专政队放出来后,老母亲已经饿死,房子被街道占去,从报上得知他所爱的人也在挨批,绝望中他准备投水自杀,但是艺术的呼唤使他投入了大自然的怀抱,做了一名纤夫,一干就是10年。

当冤假错案都该平反时,老纤夫却被答复,他的问题没有正式立案,因此也无需平反;右派问题该纠正了,局长说漏网右派就说明不是右派,也不需平反;要落实政策安排工作,李局长却说他神经有毛病,不要他。一个痴心于艺术境界的人的一生就这样默默牺牲了,连一句安慰、一声叹息也没有。这是何等的委屈与悲壮!众所周知,在"大革文化命"那个疯狂的年代,像老纤夫这样的艺术殉道者不计其数!

最令人感动的是,老纤夫并未因为自身遭受的委屈和不公而放弃对艺术的追求,以及对培养艺术人才的无私奉献。为了研究"我"的话剧,帮助"我"修改好它,老纤夫竟然为"我"的剧本画出了每一幕的布景。他指着河边那艘沉了的破船说了这样一番话:

现在,我好比沉在这儿的这艘船,我已经沉下去了;而你则是正在扬帆前进。当然在前进中也会出现故障、也会碰到问题,如果你需要什么零件,尽管到我身上来拆好了。这些零件放在破船上已没有用,但一装到新船上,就又能前进了。①

这是何等崇高的人生境界,何等博大的胸怀!与老纤夫相比,那些飞黄腾达的文化馆长、文化局长之流又何足挂齿!竹林忍不住以最朴素的语言向老纤夫和像老纤夫一样默默奉献的人们致敬:

老纤夫倾斜着上身,一步一步地往前走去。这瘦弱而苍老的身影,与眼前一片明媚的春光和谐地统一在一幅春日图里。我想,多少年来,他就是这样默默地拉着纤,然而,他的艺术之心却没有泯灭,他在为事业而奋斗着!尽管他不为有权势和世俗的人们所理解、所容纳,但他的心是纯洁的,他的理想是高尚的,也许,这就是我们中华民族的精神和希望……②

---

① 竹林:《蛇枕头花》,江苏人民出版社,1984年,第79页。
② 同①,第80页。

《海 市》

《海市》讲述的是组织"包办"下的一桩爱情悲剧。

"我"从某军事院校毕业后,被分配到一个重要的科研基地工作,过着幽静的、与外界隔离的生活。每天在数不清的数据和字码中徜徉,把生命的每一分钟都献给了亲爱的祖国。在一个星期天的上午,请假外出的"我"在表哥家与一位小学教师钱阳阳相识并一见钟情。在同游八达岭长城的过程中,春天以它无比鲜明的形象唤醒了"我"沉睡的一部分灵魂,"从这一刻起,我似乎觉得在工作室以外,人还需要一个天地,一个在广袤的大自然里自由呼吸的天地,一个情感交流的天地。"于是,爱情"以一种震天动地的暴风雨般的力量"及时降临了。

从交谈中得知,钱阳阳这个外语学院的高材生,因为成分不好加上海外关系,被发配到一所偏僻的小学任教,为此,她哭过、闹过、想不通过,但很快便平静下来,不再跟自己过不去,她从天真无邪的孩子们身上得到了莫大安慰。她的笑容犹如一抹灿烂的阳光令"我"陶醉。

……阳阳紧紧依偎着我。我们站在烽火台的顶点上,头顶着金色的太阳,呼吸着春风带来的新鲜气息。好像我的身上长出了翅膀,我觉得我就要飞出去,飞向那无垠的蓝天,去拥抱绿树与鲜花,青山和海洋……①

然而,甜蜜的爱情终究像海市蜃楼般虚无缥缈,现实生活逐渐显露出它残酷的一面。组织上安排了一个女秘书小刘协助"我"工作并照顾"我"的生活。支书说:小刘出身好,觉悟高,要求进步,是个各方面条件都很好的姑娘。"我"却发现,这是一个十分

---

① 竹林:《蛇枕头花》,江苏人民出版社,1984年,第90页。

笨拙的女孩子,身上像带了钩子似的,走到哪里都搞得稀里哗啦,越帮越乱。教她英语,几个星期过去了,她连 26 个字母还背不下来,"每当我给她讲,给她读的时候,她便如一段木头似的愣愣地坐着,睁大眼睛望着我;而当我要她自己再念一遍的时候,她却张口结舌,茫然不知所措,好像大梦初醒一样。"这样的女孩子实在是无法"协助""我"。于是,她除了一天送两遍材料外,就只有整天坐着结绒线。但对于"我"的行踪以及与谁交往,她却十分敏感,打破砂锅问到底。这令"我"感到不快。

为了和阳阳结婚,"我"去向支书摊牌。"严肃得像一尊石像",脸上极少露出笑容的支书却先来找"我"了。原来他对"我"与钱阳阳交往的情况了如指掌,警告"我"如果要与资产阶级出身的阳阳结婚除非离开这个工作岗位,并意味深长地告诫说:"组织上对你的个人问题是非常关心的,你不要辜负了党对你的培养和教育啊!"接着便提到小刘的种种优点,说她"哪点配不上你呢?"原来是组织早已经为"我"物色好了对象,"我"突然感到一种被侮辱、被愚弄的痛苦。愤然站起身,拉开房门冲了出去,这时有一段景物描写:

起风了,灰沙在院子里打着漩涡,翻卷着,升腾着,又劈头盖脑地向我扑来,似乎要挟持我离地而去。我踉踉跄跄地向前跑了几步,抬头一看,啊,天!这是什么天啊,从来没看见过的,昏黄中透出隐隐的红意,而这红意又被弥漫的灰色所遮掩。太阳只剩下一层薄薄透明的纸,在昏天暗地间透出一点惨白。连院子里那绿色的树叶和红色的花朵,都仿佛是用没有生命的蜡纸剪出来的。刹那间我感到一切痛苦、愤懑都消失了,仿佛置身于一个遥远、陌生、和远离人世的地方。①

这劈头盖脸的灰沙,犹如命运的鞭子君临天下,狠狠地抽打着它所有臣民渺小的身躯与无助的灵魂。

---

① 竹林:《蛇枕头花》,江苏人民出版社,1984 年,第 95 页。

经过无数个不眠之夜的思想斗争，不甘心就范的"我"为了爱情决定丢掉工作回老家种地，受到支书的严厉批评和审查，最终辞了职。当"我"去表哥家找钱阳阳去乡下时，表嫂给"我"一封信，原来阳阳为了"我"的前程，谎称不爱"我"了。有情人最终未成眷属。

在对小说中相爱的一对生出共鸣的同时，"我"对那个既不聪明也不灵秀的小刘姑娘也产生了同情与悲悯。一个活生生的女子，就那么像一块砖一样被组织安排到男主人公身边，可以说是低眉顺目、忍气吞声地照顾对方，因为这是她的"工作"，她一针一线地编织着毛衣，"不也是在编织着自己的希望，自己心中的春天么？她也应该有自己感情的天地、青春的绿树和阳光啊！"可悲的是，小刘的青春和"我"的青春、钱阳阳的青春，一代人的青春都是被设计、被规定了的，被以神圣的理由不由分说地包办代替了，要冲破它就得付出惨重的代价，也许要付出的是一生的幸福甚或生命。

也难怪在小说末尾，竹林要借"我"之口说出这样的愿景：

想要什么，就祈祷什么；祈祷什么，就能得到什么。

真是这样么？

那么，我想要春夏秋冬的雨露，想要一年四季的鲜花，想要田野里舒畅的呼吸，想要夕阳下愉快的散步，我还要那无拘无束的欢笑，始终如一的爱情……

啊，我还想要，想要我亲爱的阳阳。她的思想，她的灵魂，她芬芳的体温，她柔和的气息……①

小说中人物的遭遇告诉我们，在那个蔑视个性、轻视人的权利的极"左"年代，这样的理想不是海市蜃楼又是什么?！

----

① 竹林：《蛇枕头花》，江苏人民出版社，1984年，第101-102页。

《网》

《网》是一曲极"左"年代农村妇女命运的悲歌。

小说一开始,描述一个被叫作阿结实的妇女,因为偷了生产队鸭棚里的大麦,被赖书记勒令游村一周,边游街边敲锣喊:"我偷了队里的大麦,大家不要学我样啊——"大人们端着饭碗,站在自家屋门口,兴致勃勃地看着这个披头散发的贼女人从门前走过。孩子们三五成群地跟在她的身后,捡起泥巴块扑簌簌地朝她身上扔过去。

通过阿结实的思绪,读者了解了这个原本叫"秀"的女子的不幸遭遇。1960年,秀16岁时,从淮河流域逃荒要饭来到了江南水乡,为了生存嫁给了年长她一倍多的丈夫阿雨。丈夫游手好闲,只顾自己,喝醉了酒就打她。头一回打,她扑到好心肠的李阿奶怀里大哭一场。第二回打,她钻在河边荆条丛里嘤嘤地抽泣了几声,而后就痴痴地望着天上一群群北飞的候鸟,半天也不动一下。第三回打,她既不哭,也不发呆了,只是嘻嘻笑着,对前来抚慰她的李阿奶说:"没关系,没关系,让他打好了,越打越结实!"于是"阿结实"这个名字就叫开了。有一次,丈夫偷了一个老婆婆的肥鸭子,她劝阻不住,羞愧难当,恰好倒鸭毛时又被人发现,从此被人骂成"贼骨头""三只手",于是,村里人像躲瘟疫一样躲着她,一见她,连晒着的婴儿尿布都赶紧收回去,怕被她偷走。

17岁那年,她生下了女儿阿秀,队里不给她们母女报户口,没有户口就没有口粮,就要挨饿。一天,丈夫让她去地里偷蚕豆,她想起父母一生都教育她要老老实实做人,她实在下不了手去偷。但是不巧遇到了赖队长,她亲眼看到他从仓库里背走了一口袋粮食。尽管地里只有一条空空的口袋,赖队长还是要挟阿结实,把她按倒在蚕豆地里奸污了。

丈夫的殴打,村人的诟骂,禽兽队长的蹂躏,使她失去了做人

的尊严,精神几近崩溃,几次想跳入竹林后边的小河一死了之。女
儿的存在给她的生活射进来一抹阳光,为了女儿她必须活着。既
然别人都把她看作贼骨头,她为了女儿也就真的去偷了,有时去大
田里摘个豆角,摸个瓜什么的。她每天起早落晚,割野菜,挖地梨,
像母鸡刨食一样喂养着她的阿秀。

　　12 年过后,生产队的赖队长已经升为赖书记,阿结实在鸭场
喂鸭子,看到赖书记经常用篮子从鸭场拿走最大、最新鲜的鸭蛋,
想到女儿连菜粥也喝不上考试时饿晕的惨状,她偷藏起了三斤鸭
饲料大麦,不幸又被赖书记撞上了。这时她虽然只有 28 岁,但脸
上已布满了皱纹,身躯缩得像茄子干,赖书记对她已经没有任何兴
趣,对跪倒在他脚下苦苦哀求的阿结实"铁面无私",还是要罚她
200 斤粮食。这个受尽侮辱的女人终于愤怒了,她痛快地数落着
赖书记偷盗队里粮食和拿走饲养场鸭蛋的劣行,多少年来,她第一
次这样扬眉吐气。但是,她却被认为是疯了,在被赖书记结结实实
地打了一顿之后,还命令她游街示众。于是便有了小说开头的一
幕。最后,被女儿割断捆绑的麻绳,拖着拉着背着弄回家里的母
亲,要女儿和自己一起喝敌敌畏了结这种屈辱的生活,这一情景令
人肝肠寸断。

　　被女儿救回家中的阿结实,时而昏迷,时而清醒。竹林写道:

　　石灰剥落的墙壁上,一只蜘蛛在忙碌。

　　蜘蛛穿着黑色光亮的外套,慢条斯理地移动着它一条条细长
的腿,迈着绅士的步子,在这积满灰尘的说不出颜色的墙壁上,在
这凄凉冷落、没有家具的屋子里,织着网。这虫豸俨然成了这里的
主人。在它缓缓爬过的一路上,一条细细的长丝拖下来,一端搭在
裸露的灰砖上,一端搭在阿秀的奖状上,微微晃荡着,却不曾断
离……

　　网,巨大而细密的蛛网,罩住了破败的墙角,最后终于也严严
实实地罩住了阿秀的奖状。阿结实的心里又烦躁起来,一种不祥
的预感升到心头。

　　……忽然,她看见一只翠绿翅膀的小虫在她眼前飞来飞去,十

分的可爱。……后来小绿虫飞高了，一下子触到了墙角的蛛网，它挣扎着，可是已被蛛网牢牢地粘住，再也飞不起来了。

蜘蛛迅速地爬过去，爬到小绿虫旁边，突然扑上去，按住小绿虫的身体，贪婪地吮吸起来。

渐渐地，蜘蛛的肚子大起来，而小绿虫则变成了一个空壳，挂在网上。

一个、两个、三个……蛛网上挂着数不清的小虫的空壳。难怪蜘蛛的肚子越来越大，难怪它悠闲自得地像个主宰一切的大菩萨。

朦胧中，阿结实觉得自己也被一张巨大的网罩住，蜘蛛嘴上长长的吸管狠狠地刺进她的身体，吸着、吸着……终于，她的身躯像被吸干了的小虫的空壳一样，挂在那密而坚韧的网上。①

农妇阿结实的命运，令人联想起在漫长的封建专制社会，无数像小绿虫一样被"蜘蛛"吞噬掉生命的中国女性。中国现代文学作品中这样的女性形象不乏其人。如，叶绍钧《这也是一个人?》中那位被全然剥夺了人的权利的女奴，老舍《月牙儿》里那对先后被社会逼良为娼的母女，柔石《为奴隶的母亲》中那位被当作种牛一般典当给富人家生儿子的母亲，更有鲁迅笔下被卖来卖去的《祝福》里的祥林嫂……但那是鲁迅先生所抨击的"做稳了奴隶的时代"和"欲做奴隶而不得的时代"，而1949年中华人民共和国建立后的时代，应该是人民当家做主的时代、男女平等的时代。然而，从这部小说来看，人的尊严何在? 女性的尊严何在? 那些赖队长、赖书记之流的党的化身、权力野兽，是如何利用手中的特权在蹂躏着弱者的肉体和灵魂，在抹黑和践踏着党的威信。他们不正是在阴暗处张网以待，以革命的名义，对阿结实这样的劳动妇女敲骨吸髓而自肥的大蜘蛛吗? 那些兴致勃勃围观游街盛举的大人和儿童，那投向阿结实的鄙夷目光，那边唱边砸去的烂泥巴，与鲁迅时代冷漠的"看客"又有什么本质的区别? 还有阿结实的丈夫阿雨，对待她们母女的自私残忍，与现代女作家萧红的《生死场》《呼兰

① 竹林:《蛇枕头花》，江苏人民出版社，1984年，第121-122页。

河传》中的那些残酷虐待女性、麻木不仁的人们又是何其相似啊！尽管早已乾坤扭转，但改变一个时代易，改变一种观念难。身为女性作家，竹林由自己的人生经历出发，关注女性生存状况，为那些没有话语权的塔底女性发出了悲愤的控诉。她通过阿结实的遭遇警示社会：一个女人在游街，一个国家在蒙羞！

曾庆瑞先生在他的《竹林小说论》中深有感慨地说：

> 竹林在这里涉足的是一个危险的"雷区"。假若早它十五到二十年，在那"以阶级斗争为纲"的年代，这篇小说多半会被加上"揭露阴暗面"和"歪曲现实生活"的罪名，被认定是"反党反社会主义的大毒草"。幸亏是在八十年代，竹林面对生活的深刻的现实主义精神，终于在一个解放思想的大环境里得到了肯定。[①]

诚哉斯言。

《喜相逢》

《喜相逢》写一位即将成为新嫁娘的女生产队长，却对即将到来的幸福生活萌生了迷惘的惆怅。这是怎么回事呢？就让我们随着女主人公的思绪去一探究竟吧。

小说中男女主人公本是一对青梅竹马的恋人，小时候一起玩，长大了一起上学，毕业了一起回乡，始终比翼齐飞，谁也不甘落后。她当生产队长时，他已经是大队书记了。他的理论水平高、组织能力强，招工名额主动让给别人，这一切都使得她对他的尊重提高到崇拜的程度。"我们的爱情像政策条文上的语言一样顺理成章，明白流畅，无需痛苦的折磨便成熟了。"但是，由于两人在执行公社关于春播的指示问题上产生了矛盾，她违抗了他的指示，不但没有推迟落秧，反而提早三天把谷物播下去，这可惹怒了他，说她不执行

---

① 曾庆瑞：《竹林小说论》，台湾智燕出版社，1990 年。

上级指示,目无组织,还把她的材料报到公社,取消了她的党员预备期。为了"弥补"她造成的损失,他下令割去队里即将成熟的蚕豆,重做秧田。当然,事实证明她是对的,他也滔滔不绝地向她做了检讨,她原谅了他,但总感到在他身上缺少了生命的激情和生命的韵味。"是的,他忠诚老实,循规蹈矩,讲原则,有干劲,很受领导器重。人们已经习惯于赞扬这样的人,提拔这样的人。他的前程是远大的。然而,什么叫习惯呢?"她从自己种庄稼的事情中得到启发,不由地对人们习惯的认识方式产生了怀疑,包括人们对自己这门亲事的评价。

仿佛是为了印证她的想法的合理性,当她信步来到生产队的香菇房时,见到的那个正在灯光下全神贯注读书的人,竟然是生产队里她很少正眼瞧的"捣蛋鬼"阿坤。你瞧,竹林对阿坤的神情有多么生动的描写:"这人忽地扭过身子——确切地说,应该是猴子般的一转";"当他开起口来,连鼻子上的雀斑仿佛也时时想恶作剧地跳下来捉弄人似的。"这样一个人却在读《水稻栽培技术汇编》,还写了一篇文章详细分析当地种植单、双季稻的利弊,提出了不种双季稻的理由,分析得系统、全面而有条理。他还得意地带领她参观自己的试验蘑菇新品种。她看到了雪白墙上画的一丛石榴花,那是用青翠的蚕豆叶捣碎的汁液和凤仙花的汁染成的。她感到在阿坤这张调皮的脸上,有一种从另一张脸上从未发现过的东西。

这样的对比是有趣的,也是有意味的。阿坤的灵活生动和热情,与"他"的刻板、机械,缺乏情趣形成了强烈的反差,给了她很大的触动。她终于又做出了一个违背他意志的决定:生产队明年全部种单季稻——尽管他现在正在推广她种双季稻的经验。

这部小说酝酿于十一届三中全会之后,感应着解放思想、改革开放的时代气息,像一枝报春的小花,给文坛带来了清新的空气。

《蛇枕头花》

《蛇枕头花》写一位善良温柔的农家姑娘阿米箩的悲剧。

阿米箩的名字就倾注了两代人的祝福和希望。妈妈愿她一生幸福,生活像盛满粮食的米箩一样富足;奶奶愿她慷慨大方,像米箩一样对人类充满无私的赐予,甚至对恶人也要好心。

邻居有个傻子"戆大",整天蓬头垢面,穿着一身露肉的破烂衣裤,在村子里晃荡,从东家摸个瓜,从西家掰根玉米,来延续他那强壮的生命。当地民风的淳朴,从乡亲们对待戆大的态度可见一斑。阿米箩可怜戆大,给他做了一双鞋,缝补了破衣服,戆大因此也很听阿米箩的话,他不仅不偷阿米箩家的东西,还偷偷地给阿米箩的瓶子里插上美丽的蛇枕头花。不幸的是流言蜚语由此而生。

"大队权力轮子上的轴心""操着人们生杀大权"的一个人,对阿米箩早就垂涎欲滴,怕自己的野心暴露,便撺掇戆大偷走了阿米箩的一条花短裤,让不省男女之事的戆大穿着它站在阿米箩的窗前,使全村哗然。从此,阿米箩被诬蔑与戆大"困觉",被骂作"一只下作的骚狐狸"。无情的风将一阵阵冷言秽语送进她的耳朵,"众口嚣嚣,痛苦和委屈像尘埃,蒙住了她青春的喜悦,少女的甜梦。斜泾浜河在门外日夜呜咽,好像在嘲笑好多年前,老阿奶对小小的阿米箩讲的那些劝人为善的故事。"

然而人间的善恶改变不了美的逻辑,河水映出阿米箩俏丽的身影,也映出躲在柳丛下的一双贪婪的眼睛。一天,"本村最高权力的拥有者"拨开了阿米箩卧房的门闩,门被从外面扣上了,阿米箩绝望地大声呼救,可没有谁来理会一个"堕落"女子的呼喊。"可怜的阿米箩浑身瑟瑟发抖,好像西风里的一片竹叶,毒蛇枕下的一朵小花。"就在千钧一发之际,戆大及时赶到救出了阿米箩,使她免遭禽兽蹂躏。

这段描述可谓绘声绘色,竹林倾注感情在笔端,将戆大的形象

塑造得从未有过的高大而威猛:

"啊——"

突然间,不知从哪里传来一声吼叫,这吼声是含混的、愤怒的,仿佛是一头被逼入绝境的困兽所发出的,它与阿米箩凄楚可怜的呼救相比,充满了一种野蛮的不可抵挡的力量。

……

就在这时,房门"嘭嘭嘭"地响起来,那人一惊,回头望去,只见薄薄的门扇摇晃起来,灰尘扑扑地落下。显然外面有一双力大无比的手在拼命摇撼。

"啊——"怒吼声又响起,这一回仅隔一扇门,声浪像要把人震倒似的;紧接着,门被撞开,哐啷倒地,一个人出现在门口。

就是戆大!

他一脚踏在倒了的门扇上,两眼充血,毛发直竖;深秋的天气里他只穿了一条短裤衩,黄昏的月光朦朦胧胧地照着他裸露的粗黑的身躯,使他变得像一个纪元前的原始人那样,显示出一种粗野的壮美。

那个人似被这威势所震慑,悄悄后退了几步。但戆大却逼上前,一伸手,抓住了他,双手轻轻一举,就把那人撂到了自己的肩膀上;然后扛着他——像扛一个面口袋似的,一直向外面走去。

走到斜泾浜岸边,"扑通"一声,戆大把他扔到了水里。①

戆大的知恩图报和勇猛无畏,与那位伪君子的猥琐、兽性,形成了鲜明的对比。戆大的爱美之心和救美壮举,戆大与阿米箩的故事,很自然地使我联想到雨果的《巴黎圣母院》里丑陋的敲钟人加西莫多在众目睽睽下营救吉卜赛女子艾丝美拉达的震撼一幕,以及两人之间的纯洁友谊和生死相随的震撼结局。

后来,阿米箩的父母无奈之下,只好草草地托人将女儿嫁到了一个遥远贫穷的山村。送亲时,戆大呆立在阿米箩窗下,发出愤怒的狮子般的吼声,眼看载着阿米箩的自行车渐渐远去,模糊得不能

---

① 竹林:《蛇枕头花》,江苏人民出版社,1984年,第151-152页。

辨认，戆大像受伤的狼嗥一般呜呜痛哭，因为即使憨傻如戆大者也知道从此以后没有人"宝贝"他了。阿米箩姑娘的善良与悲悯润物无声地渗入了一个蒙昧的灵魂。

通过展览"本村最高权力的拥有者"的兽行，通过小说结尾阿米箩给孩子们讲述的蛇与小红花的故事，竹林告诉读者一个朴素的道理，即：一味的善良是不行的，蛇之所以单单欺负小红花，就是"因为它没有刺"。

《离　婚》

闹离婚本是夫妻之间的私事，属于家长里短的琐事，可以说公说公有理，婆说婆有理。可是竹林的小说《离婚》却通过江南某大城市郊区农村的一对夫妻闹离婚的故事，折射出我国农村经济政策的变化在农民心里引起的震荡，将它归入改革小说是名符其实的。

小说伊始，斗大字不识一个的黄脸婆饭瓜阿婶居然把切菜刀往砧板上一剁，瞪眼对着她那个当大队干部的丈夫说："离就离！这种日子我过不下去了！"这倒使她的男人感到很意外，以至于眨着迷茫的眼睛，一时不知如何是好。因为在他们结婚后的十几年中，夫妻间拌嘴的事情"就跟盛在饭碗里的饭米粒一样多"，但只要他一提"离婚"，"雌老虎"就变成了"羊羔羔"，老婆立刻声怯气短，眼泪往肚子里吞，赔着笑脸给他炒菜烫酒以示和解。可是这次是怎么了？老婆气壮如牛的一句话叫他发懵了。吵闹声惊动了左邻右舍，饭瓜阿婶一把鼻涕一把泪地数落了半天，丈夫终于听明白了，原来她控诉的是队干部们正在拼命坚持的定额工分制，这是他绝对不能容忍的。顿时他气得脸色发白，嘴唇直抖，从牙缝里挤出一句话："真正是个老顽固！离婚！"

接着，竹林用倒叙的手法，讲述了这场风波的起因：前些日子，上级布置要搞责任制——责任到人，口粮田分到户。可社干部们开了三天三夜会,不少干部的思想还是不通,理由冠冕堂皇,其实心里打的什么小算盘只有这些干部自己明白。于是上级派来了调查组。之前,饭瓜婶的丈夫已经吩咐各队队长,挨家挨户做好了工作,关照好对上面来的人怎么讲,但却疏忽了自己的老婆。调查组的干部在村子里转了一大圈,村里老老少少都按照队长布置过的话讲,要么就用沉默或含糊其辞来搪塞,不管他们心底里到底愿不愿意搞责任制。可是,当调查组的人皱着眉,叹着气,忧心忡忡地来到饭瓜阿婶家吃午饭时,事情发生了转机。当他们谈起当前农村的经济政策,说某某地方实行了包产到户,农民的积极性怎么提高、生产怎么发展、农副产品市场又怎么活跃等等,饭瓜阿婶听得入了迷,冷丁一拍手掌叫道:"咳,这位同志说得好,把田分给各家,一家人定定心心地做,夜里困觉也困得落了。"不理会丈夫的眼色和愤怒,饭瓜阿婶自顾自地讲起了定额工分制给自己带来的烦恼,竟然赞成分责任田,同丈夫唱起对台戏来了。当调查干部问她为什么村里大家都不愿意分责任田到户,饭瓜阿婶真是一语破的:

"都不愿意?哼,谁不愿意啦?他这样的干部不愿意!"饭瓜阿婶朝丈夫看了一眼,愤愤地说,"同志你想想,把田分到家里,谁还听他们去吆五喝六?逢年过节、红白喜事,白食也吃不到了;三天两头在外面花天酒地也不来事了,都得回家老老实实种地去!"

说到这里,她才坦然地朝丈夫望了一眼,目光里含着几分讥讽、几分得意。丈夫气得嘴唇哆嗦,一松手,把酒杯也摔在地上砸坏了。①

谁说饭瓜阿婶脑袋"木"、不开窍?你看她对国家政策的理解多么到位,对村干部阻挠责任制推行的狭隘心理看得多么透彻和一针见血!这才是来自最接地气的底层老百姓的心声。

两人气呼呼地去公社离婚的路上,各怀心事,通过对他们的内心活动的剖析,读者大致了解了这对夫妻之间矛盾的根本所在。

① 竹林:《蛇枕头花》,江苏人民出版社,1984年,第163-164页。

饭瓜阿婶信奉的是凭劳动吃饭,看不惯大话连篇的唱高调,不做事。丈夫认为她狭隘自私、目光短浅,脑子里充满了小农意识。他跟她谈形势、谈大寨式评工记分的重要意义,可她说:"好个屁! 整天在田里磨时间,混工分,这样下去大家都要没得饭吃了。"他教她识字,给她读报,她说:"你坐在这里闲得慌嘛? 不如帮我喂喂猪去。"在大队讲用会上,几个小青年讲他们开船去城里装粪,如何在途中抓紧时间结合实际学习"毛选",正讲到高潮处,她突然冲上台去,把话筒一夺,说:"讲到现在,你们装来的粪呢? 队里十几亩麦子,正等着浇呢!"台下哄然大笑,害他事后挨了上级的严肃批评。实行定额工分后,双抢大忙季节,她起早摸黑,彻夜不眠,就是为了早一个钟头到田里去。他劝她少做点,不要太辛苦,她对他的关心不予理会,还要对所谓"白来之财"发一通议论:"你生活不做,工分不少,年底还有补贴……哼,不作兴的,这种日子不会长久……"这只是他们 16 年不和谐婚姻生活的冰山一角。无休无止的争吵、无穷无尽的烦恼,终于把这对不幸的夫妻逼上了离婚之路。然而,路上妻子突然晕倒,看着妻子苍白得可怕的、布满灰尘与汗水的脸,想到自己从未像今天这样搀扶过她一把,倒居然较着劲儿跟她闹离婚,丈夫羞愧起来。于是他搀扶着妻子,在灯火闪烁的夜晚走向自己的家。

在新时期改革小说的浪潮中,我们熟知的代表性作品众多。其中有高晓声的"陈奂生系列"小说,写一个农民上城、包产、转业、出国的 12 年经历,通过这位农民心理的微妙变化,展示真正的农村改革是触及灵魂的。还有何士光的《乡场上》,描写一个不被人当人看的"漏斗户"农民如何克服了长期贫穷所带来的心理上的阴影,不再惧怕官太太的恐吓和威胁,为打架的孩子作证主持公道,挺直腰杆做人的故事。还有贾平凹的"商州系列"小说也是旨在展示改革开放带来的农民精神上的巨变和观念上的震荡。

竹林的这篇《离婚》则是通过一个家庭、一对夫妻之间的矛盾冲突,在不足一万字的篇幅里展示了一个重大的主题,它就像一朵浪花、一圈涟漪,巧妙地传递出改革时代的春潮涌动。其艺术表现可圈可点,放到同类作品中衡量也是毫不逊色的。

《阿末小的故事》

《阿末小的故事》的叙述者是一个叫英英的小女孩。通过孩子的眼睛,"怪人"阿末小渐渐进入了读者的视线:

他在野草丛生的河岸上走来走去,两只裤脚管被露水打得浸湿;要不,就呆呆地立在树下,一动不动地凝望着缓缓流动的水,似乎在数那一圈圈漾起的水纹。有时候,他干脆把身子靠在树干上,好像与那因遭雷击而不长绿叶的一侧枯木紧紧合成了一体。①

这个因为在家中排行老小而被称作阿末小的人,蓄着一头乌黑浓密的头发,凌乱地披在宽宽的前额上,和那苍白的颜色形成强烈的对照。他的下巴上同样长满了黑黑的胡子,也是乱糟糟的,而且眼角上还刻着不深不浅的皱纹。与众不同的是,他那高高挺直的鼻梁上架着一副透明的白边眼镜。无论站着、走着或者靠着,嘴巴里总是嘟噜噜地念叨着,脸上显出一种如醉如痴的神情。拜他为师学习英语的女孩英英后来弄明白了,他念叨的外国话是印度诗人泰戈尔的一首爱情诗,也知道了他曾经是名牌大学毕业生,在一所保密单位工作,因为一次事故造成损失,吃了一年官司,丢掉了工作,热恋的女友莹莹抛弃了他,与他的好友结合了,对女友镂心刻骨的思念使他变成了现在的样子,只好回到老家,靠风烛残年的老母亲养活。

小说最后,阿末小当年的女友莹莹的一封长信揭开了谜底。原来当年阿末小出了事故后,所有信件都通过那位同学转递,但两人之间的通信全部被那个同学扣留了,他后来又谎称阿末小已经结婚生子,使莹莹彻底死心并嫁给他。这封来信在阿末小逐渐平

---

① 竹林:《蛇枕头花》,江苏人民出版社,1984年,第173页。

复的心底掀起了波浪。小说结尾,写阿末小决心钓尽世界上的"窜条"———一种专门钻进别人的肚子,咬坏别人的五脏六腑的鱼。

这部小说通过阿末小的故事警示人们,在历史的某些关头,毁灭一个人的力量除了政治因素之外,人性恶的因素也是不容忽视、不容推卸的。

读完这部艺术上稍显稚嫩,思想也并不见得多么深刻的小说集,心中不见轻松,只觉沉重。

这部写于极"左"路线结束的黎明前夕,光明与黑暗、善与恶、真与假、美与丑激烈搏斗时期的作品集,赤裸裸地展现了人们为追求自由和尊严而进行的困兽之斗。就像竹林说过的,那时,似乎是有一种什么魔力,使八亿人民为之癫狂了。每个人都像发了疯一样地造反、造反,人都变得不像人了。在这里,人的尊严尽失,爱的权利被恣意剥夺,投书告密、卖友求荣、落井下石,昧着良心向上爬,活生生一幅猥琐人格大展览的长卷。生在这样的时代,善良的人们喊天天不应,叫地地不灵,被政治玩弄于股掌之中的小人物无路可走,无处可逃! 竹林用她的笔饱蘸一代人的血泪,控诉了"不把人当人看"的时代,满腔热忱地呼唤着春天的和平、安宁与顺畅,也透露了社会上春潮涌动的讯息。这份真诚和坚守深深地打动了我的心。而这本作品集中的许多素材和轮廓也成为竹林此后创作和深入思考的起点和雏形。

1983 年,在上海嘉定的酷暑中,竹林在这部小说集的《后记》中谈到了自己创作的初衷:

> 时代的潮流把我卷进了文学的漩涡,我只是这个漩涡中的一颗小小泡沫。我无力推波助澜,也不想追波逐浪;我只能在漩涡中身不由己地沉浮。然而,一滴水,一颗泡沫,虽不能反映出整个大千世界,却至少也能映照出大千世界中一些真面貌。当然,这个"真",只仅仅是从我这个微不足道的小小的泡沫上映射出来的,然而,我绝不作假!

高尔基说过,"文学是人学。"它是写人、写人与人之间的感情的；它通过对人与人之间的感情的描写，反映出人类社会中的真与假、美与丑、善与恶。记得古代文学家蒲松龄在他的《聊斋志异》自序中说："披萝带荔，三闾氏感而为骚，牛鬼蛇神，长爪郎吟而成癖；自鸣天籁，不择好音……"我没有李贺的才，却常被屈原的痴情真意所感动；因此，明知自己只是那"秋萤之火，野马之尘"，也不自量力地写起小说来了。

我想，竹林道出了写作的真谛，即真和情。

捕捉生命中的挚爱真情

——散文集《蓝色勿忘我》述评

《蓝色勿忘我》①是竹林的一部 19 万字的散文集,它内容广博,分为五个部分:人生经历、游记、友情、生活感悟、后记与文学评论,真实地记录了竹林在文学之路上跋涉的足迹和心路历程。

著名作家萧乾先生在《代序》中说:"我一向认为不管你写小说还是戏剧,评论还是报告文学,散文总是文学的基本功。……魅力就是散文的灵魂。'舞圣'邓肯的舞姿与柔软体操之别,就在于那难以言说的神韵。你的文字一下子就能攫住读者的心,也正是因为它俏皮、跳动,富于魅力。"萧乾还以竹林写冰心和巴金两位老人的两篇散文为例,说那两次见面他都始终在场,也只都见了 20 来分钟,竹林却把整个情景、气氛、两位老人的神态,用寥寥几笔就描绘下来了,这使得萧乾不禁赞叹她为"鬼才"。

下面,分类谈谈其中给我留下深刻印象的篇章。

一、往昔岁月里"带镣的舞蹈"

《命运的挥鞭》记叙竹林在插队落户最艰苦岁月里的一次经历。写当她被命运抛在蚌埠火车站的候车室,失望、疲惫,饿得胃痉挛时,一位干部模样的中年男人给了她一只"又黄又大,香得诱人"的苹果,还给她留下了一张写有姓名和地址的纸条,说如果愿意的话,可以设法把她调到北京近郊当小学老师。走投无路之际她决定爬煤车去北京,与一群卖笤帚的小贩相遇,其中一位被唤作

---

① 竹林:《蓝色勿忘我》,百花文艺出版社,1996 年。

"秀才"的年长的小贩不仅给了她一块秫面饼,让她享受到一顿"真正最充实、最丰盈的美餐",还在为她算命时说了这样一番话:"有一种人,木讷的外表下藏着一颗极灵秀敏感的心,拙嘴笨舌掩盖着丰富的感情。他的灵魂是骚动不安的,可是他的表现却拘谨文静。命运往往对这种人特别苛刻,要让他吃尽人间的苦头。不过,只要是珍珠,哪怕被埋在煤堆里,也总有一天会擦去污黑发出亮光来的!"①这不正是对竹林性格和命运的最好写照吗?更感人的是接下来的情景:

当煤车终于到达时,大家七手八脚地把我拉了上去,并且将我围在了煤堆的中央。煤车起动了,而且越开越快;风在耳边呼啸,数不尽的煤屑飞扬起来,疾雨一样打在我的脸上和裸露的胳膊上。我一下子不明白是怎么回事,在一阵又一阵的麻辣的疼痛中惊慌地捂住了脸:"什么在打我? 什么在打我?"

"命运!"震耳的轰响中,那个算命的人在我耳边大声说,"你的命运正挥起鞭子抽打你。姑娘,不要怕,挺过去就好了。"②

谁说那位小贩不是位哲人呢? 他那双"聪明而睿智"的眼睛的确"蕴藏着一种深深的洞察力"。以后,每当竹林在人生的道路上遇到艰难险阻时,这段如梦如幻的记忆就会萦绕在她的眼前,告诉她也许命运正挥起鞭子抽打她,挺过去就好了。就这样她挺过了一道又一道难关,始终无怨无悔地跋涉在追求文学艺术的道路上,留下了一个个坚实清晰的脚印。

《蓝色的影子》写20世纪80年代初竹林在一个小镇上的奇特经历。惊魂未定的她,"心理常常提防着什么,仿佛周围仍有一张看不见的网,会突然间收拢来,而那时,我就要变成一条在网底喘着气翻白眼的鱼了"。③为此她深居简出,很少与人搭话。令她烦恼的是,总有一个老女人蓝色的影子在她眼皮底下荡来荡去,"一

① 竹林:《蓝色勿忘我》,百花文艺出版社,1996年,第5页。
② 同①。
③ 同①。

条被夕阳拖出的扁长影子,在地上诉说着无限的寂寞与悲凉。"①竹林被这默默的影子的语言感动了,"仿佛那是我生命的一部分。因为我也是孤独地拖着自己的影子来到这个世界的。我也常常这么呆呆地仰着头,愣望着一扇扇将生命的宴席和美味关闭在里面的窗子……"②

正是这种同病相怜的情感和同情心,让竹林对这位众人议论的精神有毛病的老女人产生了好奇心,得知了她在"文革"中的遭遇。因为"相好的"在新中国成立前夕去了台湾,造反派冲进她的家"上房揭瓦,掘地三尺"地找金条和电台,可只是翻出了一只装满新衣服新鞋子的大箱子,当街烧掉箱子不算,还把她揪出来批斗了一番,罪名竟然是她年近40了还不嫁人,就是为了等那个"相好的"一起落(生)个"反革命狗崽子",大起来配合蒋介石复辟资本主义,反攻大陆……多么匪夷所思、荒唐至极的逻辑,真是欲加之罪,何患无辞!一个孤立无援的女人在那个疾风暴雨的时代所承受的压力可想而知。

10多年之后的一天,在上海开往郊区的长途汽车上,竹林发现老女人就坐在她的旁边,竹林出于客套递给她一只茶叶蛋,她却当真接了过去,并且小心翼翼地托在手里。下车时她鼓足勇气邀请"眼皮上有颗痣"的竹林明天到她家去。见面打招呼时,竹林才发现竟然不知她的姓氏,于是发出感慨:"也许,对人本身的疏忽,正是人的本性。"

在老女人盛开着一片红玫瑰的小院里,阳光照耀着大大小小的鞋子和一件件从小到大、手工缝制的女孩子的衣服。在坟墓一般阴冷发霉,空荡荡的简陋房间里,老妪匍匐在神龛跟前,昨天竹林给她的那只茶叶蛋,被堂皇地供奉在神龛上。交谈中,老妪认定竹林就是当年被"他"带走的自己的女儿,并恳求竹林叫她一声"妈妈"。那声音"很轻很轻,好像一阵微风拂过树梢,沙沙的;又

---

① 竹林:《蓝色勿忘我》,百花文艺出版社,1996年,第8页。
② 同①。

好似一柄利斧,把我的心劈出了一道血痕。我望着她那急切的乞求的目光,那宛若小女孩一样忸怩的羞涩的神情,以及那绝望中的一丝希冀,痛苦中的一缕温情,感到自己若是不肯答应她这个请求,便是怎样的冷酷啊。"①然而,无论竹林怎样努力,却始终没能发出这个神圣的字音,最终泪流满面地冲了出去。她在小镇的街上踟蹰,脚步变得沉重,在离开小镇上车之前,又一次走向那座小院,她想自己是应该叫老妪一声"妈妈"的。于是,触动人心的一幕出现了:

> 当我走到离小院十来米远处,突然发现,她正倚门而立,夕阳把一条孤寂的影子长长地拖在地上,这情景就跟十多年前她站在我的窗下时一模一样。我愣了一下,一时竟无力走上前去,便也站定下来,直直地望着她。就这样,在黄昏最后的余光中,一个没有女儿的母亲,和一个没有母亲的女儿,她们彼此热望的目光,沟通慰藉着两颗倍受创伤的心。②

读到这里,我多么希望,在被命运放逐的两代女人的对望中,这篇散文就此定格,起码,这样的收束能给善良的读者以情感的抚慰。然而,竹林却再一次击碎了这种奢望,冷峻地告诉我们,她到底没有走上前,也没有叫一声"妈妈"。"因为我觉得'妈妈'是一个神圣的词,我从来没叫过,我叫不来。"说实话,初读时我以为这段交代是蛇足,斟酌再三,终于明白了其中深意:冰封太久的大地,乍遇明媚的阳光,一时还难以适应它深沉厚重的抚爱,缺憾的背后,是一个时代政治的巨大阴影,是无法弥补的人道主义灾难,是永恒不变的宇宙的悲歌。这样的结尾更扣人心弦,催人深思。

《脱壳的蟹和思想的灵光》写一只小螃蟹脱壳的艰难过程,描写得有声有色,甚至可谓惊心动魄,竹林从中受到启发,联想到生活中两个年轻农村妇女的遭遇和命运,她说:好像一道闪电照亮了

① 竹林:《蓝色勿忘我》,百花文艺出版社,1996年,第20页。
② 同①,第21页。

我的思维,我终于找到了将这些文学素材写成文学作品的灵感。
"好像天上朝朝暮暮积累的云,忽然一个闪电划破长空,一声响雷,
大雨终于倾盆而下了。那云就是日夜萦绕于我心头的生活素材,
那闪电就是点燃我创作灵感的思想的灵光,而那雨水汇成的河流,
便是我的作品了。"①

《神灵的昭示》写到竹林当年在明太祖朱元璋故乡插队落户时
的一件难忘的往事。她每次被推荐上大学最终都莫名其妙地被刷
下来,最后一次大学落选,正碰上一场滂沱大雨,山洪暴发,从县城
回生产队要经过的桥也被水淹没了。不知是一种什么念头的驱使,
她朝那滚滚波涛望了一眼,突然抬起腿,毫不犹豫地朝水里走去,就
好像在平地上走路一样。这时,一位撑着一把红色油纸伞的老农拽
住了她,并引导着她摸索着走过了只有两步宽的桥,上了岸。尽管
没有来得及问一问老农的姓名、住址,但从此之后,在竹林生命的视
野中,这把红色的油纸伞再也没有消失过。竹林由此感悟到:

　　生活有时像一个多棱的水晶体,它所展示给我们的,常常是不
同的、变幻不定的层面。这些层面有时灿烂,有时黯淡,有时甚至
漆黑一片。但无论怎样的晦暗中,总会有一顶红色的油纸伞存在,
这是一种永恒。这顶伞有时看起来会很大——在一片风雨中它突
然出现了,支撑着我的头顶上的天空,我一眼就能看到。有时却很
小,小到几乎难以用肉眼去发现它,甚至好像风中的花粉,飘飘洒
洒飞扬在空气里,非但不能看见,连重一点的呼吸,也会把它吹跑。
这时就需要怀着极温柔、极敏感、极坚定的信念去捕捉,让宽容和
爱在心中重新生长广大。②

纵观竹林的全部创作,几乎无一不是在以一颗敏感的心捕捉
生命中的点滴温情,用坚定的信念在呵护、培植、广大真善美的根
苗。因为她认为这就是神灵的昭示、生命的涅槃,它无时不在,无

---

① 竹林:《蓝色勿忘我》,百花文艺出版社,1996 年,第 25－26 页。
② 同①,第 30 页。

处不在,它超越时间,超越空间,甚至超越我们的生命。我想,这应该就是竹林的宗教,也是她全部创作的密码所在。

在《春天的温情》里竹林娓娓道来她与广州的缘分。她儿时的玩伴是一个有着大大眼睛的广东籍女孩,彬彬有礼,整洁而文雅,有时请她吃精致的广东点心。长大后在北京的文学讲习所里,她又认识了两位真正来自广州的朋友,其中一位是瘦得只有80多斤,"站在那儿一阵风就要吹跑似的"陈国凯,他宽厚仁慈、和蔼可亲,同时又机智幽默,俏皮得让人开心。竹林惊讶于他"这么个病恹恹的身体里竟藏了那么多快乐的东西",尤其是他在竹林处境不好时给予的鼓励,让竹林感受到一种广州男子汉的特殊魅力。而与《羊城晚报》编辑胡区区的相识更给竹林带来了"一份越想越不可思议的快乐",两人不但年龄相同,身材、脸型差不多,还都梳着两条又粗又黑的辫子。从此两人成了彼此牵挂的好友,竹林给晚报的每一篇稿子都是经她手在副刊上刊出,"为此我又像童年时代一样,觉得欠了广州的情"。还有在她处处碰壁已成家常便饭时,《广州文艺》给她的"家园般的温暖"……读到这里,我终于明白了,对于竹林来说,广州这座城市对她的悠长魅力仅仅缘于一个"情"字。她说:"为着这个'情'字我喜欢了广州的摩天大楼和幽幽小巷,喜欢了广州的早茶和芝麻糊,喜欢了广州风光旖旎的公园和车水马龙的街道……为着这个'情'字,我只觉得广州一切都好。"①

《我的"寒暑斋"》讲述了竹林与农村结下的不解之缘,写到被朋友们雅称作"寒暑斋"的她在乡下居住的那间小屋。这是一间"冷时节冷得在冰凌上卧,热时节热得在蒸笼里坐"的二层楼上面的夹层,结构简陋、冬冷夏热。人待在里面几乎不能忍受,然而竹林不仅不讨厌,反而十分珍惜和喜欢它,为什么呢?原因是,偌大的上海,在相依为命的奶奶去世后,那个亭子间已经不属于她,按"规定"单位集体宿舍本市职工不准住,无奈之下,她只得到农村

---

① 竹林:《蓝色勿忘我》,百花文艺出版社,1996年,第53页。

去寻找安身之处。一个乡镇房管所调度员,让他住进暂未分配出去的新工房,待该房有主人时就再换一间新的。一位乡村中学的老校长将她安排到学校图书馆的书库里住,在两排书架之间前后挂两条破床单,中间放一张学生宿舍的单人床,竹林就在那里安心写作了。亲爱的读者朋友,还有比这样的"利用工作之便"更感人的吗?还有,人民文学出版社总编辑韦君宜自己摸索着寻到这个名不见经传的乡村中学来看望竹林,并用激动得发颤的声音对该校的校长和教导主任说:"感谢你们。虽然条件不太好,但你们支持了一个青年作者,这不容易。我代表文艺界感谢你们!"这样的深情和厚爱,让竹林这个从未得到过母爱的孤独女子如何承受?送走步履蹒跚的韦君宜后,她扑到床上哭了起来。此后,她才得到了这间遮风避雨的"寒暑斋",在这里写下了近300万字的作品,她将这看作生活给她的厚爱。

《戆人有戆福》可谓竹林的自画像,像什么不善言辞,缺乏待人接物之道,反应迟钝,认了死理不回头,等等,但每人头上一片天,"戆人有戆福"。她举例说了自己几部长篇小说的创作契机和灵感,如去农村采访因为迷路而遇见一位闷头砍树的小伙子,得知这种苦楝树从幼苗出土至长大成材必须经过三次砍伐,才能不被虫蛀掉。这使竹林得到一种新的人生启示,于是写成长篇小说《苦楝树》。又一次她在街上看到健美操培训的广告,怀着好奇心报了名,结识了我国第一位女健美冠军钱女士,使自己积累数年的知青生活题材有了灵感勃发的组织框架,由此诞生了长篇小说《呜咽的澜沧江》。还有一次是看到一个农村妇女因为家庭矛盾吵架而投河自杀,被救后突然产生了特异功能,讲出一个有头有尾曲折离奇的凶杀案来,于是竹林以此情节为线索,写出了40万字的长篇小说《女巫》。为此,竹林感恩自己的福气。但稍有创作常识的人都明白,灵感和机遇从来只偏爱那些有准备的头脑,所谓"无心插柳柳成荫"的神话也只会发生在泉源丰富的心灵地带。竹林的故事启示我们,灵感需要细致的观察力,百折不挠的意志力,认真生活不抱怨的心态,再加上诱发灵感的契机。灵感无处不在,用心方能感悟,并形成气候。

二、 蓝眼睛里闪烁的真情

先看这一篇《亲切的初夜》,好香艳的题目！读来才明白写的是竹林平生第一次出国去苏联的经历,她从微妙的心理变化,漫长的物质准备,到出关前丢三落四、有惊无险的磨难,生动地诠释了"一颗从童年时代就被俄罗斯文学所俘获的心"的波动。本是一次普通的出国访问经历,一经竹林善感心灵的过滤和妙笔点化,真有了几分幽会秘密情人和近乡情怯的感觉呢！看多了生活中暴殄天物、对美熟视无睹的现象,面对这位女作家细腻丰富的情感和深情款款的讲述,倒真有触动心灵的感动与惭愧哩。

《蓝色勿忘我》写的是中国作家代表团在莫斯科访问时,诗人叶夫图申科代表全苏作家协会负责接待,他那双蓝色的勿忘我花似的眼睛给竹林留下了深刻印象:蓝灰色的眸光闪闪烁烁,仿佛既明朗又沉重,既热情又冷峻,令看惯了黑眼睛的竹林感觉难以捉摸。然而当听他讲述完一个苏联卫国战争时期发生的故事时,竹林一下子明白了他诗歌中为什么有那么多直抒胸怀的爱。当他还是一个小男孩时,在一个冰天雪地的夜晚,在皑皑白雪上,惊讶地看到一个黄头发的苏军飞行员和一个红头发的美国女记者做爱的情景,令人震撼的是,这时几十辆苏联红军的军车正浩浩荡荡地奔驰而来,"打头的车放慢了车速——它显然看见了,什么都看见了;军车像有灵性的动物一样,喘息着犹豫了一下,突然刹住,与此同时,灯光熄灭了。接着,第二辆军车也刹住了,车灯也熄灭了;第三辆、第四辆……几十辆军车全部停住,所有的灯光都熄灭了。"大约十几分钟后,雪地上的一对人站起来了,车灯再次放光,雪雾挟裹着浩浩雄风,车队驰向远方。竹林相信,就在那一刻,懵懂的男孩长大了,她也终于顿悟,那次遭遇,那次黑夜白雪的洗礼,是埋在他心田中的一角圣地,他笔底流出的每一行诗、每一个音节,都来自这场洗礼的滋养。

战争在继续,生活也在继续,爱情更在继续。半个月后当竹林他们一行结束访问回国之际,全苏作协已宣告解散。于是,这次的相聚自然地染上了几分悲情的意味。俄罗斯民族的悲怆历史与浪漫性格,苏俄文学经久不衰的魅力,那里的人民对自由、和平的渴望,通过竹林的动情讲述,深深地打动了本就有着浓浓的俄罗斯情结的我们。

《巴龙斯的故乡》写的是竹林随中国作家代表团访问刚刚独立的拉脱维亚共和国的见闻,此刻,"苏联"这个庞大的国家正在解体,这里的人民如何看待国家的巨大变化,这是竹林特别关注的。通过对一个叫萨沙的翻译的观察,他的沉默寡言和深深叹息,以及参观拉脱维亚民间诗人巴龙斯故居时女馆长带着歉意请他们吃煮豌豆的情景,让人触摸到了一个大家庭解体给它的成员带来的心灵创伤。

三、 斟满友谊琼浆的生命之杯

《梦之魂——巴金与萧乾》与《冰心与萧乾》写的是竹林随萧乾老人去访问巴金和冰心的情景,也是被萧乾激赏的"鬼才"之作。只有20多分钟的会面,在竹林笔下却呈现得有声有色,不能不佩服竹林的观察力和写人的功力之深厚。巴金先生暮年缠绵病榻,已经没有多少力气与萧乾讲话,只能从萧乾的回忆中领略这位"师傅"一生中对他的引导和关爱,当他被打成"右派"时"师傅"给他的温暖和鼓励。从巴金紧紧抓住萧乾的手不放,到艰难地发出"保……重",和最后的"照……相"几个音节等细节,让我们领略了他们长达60多年令人感动的友谊。"闪光灯亮起的瞬间,历史在这一刻凝固。长久不放的两只手,已被穿越时空的胶片维系在一起,永远不会分离了。"竹林荣幸地成为这一瞬间的见证人,并用灵动的文字为这两位文学老人的友谊定格。

《冰心与萧乾》是竹林随萧乾先生访作家冰心的情景。语言轻松、诙谐,将两位年过八旬的文学老友的会面描述得使人如临其境。"世纪大姐"冰心的朴素、慈爱,"小弟"萧乾淘气、恶作剧中流露出的真性情,真是活色生香,让人忍俊不禁。其实这次会面的时间很短,竹林用了三个小标题来表现,即:迟到、信封和超越。

在"迟到"一节里,竹林写道:

> 他们的手紧紧握在一起。他上身前倾,脖子伸得长长,半是淘气,半是乞求地把自己右边的脸颊给过去。于是她在那里亲切地吻了一下。
>
> 他似乎不满足,依然猴着不起身。她又亲了亲,他这才直起身。这时墙上的挂钟指在"10"上,一个圆满完美的数字。①

你看,一个"猴"字用得多么传神,写活了一个"总是要以自己的顽劣激起大姐宽厚的深爱"的年过八旬的调皮小弟的形象。而且,当萧乾让竹林这个"孙女"向冰心老人献花时,才交代了害他迟到半小时的真正原因——为了驱车去寻觅那在早晨初放的最清新美丽的鲜花。

在"信封"一节里,冰心严肃地说起有人不上班却占着公家的一辆车,"应该撤他的职!"竹林写道,"他们以一种童稚的认真热情地愤怒着,仿佛不知道,当今世界,人们用公款吃喝玩乐,用公款出国旅游,甚至用公款逛夜总会、嫖妓女……"由此,话题转到了萧乾给冰心写信都是用旧挂历糊信封,以致冰心的女儿说饼干舅舅真小气,原来调皮的萧乾知道冰心反对用公家的信封,所以专门为她准备了那种信封。一代文学大师的公私分明和清廉真令人感动。

在第三节"超越"中,冰心告诉萧乾,巴金给她写了一封长信,写到后来就"筋疲力尽"了,一再重复的话语里流露着关切与忧伤。竹林说,两人谈到最后,话题转到谁会先死的事情上来,像贪馋的孩子争夺甜蜜的糖果,他们争着这个"死"。"也许,这便是一种超越,对生命和死亡的超越,对滚滚红尘功名利禄的超越。"这篇散文在两位文学前辈的微笑中结束,"在这样的微笑面前一切语言都属多余。也许人类的微笑,便是一种永恒。"试想,如果没有对老

---

① 竹林:《蓝色勿忘我》,百花文艺出版社,1996年,第125页。

一辈作家的理解、体恤、尊重与挚爱,笔下如何能流溢出如此温暖的文字?

《与萧乾先生"拉钩"》写到了竹林与萧乾之间的忘年友谊,将萧乾孩子般的天真狡黠,调皮率真,栩栩如生地呈现在读者面前。他对命运多舛的竹林的关爱可谓溢于言表。当时萧乾与夫人文洁若正在紧张地翻译巨著《尤利西斯》,但为了了解竹林的真实情况,坚持与她面谈,并做出准备长久倾听的架势,为了打消她的顾虑,这位80多岁的长辈甚至想出了两人"拉钩"的主意:

> 他侧着脑袋,眨巴着眼睛,把我看了好一会,忽然悄悄地知心地说:"你要是不信,我们拉钩好不好?"
>
> "拉……钩?"我有些迷糊地望着他,只见他笑嘻嘻地伸出一只手,弯起食指:"喏,就是拉钩上吊,一百年不后悔!"
>
> 我"扑"地笑出声来,返璞归真的童趣来到心中——心像雨后初晴的大地,那上面的花花朵朵都闪着亮晶晶的水珠儿。我笑得动不了。没办法伸出手去完成这庄严的仪式。①

尽管"并不是所有的伤口都能解开来展览的",但在同是孤儿的萧乾先生春风化雨的温暖和激励下,竹林久久郁结的泪水终于夺眶而出,"萧伯伯,我愿意……跟您拉钩。"文学前辈的拳拳之心深深地打动了正在人生道路上忍辱负重前行的女作家。

《百花落尽春无限——记萧乾与"巾帼神医"顾娟》绘声绘色地描述了中央文史馆馆长萧乾与明朝御医第14代传人顾娟女士见面的情景,颇具小说笔法。顾娟是江苏南通人,生于1927年10月,5岁即随父学医,成为福寿堂祖医的第14代传人。她将"福寿堂"祖传医技和50年的中医药研究成果无私地奉献给大众,治愈了海内外数以千计的疑难杂症患者,其中包括那些曾被当地医院判了"死刑"的绝症患者。海外一些顽疾缠身的企业家,经顾娟治疗康复后,就听从顾娟的建议,相继到大陆来投资搞项目建设。身

---

① 竹林:《蓝色勿忘我》,百花文艺出版社,1996年,第135页。

为世医之家的传人,顾娟却走过了一条劫难重重的人生道路,用她自己的话说就是"我是一生医术,半世人讼啊!"在历次运动中,她被打成"右派""汉奸""特务",患难与共的丈夫也被迫害而不明不白地死去,直到1992年,顾娟还被诬陷"无证行医"并遭当地卫生部门抄家"曝光"。忍无可忍之下她只得向法院上诉,如此才维护了人格尊严,但却又因此得罪了一些人,依然时有麻烦。按理说顾娟所遭受的一切足以使她憎恨自己的同类,然而顾娟依然真情未改。许多年后,一个批斗过她抄过她家的人来到她家问她:"您肯为一个罪人治病吗?"顾娟的回答是:"在医生的面前没有恩人和罪人,只有病人。"

竹林以叙述者的视角,细细地描写历尽劫波的著名作家萧乾和神医顾娟见面的情景,从两个人的动作、肖像、神态,到客厅的摆设和交谈的内容,尤其是对半生遭遇的共鸣、感慨,让读者看到了两位令人尊敬的长者与逆境抗争的顽强生命力和那包容一切的宽容大爱。

《春晖寸草心》记述竹林对错失了向文学巨匠茅盾先生当面请教机会的遗憾之情。在1979年人民文学出版社召开的全国部分中长篇小说作者座谈会上,刚从皖东农村插队归来不久的竹林,第一次置身文学队伍的行列,她的小说《娟娟啊娟娟……》(后改名《生活的路》)作为大会上有争议的作品,递交茅盾先生和其他几位文艺界领导审阅。她听到了扩音器里茅盾先生对她作品的肯定和鼓励,大会主席严文井要她前去向茅盾先生汇报这部小说的创作意图和设想,然而,"好像是一个人在朦胧中突然见到了强光的刺激",竹林一时手足无措,不知所以,任凭旁边的同志拉、推,她仍然迈不开脚步。正如韦君宜善意批评的那样,她真的永远失去了这一次最好的向茅盾同志学习和汇报的机会,因为一年后就传来了茅盾同志去世的噩耗,为此,竹林终身感到遗憾和惋惜。然而,"好像春天里的小草得到了阳光的恩惠一样,茅盾同志对我的爱抚、鼓励和教导,将永远激励我在文学事业的道路上,坚定不移地探索和前进!"

在《我的恩师韦君宜》一文中,竹林深情地回忆了人民文学出版社社长、人称"韦老太"和"老太太"的韦君宜对她写作事业的无私支持与帮助,认为现时流行的一切称呼,什么先生、太太、女士、某老都与她不配,"唯有所谓过了时的'同志',才能贴切又亲切地体现她的人品和人格,描绘出一个真正的她",才能还原这个词的庄严。竹林是因为《生活的路》的出版之事认识韦君宜的,当时全国著名的关于知青问题的昆明会议尚未召开,竹林发出的微弱但不失真诚的知青文学的第一声呐喊,并没有被人们容纳,一家又一家出版社退稿,并受到所在单位的批判,使她几乎对生活失去了信心。在竹林人生的低谷中,韦君宜伸出了援手,她不仅亲自筹划请茅盾先生审阅提纲,使小说终于出版,还写了支持这部小说的评论文章,并在第四次全国文代会上发出了支持和帮助青年作者的热切呼吁。当竹林"在遗忘和被遗忘的双重悲哀中"踽踽独行于上海市郊农村,在一个乡村中学的图书馆藏书库里栖身时,一天却意外地见到了专程从北京来看望她的韦君宜,那时韦君宜的老伴杨述刚刚去世,她自己也是难以言状的衰老和疲惫,但如同母亲找到她走失的女儿一般的声声呼唤,使竹林深切地感到"潮起潮落,月缺月圆,太阳在每个早晨为大地加冕,我的生命之杯因这份重恩而满溢。即使缺乏四季的雨露,心田也会永远地湿润着"。此后,长达十几年的岁月便在一份心灵的感应和感恩的情结中度过,直到韦君宜病重,竹林与萧乾先生在医院的最后一次探视,他们恭恭敬敬地献上自己的新书,默默站立了很久,期待韦君宜突然醒来与他们交谈,但奇迹并未发生。当他们不得不转身离去时,竹林积淀多年的情愫不可遏止地迸发出来,她写道:

在医院的长廊里,幽暗的光线使我恍惚——我似乎看到韦君宜扶着助步器一步步向我走过来:穿过许多场景许多年代,她向我走来;在深秋的弥天大雾中,她向我走来;在初夏的明媚晴空下,她向我走来。在我生命不同的境遇不同的坎坷中,我用文字谱写自己的乐章。而在这些乐章里,她的足音为我构筑了铿锵有力的旋律。我不由得再一次转回病房,像成熟的稻麦愧对大地,像载不动

水分的雨云沉沉低垂,我对着韦君宜的床头深深地、深深地鞠了一躬……①

我们深知,竹林对于生命旅途中哪怕一点一滴的情谊都铭记在心,细心珍藏,遑论患难境遇中如此的深恩厚意。竹林生命的酒杯因此而满溢,她忍不住将这份感动与我们分享。她将一位有血有肉、个性鲜明的文学前辈形象立体地、可触可感地呈现在读者面前。

《我的球友》写竹林当年在北京人民文学出版社修改《生活的路》时,结识了一位在一起打羽毛球的球友,他因为研究鲁迅而被她称作"鲁迅"。时隔 12 年后,竹林背着被上海一家出版社退稿的沉甸甸的《女巫》书稿,再次来到北京,又遇见当年的球友、现在的《当代》杂志常务副主编何启治,他不被世俗行情所左右,充分理解并肯定了竹林的这部巨著。竹林感慨道:"在漫漫的人生旅途中,在浮躁动荡的大千世界上,能有一位永远安详永不媚俗的朋友,该是怎样的慰藉!"

《"我是一头骆驼"》写的是著名翻译家、中央文史馆馆长萧乾夫人文洁若女士的故事。对这对患难与共的文学伴侣,文坛上流传着他们太多的浪漫爱情佳话。竹林作为他们的忘年交,仅仅通过两件事情,就写活了文洁若惜时如金、默默奉献的一生。其一就是她在陪同萧乾先生来上海参加全国文史馆笔记丛书会议的开幕式那天,一边听萧乾致辞,一边一杯接一杯地喝水,并说:"我呀,我是只骆驼,现在多喝点,存着。"这位将近七旬的老人以惊人的紧张节奏,接受采访、签名售书、翻译名著《尤利西斯》,从早忙到晚,甚至一连好多天通宵不眠。去日本做研究工作时,她每天从早到晚都泡在图书馆里,一年中只有两天走出书斋,而在这两天她也没有"白玩",回来就写了文章并发表了。竹林由衷地发出感慨:"连玩也不'白玩',这样沉重的不可理喻的人生,也许只有在茫茫大沙漠中忍饥挨饿驮着重负默默前行的骆驼,才可以与之比拟!"

---

① 竹林:《蓝色勿忘我》,百花文艺出版社,1996 年,第 179 页。

第二件事就是在舞厅,无论别人怎么邀请,自称崇拜舞蹈家邓肯的文洁若始终不为所动,说:"我得把力气存着,把精神存着。"她对竹林说,"你跳累了回去能歇着;我呀,我回去还得伺候一个80多岁的老头,还有一堆事……所以只能把精力存着回去干活。"这使竹林眼前浮现出年轻的文洁若陪送"右派分子"丈夫进入批判大会现场的情景。"从此,在萧乾先生坎坷艰难的人生旅途中,文洁若就像一头任劳任怨的骆驼一样陪着他一步步地前行,陪着他走过了比荒漠更可怖的岁月,终于来到了生命的绿洲。"如今,"骆驼"又为自己装上了新的负载,继续翻译和写作长篇小说。经过竹林的巧妙构思布局,一位像骆驼一样默默奉献、不屈不挠的中华杰出女性形象立在了读者面前。

四、 从生活隐喻中感悟艺术真谛

《海之梦》讲述了一个发生在海边的浪漫相遇。经历了太多失望、太多失落的"我"邂逅了拥有完美人生的小 Brother,成为他心目中的"小人鱼姐姐",彼此之间关爱、信任、倾诉,呈现出一种宁静安然的纯美。最后,竹林写道:"也许有一天,我们的生命之河注入大海,灵魂在超越今生的佛国天界获得归宿,一切逗号都会变作完成的句号;一切碎片都将溶解成圆满的珍珠。"①生活中充满了隐喻和无解,拥有一颗惜缘善感的心灵方能破茧成蝶,方能驾驭生命的小舟驶过激流暗礁,到达一片开阔地带。

《我的迪斯科》堪称是一份女作家的宣言。竹林从一位被她称作"小印度"的女孩跳迪斯科的情景中受到震撼和启发。

且看竹林笔下舞动的女孩:

激情在急速旋转的肢体里奔腾,时时要鼓荡而出;而乐曲里的一个个音符,则落在一连串变幻的舞姿中,凸现出可视而不可捉摸的具像来。她抖动双肩,如振翼的小鸟一样渴望奋飞;她扭动腰胯,像蜕变的春蚕一样欲钻出生命的旧壳;她高扬双臂,以饱满的

---

① 竹林:《蓝色勿忘我》,百花文艺出版社,1996年,第200页。

热情亲近蓝天；她猛甩一头浓发，抛撒下无尽的欲望、痛苦、迷茫、希冀……她像一个梦，在我们面前飞。我想我们每个人都听见了滚烫的血在自己血管里流动的声音；我们感受到了无形的舞步从胸口踏过时的骚动不宁。我们一动不动，但我们只是暂时惊住了，其实骨子里都渴望跳，渴望与她共舞。①

这段描述使我油然联想起开元盛世唐宫第一舞人公孙大娘的英姿，她以舞剑器而闻名于世，舞姿惊动天下。她在民间献艺，观者如山。应邀到宫廷表演，无人能比。她在继承传统剑舞的基础上，创造了多种"剑器"舞，如"西河剑器""剑器浑脱"等。诗人杜甫在观看了公孙大娘弟子的表演后深受震撼，写下了《观公孙大娘弟子舞剑器行并序》，其中有如此生动的描写："昔有佳人公孙氏，一舞剑器动四方。观者如山色沮丧，天地为之久低昂。"

古往今来，大自然的鬼斧神工与人类生活的多姿多彩给艺术家们的创作提供了无尽的源头活水。如我们熟知的王羲之从"曲项向天歌"的鹅颈回转悟到了笔力的弹性变化，张旭观公孙大娘舞剑而悟出了狂草笔法，苏轼、黄庭坚则分别从逆水行舟与船夫荡桨中悟出了笔力的奥秘，从而各自开创出自己的艺术天地。而今，我们的女作家竹林又从女孩"小印度"的舞蹈中受到启示，尤其是女孩说的"我在跳这一个动作时，并不知道下一个动作是什么……"更如一道灵光闪过，使竹林对艺术的真谛有了顿悟。

竹林所崇拜的美国舞蹈家伊莎多拉·邓肯把舞蹈定义为"一个对生命的完整概念，还有透过动作表达人类心灵的艺术"。邓肯之所以对一组少女所做的刻板整齐、矫揉造作的舞蹈表演怒不可遏，是因为她认为，舞蹈是富有想象力的、是精神上的表演而非肉体的舞动。当我的身体摆动时，那是因为我的精神在支配着它，所以，她称自己为表现美的艺术家而非舞蹈演员。竹林也坚信，每个女孩子在迈出最初的舞步时，心中都有一个邓肯，但是渐渐地会被种种规范限制住，她交付出心中的邓肯，也交付出她自己。舞蹈就

①　竹林:《蓝色勿忘我》,百花文艺出版社,1996年,第204页。

变成了因循的步伐的重复和被牵引的肉体动作的累积。只有挣脱心灵的束缚,敞开自己,才能臻于出神入化的艺术至境。竹林说,从此以后,她就无师自通地跳起了迪斯科。

> 每当音乐响起,我脚一蹬,肩一抖,便感到,一切压着心灵的重负抖落了,一切束缚肢体的锁链折断了——我向着世界敞开了我自己;我能奔向任何地方;我有足够的热情溶解艰难困苦和孤独,甚至溶解整个阔大的宇宙……哦,迪斯科,我的迪斯科,我的! 这里没有别人,只有我,完完全全的我自己。是我急骤的脚步踢起大地的尘埃,是我纷飞的长发扬起天空的雨丝。我吻热了乡土,我扫尽了腐朽,我是风暴眼,我是摇响的铃铛,我死了又死,我……哦,迪斯科,我的迪斯科,我的! 没有人能模仿我;我也决不模仿任何人。①

联想到竹林迄今为止的全部创作,我相信她是深谙"君子不器"所蕴含的哲理的。

还有《我的小白背心》,由一件自己因为喜爱而花费不菲购置的小白背心的命运,而联想到人类无常变幻的命运。

《帽子的故事》则款款道来自己与帽子的渊源。"上山下乡"时期,20 岁的竹林为了炼红一颗心、晒黑白皮肤,劳动时不戴草帽而晒晕;随中国作家代表团访问"独联体"国家时,入乡随俗买了一顶绛红色的无檐儿软呢帽戴上,"尾随"一位戴紫罗兰色羊绒软帽的一袭紫衣的美丽少女,来到排着长队购买肉肠的队伍面前,队伍里一位优雅的老太太向她连说带比划,而那位可爱的少女蹦蹦跳跳地来到她面前,指出她的鞋带开了。竹林"有些羞愧有些感激",因为自己在这个为买几个冻柿子还要排长队的中国人民的"老大哥"面前曾经十分自豪,通过这件小事她相信,"这不是一个有顶漂亮的帽子往头上一戴就不顾一切的民族;他们会从头到脚收拾好一切,会有新的崛起。"真是处处留心皆学问,由小见大,一

---

① 竹林:《蓝色勿忘我》,百花文艺出版社,1996 年,第 207 页。

个民族的灵魂就蕴藏在衣帽鞋袜之间,被我们敏锐的女作家无意间洞察到了。

《谁在铸造民族的良心》以对口相声的形式,生动地描述了"一个80多岁的老头儿"和"一个60多岁的老太太",即萧乾和夫人文洁若翻译巨著《尤利西斯》填补空白的事迹,俏皮中流露着敬重,向这对为重铸民族良心而不计得失,将自己"献上祭坛"的知识分子伉俪表达了敬意,也对社会上高谈阔论什么现代派、后现代派的空谈家们进行了嘲讽。竹林的讽刺幽默才能于此可见端倪。

在后记《带镣的迪斯科》中,竹林向我们介绍了这部散文集的写作背景,其中不乏她的几部长篇小说艰难出版的内幕,以及她对生活的理解和对艺术的冥悟。她坚信,我们每个人都有属于自己的迪斯科,哪怕是带镣的舞蹈。

数十年的风雨历程,竹林平实写来,无限感慨自在其中。文如其人的隽永文字,悲天悯人的情怀,朴实深刻的哲理,笔锋间不时闪现的灵性与智慧的火花,阳光下的宝石般地折射出女作家摇曳多姿的内心世界,读来令人怦然心动,不忍释卷。

总而言之,这部散文集是走进竹林的世界,理解她的创作道路的一把钥匙,是研究竹林不可忽视的一部心灵秘史。

在大爱境界攀援的人

创作未有穷期，竹林前途无量。

——冰 心

　　安徽省凤阳县是一块神奇的土地。明代开国皇帝朱元璋从那里起家,闻名遐迩的凤阳花鼓从那里敲响,中国农村改革的第一步——"大包干"的发祥地小岗村也在那里。20 世纪 60 年代末 70 年代初,上海上千名高、初中毕业生插队落户凤阳,为那里增添了一道亮丽的风景线。就在那一批知识青年当中,后来涌现出不少栋梁之材,他们中不少人正活跃在各自的岗位上。在这其中有一位女孩子,她在凤阳山村整整磨炼了 6 个春秋。她熟悉那里连绵起伏的丘陵,挚爱那里热情大方的父老乡亲。在那"再教育"的过程中她醒悟了人生的真谛,促生了她对国家和民族命运的思考与自己的历史使命感。也就是从那时起,她开始用自己稚嫩的笔描绘农村画卷,呼唤民族新生。在凤阳,在江淮大地上,她刚崭露头角,就已经显现出聪敏的慧眼和优美多姿的文采,她的名字很快就在安徽文艺界传开了。她就是当代著名女作家竹林,那时的名字叫王祖铃。

　　竹林是一位热爱生活不忘旧情的作家,她在几部成名作当中,都反复赞美凤阳的山水,倾吐对凤阳乡亲的真情。竹林将作家的责任感放在人生价值的第一位,用自己的作品反映民族的命运和前途,把自己全部的热能用于攀登大爱的巅峰,给了笔者巨大的心灵震撼。为了进一步认识这位从凤阳走出的国家一级专业作家,了解竹林的坎坷经历,读懂弄通她那些有争议的或博得众人赞誉的作品,在丹桂飘香的日子里,笔者曾先后两次在竹林的"老师"吴腾凰先生陪同下去上海叩响她的房门,与她促膝交谈。通过采访,使笔者了解了竹林的创作道路,也加深了对竹林其人、其作品的理解。

一把难忘的红雨伞

竹林的童年是凄苦的。出生仅仅四个月,她的父母就分手了。她的整个童年和少年时光,是跟着奶奶住在一间只有六平方米的小阁楼里。小阁楼的四壁糊满了年画,一张用长木凳和木板搭起的又宽又大的床占据了整个屋子的三分之二。竹林就在这床上看书、写字、画画。她家的马路对面有一个出租小人书的书摊,花一分钱就可以在那里看两本小人书。如果出 1 角钱,可以租 11 本小人书带回家去看。竹林有时从奶奶那儿要 1 角钱,就连忙跑到那书摊上,一本一本精心挑选,然后将它们带回去趴在床上慢慢地看,足足享受一个星期。就是从这些小人书里,她开始接触到了古今中外的许多文学名著,如《红楼梦》《西游记》《雾都孤儿》《卖火柴的小女孩》……不久,她在小学里得到了一张上海市少儿图书馆的借书证,地点是南京西路,从家里到那儿来回要走一个多小时,每次去借书,她总是长途跋涉,从未乘过车。走在南京路上,食品店里那些她从来没有吃过的东西向她发出强烈的诱惑,像奶油蛋糕、冰淇淋球、巧克力,特别让她眼馋的是一种包在玻璃纸内的橘子形的软糖,像橘子又不是真橘子,她常常站在柜台前对着它发呆,真想将它捧在手里闻一闻,可自己身上没有钱啊!她只好闭着眼睛喃喃自语:"这有什么稀奇,童话里的烤鸭,还会走路呢!"每次路过马路旁边的那家小饭店,看到那一根根金黄色的油条在琥珀色的热油锅里翻滚,油锅旁边瓷盘里摆着刚出炉的又焦又黄又松软的大饼,她就假装着什么也没看见,什么也没闻到,快步走过去。当她穿着奶奶用旧衣服为她改做的衣裤走进学校时,常常招来一些鄙夷的目光,甚至还有顽童朝她扔石子。她虽然很生气,但并没有哭。她听着校园里那高大的梧桐树上的叶子在沙沙作响,便在心里说,我要努力读书,我会长大的。她经常一个人趴在阁楼的窗台上,唱那支不知道名字的歌:

> 长在高高山上的一棵树哟,
> 哪个是它的爸爸?
> 哪个是它的妈妈?
> 它的爸爸是青天,
> 它的妈妈是黄土。
> 住在深山里的小儿郎哟,
> 哪个是他的爸爸?
> 哪个是他的妈妈?……

苍天老矣。"文化大革命"的烈火席卷神州大地,随着奶奶的去世,竹林苦楚的童年也结束了。火车汽笛一声呼啸,将1968年高中毕业的竹林运载到了"贫瘠的土地上长着瘦弱的庄稼"的安徽凤阳的一个山村,磨难的青年降临了。她的"家"被安在一间曾经养过牛,后来又堆放烟叶的牲口棚兼仓库里。四壁有裂缝的土墙,一张草绳攀的凉床,一盏用墨水瓶改制的油灯,还有一顶破草帽在高高的窗洞上挡着外面的漫天风沙。从此,她在炎炎夏日钻进闷热的青纱帐里砍秫秸,在12月凛冽的寒风中去电灌站工地干活儿,那抬不尽的土、爬不完的坡……狂风似要把她从地上拔起来,揉碎,扔到深深的沟底,但她一次次挣扎着爬起来,爬到了坡顶。雨雪天,躺在窝棚的地铺上,忍着辘辘饥肠看雪花从洞口飞进来,衣服和被子都变成了一张冰凉的纸。因为不干活,从早到晚只熬一顿稀米汤。吃不消这种煎熬的民工纷纷拔脚回家,她却在窝棚里坚持。在村子里的那个"家"里,不但没有粮食,连烧水的柴草也没有。

一切要靠自己的双手去创造,每天要靠一个劳动日8分钱的收入过日子,一天两顿山芋糊。生活的艰辛非但没有摧毁她的理想,反而磨炼了她的意志。她想通过自己的"表现"被推荐去上大学,实现当一名作家的梦想。为此,她在干农活、推车抬土之余,又自学针灸,因为乡亲们看病太难了。她学针灸着了迷,为了试验一个穴位她不惜对着自己的脖子扎。她毫不犹豫地让那些身上长着虱子的农民躺在自己的床上给他们扎针。无论刮风下雨,谁来喊她,都拔腿就去。虽然热情超过技术,但她居然也救活过喝农药自尽的孕妇,治愈了发无名烧的儿童。她竟然被传为当地的"名医"!

十年浩劫时期是黑白颠倒的。尽管贫下中农一次、两次推荐她上大学,可掌权者从她身上没捞到"油水",还是等于零,她的大学梦一次又一次破灭。在她第三次被推荐上大学又以"莫须有"的罪名被刷下来之后,她一个人在中都古城的小巷里无望地游荡,不知过了多长时间。无奈之下,她只好又踏上了那条返回"家"的山路。这时,天空像块灰色的湿布,沉沉地搭在远近的丘陵之上。这些丘陵如同凝固不动的浪头重重叠叠,一直连向天际。雨下起来了。先是黄豆大的几滴,落在她的腮上,接着是千万条雨柱,无情地鞭挞着她的身体。她急步向前走着,突然传来一阵沉闷的轰响,抬头往前一看,吃了一惊:来时的涧湾已经不见了,她的面前是一条汹涌的河;卷来了山里的枯草烂叶,在丘陵起伏的地带咆哮着奔涌向前。原先架在这里的一座高高的桥,也被洪水吞没了。当时,不知是一种什么念头的驱使,她朝着那滚滚的波涛望了一眼,抬起腿,毫不犹豫地朝湍急的水里走去,好像在平地上走路一样。

"姑娘!"突然响起一声呼喊。她一愣,收住了脚步,扭头一看,只见一个素不相识的老农民,撑着一把红色油纸伞,赤着脚向她跑来,一边跑一边摇着胳膊,嘴里不住地喊着什么,风雨中,她不能听清,但懂得那意思是:危险,不能下去!

她犹豫了,愣愣地站着,两只脚无聊地互相蹭着,擦着那上面的泥水。

那人走到跟前,一把拽住她,气急败坏地说:"你不要命了!这水,有一人多深呐!"

"我要过去!"她固执地说。

"你跟我来。"那人说道。

　　于是她的手被握在那只粗糙的长满硬茧的手里,两人并排着,侧身面对着急流,小心地挪动着脚步,可水越来越深,那人见她有点紧张,便鼓励她道:"别怕,不要光看你脚下那一点点水面,抬起头来往前看,只要站稳了就行。"她听他的话,试着站直了身子,抬头一看,突然视野开阔了,天地变大了。她感动起来,从这位忠厚善良的农民身上,她体会到人生的温暖和希望,好像在漫漫黑夜里,看到了渔火的光亮,又如在无边无际的大海中,遇见了岛屿。上了岸,她想说几句感激的话,但张了张嘴,却不知说什么好。那人走远了,她才想起,要问一问他的姓名、住址。但是,风急雨大,她的喊声很快被淹没了。她只见一顶红色的油纸伞,在茫茫的雨雾里晃动着,渐渐地从视野里消失……后来竹林在她的作品里说,在那一瞬间她想,这个撑红纸伞的老农民也许就是自己的爸爸,只有爸爸才能这样无私,这样勇敢,这样怀着挚爱的深情,把这种奇异而可靠的力量交付她手中,牵引她穿过激流,步入坚实的彼岸。访问中竹林对笔者说:"在我生命的视野里,凤阳山那顶红色的油纸伞,从来没有消失过,那是人间的挚爱真情,人性中的真、善、美,那是永恒的,它引领我在人生的泥泞中寻觅至今。"

　　也就从这时起,竹林梦想写一本书,将她的生活遭遇和生命体验告诉更多的人。在繁重的劳动之余,在夜深人静的夜晚,她在那盏用墨水瓶改制的煤油灯下悄悄地写,夏天她穿着长衣长裤防御蚊虫的侵扰,冬天她忍着饥寒坐在被窝里写。第二天下地时常常会引起妇女和姑娘们的哄笑,原因是她没有洗净昨夜被煤油灯熏黑的鼻子。在文字狱发展到登峰造极的年代,她含着眼泪把自己血泪浇灌的文字统统塞进了锅膛里。

知青文学第一人

　　"飘飘何所似,天地一沙鸥"。根据"中央 26 号文件"独生子女可以照顾回沪的政策,1974 年末,竹林回到了上海。几经周折,被上海少年儿童出版社录用,当了一名文字编辑。她白天上班,勤奋工作,晚上在单位一间集体宿舍的小阁楼里挑灯夜战,要实现她在凤阳小山村时的梦,开始写作反映知青生活的长篇小说《生活的路》,时间是1976年的暮春时节。黄浦江畔的五月,广玉兰绿苍苍的枝叶间缀满了凝脂般洁白晶莹的花朵。每天下班以后,她总悄悄插一枝在案头,然后摊开稿纸。夜阑人静,广玉兰紧裹着的花蕾在她沙沙的笔声中悄悄绽开,好像一颗纯洁无私的心在陪伴着她。那一阵阵清幽的香气,让她宁静,使她振奋,使她的心灵发出一阵阵颤抖……东方欲晓,花儿吐尽芬芳,广玉兰的瓣儿上出现了点点锈痕,一片片落下。这时竹林便搁下手中的笔,从抽屉里取出一面小圆镜,照照发黑的眼圈和额上过早出现的细纹,然后放下镜子,用凉水洗一把脸。温馨的五月是短暂的,赤热的夏天来临了。她用冷水浸着腿,用湿毛巾敷着脑袋写。冬天来了,夜晚她一个人套上棉裤和棉鞋,再抱上一只灌满热水的玻璃瓶。写着写着,水冷了,手冻僵了,捉不住笔,只好站起,围着办公室跑几圈,学习《儒林外史》的作者吴敬梓在金陵南京"暖足"。听人说酒能御寒,她就偷偷买了一瓶,但实在忍受不了那种辣味,只好又加了许多糖和水。可有些同事不相信她会写出什么名堂来,一位当权者甚至还把大腿跷在桌子上,讥讽道:"你那玩意儿,写了也没人给你发表。知青'上山下乡',到现在还没有定论,你怎么写?弄不好还要吃官司,我看你还是写写我,要写打日本,抓特务,永远没有错。"可竹林却像穿上红舞鞋的舞者那样着了疯魔不知悟地继续写下去。广玉兰花谢了又开,完稿时已是第二年的5月。这时"四人帮"已经被粉碎了,一片荒芜的文艺园地里,和煦的春风正怯怯地吹拂。谁能相信,这个用鞋带扎头发、骑自行车朝墙上撞的傻乎乎的姑娘,一双细瘦的胳膊所捧出的一摞沉重的书稿已经是一株带着泥土芳香的小树苗了。人民文学出版社来信热情肯定了她的这部书稿,并请她去北京修改。同时他们还说明,已经给她所在的单位发了替她请假的公函。可事情并不是那么简单,她所在单位的党委书记首先是不同意她去改稿,说什么出版社又不是中央组织部,我们领导有权让你去,也有权不让你去。竹林不服,便和书记争辩了几句。书记恼火了,便来了第二手,说:"既然你有意见,那社里开会让群众讨论,如果大家同意你去,我们再研究;大家不同意你去,就维持原结论。"围剿批判的会由书记亲自主持,一些紧跟领导的人给竹林强加上了"走白专道路""干公活不出劲,干私活拼命"等莫须有的罪名,说这是严重的政治品质问题。竹林茫然地回到宿舍,想撕毁全部书稿,想用安眠药结束自己年轻的生命。在买药的路上,一位同时下放到凤阳的女知青救了她。也就在这期间,出版社的几位女同事对书记的做法表示激烈反对,她们和书记展开了辩论,书记在理屈词穷的情况下终于答应让竹林去北京。一波未平,一波又起。由于"十年浩劫"刚刚收场,极"左"思潮还有不小的惯性。此时有的人说竹林的《生活的路》是攻击"上山下乡"的大毒草,这场争论在人民文学出版社被挑起来了。然而历史不会倒转,出人意料的是,此事反而引起了高层领导的关注,并以此为全国文艺界思想解放的契机而召开了粉碎"四人帮"后的全国第一次中长篇作者座谈会。在这次会议上,茅盾、周扬和人民文学出版社的领导韦君宜等都对《生活的路》给予了充分的肯定和赞扬。

烟笼雾锁、弱肉强食是不会长久的。《生活的路》出版以后,受到了广大读者和知青的欢迎。北京、上海的数十家报纸和杂志作了大量的报道,竹林也收到了许多读者的来信,一致认为这部长篇小说率先以文学的样式提出了对"上山下乡"运动的反思,为全国数以千万计的"上山下乡"知青发出了第一声呐喊,开启了知青文学的先声。但竹林在个人前进的道路上又遇上了障碍,原单位当初企图阻挡她出书的人没有达到自己的目的,又动用手中的权力对她"秋后算账"。他以本市的人不得住集体宿舍为由将她赶出"小阁楼",使这位从小失去爱的姑娘失去了栖身之处。这还不算,他们又用手中的大印,写信四处散发,传播流言蜚语,进行人身攻击,扼杀一个未婚的弱女子。竹林晓得,理想、事业与权力相比,无疑是鸡蛋碰石头。1980 年秋风扫落叶的时候,她从北京中国作协文学讲席所结业后,就无奈地躲开了人世间的纷扰,"自甘寂寞""自我放逐"到了上海郊区农村。

竹林孤身一人,先在农村广播站、乡镇小工厂"混",以后又暂居未分配的新工房,后来一位乡村中学的校长收留了她。老校长在图书馆藏书库里用布帘为她隔了一块地方让她安下一张书桌,她就在那张课桌上铺开了稿纸,重新开始了她的文学创作。她在清贫、孤独、寂寞中经常撩开布帘走进文学创作的世界,一切荣辱、一切苦难都在这个世界中淡忘,甚至这个承载一切的生命的躯体也在这个世界中消化为零。她不知道是世界遗忘了她,还是她遗忘了世界。在遗忘和被遗忘中她踽踽独行。就在这"自我放逐"的20多个年头里,竹林以非凡的韧性先后创作了20多部中长篇小说,以及大量的散文和儿童文学作品,并在海外出版了10多部著作,共约近500万字的作品。择其要者,长篇小说有《女巫》《呜咽的澜沧江》《苦楝树》《夜明珠》《晨露》《马祭》《天堂里再相会》《挚爱在人间》,中短篇小说集有《蛇枕头花》《蜕》《地狱与天堂》《街头 Sketch》《心花》等,散文集有《蓝色勿忘我》《老水牛的眼镜》等。这些作品当时已经和正在海内外产生影响。特别值得一提的是,人民文学出版社德高望重的老领导韦君宜专门驱车到郊区这所乡村中学来看望竹林,代表文艺界向为竹林提供住宿的校长鞠躬致敬。著名作家、翻译家萧乾著文赞扬她的作品"无论在思想上和艺术上都颇为成功","它的内在力量和影响,正在大大超出我们的估价而走向世界!"她用心用血用笔呼唤的那亭亭绿影、团团鲜翠的生机的结晶《挚爱在人间》获"八五"期间全国优秀长篇小说奖。当笔者谈及几年前安徽文艺界的同仁曾问及"竹林失踪"的往事时,她喝了一口茶,十分平静地说:"我对自甘寂寞地去农村的这种选择无怨无悔!"

一朵一朵金蔷薇

竹林这位不慕奢靡的作家,她那数百万字的作品,可以说每一部都可圈可点,每一部都是一朵鲜艳夺目的金蔷薇,给人新的气息,给人美的乐趣,给人春的温暖,给人生机勃勃的动力。现就几部代表性作品略作介绍。

1.《生活的路》与《呜咽的澜沧江》

20世纪60年代末70年代初,是中华民族历史上极其不平常的年代,这段轰轰烈烈的历史,有血与火的斗争,有人民大众的奋起,有魑魅魍魉的横行,有辛酸悲愤的眼泪。这个时期的竹林正值青年时代,1966年在学校经历了"文化大革命"掀起的"上海风暴",随后踏上了"上山下乡"的道路,从繁华的大上海来到了安徽凤阳一个偏远的山村,亲身感受着时代的脉搏,开始了她生活的路。她如同大海中的一叶小舟,与年轻的朋友们在海洋中感受美好与善良,经历鬼魅的饕餮洗劫,她将这一切都在夜深人静时化成文字,尽管这些文字后来被她付之一炬,但在云收雨霁之后,原来文字中的人物形象、音容笑貌、喜怒哀乐,仍栩栩如生地浮现在她的脑际。她对生活进行了艺术提炼,塑造了知识青年张梁和谭娟娟这两个在洪阳县为了追求理想而经历生死磨难的悲剧形象,以此表达自己对知青运动的鲜明态度。这本书的问世,不啻为文艺界思想解放的第一声春雷。《生活的路》的社会意义,绝不仅仅在文学艺术方面,因而被载入中国当代文学史。

如果说《生活的路》是直接描写和反映上山下乡知青遭遇的真实篇章,那么,《呜咽的澜沧江》则是作家用历史的哲学的目光去分析和批判这场运动的本质的一部力作。小说通过一群来自北京和上海等地的知青,在极"左"思潮的驱使下,来到中国西南边陲西双版纳,在那里建立农场种植橡胶,并以军队编制进行组织管理,接受思想改造的故事,站在历史的高度,全方位、立体地展现了一代知青在人生价值斗争中,从狂热盲从到失落、迷惘;从痛苦彷徨到反思、追求的过程,反映了从"上山下乡"到"文化大革命",直至改革开放这段观念形态激烈变化时期的深刻历史内涵和真实社会生活图景。无怪乎评论家称《呜咽的澜沧江》是一部当代中国青年追寻人生价值的壮丽诗篇,是思想上的一座丰碑,是一部难得的精品力作。这部小说在海峡两岸文学界都引起强烈的共鸣,上海《小说界》刊登,台湾现代文学研究中心和世界著名汉学家葛浩文(美国)、马汉茂(德国)、许世旭(韩国)联合发起编辑的"两岸文学互论"中进行了专题研究讨论,台湾和大陆的许多著名评论家对该书的思想深度和艺术手法给予了很高的评价,台湾还出版了专门评述该书的专著《竹林小说论》。

2.《女巫》

对于长篇小说创作,有经验的作家都反复强调两个字:一个是"新",另一个是"深"。"新"就是要有新意,写出新的人物、新的世界、新的生活,这是对塑造人物和创造情节而言。"深"就是所塑造的人物一定要有典型性,通过人物形象反映的生活要有力度,作品的思想要有深度。《女巫》就称得上是一部在"新"和"深"上都有充分体现的一部现实主义上乘之作。小说通过江南漳泾河畔一个村落从清朝末年到20世纪80年代末这半个多世纪中国农村社会的流变,描摹出农民在苦难漫长岁月中挣扎摆脱封建主义桎梏,寻求命运归宿的严酷历程,指出中国农村要发展,就要和封建主义作殊死的斗争。作品从民俗文化的角度切入,努力反映中国农村社会生活的厚重历史,气势恢宏,思想深刻,故事神秘曲折,艺术感染力和震撼力极强。评论界把《女巫》与陈忠实的《白鹿原》一起誉为当代长篇小说中史诗性的作品,它填补了反映江南农村生活长篇小说的空白。台湾强华出版公司出版了《〈女巫〉评论集》。值得一提的是,有的人还没有读懂这部小说,就批评作者"宣传封建迷信"和"淫秽"云云,令人哭笑不得。看来,伟大也要有人懂。

3. "新科技探秘小说"系列

创作实在是没有穷期,作家要一步一个新的创造,实在不易!竹林这位不善言辞的作家,却在执着追求一直不停息。在当今校园小说风行的时候,许多作家以青少年之间谈情说爱及另类的生活追求和叛逆心理描写来取悦青少年,迎合一小部分追求表面时尚和前卫的幼稚青少年的浅薄诉求,而作家竹林却注意到了大多数正在刻苦学习、追求上进的青少年对知识的渴望以及对社会道德理念和理想的追求与思考,更关注那些仍处于贫困落后环境中的青少年正在逆境中挣扎与奋发的窘迫境况。竹林认为，人文关怀、人文精神应该成为当代青年必须具备的基本素质。青少年学生只有做到既有科学技能，又有人文精神，才能成长为对国家、对民族有用的人才。也正是基于这种认识，竹林没有去追随那种"时尚"的校园小说，而是引领时尚，开风气之先，要创道德之最，要把真正美丽的生活内核挖掘出来，并把它高高举起，告诉大家：这是一朵金蔷薇，它现在很美，将来也很美，它能经受时间的淘洗，永远是美丽的。

2005年初春，她的"新科技探秘小说系列"《今日出门昨夜归》和《灵魂有影子》出版了。她将当代科学与当今校园生活结合起来，让科学与小说联姻，开创了青春文学的崭新艺术形式。它的问世在当前文学界引起了巨大反响，《人民日报》《文艺报》《中华读书报》《文学报》以及上海和全国的许多媒体都发表了报道和评论；在北京和上海的专题研讨会上，评论家一致认为这两部作品具有深刻、厚重的思想内涵，突破了当前青春文学的轻薄姿态，展示出阳刚大气，给校园文学注入了一股清新气息，起到了开拓性的作用。

众所周知，文学的主要功能就是净化人们的心灵。从《生活的路》到《灵魂有影子》，竹林数百万言的作品没有一部不是在呼唤人类的良知和爱心。当笔者问及关于大爱的主旨时，她说："有一句话我特别想告诉你，是创建台湾佛教慈济基金会的证严法师说的'普天之下，没有我不爱的人；普天之下，没有我不信的人；普天之下，没有我不能原谅的人'。这就是她所提倡的著名的'普天三无'，这是至高无上的大爱境界。我知道这境界是难以企及的，但我还是要尽自己的努力一点点攀援，就在这攀援的过程中我对生命的感受，我对爱的理解跟过去不一样了，我的精神有了升华，我不再去关心个人的名利，连已经写了一半的长篇也放下了。我想有一个新的起跑线，我希望自己的作品会有更强的向上向善的力量。"闻听这番话，笔者心有所动，不由地抬起头，感到坐在对面的竹林，光洁的额头上闪烁着圣洁的光芒，似乎与先前不一样了，让人不得不对竹林有了新的认识,对她的作品又有了新的理解。

　　竹林这个名字,是她离开生活了6年的凤阳之后才开始使用的笔名,内涵丰富而深刻。我觉得这个名字起得好,人如其名,像她原来,更像她现在。这里就用她自解笔名"竹林"来作为全文的结束语吧——

　　回首已逝的人生旅程,不知是我选择了竹林这个艺术符号,还是竹林这个艺术符号选择了我。不过,能在旷野的贫瘠中生长的竹子,无疑是顽强生命力的象征——它既能挺拔傲立,也能柔韧地弯曲,尤其还能在最艰难困苦、濒临绝境时开花结果。我十分崇敬这种植物。我愿永远默默地耕耘,永不艳美灿烂的花期。

微笑在彼此生命中

——女作家竹林印象记

去访作家竹林,是我多年来的一个心愿。

20世纪70年代末期,竹林的知青文学第一声——《生活的路》曾深深地打动过我。此后的30年间,竹林自甘寂寞,远离热闹和喧嚣,在上海郊区一隅潜心写作,向文坛捧出了沉甸甸的成果,先后出版了《呜咽的澜沧江》《女巫》等十数部长篇小说以及一系列儿童文学作品等。其中《呜咽的澜沧江》不仅受到海峡两岸老一辈作家胡秋原、萧乾等人的高度评价,还在台湾出版了精装本和评论专集,被加拿大的文学杂志全文刊载;《女巫》出版后,也立即在海内外引起很大反响,引发人们对20世纪中国农村和农民命运的深沉思索;《挚爱在人间》获"八五"期间全国优秀长篇小说奖;青春文学《今日出门昨夜归》获第十届精神文明建设"五个一工程奖";《晨露》《夜明珠》被选入中国百年百部儿童文学经典,散文《架起爱的桥梁》《冰心与萧乾》被收入语文课本。一部部佳作犹如一朵朵光彩夺目的金蔷薇,绽放在新世纪的文艺百花园中。竹林的作品已经引起英、美、加、日以及台湾地区文学研究界的重视⋯⋯

成绩不菲却鲜为人知。于是,便有人称她为"传奇作家"和"隐士"。我对这位"传奇"作家、上海作家中的"隐士"产生了浓厚兴趣。

初见竹林是在2009年夏天。

在安徽作家吴腾凰先生的引领下,我们先乘动车到上海,又转乘新嘉专线车到嘉定,再坐上出租车,拐弯抹角地找到沪宜公路旁的一个新开发的居民小区;一路上蝉声连绵不断,公路两旁香樟树的叶子在强烈的阳光下闪着油亮的光。当我们大汗淋漓地来到竹林楼下,准备拾级而上时,却见楼梯上立着一位身材小巧的女子,斜挎着一个皮包,正笑眯眯地招呼着我们。来者是竹林无疑,这让我颇感意外,因为在我的想象中,写出了那么多好作品的她似乎应该更高大一些的。

当我疑疑惑惑地伸出手去,又吃了一惊:我握住的手是绵软的,柔若无骨的感觉,在我的想象中,无论如何,这双"上山下乡"摸了6年锄把子,又爬了30年格子,出版了500多万字作品的中国"知青文学第一人"的手,应该有几分粗糙有力才对呢!

竹林敏捷、轻盈地走在前面。我凝视着她有如少女般体态的背影,惊异于这样的一副躯体是何以承载那么沉重的思想,那可是一代人的思考啊!想起她笔下经常盛赞的南方的竹子,我释然了:多么柔弱而又坚韧的"一棵竹子"啊!

竹林的家整洁而又简约,复式结构,宽敞明亮,客厅里抢眼的是顶天立地的一排书橱,房间里略微点缀着几丛绿色。

我们冲凉更衣稍作休整,然后在客厅喝茶聊天,时而品评一下竹林书橱里错落摆放的一些造型别致的工艺品。

忽听楼下有人在喊,我跑到窗户旁向下张望,见竹林手推一辆旧单车,肩上斜挎着那只旧挎包,车座上绑着两只大西瓜——原来她去农家地里买了西瓜回来。

晚饭前,不知何时,竹林又悄悄地将小区门口唯一的西瓜摊上的几只硕大无比的西瓜悉数买回,据摊主讲,这是最好最甜的品种。于是,门廊里、客厅里挤满了西瓜,竹林欣喜地亲自切开一只最大的,殷勤地劝说我们吃,好像吃西瓜是我们此行的一个重要内容似的。那大个的西瓜切开后,瓜瓤是粉红色的,籽是白色的,吃起来肉肉的,味道有点酸,显然是不熟就摘下来的。吴先生勉强吃了一块,就以血糖高为由,君子不再动口;我顾念竹林买瓜时的辛苦和上当时的虔诚,坚定地陪着她吃了一块又一块。竹林露出孩子般的神情,笑靥如花地对我说:"还是挥戈最好!""我想总比喝水要好。"我实话实说。

不知怎的,眼前的情景让我想起朋友告诉过我的一个小故事——有一年春节前夕,竹林从上海返回嘉定,路上邂逅一对衣衫褴褛的乞讨的母女,听说他们是自己当年插队的凤阳农民,就毫不犹豫地将身上所有的钱都掏出来送给她们,让他们买火车票回家过年;而她自己却因为没有了乘车的钱而只能沿着郊区公路徒步走回住所……那种发自心灵的对人的真诚和爱,满足与宁静,曾经深深地感染过我。

生活中的竹林经常心不在焉。去商店买东西常常付了钱,忘了拿东西,或者拿了东西落下了钱包。可给一家慈善机构定期捐款却从未忘记,在她书房的一个角落里,我发现了厚厚的一沓汇款收据。她还将一本书的一万元稿费全部捐给了安徽全椒的一所中学。看到自己请的钟点工上班的路较远,竹林便买了一辆电动车给她骑。竹林还资助一位上海海事大学的学生直到毕业;现在,这位大学生已在青岛有一份很好的工作……

正巧,苏州的一家台湾慈善机构请竹林去做一次心灵讲座,于是我们作为亲友团,也兴致勃勃地随同竹林呼啸而去。与竹林同座一路畅谈时我才发现,竹林一直不离身的挎包已经很陈旧,表层的皮都呈鱼鳞状了,这与一位名作家的身份极不相称。我近年来才被女友灌输了精品意识,接受了服饰装扮要与身份相称的搭配原则。可看到竹林,我再次坚信,一个人的价值与她的包装似乎没有什么关系。

演讲、为台湾洪灾捐款、签名售书,竹林忙得不亦乐乎。知道自己不善言辞,竹林事先认真准备了讲稿,孰料主持人临时动议,将讲座改为问答的形式,打乱了原来的计划。这让我们暗暗替她捏了一把汗。果然,竹林白皙的脸涨得微红,有些磕磕巴巴地开始答主持人问;但毕竟谈的是自己的文学道路和感受,渐渐地也就进入佳境;尤其在与听众互动的环节中,竹林的真诚、坦率赢得了热烈的掌声。

　　再见竹林是在虎年的正月十三,本以为春天已经到来,却不料乍暖还寒,在上海火车站等专线车时,料峭的北风就给了我们一个下马威。到了竹林家里,她就将自己的保暖内衣、羊毛外套悉数让我穿上,使我顿时有了到家的温暖感觉。

　　为了接待我们,竹林购来涮火锅的各种材料,用自行车驮回来一大堆,冰箱里塞不下,只好放在外面。当我们吃饭时,竹林只是陪坐在桌旁吃着她始终不变的白薯或玉米,并不断地催促我们多吃。在我们的再三劝说下,竹林才象征性地吃了一点肉食。

　　竹林的生活很有规律。差不多就是"日出而作,日落而息",但她经常会骑自行车到田野中、到葡萄园去呼吸新鲜空气。每天傍晚"收工"前,一般会做一套健身操加"哑铃操"——就是两个两公斤重的小哑铃那么举一通啦。她晚上不写作,看电视,最爱看探索频道,尤其爱看宇宙探秘的内容。竹林说,1994 年她得过一场大病,病愈后不敢对健康掉以轻心,让生活规律化,过着与大自然和谐的绿色健康生活。

　　竹林至今还用纸笔写作,写得很慢,她总认为自己不是敏锐的、才华横溢的人,对生活的认识是缓慢的,写作也只遵从心灵的声音,从不赶速度。但慢工出细活,不声不响地,她就捧出了一部部厚重的作品,构思之巧妙,文字之优美常常令人击节赞叹。我想起另一位据说画得最慢的大画家齐白石,也是讲究艺术的质量而不求速度,留给世界的却都是精品。

　　竹林构思作品阶段常常会走神。她经常坐长途车从上海回嘉定,一路上车子摇摇晃晃地行进着,竹林面向窗外,慢慢沉浸在小说的世界里,身边的嘈杂和拥挤逐渐隐去了。等她回过神来,眼看着高楼大厦由逐渐稀少又变为逐渐密集起来,一时间有些神情恍惚。司机见了便笑道:"我经常见你坐这趟车,等回到了上海,你再坐回去就是了,我不收你的钱了!"

　　竹林经常去乡下采访,走在田间小路上有时因为只顾贪看田野景色而"误入藕花深处",有一次竟摔晕过去,却又发现别有洞天,触发了灵感,得到意想不到的收获。她的许多作品的构思和素材就来自这样的迷途中的意外收获。

竹林待人有火一般的热情,甚至有些孩子气,这与我印象中的上海人风格有些迥异。当我们的采访计划准时完成,我宣布第二天一早要随吴腾凰先生去上海拜访一位我神交已久还未曾谋面的文友时,竹林显得有些愕然,背后悄悄问吴先生,你们这么着急走,是不是那位朋友家有什么好吃的,准备隆重接待你们? 吴兄老老实实地说,顶多在馆子里吃两顿,有时就在文友家吃方便面。竹林顿时释然,提出我们最好第二天下午再动身,这样可以把她采购的一大堆东西再消耗一些,我们答应了,心头热乎乎的。

作为知青文学第一人,竹林在坎坎不平的创作道路上,幸运地得到过茅盾、韦君宜、冰心、萧乾等文学前辈的直接关怀;竹林的文才曾经令萧乾先生想起"舞圣"邓肯舞姿的神韵,赞她是"鬼才"。这种感觉我在她的文字中已经有了深刻的体会,但我特别希望看她跳舞,想看看她那"不知道下一个动作是什么"的自由奔放的舞蹈风格。竹林仅仅做了一个潇洒的前后劈叉动作就让我开了眼界,吊起了胃口,要再看,她却笑曰:"等下一次吧!"

无奈,我只好期待着下一次早日到来。

同样地,我也在期待着下一次就可以读到她写作已久、即将杀青的知青文学三部曲的第三部(即《魂之歌》),那时再从竹林的字里行间细细品味中国一代青年的命运之舞、思想之舞的神韵吧。

从上海返家途中,手机里悦耳的木琴声响起,是竹林的短信:"微笑在彼此生命中!"我的眼前又浮现出竹林慈善、温和的面容……

附

录

竹林小传

竹林,女,原名王祖铃,祖籍浙江吴兴,1949年4月23日生于上海。

祖上从休宁合阳(今属安徽黄山市屯溪区)迁居浙江归安(今浙江湖州市)。先祖王以衔(1761—1823)字署冰,一字凤丹,号勿庵。乾隆六十年(1795)状元,授翰林院修撰,官至二品礼部右侍郎。其弟王以铻嘉庆六年(1801)进士。1950年代,其湖州故里尚存状元厅、状元桥等建筑。

祖父王稷塍,曾任烟台交通银行行长。

父亲王思铭,毕业于光华大学(今浙江大学)经济专业,上海教育学院副教授。

竹林4个月时父母离异,从此竹林随祖母生活。祖母爱读书吟诗,待人宽容大度,富有爱心,特别怜爱这个孙女。

竹林7岁入上海富民路小学读书,1962年考入上海市重点中学市西中学,初中毕业后升入该校高中。在校期间,担任语文课代表,初二时,曾悄悄地向《青年报》投稿,并获优秀奖。

1966年,"文化大革命"开始。正读高中一年级的竹林停课在家,因父亲是上海教育学院的教师,运动开始时该校的红卫兵就来抄了家。作为被抄过家的"有问题"家庭子女,竹林无缘参加运动,悄悄躲在家里读了不少古典名著。

1968年,随着"上山下乡"的洪流,竹林离开了上海,下放到了安徽凤阳农村。

1971年秋天,滁县地区举办"新故事学习班",竹林被邀请参加。学习班除了听课外,还组织学员们写故事。这是竹林第一次接触到文学创作。回到生产队后,竹林开始尝试写小说。1972年她投给《安徽文艺》两篇小说,均被采用。《安徽文艺》主编江流发现了竹林的文学才华,借调她到合肥的《安徽文艺》编辑部工作,还建议她不要忙着写,要多读书,并借给她孙犁、刘真等人的书。江流还安排竹林写报告文学,让她去接触林场的生活。这些对竹林的成长无疑有很大的帮助。后来,江流和《安徽文艺》的同事曾专程到上海郊区来看望竹林,竹林也曾写文章表达对江流和《安徽文艺》诸位编辑的感恩之情。

江流和《安徽文艺》的同仁们一致认为竹林是一棵文学好苗子,大有发展前途,千方百计想要把她留在编辑部,可苦于无法解决户口问题,再加上"中央26号文件"规定独生子女可以回城,于是,竹林于1975年初回到上海。

此时,给了她无限温暖与爱的祖母去世了。她先是在街道参加挖防空洞的艰苦劳动,后参加改稿学习班被作为掺沙子的工农兵作者留下,成了上海少儿出版社文艺编辑室的一名编辑。这时,她决定再也不写那些在生活中实际上不存在的"高、大、全"的人物了,想写一部反映自己在乡下6年中所感受到的真实生活的小说,仅仅作为自己个人对那段历史的一个见证,并没有想发表、出版的念头。

从1975年冬到1976年春,竹林整理好了写作素材,拟好了提纲,5月份开始,她每天晚上面对着那枝插在案头的凝脂般晶莹的白玉兰花,开始写作长篇小说《生活的路》。小说完稿时,国内文艺园地尚一片荒芜,新生的文学很难萌芽生存。那时,一个作者是否能发表作品,都需经本单位开出政审材料,交给出版单位。为此,竹林遭受了不少磨难。书稿投到上海、北京,一家家出版社都退了稿;原因都是一样的,那就是关于"上山下乡"运动中央尚无结论。几经周折,稿子到了人民文学出版社当代文学编辑室负责人孟伟哉手中,他以惊人的胆识充分肯定了这部小说。消息传来,竹林所在单位的一些人怀着不可告人的心理,召开了一场批判会,罗织了几条罪名,说竹林走"白专道路",存在名利思想和个人主义思想,没有处理好编辑与写作两者的关系,政治品质有问题,等等。竹林没有申辩的机会,她数度寒暑的辛苦,眼看就要付诸东流;她要为那个时代、为自己的知青朋友讲一些真心话的愿望也将成为泡影。她欲哭无泪。单位不准她再住集体宿舍。一片晦暗的风雨笼罩在她的前方。无奈中,她天真地想到要向上级领导讨个公道。没想到市出版局那位局长开始时对她不予理睬,后来勉强接待,却轻蔑地对她进行嘲讽挖苦。竹林终于放弃了请领导主持公道的念头。紧接着,单位又以组织的名义给不少报刊及出版社寄发了信函,说竹林的政治品质有问题,不能出版她的书。人民文学出版社内也有人跟着发难,称《生活的路》是反对"上山下乡"运动的"大毒草",气得性格刚直的孟伟哉据理力争,甚至还发了脾气。

出乎意料的是,一天,竹林竟收到了一封来自北京的信,通知她去参加人民文学出版社召开的中长篇小说座谈会。在北京,她第一次见到了社长严文井和该社领导韦君宜,还亲耳听到了茅盾先生对她的《生活的路》的肯定。巨大的喜悦冲击着竹林,使她有些晕了,还没等她回过神来,又听茅盾先生在呼唤她的名字,叫她上台去,说想要跟她见见面,说几句话。但年轻的竹林最终也没有勇气走上台去,失去了一次与茅盾先生近距离接触的珍贵机会。这件事成为竹林一生的憾事。

竹林从北京回到上海后,单位仍不放过她,放言要对她秋后算账。新的压力让她再一次喘不过气来,但毕竟时代变了,冬天终将过去。就在这时,《光明日报》《中国青年报》上刊登了韦君宜支持《生活的路》的评论文章,接着,上海《文汇报》《解放日报》和《亚洲周刊》英文版也发表了高度评价这部小说的文章,国内外许多媒体也都做了报道。《生活的路》一印再印,印数高达数十万册之多,这是作者意想不到的,更出乎那些心怀叵测的、极力压制迫害她的人的意料。可是,单位的一些领导认为他们输了面子,于是,便策动一些人对她跟踪、骚扰,造谣污蔑,让她在那里无法工作和生活下去。就在这时,在全国第四次文代会上,韦君宜同志为她的处境发出了呼吁;全国作协了解了情况后,请上海市文联党组负责人干预此事,通过上海市委宣传部,把她调到了《上海文学》编辑部当编辑。

1980 年春,她进入粉碎"四人帮"后的全国作协第一期文学讲习所学习。半年多的学习生活使她开阔了视野,提高了文学修养,也使她收获了友谊,得到了温暖。但回到上海后,她的处境却仍然艰难。"惹不起,躲得起"。从此,竹林远离上海,一头扎进了农村。在那里,她四处"打游击",先后住过公社招待所、广播站、农民家和待分配的工房,最后,嘉定南翔二中的一位好心的校长让她住进了学校的书库中。1981 年秋天,韦君宜特地赶到那所乡镇中学去看望竹林,她对校长和教导主任鞠躬说:"感谢你们。虽然条件不太好,但你们支持了一个青年作者。我代表文艺界感谢你们!"

在农村,在学校,她深入生活,广泛接触各类人物,细心观察,辛勤笔耕,创作出一部又一部精美的作品,如中篇小说《水潺潺》《大耳朵阿大和秃尾巴狗》《永远的赞歌》《地狱与天堂》《昨天已经古老》《黄绿色的站牌》《没有热力的萤光》,长篇小说《苦楝树》《女巫》《挚爱在人间》《天堂里再相会》,短篇小说集《蛇枕头花》,儿童长篇小说《晨露》《夜明珠》《弯弯的石拱桥》,儿童散文集《老水牛的眼镜》等。经过 10 多年的生活积累和 8 年的潜心创作,2014 年,竹林又推出 60 余万言的里程碑式的长篇力作《魂之歌》,为她的"知青三部曲"画上了圆满的句号。

30 多年来,竹林虽数次迁徙,但始终坚持用作品表达自我,完成与读者之间的心灵沟通。竹林说:"我不羡慕别人的荣誉和名声。我人生的艰难时期已经过去,现在衣食无忧。我愿意在喧嚣的城市生活的边缘寻觅一块相对的净土,专心读书、学习和写作。我认为写作本身就是寂寞和孤独的事业,但它的心路历程却相对较其他人更丰富多彩,这就填补了寂寞的空缺。"

随着创作的升华,竹林对文学作品表现和挖掘人性有了更深层次的认识,特别是 1996 年她拜访了台湾佛教慈济基金会的证严法师,升华了精神世界,开拓了文学视野,也使她对宗教义理有了新的理解,使她认识到爱是一种人生哲学,是一种宇宙法则,是人类文明的基因,因此,爱也是文学千年不变的母题,所以也是她在自己的作品中最想表达的精神内涵。

而如今,年过 60 的她已皈依了基督教。我们相信这位上帝的女儿,以她的文学才华和大爱境界,一定能为我们伟大的时代继续创作出经典的传世新作。

现在,让我用冰心先生为她的题词来作为结语:创作未有穷期,竹林前途无量!

2014 年 5 月 7 日

于镇江·沉香斋灯下

竹林作品及相关评论索引

一、竹林作品

[1]《魂之歌》,人民文学出版社,2013 年。

[2]《生命的酒杯》,广东教育出版社,2010 年。

[3]《净土在人间》,二十一世纪出版社,2008 年。

[4]《天堂在人间》,二十一世纪出版社,2008 年。

[5]《挚爱在人间》,二十一世纪出版社,2008 年。

[6]《女巫》(增补本),漓江出版社,2006 年。

[7]《流血的太阳》(增补本),二十一世纪出版社,2006 年。

[8]《流血的太阳》,二十一世纪出版社,2005 年。

[9]《灵魂有影子》,二十一世纪出版社,2005 年。

[10]《今日出门昨夜归》,二十一世纪出版社,2004 年。

[11]《最美丽的女人》,文化艺术出版社,2002 年。

[12]《走向诺贝尔——竹林卷》,文化艺术出版社,2002 年。

[13]《脆弱的蓝色》,明天出版社,2001 年。

[14]《流血的太阳》,河北少年儿童出版社,1998 年。

[15]《竹林村的孩子们》,湖北少年儿童出版社,1998 年。

[16]《竹林文集(1—5 卷)》,华夏出版社,1998 年。

[17]《蓝色勿忘我》,百花文艺出版社,1996 年。

[18]《年年岁岁花相似》,文汇出版社,1996 年。

[19]《挚爱在人间》(英文版),上海远东出版社,1995 年。

[20]《呜咽的澜沧江》,人民文学出版社,1995 年。

[21]《阁楼上的天空》,四川教育出版社,1995 年。

[22]《挚爱在人间》,华夏出版社,1994 年。

[23]《女巫》,人民文学出版社,1993 年。

[24]《蜕》,上海文艺出版社,1989 年。

[25]《苦楝树》,湖南人民出版社,1985 年。

[26]《晨露》,广东人民出版社,1984 年。

[27]《地狱与天堂》,河南人民出版社,1984 年。

[28]《蛇枕头花》,江苏人民出版社,1984 年。

[29]《夜明珠》,湖南少年儿童出版社,1982 年。

[30]《心花》,湖南人民出版社,1981 年。

[31]《生活的路》,人民文学出版社,1979 年。

[32]《老水牛的眼镜》,少年儿童出版社,1978 年。

[33] *Snake's Pillow and other Stories*(《蛇枕头花及其江南的故事》),夏威夷大学出版社,1998 年。

[34]《街头 Sketch》,台湾业强出版社,1993 年。

[35]《女巫》(全本,上下册),台湾书华出版事业有限公司,1993 年。

[36]《挚爱在人间》,台湾中华图书出版社,1993 年。

[37]《夜明珠》,台湾中华图书出版社,1993 年。

[38]《天堂里再相会》,台湾强华文化事业有限公司,1993 年。

[39]《呜咽的澜沧江》,台湾智燕出版社,1990 年。

[40]《女性——人》,加拿大《女性·人》杂志,1990 年。

二、作品评论

[1]史挥戈:《勾魂摄魄的〈魂之歌〉》,《新民晚报》,2012 年 12 月 29 日。

[2]丁亚平:《人性与灵魂的歌泣——评竹林长篇新作〈魂之歌〉》,《上海作家》,2012 年 6 月。

[3]张玮:《论竹林小说中的民俗书写》,上海师范大学硕士学位论文,2012 年 4 月。

[4]祁德欧:《论竹林小说的创作艺术》,广东技术师范学院硕士学位论文,2011 年 5 月。

［5］祁德欧:《竹林小说的修辞性叙事技巧浅探》,《广东技术师范学院学报》,2011 年 4 月。

［6］孙旋:《苦难的青春岁月　执著的人生信念——再读竹林〈生活的路〉》,《语文学刊》,2010 年 3 月。

［7］史挥戈:《风雨中盛开的金蔷薇——读竹林“人间大爱系列”三部曲》,《上海作家》,2009 年 4 月。

［8］史挥戈:《一部对现代封建主义的血泪控诉书》,《上海作家》,2008 年 7 月。

［9］史挥戈:《读竹林长篇小说全本〈女巫〉》,《文艺争鸣》,2007 年 8 月。

［10］严家炎:《顽强的叫声》,《文汇报》,2007 年 5 月 11 日。

［11］周政保:《重读〈女巫〉》,《作家报》,1996 年 6 月 15 日。

［12］黄侯兴:《他们寻觅的世界——谈〈挚爱在人间〉》,《北京晚报》,2005 年 5 月 18 日。

［13］王春荣:《从〈女巫〉论及当代作家对“民俗”的多元阐释》,《辽宁大学学报》,1999 年 2 月。

［14］谢冕:《我读〈挚爱在人间〉》,《北京晚报》,1995 年 1 月 5 日。

［15］萧乾:《一部悲怆协奏曲》,《解放日报》,1994 年 12 月 25 日。

［16］黄侯兴:《女巫评论集》,台湾强华文化事业有限公司,1994 年 12 月。

［17］丘峰:《变异中突现典型》,《社会科学》,1994 年。

［18］尚海:《中国历史的长卷——读竹林的〈女巫〉》,1993 年 11 月 16 日。

［19］傅庆萱:《独特的创作风格》,《文汇报》,1993 年 11 月 15 日。

［20］梅朵:《一片红枫叶》,《文汇报》,1993 年 11 月 14 日。

［21］戴诩:《真与爱的奉献》,《文学报》,1993 年 11 月 11 日。

［22］叶辛:《竹林〈女巫〉》,《文学报》,1993 年 10 月 7 日。

［23］何启治:《为什么要出版〈女巫〉》,《文汇读书周报》,1993 年 10 月 2 日。

[24] 丘峰:《一部有独特文化品位的小说》,《文学报》,1993年9月11日。

[25] 吴亮:《忧伤的和美丽的》,《文汇读书周报》,1993年7月10日。

[26] 袁真:《一部有独特文化品位的现实主义力作》,《文艺报》,1993年5月29日。

[27] 王淑秧:《〈女巫〉,开放的现实主义》,《小说评论》,1993年5月。

[28] 何启治:《长篇小说〈女巫〉编辑感言》,《文汇读书周报》,1993年5月。

[29] 丁亚平:《文学的虚构与历史文本》,《当代作家评论》,1993年5月。

[30] 丘峰:《自己的天空:〈挚爱在人间〉——致竹林》,《当代作家评论》,1993年5月。

[31] 虞非子:《世纪末熹微的光》,《文汇读书周报》,1993年5月1日。

[32] 虞非子:《夕阳下的怪胎》,《新民晚报》,1993年5月1日。

[33] 萧乾:《从竹林的〈女巫〉谈起》,《解放日报》,1993年4月29日。

[34] 丘峰:《现实主义的魅力》,《文汇报》,1993年4月18日。

[35] 许锦根:《在〈女巫〉研讨会上的书面发言》,《文学报》,1993年4月8日。

[36] 胡德培:《从〈生活的路〉到〈女巫〉》,《书城》,1993年2月。

[37] 李子云:《复仇的〈女巫〉》,《书城》,1993年。

[38] 陈增爵:《竹林和她的新作〈女巫〉》,《书讯报》,1992年12月21日。

[39] 萧乾:《一代的反思——评〈呜咽的澜沧江〉》,《读书》,

1992 年 11 月。

[40] 萧乾:《中国农村社会的历史长卷》,《文艺报》,1992 年 10 月 10 日。

[41] 柳逊:《深深关注女性的命运——读竹林的〈蜕〉》,发表报刊待考 1990 年 2 月 12 日。

[42] 佐恩,耿华:《现实主义应有一席之地——也谈竹林的创作》,《社会科学》,1988 年 9 月。

[43] 温元凯:《用文学的力量促进传统文化潜结构的改造——致竹林》,《解放日报》,1988 年 5 月 3 日。

[44] 光洁,朱蕊:《竹林的世界》,《萌芽》,1987 年 8 月。

[45] 陈幼石,陈思和:《“文学书简”——竹林艺术片谈》,《上海文学》,1987 年 8 月。

[46] 明华:《昨天已经古老》,《文汇报》,1987 年 5 月 30 日。

[47] 尹明华:《怎样对待昨天》,《文汇读书周报》,1987 年 5 月 23 日。

[48] 彭志齐:《美的花、粘珠带露的花——读竹林长篇小说〈苦楝树〉》,《芙蓉》,1986 年 2 月。

[49] 王兆彤:《一幅色彩斑斓的历史画卷——读竹林的长篇小说〈弯弯的石拱桥〉》,《明天》,1985 年 1 月。

[50] 峻青:《她在不断地追求——读竹林中篇小说集〈地狱与天堂〉》,《当代》,1984 年 2 月。

[51] 吴周文:《她在寻找自己——评中篇小说〈夜明珠〉》,《未来》,1983 年 3 月。

[52] 赵元真:《儿童小说中的“情”与“人”》,《儿童文学研究》,1982 年 1 月。

[53] 耕华:《儿童生活的赞歌——介绍儿童散文集〈老水牛的眼镜〉》,《解放日报》,1981 年 5 月 25 日。

[54] 孟伟哉:《生活的路》,《语文教学通讯》,1980 年 10 月。

[55] 严文井:《严文井同志给青年作家竹林的信》,《文学书窗》,1980 年 5 月。

［56］袁亮:《一个真实可信的文学形象——谈〈生活的路〉中的娟娟》,《书林》,1980 年 5 月。

［57］王国荣:《娟娟不值得同情》,《书林》,1980 年 5 月。

［58］方斜:《一条坎坷不平的生活道路——评长篇小说〈生活的路〉》,《复旦大学学报》,1980 年 3 月。

［59］江流:《竹林和她的〈生活的路〉》,《安徽文学》,1980 年 3 月。

［60］刘锡诚:《严峻的现实、深沉的控诉——读竹林〈生活的路〉》,《安徽文学》,1980 年 3 月。

［61］王云缦:《知识青年问题应该得到真实反映》,《读书》,1980 年 1 月。

［62］韦君宜:《从出版〈生活的路〉所想到的》,《中国青年报》,1979 年 10 月 9 日。

［63］韦君宜:《从出版〈生活的路〉所想到的》,《光明日报》,1979 年 10 月 3 日。

［64］梅朵:《灵魂的跋涉——谈竹林〈呜咽的澜沧江〉》,香港《大公报》,1996 年 7 月 19 日。

［65］黄候兴:《〈女巫〉评论集》,台湾强华文化事业有限公司,1994 年 12 月。

［66］梅朵:《珍珠——谈竹林〈挚爱在人间〉》,香港《大公报》,1994 年 10 月 5 日。

［67］萧乾:《一阙悲怆协奏曲》,香港《大公报》,1994 年 7 月 12 日。

［68］曹景行:《大时代的南情北欲》,香港《亚洲周刊》(中文版),1994 年 3 月 6 日。

［69］理查德·金:《从比较角度看竹林的作品》,人民文学出版社《女巫》研讨会,1993 年 4 月 22 日。

［70］［加拿大］梁丽芳:《祝贺竹林〈女巫〉出版》,人民文学出版社《女巫》研讨会,1993 年 4 月 10 日。

［71］许锦根:《竹林的巨大收获》,美国《迈阿密时报》,1993

年 2 月 19 日。

［72］萧乾:《一代的反思》,香港《大公报》,1992 年 7 月 13 日。

［73］佚名:《中国文坛容纳新潮》,香港《新晚报》,1991 年 5 月 3 日。

［74］曾庆瑞:《竹林小说论》,台湾智燕出版社,1990 年 11 月。

［75］尹雪曼:《谈〈呜咽的澜沧江〉的人物创造》,《两岸文学互论》第 1 集,台湾智燕出版社,1990 年 5 月。

［76］张放:《堪与刀颖交寒光》,《两岸文学互论》第 1 集,台湾智燕出版社,1990 年 5 月。

［77］陈映真:《混沌的梦与现实》,《两岸文学互论》第 1 集,台湾智燕出版社,1990 年 5 月。

［78］蔡源煌:《评〈呜咽的澜沧江〉》,《两岸文学互论》第 1 集,台湾智燕出版社,1990 年 5 月。

［79］智燕:《欣闻大陆文学在生发》,《两岸文学互论》第 1 集,台湾智燕出版社,1990 年 5 月。

［80］周吉人:《这世界应充满爱》,《两岸文学互论》第 1 集,台湾智燕出版社,1990 年 5 月。

［81］林丽霞:《追寻人生价值的壮丽诗篇》,《两岸文学互论》第 1 集,台湾智燕出版社,1990 年 5 月。

［82］周锦:《性爱·色情·黄色》,《两岸文学互论》第 1 集,台湾智燕出版社,1990 年 5 月。

［83］胡秋原:《竹林女士〈呜咽的澜沧江〉读后》,《两岸文学互论》第 1 集,台湾智燕出版社,1990 年 5 月。

［84］范长江,《无愧于生活的人》,《澳门日报》,1989 年 11 月。

［85］闻思:《一个人心灵的召唤——竹林〈地狱与天堂〉读后》,香港《文汇报》,1985 年 10 月 18 日。

［86］雁枫:《苦楝树》,香港《快报》,1985 年 10 月 3 日。

　　[87]［加拿大］梁丽芳:《一部动人的上山下乡小说——评竹林的〈生活的路〉》,1981 年 5 月 8 日。

　　[88] 佚名: *Shanghai's Emeiging Star*(《上海升起的一颗新星》),香港《亚洲周刊》(英文版),1980 年 4 月 25 日。

　　三、作家评论

　　[1] 黄玮:《寂寞是作家最好的生存姿态——对话"作家中的隐士"竹林》,《解放日报》,2012 年 12 月 7 日。

　　[2] 张滢莹,竹林:《竹林:我没有一蹴而就的幸运——新作〈魂之歌〉讲述知青年代的"传奇故事"》,《文学报》,2012 年 12 月 6 日。

　　[3] 史挥戈:《微笑在彼此生命中——又见竹林》,《上海作家》,2010 年 10 月 4 日。

　　[4] 吴腾凰:《竹林——在大爱境界攀援的人》,《皖东文史——纪念改革开放 30 周年专辑》,安徽人民出版社,2008 年 12 月。

　　[5] 许道军:《生活的路与创作的路——访女作家竹林》,《文汇读书周报》,2008 年 10 月 17 日。

　　[6] 陈国凯:《诤友竹林》,《南方日报》,1999 年 9 月 2 日。

　　[7] 邓牛顿:《竹林论》,《上海大学学报》,1998 年 12 月。

　　[8] 陈国凯:《诤友竹林》,《文艺报》,1998 年 10 月 8 日。

　　[9] 周百义:《竹林印象记》,《南阳日报》,1998 年 8 月 7 日。

　　[10] 刘芳:《淡泊明志,宁静致远——访作家竹林》,《新民晚报》,1996 年 8 月 5 日。

　　[11] 刘希涛:《她对迪斯科情有独钟》,《上海法制报》,1996 年 6 月 28 日。

　　[12] 张锲:《咬定青山不放松——致竹林》,《文汇报》,1996 年 5 月 10 日。

　　[13] 王玖,范军:《竹林印象》,《金融时报》,1995 年 7 月 22 日。

［14］徐军:《清幽幽的竹林——谈〈挚爱在人间〉》,《文学报》,1995 年 5 月 19 日。

［15］凯韵:《是金子,总会闪光——访上海专业作家竹林》,发表报刊待考,1994 年 2 月。

［16］王安桅:《霉运一走,好事自然来》,《新舞台》,1994 年 1 月 24 日。

［17］佚名:《上海作家竹林〈女巫〉在海内外引起强烈反响》,《星报》,1993 年 12 月 5 日。

［18］许丽雍:《竹林从沉默中走来》,《上海工业经济报》,1993 年 11 月 16 日。

［19］傅庆萱:《独特的创作风格——访女作家竹林》,《文汇报》,1993 年 11 月 15 日。

［20］丘峰,朱永平:《现实主义的魅力——致竹林》,《文艺百家》,1993 年。

［21］丘峰,朱永平:《现实主义的魅力——致竹林》,《文汇报》,1993 年 9 月 18 日。

［22］阿昌:《留住好稿》,《文汇读书周报》,1993 年 7 月 31 日。

［23］徐春萍:《十年辛苦不寻常——记竹林及其新作〈女巫〉》,《文学报》,1993 年 6 月 24 日。

［24］孙愚:《在寂寞中浮想联翩》,《中国剪报》,1993 年 5 月 1 日。

［25］孙愚:《在寂寞中浮想联翩》,《文汇读书周报》,1993 年 4 月 17 日。

［26］湘明:《引起轰动的〈女巫〉及其作者竹林(综述)》,《图书馆》,1993 年 3 月。

［27］莫伸:《我所熟悉的竹林》,《爱人》,1993 年。

［28］范华:《依依似君子,无地不相宜——记青年女作家竹林》,《上海大众卫生报》,1988 年 2 月 24 日。

［29］刘蔚:《当她是中学生的时候——青年作家竹林访问

记》,《中学生知识报》,1987 年 10 月 15 日。

[30] 肖定:《酿造生活的蜜》,《文汇报》,1987 年 5 月 24 日。

[31] 胡少安:《深深的海洋——青年女作家竹林印象》,《知音》,1985 年 12 月。

[32] 罗彦:《生活在呼唤——记青年女作家竹林》,《宁夏青年报》,1985 年 9 月 6 日。

[33] 许锦根:《竹林的路》,《安徽青年报》,1985 年 1 月 15 日。

[34] 王士美:《华林絮语——年轻的作家朋友剪影之一》,《作家》,1984 年 7 月。

[35] 佚名:《作家的志气》,《四川文摘周报》,1984 年 5 月 11 日。

[36] 赵春华:《竹林印象》,《百花洲》,1984 年 1 月。

[37] 赵春华,苏应奎:《扎根在生活的土壤中——访青年女作家竹林》,《周末》,1982 年 9 月 18 日。

[38] 袁公侠:《〈生活的路〉是怎样走过来的——记美记者对青年作家竹林的一次采访》,《上海外事工作通讯》,1982 年 8 月 10 日。

[39] 徐茂昌:《生活之树的一片绿叶——竹林印象记》,《文学报》,1982 年 2 月 11 日。

[40] 徐裕根:《初露才华的文苑新人——访本市几位业余作者》,《文汇报》,1980 年 4 月 10 日。

[41] 许锦根:《竹林勤奋写小说,〈生活的路〉受好评》,《中国青年报》,1979 年 12 月 18 日。

[42] 佚名:《文艺的青春》,《中国青年报》,1979 年 11 月 3 日。

[43] 许锦根:《正视生活的人——记创作长篇小说〈生活的路〉的女青年竹林》,《文汇报》,1979 年 10 月 5 日。

[44] 佚名:《三部有争论的小说及其作者》,《文学书窗》,1979 年 10 月。

[45] 陈策言:《读者给竹林的信》,《文学书窗》,1979 年 10 月。

［46］叶辛：《上海作家的新收获》，《文学报》，第 654 期，2007 年 11 月。

四、竹林自述

［1］《我为什么写知青小说》，《解放日报》，2010 年 3 月 8 日。

［2］《我为什么涉足青春文学》，《文艺报》，2005 年 7 月 21 日。

［3］《托起生活的美丽内核——与张秋林对话》，《文学报》，2005 年 3 月 10 日。

［4］《文学的灵魂与影子——与张秋林对话》，《百花洲》，2005 年。

［5］《脱壳的蟹和思想的灵光》，《文汇读书周报》，2005 年 3 月 18 日。

［6］《写作随想》，《羊城晚报》，2001 年 8 月 10 日。

［7］《我写〈脆弱的蓝色〉》，《出版广角》，2001 年 6 月。

［8］《文学作品的轻与重》，《文汇报》，2001 年 4 月 3 日。

［9］《无怨无悔十五年》，《作家文摘》，1996 年 11 月 8 日。

［10］《关于"现实主义"》，《作家报》，1996 年 6 月 15 日。

［11］《神灵的昭示》，《羊城晚报》，1995 年 2 月 25 日。

［12］《我所追求的迪斯科》，《新民晚报》，1995 年 1 月 20 日。

［13］《神灵的昭示》，《北京晚报》，1994 年 12 月 25 日。

［14］《感谢停电》，《新民晚报》，1994 年 9 月 5 日。

［15］《"叫魂"种种》，《济南日报》，1994 年 8 月 6 日。

［16］《我钟情这块土地》，《新民晚报》，1994 年 7 月 22 日。

［17］《老柳树上的怪胎》，《羊城晚报》，1994 年 2 月 26 日。

［18］《谁在铸造民族的良心——A 和 B 关于萧乾翻译〈尤利西斯〉的对话》，《东方会讯》第 8 期，1993 年 12 月 16 日。

［19］《从生活到艺术》，《解放日报》，1993 年 9 月 7 日。

［20］《憨人有憨福》，《文学报》，1993 年 1 月 7 日。

［21］《从创作说到读书》，《书林》，1985 年 6 月。

［22］《功夫不负有心人》,《中学生》,1984 年 11 月。

［23］《友谊这个字眼》,《广州文艺》,1984 年 1 月。

［24］《文章甘苦事——答朱明杰兼及爱好文学的青年朋友们》,《青春》,1982 年 7 月。

［25］《我的起步》,《十月》,1982 年 3 月。

［26］《此中自有甘如饴——谈谈我在中学的作文体会》,《语文教学通讯》,1981 年 6 月。

［27］《谁言寸草心》,《羊城晚报》,1981 年 4 月 27 日。

［28］《理想、希望与事业》,《解放日报》市郊版,1981 年 2 月5 日。

［29］《杂谈我怎样写作〈生活的路〉》,《语文教学通讯》,1980年 10 月。

［30］《致青少年朋友们》,《青少年之友》,1980 年 5 月 4 日。

［31］《谁言寸草心——致〈安徽文学编辑部〉》,《安徽文学》,1980 年 3 月。

［32］《生活中的真善美激励我奋发向前》,《文汇报》,1980 年2 月 7 日。

［33］《正视生活,反映生活》,《解放日报》市郊版,1980 年 2月 7 日。

［34］《〈生活的路〉与创作的路》,《书讯》,1980 年 2 月 1 日。

［35］《我写〈今日出门昨夜归〉》,《文学报》大众阅读,第1602 期,2005 年 5 月 26 日。

［36］《倾吐不尽的感情——回忆茅公对我创作的关注与支持》,《文学报》858 期。

我为什么写知青小说

竹　林

　　刚刚告别"上山下乡"40周年,作为一个"有幸"赶上这场运动的知青,并且还歪打正着写出了国内第一部反映"上山下乡"知青生活的长篇小说的作者,一些朋友和媒体都要我写点文字。但我犹豫再三,仍迟迟没能下笔。

　　综观当前林林总总的报纸、杂志、书籍,甚至网络上,有关内容数不胜数,但几乎全都停留在事件的浅表就事论事,其议论无非分成两大类:主流一类是"诉苦",大家纷纷回忆当年在农村、在农场吃苦受累的情景,以及精神上的孤寂与苦闷,还有就是期望和争取脱离农村上调、升学等的艰难。1977年的高考,也上了电影。另一类便是继续原来的高调,名曰"青春无悔"。他们认为,"上山下乡"运动不管怎么说还是锻炼了一代青年人吃苦耐劳的精神,并且还举出了知青中后来出现的一些当了"官"或成了"家"的佼佼者作论据。然而,真的无悔吗? 即使是在这些佼佼者身上,致命的知识断层也在严重地影响着他们的事业和仕途。

　　其实,我自己对这场运动的认识,开始时也是十分肤浅的。当知青"上山下乡"正被吹得如膨胀的肥皂泡似的美丽多姿的时候,我也只是有点心犹不甘,想为自己这一代被贻误了青春的年轻人说几句真话,于是便傻乎乎地"冒天下之大不韪"写下了那部知青小说《生活的路》。现在看来,这部小说当然是比较幼稚的,虽然为知青们说了"一些"真话,但还是忌讳多多、顾虑重重;但是就这"一些",也足以使我个人的命运备受挫折了。

　　然而,既然自己个人的命运已经被这段历史裹挟了进去,从此以后,我也不能不继续对这段历史进行思考和追索。于是,10年后,我又写了一部反映兵团知青生活的长篇《呜咽的澜沧江》。在这部作品里,我就不只是单纯地记录知青们真实的生活遭际与感受,而是开始寻觅和剖析他们当时的思想与矛盾,他们对自己人生意义和未来命运的思考与追求;与此同时,也想探索一下这场贻误了整整一代人青春、事业和理想的运动的源头。令人扼腕的是,这本书稿完稿8年多后才得以出版,而之前的盗印书却早已大行其市。

其后,又隔了十数年。改革开放成绩斐然,市场经济轰轰烈烈。当年的知青已成明日黄花,到了烈士暮年,他们曾经跌宕的命运,他们的酸甜苦辣,已经渐渐被社会忘却了,只是到了每个时间点上,才会被不甘寂寞的老知青们重话当年,为了忘却的纪念。

任何历史,无论它当时多么激荡,终会被时间的长河冲刷过去的;但同时,它也会给后人留下一些值得总结与思考的东西。因此,我一直在想,这一段带着一代青年人斑斑血泪的历史,不应该让时间将它消逝得了无痕迹,不要待后人研究它时再为重拾当年的真实而费力地去搜寻和淘洗;我们自己应该总结这场运动的经验与教训。这对新一代的年轻人,对中华民族和共和国的未来,还是十分有意义的。于是,我终于又提起笔来,决定重新回顾和书写这段历史。我要追踪当年为了追寻自己人生价值和理想的知青们的脚印,看他们在时间河流的沙滩上,是如何一步步地跋涉向前的;哪怕他们追寻的脚步依然艰难、迷茫、痛苦和踉跄。我愿意同他们一起探索,我愿将这部小说献给当年与我共命运的老知青朋友们,也献给当代的年轻人。

可能我的这些想法和做法有点不合时宜。有朋友知道了我的这个写作计划,就好心地劝导说:历史是个任人打扮的小姑娘,谁掌握了话语权,谁就能编写和解释历史。你作为个体去思考它有什么意义? 更何况,现在大家都在忙着赚钱奔小康,你还去重拾当年这些不愉快的往事干什么? 现在的年轻人才没兴趣去听你们当年那些苦哈哈的故事呢。

　　是的,现在的相当一部分年轻人——80 后和 90 后的确都在忙于自己的工作、学习、恋爱,全身心地投入到为个人的利益、前程和欲望奔忙中。但任何一个国家和民族,任何时候,都一定会有一批"忧天的杞人"。他们会为社会、国家和民族,甚至人类的前途和命运忧思;他们在回顾历史、拷问现实、探索理想、寻求信仰。人本来是应该有理想、信仰和爱的追求的,因此生活才有意义和价值。

　　于是,我便想起了我们这些亲历了人类文明史上这段奇景的人的历史担当和责任,坚定了我继续对知青题材探索和思考下去的决心。

原载于 2010 年 3 月 8 日《解放日报》

寂寞是作家最好的生存姿态
——对话"作家中的隐士"竹林

《解放日报》记者　黄　玮

不久前,《中国作家》杂志以头条位置刊登了长篇小说《魂之歌》,将文学界关注的目光吸引到了作者——有"上海作家中的隐士"之称的竹林身上。

在"被关注"与"隐"之间,竹林的真实是怎样的? 在 30 多年的创作生涯里,她如何凭良知努力地写自己认为应该和需要写的东西? 这个"应该和需要"又指向中国文学的何种境遇? 近日,《解放周末》独家专访了作家竹林。

不管酸甜苦辣,我为我的李子高兴

记者:竹林老师,有人说您是作家中的隐士,而不久前《中国作家》杂志刊登的您的长篇新作《魂之歌》,则将文学界关注的目光吸引到了您的身上。在"被关注"与"隐"之间,您的真实究竟是怎样的?

竹林:我目前的写作状态,就像农民一样,日出而作,日落而息。

记得 1980 年的深秋,我独自一人背着简单的行李,乘长途汽车来到嘉定南翔附近一所简陋的农村中学。学校为我在书库里放了一张学生宿舍里用的上下单人小木床和一张小课桌,用两条床单挂在两排书架的两头,我就在这块小天地里开始了写作。

从此,30 多年来我就一直沉在沪郊农村,再也没有脱离过。

我生在上海,长在上海,但自19岁去安徽农村插队直至现在,绝大部分的时光都是在农村度过的,连同我生命中的整个青春岁月。然而,生活并没有辜负我,在这样的生活状态下,我写出了数百万字的作品。30多个春秋的乡下生活,使我收获了《竹林村的孩子们》《女巫》《呜咽的澜沧江》《今日出门昨夜归》等作品,还有这部最新的长篇《魂之歌》。更重要的是,安静的乡下生活,让我体验到了许多在大城市里无法体验和理解的社会与人生哲理。

记者:这部新作《魂之歌》的名字,可谓直抒胸臆——拷问灵魂,关注人性。

竹林:这部作品是我创作的知青生活长篇中的第三部。也可以说,是我知青小说的收官之作。前两部分别是《生活的路》和《呜咽的澜沧江》。记得2008年评论家许道军采访我时,我曾说过:"我对知青问题的认识是随着时代的进步而逐渐深入的。如果说我写《生活的路》时只是想为知青们讲一些真话,让社会了解他们的不幸遭遇和思想苦闷的话,那么,我的第二部知青小说《呜咽的澜沧江》,则已是企图反映这一代人对那段生活的思考和对人生价值及理想的追寻了。作为文学创作,面对同一个历史事件和生活,随着时代的前进,作家总可以站在新的高度,对它进行哲学的解析和认知,赋予它新的思想内涵和价值观。为此,我正在写第三部和知青命运密切关联的长篇小说,想反映从知青过来的这一代人中的一些思想者,对人生终极目标和整个地球村的大爱精神的探寻。它的视野将更为广阔。"现在,这部《魂之歌》就算是我对2008年的承诺交卷了。简单来说,这是一部对那一代人的人性与灵魂的拷问之作。所以,我把书名定为《魂之歌》。

记者:有评论者认为,您是一个真正具有人文关怀的作家。《魂之歌》为您的这种人文精神做出了怎样的诠释?

竹林:我只是努力地塑造一个个命运不同、性格各具特色的人物,在他们命运的跌宕中淋漓地展示每个人的悲喜、得失、困惑与信仰。主人公刘强历经了常人难以忍受的磨难,追求人类之爱;刀二羊作为一名具有创新精神的前沿科学家,却遭受了命运的打击,最终在佛教中得到心灵的慰藉;艾蛟从一个一心奔赴异国参加世界革命的"左"倾知青,到理想破灭,最后成为一个拜金主义者……《魂之歌》既书写了一批中国知青的命运之旅,也刻画了他们的灵魂之旅。我始终认为高尔基关于"文学是人学"的观点不会过时。写好一部长篇,如果只有一个吸引人的故事,而没有人的灵魂,那就会像一座房子里没住人,是没有生命力的。

记者:8 年时间、52 万字,这个坚实的数字,写照了您创作《魂之歌》的姿态和品格。

竹林:我写小说,都是慢慢来,不着急的。一般我是先积累大量的生活素材和资料,放在那里,等有了灵感后才正式构思成提纲,然后开始写作。写作过程就如施工队按照图纸——提纲从地基开始一层层地叠层架屋,盖起一座楼房。期间可能因各种原因造造停停,但总体设计一般不会变。只不过,楼房是许多建筑工人共同盖的,且有不同的分工,而写小说则是一个人孤独的劳动。因此创作长篇需要毅力和气韵,要有足够的能量一口气撑到底。

在写作中如果遇到困难,我会停下来学习和思考,让思想自由驰骋,等到想通了再写下去。因此,我写得很慢。不能说慢工出细活,也算铁杵磨成针,最终造起了一座大房子。当然我还要装修——请朋友提意见,一次次地修改。直到拿出去发表或出版的时候,我自以为是一座漂亮的建筑了。

记者:这个过程,您觉得辛苦吗?

竹林:记得大仲马有一句名言——当别人问他,你觉得写作辛苦吗? 他回答说:"你去问问李树是怎样结出李子来的吧!"

不管酸甜苦辣,我为我的李子高兴。

我崇敬能在旷野的贫瘠中寂寞地生长的竹子

记者:1979 年,您的第一部小说《生活的路》发表,使您成为"知青文学第一人",并有幸得到了文坛泰斗茅盾先生的鼓励,能回忆一下当时的经历吗？

竹林：说实话，我不太愿意回忆这段历史。因为当时受到的压力曾使我的精神几乎处于崩溃状态。虽然我终于有幸赶上了"三中全会"思想解放的潮头，得到了茅盾、周扬等文艺界前辈的肯定和支持，但那时的心态几乎像是在黑暗中突然遇见了强光，一时间手足无措，连茅盾先生在大会上点名让我上台去见面，周扬先生在饭桌上为我祝酒，我仍像在梦中尚未清醒。现在回忆这段经历，我更加坚定地认为，一个人的事业与成绩，与时代潮流相比，实在是太渺小了。

记者：直到今天，知青文学仍有生命力。今年夏天播出的电视剧《知青》，引起了很大反响，争论也十分激烈。

竹林：知青文学作为当代文学中伤痕文学的一个分支，已经红火过一阵子了。但知青生活这段历史，作为文学创作的素材，是不会过时的。不过，随着时代的前进，对生活的开掘与认知应该是不断地深入的。

因此，今天再来写这个题材，就不能只停留在当年那样讲真话，真实地反映一代青年人所遭受的命运，而是要挖掘命运背后更深刻的渊源，从而赋予这段生活以历史的真实。特别是今天的青年人，他们没有触及过那段生活，对那段历史已经难以理解了。我想，作为后来者，他们想看到和听到的，并不单单是怀念和控诉，而是有历史深度的东西。时至今日，我想知青文学的创作理应具备这样的深意。

记者：在今天"眼球经济"的时代，注意力成为一种商品，追求成名仿佛一种集体心理，甚至许多学者也明星化了，而您离开繁华的都市坚持在底层寂寞笔耕，这会不会让您有一种孤独感？

竹林：说实在的，写作是我最喜欢做的事情。这些年来我就只是一直在做自己喜欢的事情，并且还会持续做下去。它对我来说，无关功名，也无关利益，只关乎自己内心的愿望。因此，我没有想到过寂寞与孤独。

有人认为，在大家都追求现代化生活的时代里，像我这样"自我放逐",跑到农村去自讨苦吃,实在戆,甚至有点怪。但我自己觉得,社会生活之广阔,不可能人人都是弄潮儿。有人不寂寞,便有人寂寞,这很正常。只要真诚待人,对前进发展中的时代保持一份永远的敏感和好意,做人"戆"点也是很踏实的。

记者:您是不是认为,在众声喧哗之中,寂寞才是一个作家最好的生存姿态?

竹林:是的。写作本身就是寂寞和孤独的事业。这种状态会使你心态平和地安静下来,去仔细地观察、思考社会和人生。灵感这东西,只有在安静中才能产生。

正如你所说,现在是"眼球经济"时代,商业化的金钱法则几乎渗透到一切领域。就连现今的文化出版机构,衡量一部作品,也总是更多地考虑它能赚多少钱。而要达到这一目的,就要从"眼球"着手,看作者是否是全国知名的红人,看内容能否博人眼球。至于作品本身的思想内涵、艺术水准到底如何,往往无暇顾及。于是,文学艺术便像中秋节的月饼那样,包装越来越豪华漂亮,而月饼本身的质量反倒不怎么在乎了。

记者:这种寂寞,其实更是一种精神状态的脱俗。

竹林:我始终认为,文学应该坚持纯粹、纯真的本质。从我自己来说,我不愿为了商业利益而放弃自我的文学诉求。我愿意远离众声喧哗,继续在生活的一隅默默耕耘。

记者:所以,您给自己取的笔名叫"竹林",以竹子的风骨来定格自己的文学追求。

竹林:我喜欢郑板桥的那首咏竹诗:咬定青山不放松,立根原在破岩中。千磨万击还坚劲,任尔东西南北风。我崇敬能在旷野的贫瘠中寂寞地生长的竹子。它既能挺拔地傲立,也能柔韧地弯曲,尤其是能在最艰难困苦、濒临绝境时开花结果。

"眼球经济"严重异化了我们的文学，
使之患上了不轻的"软骨病"

记者：有评论者评价说，从某种意义上说，竹林是用自己的生活状态、用自己的写作状态，捍卫了现代文学的荣誉。

竹林：（笑）这样说给我的"荣誉"太高了。其实，我只是在捍卫我自己的创作底线。就像刚才说的，"眼球经济"严重异化了我们的文学，使之患上了不轻的"软骨病"——作品缺乏思想内涵，不敢触及或者有意回避现实，得意于一地鸡毛的自乐自足；还有的甚至以展览血腥、身体、愚昧来招徕读者。这种现象实在是当下文化繁荣景象中的悖论。

面对这种状态，我个人的力量太渺小。如果有一批有良知、有担当的作家，以自己的作品来改变这种局面，那就太好了。

记者：这需要对文学的使命感。

竹林：现在，有的人，甚至包括一部分作家，他们认为文学只有一种"轻"的功能，亦即给人们茶余饭后和紧张的工作、人与人之间的竞争博弈之余，起点消遣减压的作用。他们在卸下了文学曾经的政治包袱后，将它轻质化到了可有可无的地位，以为文学只要弄些幽默、搞笑、爱情等能轻松愉悦人的心情的东西就够了。于是，以低俗为表率，把丑陋当标尺，一地鸡毛的甚至低俗的内容泛滥横行。然而，文学是人学。在人生活着的社会里，文学的生命除了"轻"以外，还应该有义务和责任，有目标和追求，有理想和信仰，这就是所谓的"重"。而这个"重"就赋予了作家以社会责任。

我认为，一个作家的作品，应该尽可能深入地触及生活，批判现实，剖析人性，以自由的灵魂追求人类文明的新曙光。这就是作品的思想内涵。帕斯卡尔说："人的全部尊严在于思想。"一部好的文学作品，尤其是长篇小说，没有人物思想的自由驰骋，没有对理想信仰和真、善、美的追求,这是不可想象的。这也就是我理解的文学的使命感。

记者:您的这种使命感的另一种表达,就是您说的——我只凭我自己的良知努力地写我认为应该和需要写的东西。

竹林:我所坚持的"应该"和"需要",简单来说,就是社会生活中有意义、有启示的东西。举例来说,21世纪初校园文学红极一时。但是,我注意到,这些校园小说大都沉浸在爱情故事的卿卿我我里,或者就是青年人中的逆反和另类。而我接触了解了一些老师和学生后,发现这样的作品其实并不能代表真实的校园生活,尤其是它们忽略了许多渴求知识、正在贫困的逆境中奋发的孩子。

虽然文学不能代替教育,但潜移默化的作用不能小觑。所以,我觉得应该提起笔来写一些真实的校园生活,不能只让一些"轻俗"的东西淹没了孩子们的心灵。也就是说,我要写一些"重"的作品。当时,我正在准备《魂之歌》的素材,而且已经列好了提纲,但是我放下了。我用了将近三年的时间,写了两部关于校园生活的小说《今日出门昨夜归》和《灵魂有影子》。

记者:可喜的是,您的这种"重"获得了社会的认同。比如,《今日出门昨夜归》出版后产生了很大的反响,《人民日报》刊发文章加以肯定,并获得了中宣部精神文明建设"五个一工程"奖。

竹林:在我看来,这就是文学与现实的一次共鸣。而对创作者来说,就是对自己所坚持所追求的一种鼓励。

我只按自己的喜好阅读,不管它是中国的还是外国的,也不管是否获得过"诺奖"

记者:眼下,中国文学界最热闹的话题就是,作家莫言荣获2012年诺贝尔文学奖。有人说这终于慰藉了中国人多年的"诺奖"情结,您如何看待?

　　竹林:莫言获奖当然可喜可贺。但我想这事也不宜过度炒作。莫言自己就十分冷静和理智。中国当代文学在世界上的地位与价值,是客观存在的,不因"诺奖"的得与不得而增减。因此,我同意这样的看法——莫言的获奖可以引起国际文坛对中国当代文学的关注,增加世界读者对当代中国文学的兴趣,同时也激励中国作家创作出更加优秀的作品。

　　记者:那么,您是否关注世界文学的发展? 对这些年来诺贝尔文学奖得主的作品有阅读的兴趣吗?

　　竹林:我一向对外界的功名利禄比较麻木,也没有专门去关注哪位"诺奖"作家的作品。我只按自己的喜好阅读,不管它是中国的还是外国的,也不管是否获得过"诺奖"。比如,我非常喜欢泰戈尔,我也读过《百年孤独》,我还喜欢蒲宁的作品,但我并没有在意他们得过"诺奖"。同样,没有得过"诺奖"的作家的作品,如鲁迅、托尔斯泰,甚至法国作家杜拉斯的《情人》,我读过不止一遍。而像昆德拉的作品,尽管风行一时,我读后也无太深印象。爱尔兰作家乔伊斯的名著《尤利西斯》,译者萧乾先生送我数套,爱尔兰驻沪领事还请我去参加他们的朗读活动,但我却无法读完它。文学百花园中,我只是一个普通的赏花人,只流连于自己喜欢的花朵。

　　记者:您"喜欢"的标准是什么?

　　竹林:无论在内容和形式上,文学都可以并应该百花齐放。但文学是反映社会生活的,好的优秀的作品就应该是深刻地触及现实生活和人的灵魂的。因此我崇敬鲁迅剥开生活的犀利笔触;同时我也喜欢泰戈尔,他将人性中的真、善、美和爱表现得淋漓尽致,并且升华到了哲理高度。我个人以为,文学不是简单地照搬生活,它应该站在生活的前头引领文明前进的脚步,还要给人以信心和力量,给人以美的熏陶。

　　记者:关注莫言得奖,很多人其实通过文学的视角看到了中国的意象。在您看来,今天我们的文学作品应该如何更好地表达中国现实、中国经验和中国精神?

竹林：我们还是需要有比较"重"的作品，或者说，用犀利的笔触触及中国发展的现实，以具有社会责任感的方式，书写当下我们中国人的生活与追求、困惑与理想、艰难与进步。

原载于《解放日报》2012 年 12 月 7 日

人性与灵魂的歌泣

——评竹林长篇新作《魂之歌》

丁亚平

多年前,竹林的《挚爱在人间》,以一个女知青催人泪下的人生故事和充满诗意的语言获得了全国优秀长篇小说奖。这部作品前不久由青年导演朱晓伟以《匆匆》为名搬上了银幕。这些年来,竹林佳作不断:她的长篇小说《女巫》,青春校园小说《今日出门昨夜归》在读者中产生了很大的反响,后者还获得了"五个一工程奖";《生活的路》开知青文学之先河;第二部知青长篇《呜咽的澜沧江》在海外也颇受重视。现在,她的第三部知青长篇小说《魂之歌》,又由《中国作家》重点推出。这部小说长达52万余字,将她自己的知青文学创作推向了第三个高度。这是她潜心十年精心构思的巨著。作品思想激情澎湃,叙事沉郁浑厚,人物心理表现细腻、真切,展示了作家超群的文学想象才能和艺术才华。这部小说涉猎内容丰富,结构紧凑,情节曲折生动,不仅非常好看,极为契合现代读者的兴趣与感知能力,而且指涉社会与历史、科学与宗教、阶级和人性、青年人的理想与追求等严肃命题,充满哲理思辨,具有警示人心的意义;同时,在艺术上又以奇特的异国风情和发散式结构组织故事,安排人物命运,运用优美的抒情语言,使作品具有诡异神秘的氛围,扣人心弦,又洋溢着诗情画意。

人生与特定现实环境的复杂纠结

《魂之歌》中,作者以物理学和宇宙学的前沿——激光和光能研究作为引出故事线索的触媒,并借此结构情节,设置悬念。但作品的本意并不在此。作品的中心是写人,写人的命运在特定现实境遇中的复杂纠结,进而拷问社会,拷问人性与灵魂。

作品翔实细致地描写了男主人公刘强的成长历程和命运变迁。他本是一个思想单纯善良的青年,紧随主旋律的说教追求理想信仰;然而一场"文革",彻底改变了他的人生命运。在那个特殊的境遇之下,追求文学梦想的他被按上了"以小说反党、歪曲马克思主义、攻击无产阶级专政和社会主义制度,反对'文化大革命'"的罪名,成了"反动学生和反革命狗崽子"。他惊慌失措地想逃离,不料事情败露;接下来遭遇的便是监禁、审讯和判刑。

在那个年代,他也曾经想将自己融入潮流,努力奋发上进,他以青年人特有的敏锐思维和事业心追求真理、热爱文学,然而他却因此坠入了万劫不复的深渊。最使他困惑、百思不得其解的是,那个学养深厚的江教授,风度翩翩,满腹经纶,他的道德文章,令学生人人叹服;然而,正是这个慈父般的教授告密出卖了他,成了他苦难命运的始作俑者。这究竟是为什么?刘强不得不对人生理想、人性和人的灵魂进行深入的考察和思索。

在监狱里关了两年以后,刘强被遣送至云南边境的农场劳动改造。6年以后,在亚热带的莽莽丛林里,一场突发的地震成全了他。他乘混乱之机踏上了逃亡之旅,进入了缅北山区。他"衣衫褴褛,蓬头垢面",历经磨难,几涉生死险境,但因此也认识了真实的社会与人生。他遇到过真心帮助他、爱他的人;他也真诚地去爱过、帮助和拯救过他人。在爱恨情仇的人性波涛中,他被淹没、失落、痛苦过,也快乐、开心、幸福过。

但是,人生的目标究竟是什么?人性的真谛何在?刘强始终没有放弃追寻。在他漫长的流浪生涯中，他遇见了基督教士泰阳牧师和佛教高僧老祜巴，使他对科学、宗教、人性之间的辩证关系有了进一步的认识、理解与感悟。然而，人类社会的复杂性注定了这两个问题不可能有终极答案。刘强也注定要在自己人生命运的跌宕中继续追寻下去。

作品着力刻画的另一个人物是刀二羊。他本名刘仁祥。父亲是一个专门在乡下给农民看病的民间医生，所在单位卫生院为了凑数将他划成了右派。这个右派父亲将父爱与自己的人生希望全都寄托在念大学物理系的儿子身上。儿子毕业后分到上海的一家光学研究机构，潜心研究激光。但他的研究不被"文革"中的领导和同事看好。不过，他仍以陈景润式的艰难与执着继续他的科学梦想，并且终于取得了突破性成果——他在实验中看到了真实的激光现象。这是个震惊世界的伟大发现。美国人得到启发后很快就投入研究，里根总统以此提出了"星球大战计划"。然而这位光学领域里开创性的发现者却因此而招来了厄运：他的研究成果被剽窃，无人承认；不得已，他将自己的成果寄往美国的某科学杂志以求发表，不料却因此成了里通外国的"反革命"。于是他与刘强一样开始了逃亡生涯。

云南边陲一所寺庙里的老祜巴，从大蟒蛇口中救下了刘仁祥父子的性命，同时也以佛教形而上的唯心观，引导这位科学家从科学的执迷中走出来，开始了他的另一种人生，也开始了对人性和灵魂的探索与追寻。他从此将自己的名字解析出一半，改名叫刀二羊。

为了寻找那块从山谷里发出神秘绿光的宝石，他到一个山青人部落里当了巫师，并且在那里遇到了误入此地的刘强。于是这两位"文革"中的逃犯，在异国他乡的蛮荒之地，又演绎了一场人性的博弈与撞击。

虽然他与刘强在人性的本质上都是向善的，但是两人的境遇不同，对人生的体悟也各异。如果说刘强将自己爱人助人的人性向桃花源式的乌托邦发展的话，刀二羊则在与一个名叫依拉娟的傣族女子的恩怨纠葛中,逐渐走上了色空和忍的灵魂归宿。

　　傣族女子依拉娟是一个被严酷的社会环境逼迫和压抑,被仇恨之火燃烧得灵魂变形的普通民众。虽然善良的本性始终未变,然而复仇的火焰却将她推向了生命的终点。她的一生,演绎了一曲令人悲叹的人生悲歌。

　　还有那个红卫兵出身的艾蛟,从怀着"左"倾激情、以知青身份投奔缅共游击队,参加世界革命,到沦落为土匪、强盗、贩毒者,以后又回国成了大款。他对理想信仰的追求从狂热、失落再到蜕变,灵魂也在社会大环境的变迁中经历了特殊的扭曲与异化过程,发人深省。

　　陈团长的经历,令人扼腕之余,又让读者充满了同情。他和自己的部下原是一支抗日劲旅,在国共战争中败退缅甸的一处山区,为生存历经磨难;有家有国不能回的痛楚使他的心灵变得坚硬粗糙,他富有正义感,但否定一切信仰,只相信人世间弱肉强食的生存法则。

　　而作为科学家的 Uncle(叔叔),经历了从中国到西方世界两个价值观迥异的社会,因之能站在人类的高度用科学和宗教双重的视角去看待人生。他对人性和人的灵魂有自己智慧的理解和认识。他向刘强指出,人类没有什么终极目标、绝对真理,只有坚持自由思想,人的灵魂才能最终以光的形式遨游于宇宙之中。

　　总之,《魂之歌》不是从哪种意识形态给定的理论、定义去描写历史和现实,而是让生活境遇与人性、人的灵魂纠结碰撞,让人物按自己的人生轨迹去自由地思索探寻,从而写出了一个个性格特点各异的活生生的人物形象,抒发了他们的一曲曲灵魂之歌。

逆境中的诗意

　　《魂之歌》的叙事颇富体验性和抒情色彩,笔触细致,让人物灵魂在艰险的环境里锤炼,凸显出了逆境中的诗意。

小说写主人公刘强,身处绝境,就要被山青人砍下头颅当球踢时,想起了曾让自己初萌春心的女友皎皎对他的楚楚深情,让他倍感撕心裂肺。"他昂起头,注视黑暗天宇上那几颗寂寥的晨星,心里无数遍地呼唤:皎皎,皎皎,我要找你去了。无论我变成宇宙中的哪一颗尘埃,你都要把我认出来,要把我认出来啊!""想着,一大滴泪落在地上:皎皎,如果天国也降雪,你一定要再伸出你娇嫩的手指,接一朵雪花,舔一舔,尝一尝,看它在你的掌心溶成透明的水,也许那就是我咸涩的泪,是我对你千年不变的爱啊!"刘强一想到皎皎、想到有关皎皎的一切,他的心就要撕裂,就要爆炸。"皎皎白驹,在彼空谷。生刍一束,其人如玉。"这段情感意象、心灵独白,与其遭遇的命运与环境形成了强烈的对照,使作品的感情张力扩充到了极致。

作者随后描写了刘强祈祷时的心理活动:"晨星相继淡化,不动声色,真不知上帝在哪里,也不知在那些星座上住着怎样的智慧生命。他们有没有梦? 有没有理想和追求? 有没有野蛮和争斗? 也许他们已经超越了生,超越了死,超越了仇恨、贪欲、残忍……等等地球人最卑劣的本性。而我们何时才能臻此高度,以另一种全新的文明,全新的道德规范,来使自己活得高尚与美好呢?"

刘强作为那个时代的知青,虽然人处边陲、域外,但对理想、对生活、对感情的追求依然一往情深。小说以简洁而又抒情的笔触,表现他对自己所爱之人的浪漫化的期许和浸透个人色彩的云水离合之情——

嘎德公主是个土著女子,她给予刘强的爱,既如梦似幻,又执着坚定,至死不渝,颇为奇特。"嘎德的眼神,有一种单纯如水的流动。"她喜欢上了刘强。看到刘强执意要走,她就把刘强以自己生命为代价从谷底取上来的那个能发出"绿光"的稀世宝物交给了他。

刘强问:"不是说它是你们山青人的镇山之宝,你们的魂,为什么要给我啊?"

"因为你好。"嘎德说:"我跟你在一起很开心,所以我把宝贝给你——让我的魂跟着你。"

嘎德把宝贝塞进刘强的怀里，然后又变戏法似的从自己身上掏出了一个红布包。她将它打开来，里面是刘强的那本《圣经》。嘎德说："我知道这是你的宝贝，你的魂；我把它留在我这里，你就不会把我忘记了。"

刘强此刻感觉到，有一颗温暖的心，在自己怀里跳动，扑通、扑通；他突然想哭。

一年以后，嘎德以爱的本能为保护刘强，献出了自己宝贵的生命。

后来刘强遇上了玉哨。刘强与玉哨的爱情是另一种类型。玉哨是傣家村寨里的美丽姑娘。但玉哨初次出场的形象却是从巫师刀二羊眼中看到的，这就很耐人寻味。

她的美不仅仅体现在外貌上——不错，她漂亮，画家见了会走不动路，不把她当模特画下，会引为终身憾事！而比漂亮更夺人的是她的眼神，似梦非梦，似羞非羞，说不清的美善与邪恶都隔着一层纱。巫师现在要做的是掀开那层纱看到她的内心。

事实上，一层精神的纱、神秘的纱、诗意的纱，始终挥之不去地笼罩在整个作品的字里行间。

小说写到玉哨和刘强这对小夫妻在一间小小的茅草屋里的柔情蜜意：

刘强一进门，就见桌上已经摆好了几盘摆夷风味的菜肴……玉哨做起家务来，好像天神英帕雅跳舞，轻盈而快捷。每当她轻松地变出满桌菜肴时，刘强都会轻呼一声："啊，我的田螺姑娘！"

玉哨的幸福是短暂的。当她在丛林里的一处湖泊旁向仇人放蛊时，遇见了与自己同命运的依拉娟。两人相依为命。但不久玉哨失踪了，孤立无援的依拉娟抱着自己的女儿小玉香在湖边痴痴地等待。且看作者接下来的描写——

怀抱着这个热乎乎的生命实体，依拉娟将疲惫的身躯靠在一棵大青树上。那种坚硬粗糙的接触使她感到悲凉，想睡一刻，却不能够。夜的寂静如一条没有一丝波痕的河流，沉沉包围了她，偶然一声啾啾的虫鸣，也在她的心中激起回响。月亮升起来了，这个半透明的圆镜,把林莽湖泊照得昏昏惨惨,似是而非。怀着一种莫名的期待,她侧耳倾听着茅草房里的动静……

后来,曙光出现了。依拉娟不曾注意到最初的曙光是从哪一刻跃出来的。当她发觉的时候,已经有绯红的雾霭浮现在湖泊之上,像玉哨柔软飘逸的筒裙。蝴蝶也飞来了,一只接一只,首尾相衔,悬于四周,缤纷的色彩与绚烂的晨光交相辉映。在天空,在湖面,在亮闪闪的棕榈树的绿叶上,处处闪烁着一种难以言说的奇特气息,好像处处隐藏着希望,又处处包含着绝望。依拉娟觉得自己的心跳得特别。如果不是有身边的小玉香,她也想一头扎进这蝴蝶织成的彩带下面那一片诱人的蔚蓝中去了。

如梦如幻的场景和诗意的文字让读者看到了林莽中那变幻无穷的奇特景象,同时也进入了这位被命运驱赶而深感孤独和绝望的妇女的内心世界。德国有句谚语:"暗透了,更能看得见星光。"作者笔下人物奇特的命运和小说所发掘的人性诗意的审美性,正符合了其中的哲理。

同样,作品中的另一个人物刀二羊逃离汉人区,带着病中的孩子闯进一个傣族人的寨子时,自以为脱离了疯狂的"文革"环境。可是他马上就傻眼了,他看见了贴在竹楼上的大标语,还有那些戴着红袖章的青年男女——那里也在造反,也在搞"文化大革命"。小说写他吓得心惊肉跳,真正体会到了无产阶级专政的天罗地网。在这样几乎无法回避的时代背景下,只有傣族佛寺里的住持老祜巴是个异数。"他皓首银须,衣袂飘飘,黄袈裟在身,举手投足之间有一种难以言说的气韵。""以前作为一个科学家,刀二羊只信唯物主义,不信宗教。此时,他开始从内心深处升腾起了一种对宗教的敬畏、感激之情。"因缘相契,他见到老祜巴就像见到了亲人,他把自己的隐秘都告诉了他。他感觉老祜巴"只要默默看我一眼,我的心就会悸动,我心灵深处的东西就会受到猛烈的撞击,我就想哭,想诉说……"

老祜巴地处荒野边地,经年累月坚持在寺庙的菩提树下给孩子们讲经,以悲悯的情怀关注大众的生存;同时,他探究佛教义理,思考科学、宗教。在他看来,"科学是什么? 是让我们搞清楚眼前种种物质现象的一种知识。可人不能只顾眼前,人活着还需要信念,需要有长远的终极目标,这就是宗教。如果说科学能让人活得更好更舒服些的话,那么宗教则让人明确活着的意义。当然,如果一个人只追求宗教而拒绝科学,那也只是一个盲目的信徒,也不过是半个人。"

个人在乱世的存在和选择,与悟道、寻理联系在一起,看似恍同隔世,而将情感之门轻轻敲响,将命运之旅贯穿其中,就构成了人物诗意的灵魂和故事的脊梁。

小说还直接用诗、民歌及歌词等形式来叠显思想意蕴和人物命运。

作品一开头主人公刘强便在逃亡中下意识地写下了一首诗:

全怪上帝的神经质/将生命之胚/无意识地抛洒/落在这荒凉贫瘠的经纬线上/被莫名的风吹拂/被污浊的水戏弄/变成无辜的绿叶/变成山野的狼群/征战和撕咬是残酷的/阴谷和密林中有性/爱是狼的第一颗牙齿/爱是母亲的目光和乳汁……

这首诗既是刘强苦难经历的写照,又是作品主题的宣示。

作品中的那几首《知青之歌》,也紧紧扣住了读者的心弦,充溢着浓烈的情感韵味和对知青命运的沉重思索。还有陈团长唱的那支"华夏的弃儿在异乡流泪"的歌曲,更是将一群身处异乡、有家有国不能回的华夏儿女的痛苦郁闷之情抒发得淋漓尽致,让人读了痛彻心扉。

作品中充满哲理的叙事与诗意的描写几乎俯拾即是。这是这部长篇小说的一大亮点,也是其艺术上成熟的表现。

正能量与人性力

小说将故事架构的基础,置于寻找沙姆巴拉的想象之上。沙姆巴拉洞穴,是传说中的地球轴心,据说这个地球轴心能任意控制时间和事件的变化。《魂之歌》中的这个情节设计,增强了文学叙事的神秘性,又让它与有巫史传统的原始部落有关,似假还真,似真又假。小说中的老祜巴对沙姆巴拉的考证和探究极有兴趣,认为如果找到沙姆巴拉洞穴中的魔石(又称"X"),人类便可通过它从利用地球能量飞跃到利用银河系或整个宇宙的能量,洞悉暗物质和反物质的秘密,从而进入新的宇宙时空,使地球村的文明来个特大的飞跃。在努力搜集和分析了当地大量的民间传说和资料后,他认为,沙姆巴拉不在西藏,应该在喜马拉雅山的南麓。正好他派到那个方向去行脚的弟子回来报告说,在缅甸境内靠近印度边境的某座山洼里,每天早晨太阳出山时,会有一道明亮的绿光闪现。作为曾以全身心的狂热探寻光的秘密的科学家,刀二羊一听,马上就浑身一颤,"好像人被一道光穿透了似的,心里陡然一亮"。直觉告诉他那绿光可能就是外太空来到地球的某种能量系统,可能跟他研究的激光有关!这样,寻找和争夺那能发绿光的魔石 X,就成为《魂之歌》故事复杂架构的辐射点;而作品的情节和人物命运,便也从这里环环相扣地层层展开。于是,小说就随着 X 的走向而悬念迭起,扣人心弦,让读者欲罢不能。

作品用传说与现实——虚实两条线编织缝合故事,既搜寻和打捞那些业已被遗忘的历史碎片加以认真的识辨,并赋予深刻的寓意,也直面严酷的现实世界,反映特定政治环境下的时代症候和人的命运不可捉摸的苍凉与沉重。但不管叙事如何亦真亦幻,人物的精神历程、对人生价值的追索始终是有力的正能量。

刘强坚信爱人、同情和帮助人是人性的本能与基础。为了追寻他的理想,他在麻风村建立了自己的"理想国"——那些麻风病人被雷区隔断了和外界的联络,生活在仅有一个秘密洞口作为进口的坝子里。他们人被装在筐里从洞口吊下来以后,就再也出不去了。这里没医没药没吃的,"根本就是一座活人的坟墓!"刘强却在那里冒着生命危险给他们排雷,帮他们改善生活,还漫山遍野地寻找中草药,千方百计为他们治病;更重要的是,他尊重他们,给予他们同情和理解。他的善良与坚持感动了所有的麻风病人,他们由衷地信任和爱戴他,将他奉为自己心目中的神。

《魂之歌》中的人物心路,对人性力的追求,细微而丰富;他们的人生让我们感觉熟悉又陌生。他们都有自己对理想的向往和追求,他们探求马克思主义的学说和论述,德、赛二先生的遗产,科学和科学家的价值以及宗教的义理。这些叙事的背后潜藏着充满歧义的政治和社会文化意涵,与情节、人物命运结合,给小说带来了返观、咀嚼的多维、复杂的意蕴。

作者的笔墨在故事、想象、情感、风景描写、理论探究上随兴泼洒,信息量丰富、缝合绵密,但最有特点、着墨最多的仍是人物的心理刻画和思想追求。有时候,人物为竭力弄清楚自己的状态究竟如何,以及这人、这梦、这周遭的一切都是怎么回事,常常会陷入或真或幻的状态,扑朔迷离又细致入微。他们会忽然听见一种奇异的声音在耳边响起:"这声音沉闷、抑郁,乍听像是鬼哭","细细辨别,仿佛来自天际,又仿佛出自他自己的心灵","这声音恰如酵母一般,植入了他那因饥饿、衰弱而变得粉团般模糊的大脑,震动着他的灵魂,使他的神经如春天植物的枝叶一样舒展起来。"

如是心灵史,恍如在我们记忆的荒漠上竖起了一块路碑。小说中的人物一直处于精神与心理的颠沛流离之中。像刘强,他有自己的政治追求,但不是"根红苗正";他轻身躁进,却幸有情感邂逅和宗教引导;水逝云飞,信仰的力量和无微不至的福音却常常让他感受到一种异乎寻常的吸引力。"梅神父是他全部监狱生活中的唯一留恋。他本是一个彻底的唯物主义者,从小受的教育和学到的课本知识都告诉他,世界是纯物质的,世上没有上帝,没有神。可是此时此刻,他又分明看到了梅神父飘然的白发和明净的前额,看到了梅神父深沉的目光和悲天悯人的表情。他左转右拐,用双手拨开阻挡脚步、牵扯衣服的荆棘,全身心地向着那个声音而去,仿佛那是对他疲惫身躯的抚慰,对他备受创伤的苦难灵魂的祝福。"逃亡路上,多亏带了那本用语录封皮包着的《圣经》,才使那一带信奉上帝的景颇人将他当作了自己的教友,好吃好喝地招待他,给他穿上了民族服装,帮他逃出了国境。他的内心仿佛也在响应着那神秘力量的感召。他隐瞒了自己的真实姓名——刘啸狮,随口给自己编了个名字——刘强。从此,他在东南亚的丛林里开始了新的人生。显然,这里的身份选择,在外在故事层面是和宗教与信仰改变联系在一起的;但实质上,更具深刻象征和转折意义的是,现实、命运向人提出了什么是"构成一个人、人性力和人类精神"的问题。这远远超越了社会阶级的命题。其中,第一是对非人性的意识形态的自觉和不自觉的怀疑和抵抗。培养自己敏锐的神经,观察、搜索、应对周围的环境,与暴虐命运进行不屈的抗争。第二是爱情。跨越血缘与信仰的爱情,在梦幻与冲突之间拥有彼此的爱,并传达出一种动人的气韵和力量。第三是深味人性力"有着惊心动魄的能量"。它时时撞击人们的心胸,使之欲罢不能,践履前行。在人们展现出的那难以置信的友善和热情中,我们看到了它;在人与人的矛盾斗争中,我们深刻体会到了生命之流、生之顽强和睿思本能;在与自然、社会的广泛接触、联结中,我们感受到了人类的这种普遍的道德价值观——人类之爱的社会正能量,这是人性中蕴含着的最伟大的精神。罗曼·罗兰曾在《名人传》中写道:"我称为英雄的,并非以思想或强力称雄的人,而是靠心灵而伟大的人……"心灵信仰,雪泥鸿爪,虽然时移世易,却构成作品人物的灵魂。小说中的不少人物,他们勇敢追求,性格、形象各异,在某种意义上都是自己命运的谱写与开拓者。他们之中,皎皎落落大方,爱得异常执着,她的美丽不是神话,她的爱情被染上命运的颜色;刘强历经风雨,为追寻理想坚定不移,但他身上的优秀特质也难以改变苦难深重的命运;嘎德公主风风火火,一往情深,敢于为爱牺牲;玉哨俊俏动人,聪明善良,她那美丽的笑容里浸满了命运播下的苦难的泪水;刀二羊是执着的学者,不乏锐敏和犀利,认真和诚恳,却遁入了空门;陈太太吐气若兰,岁月却无法抚平她心中的创伤;依拉娟坚韧、善良,她的意志"好比湖里的水,多么锋利的刀刃也劈不断",却仍拗不过宿命;此外,还有刘军长、冰儿、小老虎的爸爸、Uncle,等等。

　　小说主题深邃,颇富时代感和历史感;表现社会底层民众的心理与伤痛、抚慰与救赎,异常生动感人。作品也写了一些曲折而面貌复杂的人物,如艾蛟、泰阳牧师、艾罕等,他们背后潜藏着历史政治和人性思潮的异变,也颇能给人以省思。底层人民的生命本能、情感、精神,为作品主人公点起的内心的烛光,以几乎完全意想不到的方式,映现了时代社会和历史的复杂性。他们人性的努力展现和变奏,同时也何尝不是和中国与世界的命运相联结。这一切,小说都用委婉生动的笔调展开叙事,平静中时显深沉的思想意蕴。

结　语

　　《魂之歌》的叙事虽有科学和幻想,有巫术,有神话和传说,但它却是一部实实在在的现实主义小说。据我所知,这部小说所写的故事,都是有其真实的生活原型的,素材的积累所花的时间达十数年之久。作者又花了近 8 年的时间才将它写出来。这部长篇题名为《魂之歌》。诚如题意,它虽有引人入胜的故事,但其主旨却是写人,剖析人性和人的灵魂。尤其可贵的是,作者是将人放到人类社会和宇宙的大背景中去考察和追寻人性的。因此,作品就没有小家子气,没有凌空蹈虚,而是显得大气磅礴,思想深邃,情感充沛。写灵魂的伤痛,灵魂的矛盾和纠结,灵魂的追索与探寻,满溢着哲理;情感的抒发,常常转换为真实、奇异、清新而又不无知性的叙事形式,展示了叙事与文学描写"真正解放的可能性"。

　　从一定意义上说,这部作品创造了一种新的文学形式,取得了突破性成功,为作者的创作竖起了一个里程碑,无论对于她本人还是当代文学而言,都具有重要的标志性意义。

　　(本文作者系中国艺术研究院电影电视艺术研究所所长、博士生导师)

原载于《上海作家》2012 年第 6 期

读长篇小说《魂之歌》给竹林的信

沈善增

竹林：

老实说，我开始读你的长篇，心里是有些忐忑的。因为你在这部长篇上耗费的精力太大，超过你以往的任何一部作品，期望值又很高；而你的《今日出门昨夜归》《挚爱在人间》等作品的水准又已是如此之高。这部书稿的篇幅巨大。对一个作者来说，长篇的巨大篇幅是个挑战；一股气要顶足撑到50多万字实在相当不容易。那些堪称经典的长篇，都多少有些虎头蛇尾。而我听你说这部小说的情节有些科幻，又有些穿越、探宝、悬念、惊悚，还有宗教（佛教和基督教）与信仰，我难以想象这些内容怎么糅合在一起，达到你期望的高度。而且你一再强调小说情节非常吸引人，在我听来，更增加了我的担忧。

我一直认为小说需要好的情节，但也一直认为，一流的小说情节因素往往是忽略不计的，因为情节只能吸引人一口气地读一遍，而一流的小说一定要让人有一遍遍读、一遍遍回味的欲望。如果我读了你的长篇，觉得这是一部好作品，但没有达到你、我期望的一流小说和传世之作的高度，我该怎么说？这是我忐忑的原因。

看完第一章，凭我的直觉判断，你我的期望不会落空。读完第二章，我决定回头来做夹批，留下阅读时最新鲜的感受。到今天凌晨1时多，读完全书，我提着的心完全放下（为书中的人物命运提着，更为小说是否能成为龙头熊腰虎尾的灵兽提着），当时就想给你写信，但觉得心中的感受很多，我要好好睡一觉，精力充沛、笃笃定定地写这封信，把我心中的感受也梳理一下。

　　这一觉舒舒坦坦地睡到大天亮。我觉得这可能与小说给我的美的享受有关。我已很久没有享受到这样的读小说的愉悦了。几年前我读湖北老作家田晖东的小说《没有彼岸的桥》，有过类似的享受，所以我为这部小说作了全篇的点评。王安忆的《天香》我觉得很好，创造了把一种文化（中华市民文化）作为主角来写的小说模式，完全应该去得诺贝尔文学奖（当然诺贝尔文学奖也仅是一种知名度比较高的国际文学奖而已）；但就审美享受来说，这不对我个人的胃口。因此，我只读了第一部。因为我觉得就评定这部小说的文学价值来说，这已经足够了；也就是说，《天香》只有第一部也可以去得那个奖了，而即使后面两部写得更好，我也不能获得更多的审美享受，何必再读下去呢？读你这部长篇，我一开始可能用专业的眼光，但到后来就完全得用读者的眼光了。你可以注意到后面我的夹批少了，不是说你的奇句妙喻少了，而是我如入山阴道中，目不暇接了，有些夹批（如依拉娟"鬼魂"出现在批斗会上的那一段）是看到后面回头去补的。我完全被情节、被人物的命运抓住了，可以说痛快淋漓、如痴如醉。我说很久没有享受到这样的愉悦，就是指这种纯粹的读者感受。在我以消遣的心态去读推理小说，读东野圭吾、斯蒂芬·金时都没有。我甚至觉得专业的眼光已经异化了我的阅读心态，我已不能以读者的心态去享受一部小说了。但读你的这部长篇告诉我，我的读者心态的本真还在，虽然已经老了，慵倦了，能唤起它兴奋的新鲜东西太少了。但你的长篇唤起了它，这也许是回光返照，但回光返照也是灿烂的。所以我首先要谢谢你给了我这一次审美盛宴。

　　接下去就是乏味的理性评判了。我姑妄言之，你姑妄听之。

　　我先想说的是，这部长篇创造了一种小说模式，或者叫小说流派更确切些。这个流派，我考虑了一下，想称之为"传奇诗"。小说本来从传奇而来，与戏剧接近，只是时空的跨度可以更大，转换更自由，但创作的技巧基本遵循戏剧创作的规则。新闻写作发展以后，传奇类小说被挤出传统市场，世界也没有什么新闻触角未能达到的隐蔽角落了。此后兴起的实验小说各种流派，走向内心深处,变幻语词的组合,使主题多元化,其实都是在向诗靠拢。但实验小说大部分走向小众,感性的审美逐渐变成理性的沉思(这与西方哲学把理性思维视为最高有关)。这有点像唐诗演变成宋诗、再演变成后来以用典艰深奇古为夸耀的格律诗相仿。因此,传奇类小说与诗意小说分道扬镳,越走越远。也有将两者结合比较成功的作品,如迪伦马特的《法官与他的刽子手》《抛锚》,略萨的《胡莉娅姨妈与作家》,但多数是借用传奇类小说的形式,注入新的理念,与我说的诗意尚有距离。但在看到你这部小说之前,我认为这已经是形式与内容的完美结合了。看了你这部小说,我才意识到,他们那内容还只是思想内容,还不是诗意的内容。

因此,我认为你是创造了一个流派,也许不完美,但开创性意义怎么估价也不为过。问题是要有人跟上来,人多势众才成流派。但这不是你可以把控的,要看缘分,不仅是你的缘分,还要看众生的缘分、小说的缘分、时代的缘分。你创作了一部不仅应该在文学史上留名,还应该是开宗立派的大作,对一个作家来说,夫复何求?《天香》以其不可模仿在文学史上留名,而你的这部长篇应该以使许多作者惊呼小说可以这么写,这么吸引人、这么美,并竞相模仿,形成流派而彪炳于文学史。这个前景不是你可以去努力争取的,但我相信是会实现的。这样的作品出现了,就标志着它一定会实现的。就像我看到宜丰的五百罗汉石雕,看到长诗《金家坝》,看到被方世聪先生"发掘"出来的四川新津观音寺的明代壁画、彩塑、石雕精品;当然,首先是我因之看到了老、孔、庄经典著作的本意,儒、释、道的心谛,看到了迄今为止世界上最优越的中华崇德文化。我非常兴奋。这一切不是偶然的。这是时代的需要,是人性的需要,是世界走出崇力文化造成的危局的需要。而一种文化的复兴,需要与之相应的大作品来标志,就像文艺复兴运动由达·芬奇、米开朗琪罗、拉斐尔、莎士比亚、乔叟的作品来标志。"文艺复兴"到底要复兴什么,我不甚了了,但看到他们的作品,我知道这是个伟大的令人神往的时代。现在出现了可以与之媲美的、从某种意义上(如从核心价值、哲学意义上)可以说是实现部分超越的作品,使我相信崇德文化复兴是大势所趋,势不可挡。也许我们看不到这次复兴在世界上蔚然成势——毕竟文艺复兴运动从开始到成气候要 300 多年历史,而且崇德文化复兴比欧洲回到古希腊的文艺复兴更本质、更伟大得多——但能看到这个趋势,已经是无上幸福了,遑论我们还可能为此提供了奠基的一铲土。所以你写这样的作品是有使命的,因此自有神助。这是我要说的第二点。

这里要插一句,我之所以一直不提小说的名字,是因为我觉得《魂之歌》还普通了些。我想到《绿梦摄》或《梦摄》两个名字。读完全篇,我觉得《梦摄》更加确切。"绿梦"只能对书中某些人物而言,如刘强和刀二羊,而实际上每个人都被梦所摄。梦就是一个人的理想、价值目标,不管你是否觉得人生应该有理想、有信仰,实际上就是这个目标支撑你活下去,使你快乐或烦恼;而在绝大多数人心里,唯快乐与烦恼才使你感觉到真实的人生,心如止水的入定禅悦一般人是难以理解的。

小说的其他好处,都在夹批里说了。还有些意见,当与你面谈。毛主席曾说:"手中有粮,心中不慌;脚踏实地,喜气洋洋。"你有这样的传世之作在手,天生丽质难自弃,早些晚些问世尽可随缘。衷心祝贺你!

沈善增(上海作家协会理事、一级作家)
2012 年 6 月 13 日
原载于 2012 年 10 月 19 日《解放日报》

参 考 文 献

［1］刘小萌:《中国知青史:大潮 1966—1980》,当代中国出版社,2009 年。

［2］顾洪章:《中国知识青年上山下乡始末》,人民日报出版社,2009 年。

［3］［法］潘鸣啸:《失落的一代——中国的上山下乡运动(1968—1980)》,中国大百科全书出版社,2010 年。

［4］郭小东:《中国知青文学史稿》,北京十月文艺出版社,2012 年。

［5］曾庆瑞:《竹林小说论》,台湾智燕出版社,1990 年。

［6］周锦:《两岸文学互论》,台湾智燕出版社,1990 年。

［7］黄侯兴:《〈女巫〉评论集》,台湾强华文化事业有限公司,1994 年。

［8］吴义勤:《中国新时期小说研究资料》(上、中、下),山东文艺出版社,2006 年。

［9］张清华:《中国新时期女性文学研究资料》,山东文艺出版社,2006 年。

［10］胡健玲:《中国新时期儿童文学研究资料》,山东文艺出版社,2006 年。

［11］陈惠芬,马元曦:《当代中国女性文学文化批评文选》,广西师范大学出版社,2007 年。

［12］艾晓明:《20 世纪文学与中国妇女》,天津人民出版社,2008 年。

［13］张未民,孟春蕊,朱竞:《新世纪文学研究》,人民文学出版社,2007 年。

［14］［法］皮埃尔·马舍雷:《文学在思考什么?》,张璐,张新木译,译林出版社,2011年。

［15］［以色列］阿摩司·奥兹:《故事开始了》,杨振同译,译林出版社,2011年。

［16］白盾:《历史的磨道——论中华帝制》,安徽人民出版社,2000年。

［17］朱栋霖,朱晓进,龙泉明:《中国现代文学史1917—2000》,北京大学出版社,2007年。

［18］王顺生:《中国近现代史概要》,中国人民大学出版社,2007年。

［19］朱立元:《当代西方文艺理论》,华东师范大学出版社,2005年。

［20］黄书泉:《重构百年文学经典——20世纪中国长篇小说阐释》,安徽大学出版社,2010年。

历史，拒绝遗忘

记得是在新中国成立 60 周年大庆的礼炮声中，我读完了竹林的长篇小说《呜咽的澜沧江》，看着电视荧屏上那表现中国人民近一个世纪艰苦卓绝奋斗历程的画面，感慨着新中国走过的曲折道路，心情十分复杂。反观竹林那一代热血知识青年，怀揣着青春梦想，响应伟大领袖号召，到"广阔天地大有作为"的穷乡僻壤，去"炼黑一张脸，炼红一颗心"，却最终在残酷的现实面前睁开了双眼，迷茫地打量着这个疯狂的世界，用与年龄不相称的痛苦思索探究着真理与人性，并为此付出了青春乃至生命的惨重代价。那种灵肉割裂的痛楚，专制主义的窒息人性、践踏人权、漠视生命，在作家细腻逼真的描述下，我仿佛身临其境！历史的车轮滚滚向前，不会怜惜车轮下碾杀的小小生灵，更不在意那蚂蚁般微不足道的呻吟与哀鸣，它冲决一切，浩荡前行。只有作家这人类的良心，才会为那些漫漫长夜中为寻觅火种而葬身黑暗的魂灵发出深重的叹息，为他们奏响招魂曲，以警醒今天的人们不忘先驱，尊重历史。

当有人在歌舞升平中随波逐流，当曾经的知青运动亲历者有人在一味地诉苦，有人在高唱"青春无悔"时，年轻的竹林已经在痛苦地思索这场所谓革命运动的真相了。她说："在这部作品里，我就不只是单纯地记录知青们真实的生活遭际与感受，而是开始寻觅和剖析他们当时的思想与矛盾，他们对自己人生意义和未来命运的思考与追求；与此同时，也想探索一下这场贻误了整整一代人的青春、事业和理想的运动的源头。"

作为亲历了人类文明史上这段奇异景致的人，竹林将自己的生命体验和情感经历糅进笔下人物的血肉之躯，与他们同哭、同笑、同坚守，与"权力野兽"做绝望的抗争，那一个个年轻的鲜活生命以卵击石、困兽犹斗的悲壮，那份宁折不弯的坚忍深深地打动了我，让我身临其境地体验到他们的悲苦无告和欲诉无门。

仿佛经历了一场漫长的噩梦，当重新回到春光明媚的世界时，我觉得理解了书中人物，也理解了竹林，理解了她30年如一日的坚守。因为任何一个国家、民族，任何时代，都一定会有一批忧天的"杞人"。他们会为社会、国家、民族，甚至人类的前途和命运忧思；他们在回顾历史、拷问现实、探索真理、寻求信仰。

正因为钦佩这位有思想、有胆识的女作家，所以，当我南下来到江苏大学，在填报高级人才科研启动基金项目时，毫不犹豫地选择了"竹林文学创作论"这个选题。

写作的过程，对于我而言也是一个考验意志力的过程。

要乐业先安居，安居工程整整耗去了我两年的精力和时光。期间，不仅每一桩琐碎的事情都要亲力亲为，而且因为对人泛滥的同情心和过度信任带来的涩果导致装修工程难以为继，当我和新结识的女友坐在一片狼藉中一筹莫展时，几乎动摇了我坚守几十年的信念。天无绝人之路，多亏刚合并的文法学院领导和法律专家们伸出援手，同事和朋友们热情相助，方才渡过难关。这个小插曲，促使我苦苦反思以往从教科书中接受的纯粹理念与骨感现实之间的差距，对人性、对社会都有了重新的认识，更痛切地感知台湾的证严法师所倡导的"普天三无"信念的知易行难。

好在遗传基因中强大的排异能力，使我一旦伤疤好了，立刻忘了痛，依然故我，不改初衷。终于在梦中江南有了一盏属于自己的灯火，欢喜之情重新涌满身心。

然而，正当我坐下来重新凝神聚气赶写书稿时，我最牵挂的老父亲病倒了，大半年来，我乘坐高铁在镇江与济南之间穿梭，每听到家中来电都惊悸不已。在今年年初，天人永诀的时刻还是来了。那天，我指导毕业论文的两个学生刚进门，正在参观我的家。不知怎的，我拿起书橱里的一个雕刻生动的红木小牛，说：这是父亲给我的念想。话音未落，手机铃声响起，二姐急促而慌乱的声音传来："你能不能赶回来见爸爸一面……"笑容顿时凝固在脸上，蓦然醒悟过来的我，跳起来就手忙脚乱地胡乱拾掇起来，两个学生放心不下，决定送我去高铁站。于是三人乘坐出租车一路狂奔，不想女孩晕车晕得脸色苍白，话也说不出来。赶到车站时一列车刚好十几分钟后开动。女孩陪我走到入口，男孩却迟迟未回，正当我无奈转身进站时，男孩提着一包吃的喝的满头大汗地赶来，上车后才发现饮料是热过的……一路绿灯地赶到济南军区总医院，终于赢得了宝贵的 20 分钟。我扑过去握住父亲越来越冷的手不停地说啊说，那一瞬间我才知道，与世界上最疼你的那个人分离是怎样的一份撕扯和痛……

之后一个多月的时间里，我沉浸在这种痛心、遗憾、自责的情绪里不能自拔，同时也感到急需用忙碌的工作来填补虚空，以此作为对父亲最好的纪念。于是，我又打开了电脑，在上课和各种杂事之外，让自己全身心地沉浸在竹林的文学世界里，以近乎疯狂的节奏敲打着键盘，终于在学期结束前夕为全书画上了句号。

当这部 30 多万字的书稿即将付梓时，我想感谢的人很多，有如兄长般的学院领导、给我很多温暖的同事好友；有兄长、文友吴腾凰先生，是他慧眼推荐，不辞劳苦陪我采访，使我得以结缘作家竹林，可以"今生微笑在彼此生命中"；有我的学生魏荣荣、王莹、杨健强等，他们不仅给予了一个老师最珍贵的礼遇和尊重，还替我网购资料、打印文章和整理目录，魏荣荣还欣然接受我的建议，将竹林小说作为本科毕业论文的选题，认真地完成了《创世的吟唱——浅论竹林青春小说〈今日出门昨夜归〉》一文，为纪念师生之间这段文字情谊，我特将其收录书中，以作纪念。还要感谢竹林女士为我提供了许多难以寻觅的珍贵资料，助我填补了一些研究空白。

以往我出版的每一本书，都是一个女儿献给双亲的最好礼物，我愿意看到他们或人手一册，或头挨着头，逐页翻读，有时甚至大声读出声的情景……如今父亲已在天国，母亲也届九十高龄，但我仍要说：你们的爱和支撑，是女儿前行的动力，过去是，现在和未来依然是；女儿所做的一切，有很大一部分是为了让你们骄傲！

　　最后要感谢江苏大学出版社总编辑芮月英女士,我与她是赛珍珠研究所的同仁,她友善的微笑和稳健的风格打动了我,加上我愿意将南下后的第一本书交由自己大学的出版社出版,于是毫不犹豫地将书稿托付给她;感谢编辑林卉的辛勤工作,她一丝不苟的敬业精神是作者的幸运。

　　这部命运多舛的书稿总算完成了,但我并没有如释重负的感觉,鉴于目前大陆竹林研究的现状,考虑到竹林及其作品并不为大众所熟知,故既要述,又要评,两相兼顾,导致其中很多论述没能充分展开,一定留有思考不深、推敲不够的痕迹,为今后研究的深化提供了很大空间。还有因为本论集中的文章都是独立成篇,所以在作家介绍方面会有些许的重复。聊感欣慰的是,作为目前大陆第一部关于作家竹林的专论,如果本书能为竹林研究者们提供一点铺路的石子、建筑的砖瓦,我也就心满意足了。

　　冥冥中似有天意,前几日,镇江的文友相约同游云南,而那条线路恰好经过澜沧江,事先我并不知晓。途中,导游小姐刚提到澜沧江三个字,话音尚未落地,我立马起身,几乎是贪婪地向车窗外张望,期待看到竹林笔下那条"汹涌而剽悍"的河流。然而,由于云南持续干旱,仓促之间并未看到想象中的壮观景象。随着车身的颠簸,耳畔似乎传来澜沧江低沉的吼叫,也许全车上只有一个人最清楚,那是无数牺牲者的咆哮,是作家竹林招魂的悲歌。

史挥戈

2014 年 7 月 2 日于镇江·沉香斋

图书在版编目(CIP)数据

竹林文学创作论/史挥戈著.—镇江：江苏大学
出版社,2014.11
ISBN 978-7-81130-839-6

Ⅰ.①竹… Ⅱ.①史… Ⅲ.①竹林—文学创作—研究
Ⅳ.①I206.7

中国版本图书馆 CIP 数据核字(2014)第 251399 号

竹林文学创作论
Zhulin Wenxue Chuangzuo Lun

著　　者/史挥戈
责任编辑/林　卉
出版发行/江苏大学出版社
地　　址/江苏省镇江市梦溪园巷 30 号(邮编:212003)
电　　话/0511-84446464(传真)
网　　址/http://press.ujs.edu.cn
排　　版/镇江文苑制版印刷有限责任公司
印　　刷/句容市排印厂
经　　销/江苏省新华书店
开　　本/890 mm×1 240 mm　1/32
印　　张/11.625
字　　数/316 千字
版　　次/2014 年 11 月第 1 版　2014 年 11 月第 1 次印刷
书　　号/ISBN 978-7-81130-839-6
定　　价/38.00 元

如有印装质量问题请与本社营销部联系(电话:0511-84440882)